**BESTSELLER**

# KRISTIN HANNAH

## La niña salvaje

Traducción de
**Matuca Fernández de Villavicencio**

DEBOLS!LLO

Papel certificado por el Forest Stewardship Council®

Esta es para mi hijo, Tucker. Parece que fue ayer cuando te tenía en mis brazos. Ahora estamos visitando universidades y hablamos de tu futuro. Estoy muy orgullosa del muchacho que fuiste y del hombre en el que te estás convirtiendo. Pronto nos dejarás a tu padre y a mí para encontrar tu propio camino en el mundo. Has de saber que hagas lo que hagas, vayas adonde vayas, siempre te querremos.

—Real no es algo de lo que estás hecho —dijo el Caballo de Cuero—. Es algo que te sucede. Cuando un niño te quiere durante mucho mucho tiempo, no solo para jugar contigo, sino que te quiere de verdad, entonces te vuelves real.

—¿Duele? —preguntó el Conejo.

—A veces —respondió el Caballo de Cuero, porque él siempre decía la verdad.

MARGERY WILLIAMS,
*El conejo de terciopelo*

# 1

Pronto habrá acabado todo. Julia Cates había perdido la cuenta de las veces que se había dicho eso, pero hoy —finalmente— sería cierto. Dentro de unas horas el mundo conocería la verdad sobre ella.

Si conseguía llegar al centro de la ciudad, claro. Por desgracia, la Pacific Coast Highway semejaba un aparcamiento más que una carretera. Las colinas que asomaban por detrás de Malibú echaban fuego una vez más; un manto de humo flotaba sobre las azoteas y convertía el por lo general límpido aire de la costa en un denso lodo marrón. Por toda la ciudad, bebés aterrorizados se despertaban en mitad de la noche derramando lágrimas grises y respirando con dificultad. Incluso las olas, como si estuvieran agotadas por el calor impropio de esa estación, parecían haber amainado.

Julia Cates avanzaba con el tráfico renqueante y malhumorado haciendo caso omiso a los conductores que le enseñaban el dedo y se le colaban. Era de esperar; en esta peligrosísima estación del Sur de California los ánimos se incendiaban con la misma facilidad que los jardines de las casas. El calor alteraba los nervios de la gente.

Finalmente salió de la carretera y puso rumbo a los juzgados.

Había furgonetas de televisión por todas partes. Decenas de reporteros se apiñaban en los escalones de los juzgados, con los micrófonos y las cámaras a punto, aguardando la primicia. En Los Ángeles, al parecer, estaba convirtiéndose en un evento cotidiano; las acciones judiciales como producto de entretenimiento. Michael Jackson. Courtney Love. Robert Blake.

Julia giró por una calle en dirección a una entrada lateral, donde la esperaban sus abogados.

Estacionó y bajó del coche esperando poder avanzar con paso firme, pero durante un segundo aterrador fue incapaz de andar. «Eres inocente —se recordó a sí misma—. Ellos lo verán. El sistema funcionará». Se obligó a dar un paso, luego otro. Tenía la sensación de estar moviéndose entre cables invisibles por una cuesta empinada. Cuando llegó junto al grupo tuvo que hacer un esfuerzo sobrehumano por sonreír, pero de una cosa estaba segura: su sonrisa parecía auténtica. Los psiquiatras sabían cómo hacer que pareciera genuina.

—Hola, doctora Cates —la saludó Frank Williams, el abogado principal del equipo a cargo de su defensa—. ¿Cómo está?

—Entremos —dijo ella, preguntándose si era la única que podía oír el temblor en su voz. Detestaba esa evidencia de su miedo. Hoy, más que nunca, necesitaba ser fuerte, demostrarle al mundo que era la psiquiatra que siempre habían creído que era, que no había hecho nada malo.

El equipo la rodeó con actitud protectora. Julia agradeció el apoyo. Aunque estaba poniendo todo su empeño en mostrarse profesional y segura de sí misma, era una fachada frágil. Una palabra inadecuada podría derribarla.

Cruzaron las puertas y entraron en los juzgados.

Los flashes lanzaron una ráfaga de destellos blanquiazules. Las cámaras dispararon; las cintas giraron. Gritando todos a la vez, los reporteros corrieron hacia ella.

—¡Doctora Cates! ¿Cómo se siente por lo ocurrido?

—¿Por qué no salvó a esos niños?

—¿Sabía lo de la pistola?

Frank la rodeó por la cintura y la apretó contra su costado. Julia hundió la cara en su solapa y se dejó conducir.

Una vez en la sala, ocupó su lugar en la mesa del acusado. Uno a uno, los miembros de su equipo se congregaron a su alrededor. Detrás de ella, en la primera fila de los bancos destinados al público, tomaron asiento varios pasantes y socios subalternos.

Julia trató de ignorar el barullo que tenía lugar a su espalda; puertas que se abrían y se cerraban, pasos apresurados contra el suelo de mármol, voces susurrantes. Los bancos estaban llenándose con rapidez; lo sabía sin necesidad de darse la vuelta. Esa sala era el lugar que hoy acaparaba el protagonismo en Los Ángeles, y dado que la jueza había rechazado la presencia de cámaras en la sala, seguro que los periodistas y los dibujantes se apretujaban en los bancos lápiz en mano.

En el último año se había escrito una ristra interminable de historias sobre ella. Los fotógrafos le habían hecho miles de fotos: sacando la basura, asomándose a su terraza, entrando y saliendo de la consulta. Las instantáneas menos favorecedoras siempre conseguían ser portada.

Los reporteros prácticamente habían acampado delante de su apartamento, y aunque Julia nunca había hablado con ellos, poco importaba. Las historias seguían llegando. Informaban sobre su procedencia de un pueblo pequeño, su excelente educación, su caro apartamento frente a la playa, su dolorosa separación de Philip. Incluso especulaban con que desde hacía no mucho se había vuelto anoréxica o adicta a las liposucciones. De lo que no informaban era de la única parte de ella que importaba: su amor por su trabajo. Julia había sido una muchacha solitaria y retraída y recordaba hasta el último matiz de ese dolor. Su propia adolescencia la había convertido en una psiquiatra excepcional.

Ese trocito de verdad, naturalmente, nunca aparecía en la prensa. Tampoco la larga lista de niños y adolescentes a los que había ayudado.

La sala guardó silencio cuando la jueza Carol Myerson tomó asiento en el estrado. De aspecto severo, la mujer lucía un pelo de color caoba con un brillo artificial y una gafas pasadas de moda.

El alguacil anunció el caso.

Julia lamentó de repente no haber pedido a un amigo o a un pariente que la acompañara, alguien que estuviera a su lado e incluso le cogiera la mano cuando todo terminara, pero siempre había antepuesto el trabajo a las relaciones sociales. Apenas le había quedado tiempo para dedicarlo a los amigos. Su terapeuta le había señalado a menudo esa carencia en su vida; ella nunca había estado de acuerdo con él, hasta ahora.

A su lado, Frank se puso en pie. Era un hombre alto e imponente, de una delgadez casi elegante y un pelo que estaba pasando del negro al gris en perfecto orden, empezando por las sienes. Julia lo había elegido por su mente brillante, pero probablemente su porte acabaría teniendo más peso. Muchas veces, en salas como esa la forma importaba más que el contenido.

—Señoría —comenzó en un tono de lo más suave y persuasivo—, la mención de la doctora Julia Cates como acusada en esta causa es absurda. Aunque los límites precisos de la confidencialidad en las situaciones psiquiátricas suelen ser controvertidos, existen ciertos precedentes, en concreto el caso Tarasoff contra los regentes de la Universidad de California. La doctora Cates no tenía conocimiento de las tendencias violentas de su paciente y tampoco información referente a amenazas concretas hechas a individuos identificados. De hecho, en la denuncia ni siquiera se alega que poseyera dicho conocimiento. Por tanto, con el debido respeto, solicitamos el sobreseimiento de la causa. Gracias. —Frank tomó asiento.

En la mesa del demandante, un hombre con traje negro se puso en pie.

—Cuatro niños han muerto, señoría. Nunca se harán mayores, nunca irán a la universidad, nunca tendrán hijos. La doctora

Cates era la psiquiatra de Amber Zuniga. Durante tres años, la doctora Cates pasó dos horas a la semana con Amber, escuchando sus problemas y recetándole medicación para su creciente depresión. Sin embargo, pese a toda esa intimidad, ahora debemos creer que la doctora Cates no sabía que Amber tenía un comportamiento cada vez más violento y estaba deprimida. Debemos creer que no tenía indicios para sospechar que su paciente se disponía a comprar un arma automática, irrumpir en una reunión de su grupo de la iglesia y ponerse a disparar.

El abogado salió de detrás de la mesa y caminó hasta el centro de la sala. Se volvió despacio hacia Julia. Era el momento culminante, la imagen que todos los dibujantes de la sala plasmarían y mostrarían al mundo.

—Ella es la experta, señoría. Tendría que haber visto venir la tragedia y tendría que haberla impedido alertando a las víctimas o internando a la señorita Zuniga para que recibiera tratamiento. Si es cierto que no estaba al tanto de las tendencias violentas de la señorita Zuniga, habría sido su responsabilidad estarlo. Por tanto, con el debido respeto, pedimos que la doctora Cates permanezca como acusada en este caso. Es una cuestión de justicia. Las familias de los niños asesinados merecen una compensación por parte de la persona que tendría que haber previsto e impedido el asesinato de sus hijos.

—No es cierto —susurró Julia, sabedora de que su voz no podía oírse. Pero necesitaba decirlo en alto. Amber jamás había dado muestras de violencia. Todos los adolescentes con depresión decían que odiaban a los chicos del colegio. De ahí a comprar una pistola y abrir fuego había un abismo.

¿Cómo era posible que no lo vieran?

La jueza Myerson echó un vistazo a la documentación que tenía delante. Acto seguido, se quitó las gafas y las dejó sobre la superficie de madera de su mesa.

El silencio se adueñó de la sala. Julia sabía que los periodistas estaban listos para empezar a escribir. Fuera había más, preparados para salir corriendo con dos artículos. Ambos titulares estaban ya escritos. Solo necesitaban una señal de sus colegas de dentro.

Agolpados en las últimas filas, los afligidos padres de los niños esperaban oír que la tragedia podría haberse evitado, que alguien en una posición de autoridad podría haber mantenido a sus hijos con vida. Habían demandado a todos por homicidio imprudente: a la policía, a los paramédicos, a los fabricantes de medicamentos, a los médicos y a la familia Zuniga. El mundo moderno ya no creía en las tragedias sin sentido. A la gente no podían pasarle cosas malas sin más; alguien tenía que pagar. Las familias de las víctimas confiaban en que ese juicio fuera la respuesta, pero Julia sabía que únicamente les daría otra cosa en la que pensar durante un tiempo, en la que repartir parte de su dolor. Pero no lo aliviaría. El dolor los sobreviviría a todos.

La jueza miró a los padres.

—No hay duda de que lo que sucedió el 19 de febrero en la iglesia bautista de Silverwood fue una terrible tragedia. Como madre, no puedo imaginar el mundo en el que han vivido los últimos meses. No obstante, la cuestión que se plantea ante este tribunal es si la doctora Cates debe seguir como inculpada en este caso. —Cruzó las manos sobre la mesa—. Estoy convencida de que, de acuerdo con la ley, no era deber de la doctora Cates advertir o proteger a las víctimas en este escenario. He llegado a esta conclusión por varias razones. En primer lugar, los hechos no afirman y los demandantes no alegan que la doctora Cates tuviera un conocimiento específico sobre potenciales víctimas identificables; en segundo lugar, la ley no impone el deber de advertir salvo a víctimas claramente identificables; por último, de acuerdo con la política pública, debemos mantener la confidencialidad de la relación entre psiquiatra y paciente a menos que exista una amenaza específica e identificable que justifique la ruptura de dicha confidencialidad. La doctora Cates, por su testimonio y sus expedientes, y de acuerdo con las propias afirmaciones de los demandantes, no tenía el deber de advertir o proteger a las víctimas en este caso. Por tanto, desestimo la demanda con derecho a apelación.

La sala enloqueció. Antes de que pudiera darse cuenta, Julia estaba recibiendo abrazos de su equipo de abogados. Detrás de ella podía oír a los periodistas correr hacia las puertas y bajar al vestíbulo de mármol.

—¡Está libre! —gritó alguien.

Julia sintió una oleada de alivio. «Gracias a Dios».

Entonces oyó a los padres de los niños sollozar a su espalda.

—¿Cómo es posible? —dijo en alto uno de ellos—. Ella debería haberlo sabido.

Frank le puso una mano en el brazo.

—Tendrías que estar sonriendo. Hemos ganado.

Julia lanzó una mirada rauda a los padres y sus pensamientos se adentraron en los bosques sombríos del remordimiento. ¿Tenían razón? ¿Debería haberlo sabido?

—No fue culpa tuya y ha llegado el momento de que se lo digas a la gente. Esta es tu oportunidad para hacerte oír, para...

Una avalancha de reporteros los rodeó.

—¡Doctora Cates! ¿Qué tiene que decir a los padres que la consideran responsable...?

—¿Cree que otros padres le confiarán a sus hijos...?

—¿Tiene algo que decir sobre el hecho de que la Fiscalía de Los Ángeles haya retirado su nombre del listado de psiquiatras forenses?

Buscando la mano de Julia, Frank entró en liza.

—La demanda contra mi cliente ha sido desestimada...

—Por un tecnicismo —gritó alguien.

Mientras los periodistas seguían concentrados en Frank, Julia se escabulló entre el gentío y echó a correr hacia la salida. Sabía que Frank quería que hiciera unas declaraciones, pero le daba igual. No se sentía victoriosa. Solo deseaba alejarse de todo eso..., volver a su vida real.

Los Zuniga estaban de pie frente a la puerta, bloqueándole el paso. Eran una versión consumida de la pareja que Julia había conocido en otros tiempos. El dolor los había avejentado y les había arrebatado el color de la cara.

La señora Zuniga la miró a través de las lágrimas.

—Su hija les quería mucho —dijo Julia en voz baja, sabedora de que eso no era suficiente—. Y ustedes fueron unos buenos padres. No permitan que nadie les convenza de lo contrario. Amber estaba enferma. Habría deseado...

—No —la interrumpió el señor Zuniga—. Desear es lo que más daño hace. —Pasó el brazo por los hombros de su esposa y la estrechó contra él.

Entre ellos se hizo el silencio. Julia buscó algo más que decir, pero solo quedaba «Lo siento», lo que había dicho más veces de las que podía recordar, así que se limitó a despedirse de ellos. Aferrándose al bolso, rodeó al matrimonio y abandonó los juzgados.

Fuera el mundo era lúgubre y marrón. Una gruesa capa de niebla oscurecía el cielo y ocultaba el sol, haciendo juego con su ánimo.

Subió al coche y se alejó. Mientras se sumaba al tráfico, se preguntó si Frank habría reparado siquiera en su ausencia. Aunque de alto riesgo, para él esto era un juego y, como ganador del día, estaría eufórico. Pensaría en las víctimas y sus familias, probablemente esa noche en su sala de estar, después de unos cuantos Dewar's con hielo. También pensaría en ella, quizá se preguntaría qué sería de una psiquiatra que, por un fracaso, había visto tan dañada su reputación. Pero no les dedicaría mucho tiempo. No se atrevía.

También ella iba a tener que pasar página. Esa noche yacería sola en su cama escuchando el oleaje, pensando en lo mucho que sonaba como el latido de su corazón, y una vez más intentaría superar la pena y el sentimiento de culpa. Tenía que descubrir qué indicio había pasado por alto, qué señal no había alcanzado a ver. Sería doloroso —recordar—, pero al final ese dolor la haría mejor terapeuta. Y luego, a las siete de la mañana, se vestiría y regresaría al trabajo.

Para ayudar a la gente.

Esa era la manera en que saldría adelante.


Niña se sienta de cuclillas en el borde de la cueva y observa cómo el agua cae del cielo. Quiere coger una de las latas vacías que hay a su alrededor, puede que volver a lamerla por dentro, pero ya lo ha hecho demasiadas veces. Se ha acabado la comida. Se acabó hace más lunas de las que puede contar. Detrás de ella, los lobos están inquietos, hambrientos.

El cielo protesta y ruge. Los árboles se agitan atemorizados y el agua sigue cayendo.

Se duerme.

Se despierta bruscamente y mira en derredor, olfateando el aire. Hay un olor extraño en la oscuridad. Debería asustarla, enviarla de nuevo al fondo del profundo agujero negro, pero no puede moverse. Tiene el estómago tan tenso y vacío que le duele.

El agua ya no cae con tanta rabia ahora; es más un leve goteo. Le gustaría poder ver el sol. La vida es mejor cuando hay luz. Su cueva es tan oscura...

Se rompe una ramita.

Seguida de otra.

Se queda muy quieta, instando a su cuerpo a desaparecer contra la pared de la cueva. Se convierte en su propia sombra, plana y estática. Sabe lo importante que puede ser a veces la inmovilidad.

Él no tardará en venir. Lleva fuera mucho tiempo. Ya no hay comida. Se acabaron los días soleados y, aunque se alegra de que Él no esté, sin Él tiene miedo. Hace un tiempo —mucho ya— Ella le habría ayudado un poco, pero está MUERTA.

Cuando el silencio regresa al bosque, se inclina hacia delante para sacar la cara a la luz gris de Ahí Fuera. La oscuridad de la noche se está acercando; pronto el negro lo invadirá todo. El agua cae dulce y amable. Le gusta su sabor.

¿Qué debería hacer?

Baja la vista hacia el cachorro que tiene a su lado. Él también está en guardia, olisqueando el aire. Le acaricia el suave pelaje y nota el temblor en su cuerpecillo. Se está preguntando lo mismo: ¿va a volver Él?

Antes Él siempre se ausentaba una o dos lunas como mucho, pero todo cambió cuando Ella murió. Cuando Él se marchó, le habló a Niña.

PÓRTATEBIENMIENTRASESTOYFUERAOYAVERÁS.

No entiende todas las palabras, pero sí «O ya verás».

Aun así, hace demasiado tiempo que se fue. No hay nada que comer. Niña se ha soltado y se ha adentrado en el bosque en busca de bayas y frutos secos, pero es la estación oscura. Pronto estará demasiado débil para buscar alimento, y en cualquier caso ya no habrá nada cuando el blanco empiece a caer y convierta su aliento en niebla. Aunque tiene miedo, aunque le aterran los Extraños que viven Ahí Fuera, tiene hambre, y si Él vuelve y ve que se ha soltado, se enfadará. Tiene que marcharse.

El pueblo de Rain Valley, enclavado entre el Parque Nacional Olympic y el bravo oleaje gris del océano Pacífico, era el último bastión de civilización antes del comienzo de los bosques profundos.

No lejos del pueblo había lugares que jamás habían sido acariciados por los rayos del sol, lugares donde a lo largo de todo el año, sobre la tierra negra y margosa, yacían sombras de formas tan densas y sólidas que los escasos senderistas que se internaban en los bosques pensaban a menudo que habían tropezado con una guarida de osos hibernando. Incluso hoy, en esta era de milagros científicos, tales bosques permanecían inexplorados por el hombre.

Menos de cien años atrás, un grupo de colonos llegó a este hermoso lugar situado entre los bosques húmedos y el mar y echó abajo los árboles justos para plantar sus cultivos. Con el tiempo aprendieron lo que los indios americanos habían aprendido antes que ellos: que la zona era indomable. Así pues, abandonaron los utensilios de labranza y se dedicaron a la pesca. El salmón y la madera se convirtieron en las industrias locales y durante algunas décadas el pueblo prosperó. Pero en los años noventa los ecologistas descubrieron Rain Valley y se propusieron salvar las aves y los peces, así como los árboles centenarios. Los hombres que vivían de la tierra fueron olvidados en esa lucha y con el paso de los años el pueblo cayó en una suerte de abandono silencioso. Uno a uno, los ambiciosos proyectos de los habitantes prominentes del pueblo se desvanecieron. Las ansiadas farolas jamás fueron instaladas; la carretera que llevaba al lago Mystic continuó siendo una azarosa y fina lengua de asfalto llena de baches; el cableado telefónico y eléctrico se quedó donde estaba —en el aire—, columpiándose perezosamente de poste en poste e invitando a las ramas de los árboles a dejar al pueblo a oscuras en cada vendaval.

Puede que en otras partes del mundo, en enclaves donde el hombre hacía tiempo que había plantado su bandera, semejante deterioro de un pueblo hubiera supuesto un golpe mortal para el sentido de comunidad de sus habitantes, pero no aquí. Las gentes de Rain Valley eran almas robustas y capaces, decididas a vivir en un lugar donde llovía más de doscientos días al año y donde se trataba al sol como al tío ricachón que los visitaba muy de tanto en tanto. Soportaban días grises, tierras mullidas y formas obsoletas de ganarse la vida. Y ahí seguían, todos los hijos y las hijas de los pioneros que se habían atrevido a vivir entre los imponentes árboles.

Hoy, sin embargo, sentían que su buen ánimo estaba siendo puesto a prueba. Era un 17 de octubre y el otoño estaba perdiendo la carrera contra el invierno. Oh, los árboles seguían luciendo sus colores festivos y los campos habían recuperado su verdor después de los días marrones del verano, pero no había duda: se acercaba el invierno. El cielo llevaba una semana bajo y plomizo, tapado por inquietantes nubarrones. Había llovido siete días sin parar.

En la esquina de Wheaton Way con Cates Avenue se encontraba la comisaría, un edificio achaparrado de piedra gris con una cúpula en lo alto y un mástil en el frondoso césped de delante. Dentro del austero edificio, la vieja iluminación fluorescente apenas conseguía mantener el gris a raya. Eran las cuatro de la tarde, pero el mal tiempo hacía que parecieran las seis.

La gente que trabajaba dentro de la comisaría procuraba no reparar en ello. Si les hubieran preguntado —que no era el caso—, habrían reconocido que cuatro o cinco días seguidos de lluvia eran aceptables. Más si se trataba de una mera llovizna. Pero esa prolongación del mal tiempo se les antojaba extraña. No estaban en enero, después de todo. Los primeros días, sentados a sus mesas, se quejaban con buen talante del tramo a pie entre el coche y la comisaría. Ahora tales conversaciones habían sido aniquiladas por el martilleo constante de la lluvia contra el tejado.

Ellen Barton —Ellie para los amigos, que eran todos los del pueblo— se encontraba de pie frente a la ventana contemplando la calle. La lluvia confería un aire insustancial a todo. Vislumbró su imagen en el vidrio veteado de agua; no era exactamente un reflejo, sino más bien una impresión representada de forma momentánea en el cristal. Se vio como se veía siempre, como la joven que había sido en otros tiempos: larga cabellera morena, ojos azul aciano y una alegre sonrisa siempre a punto. La chica elegida reina del baile del instituto y jefa del equipo de animadoras. Como siempre que evocaba su juventud, se recordó vestida de blanco. El color de las novias, de la esperanza en el futuro, de las familias esperando nacer.

—Tengo que fumar, Ellie. Me he portado muy bien, pero estoy alcanzando un momento crítico. Si no enciendo un cigarro ahora mismo, atacaré la nevera.

—No le dejes —dijo Cal desde la mesa de la centralita. Estaba encorvado sobre el teléfono con un mechón de pelo negro caído sobre los ojos. En el instituto, Ellie y sus amigas lo llamaban el Cuervo por su pelo negro y sus rasgos fuertes y marcados. Siempre había tenido un físico huesudo y desgarbado, como si no estuviera del todo a gusto en su cuerpo. Cercano a los cuarenta, Cal seguía pareciendo un chiquillo. Solo sus ojos, oscuros e intensos, dejaban entrever los muchos kilómetros que había recorrido a lo largo de su vida—. Hay que tener mano dura, es lo único que funciona.

—Que te den —respondió Peanut.

Ellie suspiró. Habían tenido esa misma conversación hacía solo quince minutos y otros diez antes de eso. Se llevó las manos a la cintura, descansando los dedos en el pesado cinturón de cartucheras que le colgaba de las caderas, y se volvió hacia su mejor amiga.

—Peanut, ya sabes lo que voy a decirte. Este es un edificio público y yo soy la jefa de policía. ¿Cómo voy a permitir que quebrantes la ley?

—Exacto —la secundó Cal. Abrió la boca para decir algo más, pero le entró una llamada—. Policía de Rain Valley.

—Así que de repente eres miss Ley y Orden —dijo Peanut—. ¿Qué pasa entonces con Sven Morgenstern? Siempre aparca enfrente de su tienda, justo delante de la boca de incendios. ¿Cuándo fue la última vez que te llevaste su coche? Y Large Marge roba dos cajas de polos y un pintaúñas del súper todos los domingos después de misa. Hace siglos que no tramito su arresto. Supongo que mientras su marido pague la cuenta no importa... —Dejó la frase en el aire.

Las dos sabían que Peanut podía citar otros diez ejemplos. Estaban en Rain Valley, después de todo, no en Seattle. Ellie era jefa de policía desde hacía cuatro años, y antes de eso había sido patrullera durante ocho. Aunque estaba preparada para cualquier cosa, el delito más peligroso al que se había enfrentado hasta la fecha era un allanamiento de morada.

—O dejas que me fume un piti o me voy a buscar un dónut y un Red Bull.

—Ambas cosas te matarán.

—A ella sí, pero a nosotros no —señaló Cal, poniendo fin a la llamada—. Mantente firme, El. Peanut es la agente de patrulla, no debería fumar dentro de un edificio público.

—Estás fumando demasiado —dijo finalmente Ellie.

—Sí, pero estoy comiendo menos.

—¿Por qué no vuelves a la dieta del salmón seco? ¿O a la del pomelo? Eran más saludables.

—Déjate de rollos y contesta. Necesito un cigarrillo.

—Solo hace cuatro días que empezaste a fumar, Peanut —dijo Cal—. Dudo mucho que necesites un cigarrillo.

Ellie meneó la cabeza. Si no intervenía, esos dos se pasarían el día discutiendo.

—Deberías volver a tus reuniones —dijo con un suspiro—. Eso del Weight Watchers estaba funcionando.

—¿Seis meses a base de sopa de col para perder siete kilos? No, gracias. Venga, Ellie, sabes que estoy en un tris de agarrar un dónut.

Ellie sabía que había perdido la batalla. Ella y Peanut —Penelope Nutter— llevaban más de una década trabajando codo con codo en esa oficina y eran amigas íntimas desde el instituto. A lo largo de los años su amistad había capeado todos los temporales, desde la ruptura de los dos frágiles matrimonios de Ellie hasta la reciente decisión de Peanut de que fumar era la clave para adelgazar. La llamaba la dieta de Hollywood y enumeraba a todos los famosos escuálidos que fumaban.

—Está bien, pero solo uno.

Obsequiando a Cal con una sonrisita, Peanut plantó las manos en la mesa y se impulsó hacia arriba. Los veinte kilos que había ganado en los últimos años ralentizaban ligeramente sus movimientos. Fue hasta la puerta y la abrió, si bien todos sabían que no habría brisa alguna que se llevara el humo en un día tan húmedo y plomizo.

Ellie recorrió el pasillo hasta la habitación del fondo. Teóricamente era su despacho, aunque apenas lo usaba. En pueblos como ese eran pocas las visitas oficiales y Ellie prefería pasar sus días en la oficina principal con Cal y Peanut. Apartó las huellas del desayuno de tortitas del mes pasado y encontró una máscara antigás. Se la puso y regresó a la sala.

Cal estalló en carcajadas.

Peanut se esforzó por no reír.

—Muy graciosa.

Ellie se levantó la máscara para declarar:

—Puede que algún día quiera hijos. Estoy protegiendo mi útero.

—Yo de ti me preocuparía menos por el humo indirecto y más por conseguir una cita.

—Ha probado con todos desde Mystic hasta Aberdeen —dijo Cal—. El mes pasado incluso salió con el tío de UPS, ese guaperas que siempre se olvida de dónde ha dejado el camión.

Peanut exhaló una bocanada de humo y tosió.

—Creo que deberías bajar el listón, Ellie.

—Se nota que estás disfrutando de tu pitillo —dijo Cal con una sonrisita.

Peanut le enseñó el dedo corazón.

—Estamos hablando de la vida amorosa de Ellie.

—Es de lo único que habláis vosotras dos —señaló Cal.

Era verdad.

Ellie no podía evitarlo: le encantaban los hombres. Por lo general —vale, siempre— los que menos le convenían.

Peanut lo llamaba «la maldición de la reina de la belleza de un pueblo pequeño». Ojalá Ellie hubiese sido como su hermana y hubiese aprendido a depender de su cerebro y no de su belleza. Pero el destino no lo había querido así. A Ellie le gustaba divertirse; le gustaban los romances. El problema era que ninguno había conducido aún a un amor verdadero. Según Peanut, eso era porque Ellie no sabía comprometerse, pero no era del todo así.

Sus matrimonios —los dos— habían fracasado porque se había casado con hombres guapos de culo inquieto con ojos para todas. La experiencia con su primer marido, Al Torees, ex capitán del equipo de fútbol del instituto, tendría que haberle bastado para pasar de los hombres durante unos cuantos años, pero Ellie tenía mala memoria y al poco de divorciarse se casó con otro perdedor bien parecido. Malas elecciones, la verdad sea dicha, pero los divorcios no le habían hecho perder la esperanza. Todavía creía en el amor verdadero y estaba esperando a dejarse llevar por él. Sabía que era posible; había visto ese amor en sus padres.

—Como siga bajando el listón, Pea, acabaré saliendo con alguien fuera de mi especie. A lo mejor Cal podría arreglarme una cita con uno de sus amigos frikis de los congresos de cómics.

Cal se mostró dolido por el comentario.

—No somos frikis.

—Por supuesto que no —dijo Peanut exhalando el humo—. Sois hombres hechos y derechos que creen que los hombres con mallas son atractivos.

—Hablas como si fuéramos gais.

—Qué va. —Peanut rio—. Los gais tienen sexo. Tus amigos llevan disfraces de *Matrix* en público. Nunca entenderé cómo Lisa y tú acabasteis juntos.

Al mencionar a la esposa de Cal, un silencio incómodo se apropió de la sala. Todo el pueblo sabía que Lisa le era infiel. Siempre corrían rumores sobre ella; cuando se mencionaba su nombre, los hombres sonreían y las mujeres fruncían el ceño y sacudían la cabeza. Pero allí, en la comisaría, jamás se hablaba de ello.

Cal regresó a su cómic y a los garabatos en su libreta de dibujo. Los tres sabían que estaría un rato callado.

Ellie se sentó frente a su mesa y puso los pies en alto.

Peanut se apoyó en la pared y la miró a través de una nube de humo.

—Ayer vi a Julia en las noticias.

Cal levantó la vista.

—¿En serio? He de poner la tele más a menudo.

Ellie se quitó la máscara antigás y la dejó sobre la mesa.

—La causa fue desestimada.

—¿La has llamado?

—Pues claro. El contestador tenía una música muy bonita. Creo que me está evitando.

Peanut dio un paso adelante. Los viejos tablones de roble, clavados a comienzos de siglo, cuando Bill Whipman era el jefe de policía del pueblo, temblaron, pero como todo en Rain Valley, eran más fuertes de lo que parecían. En el West End las cosas —y las personas— estaban hechas para durar.

—Deberías probar de nuevo.

—Ya sabes la envidia que me tiene Julia. Dudo mucho que quiera hablar conmigo justo ahora.

—Tú crees que todo el mundo te tiene envidia.

—No es cierto.

Peanut le lanzó una de esas miradas de «¿A quién pretendes engañar?» que constituían el pilar de su amistad.

—Vamos, Ellie, tu hermana pequeña tenía pinta de estar pasándolo mal. ¿Vas a fingir que no puedes hablar con ella porque hace veinte años tú fuiste la reina del baile y ella pertenecía al club de matemáticas?

A decir verdad, Ellie también la había visto —la mirada angustiada, atormentada, de su hermana pequeña— y había deseado tenderle la mano y ayudarla. Julia siempre había sentido las cosas con demasiada intensidad; era lo que la hacía una gran psiquiatra.

—No me escucharía y lo sabes, Peanut. Julia cree que tengo la inteligencia de un mosquito. Puede que…

La interrumpieron unos pasos.

Alguien estaba corriendo hacia la comisaría.

Ellie se levantó justo cuando la puerta se abría bruscamente y golpeaba la pared.

Lori Forman irrumpió en la oficina. Estaba empapada y muerta de frío; le temblaba todo el cuerpo. Sus hijos —Bailey, Felicia y Jeremy— se apiñaban a su alrededor.

—Tienes que venir —le dijo a Ellie.

—Tranquilízate, Lori. Cuéntame qué ha pasado.

—No te lo vas a creer. Caray, si yo que lo he visto todavía no me lo creo. Ven conmigo, hay algo en Magnolia Street.

—Al fin sucede algo en este pueblo. —Peanut agarró el abrigo del perchero situado junto a su mesa—. Cal, espabila y desvía las llamadas a tu móvil. No queremos perdernos el espectáculo.

Ellie fue la primera en salir por la puerta.

# 2

Ellie estacionó el coche patrulla en una plaza libre en la esquina de Magnolia con Woodland y apagó el motor. Este espurreó varias veces, tosiendo como un viejo, y luego calló.

En ese preciso instante la lluvia paró y el sol asomó entre las nubes.

Incluso a Ellie, que llevaba toda su vida allí, le sorprendió el repentino cambio de tiempo. Era la hora mágica, el momento en que todas las hojas y briznas parecían independientes, en que la luz del sol, lustrada por la lluvia y atenuada por el inminente anochecer, ofrecía al mundo un resplandor asombrosamente bello.

Peanut se inclinó hacia delante y el asiento de vinilo crujió.

—No veo nada.

—Yo tampoco —dijo Cal, que estaba sentado muy recto en el asiento de atrás, con el larguirucho cuerpo doblado en tres partes bien definidas. Sus dedos, largos y huesudos, formaban un triángulo.

Ellie paseó la mirada por la plaza del pueblo. Nubes del color de clavos viejos surcaban el cielo tratando de difuminar la debilitada luz, pero el sol, ahora que había aparecido, no tenía intención de dejarse arrinconar. Rain Valley —sus cinco manzanas al completo— parecía brillar con una luz de otro mundo. Las fachadas de ladrillo, construidas una tras otra en los tiempos prósperos del salmón y la madera de la década de los setenta, refulgían como el cobre martillado.

Delante de la droguería de Swain había una multitud, y otra cruzando la calle, frente a la peluquería de Lulu. Sin duda, los clientes de The Pour House no tardarían en salir a trompicones exigiendo saber qué miraba toda esa gente.

—¿Estás ahí, jefa? —dijo una voz por la radio.

Ellie apretó el botón y respondió:

—Estoy aquí, Earl.

—Ven hasta el árbol de Sealth Park. —Hubo una interferencia, tras la cual Earl añadió—: Acércate despacio. No estoy bromeando.

—Quédate aquí, Peanut, y tú también, Cal —ordenó Ellie mientras bajaba del coche.

El corazón le iba a mil. Era el aviso más emocionante que había recibido nunca. Básicamente, su trabajo consistía en acompañar a casa a tipos que habían bebido demasiado y en hablar a los niños de la escuela local sobre los peligros de las drogas. Pero ella se había preparado para cualquier contingencia. Había aprendido esa lección de su tío Joe, que había sido el jefe de policía del pueblo durante tres décadas. «Nunca des por sentada la tranquilidad —solía decirle—. En cualquier momento puede hacerse añicos como el cristal».

Ellie le creyó, y aunque se había convertido en policía casi por inercia, le había cogido el gusto a su trabajo. Ahora estaba al día de la actualidad, mantenía afilada su puntería en el campo de tiro y vigilaba su pueblo con ojo de lince. Era lo único que se le había dado realmente bien en la vida, además de sacar partido a su belleza, lo que se tomaba igual de en serio.

Echó a andar por la calle mientras se percataba del silencio ensordecedor.

Podría haber oído la caída de una aguja. Era una quietud antinatural para un pueblo tan aficionado al parloteo.

Abrió la cartuchera y empuñó el arma. Era la primera vez que la sacaba en el terreno.

El martilleo de sus tacones retumbaba contra la calzada. A sendos lados de la calle, las cunetas eran ríos de hirviente agua plateada. Al llegar al cruce, escuchó murmullos y vio a la gente señalar con el dedo el Chief Sealth City Park.

—Ya la tenemos aquí —dijo alguien.

—La jefa Barton sabrá qué hacer.

Ellie se detuvo en la esquina y Earl corrió a su encuentro. Los tacones de sus botas de vaquero sonaban como disparos sobre el resbaladizo asfalto. Se movía como una marioneta con las cuerdas flojas, como si tuviera las piernas torcidas y desarticuladas. Tenía el uniforme cubierto de lluvia.

—¡Chis! —susurró Ellie.

El rostro rubicundo de Earl Huff se arrugó como una pasa. Contaba sesenta y cuatro años y era policía desde antes de que Ellie naciera, pero siempre la trataba con el máximo respeto.

—Lo siento, jefa.

—¿Qué ocurre? —le preguntó Ellie—. Yo no veo nada.

—Apareció hace unos diez minutos, justo después de aquel trueno descomunal. ¿Lo oísteis?

—Lo oímos —respondió Peanut, corta de resuello. Cal estaba a su lado.

Ellie se volvió rauda hacia ellos.

—Os dije que os quedarais en el coche.

—¿Iba en serio? —le preguntó Peanut con cara de incredulidad—. Pensé que era una de esas órdenes dichas sin pensar. Vamos, Ellie, ¿no esperarás que nos perdamos la primera emergencia real en años?

Cal asintió con una sonrisita. A Ellie le entraron ganas de abofetearlo. Se preguntó si el capitán del Departamento de Policía de Los Ángeles tenía problemas similares con sus amigos. Con un suspiro, se volvió hacia Earl.

—Habla.

—Después del trueno, la lluvia paró de golpe. Estaba diluviando y de repente dejó de llover. Luego salió aquel sol increíble. Fue en ese momento cuando el viejo doctor Fischer escuchó el aullido de un lobo.

Peanut se estremeció.

—Como esa escena de *Buffy, cazavampiros* en que...

—Continúa, Earl —la interrumpió secamente Ellie.

—Fue la señora Grimm la que reparó en la niña. Yo me estaba cortando el pelo, y no me salgas con lo de «¿Qué pelo?». —Se volvió despacio y apuntó con el dedo—. Cuando la niña trepó al árbol, te llamamos.

Ellie clavó la mirada en el árbol. Lo había visto cada día de su vida, había jugado en él de niña, se había apoyado en su tronco para fumar cigarrillos mentolados y había recibido su primer beso —nada menos que de Cal— bajo su verde copa. No veía nada fuera de lo normal ahora.

—¿Es una broma, Earl?

—Por lo que más quieras, El, ponte las gafas.

Ellie se llevó la mano al bolsillo superior y sacó las gafas de farmacia que seguía sin reconocer que necesitaba. Las sentía extrañas y pesadas en su cara. Entrecerrando los ojos tras los cristales ovalados, avanzó hacia el árbol.

—¿Eso de ahí es...?

—Lo es —confirmó Peanut.

Había una niña oculta entre las hojas otoñales del arce. ¿Cómo había conseguido trepar tan alto por las empapadas ramas?

—¿Cómo sabes que es una niña? —le susurró Cal a Earl.

—Yo solo sé que lleva un vestido y tiene el pelo largo. Lo demás es pura suposición.

Ellie dio un paso hacia delante para verla mejor.

La niña era pequeña, probablemente de unos cinco o seis años. Podía ver lo flaca que estaba incluso desde esa distancia. Su pelo largo y moreno era una sucia maraña llena de hojas y mugre. Tenía un cachorrillo acurrucado en los brazos.

Ellie enfundó la pistola.

—Quedaos aquí. —Echó a andar hacia el árbol. Luego se detuvo y se volvió hacia Peanut y Cal—. Lo digo en serio. No me obliguéis a dispararos.

—Somos estatuas —dijo Peanut.

—De piedra —añadió Cal.

Ellie pudo oír una oleada de murmullos cuando procedió a atravesar el cruce. Mientras se aproximaba a su destino se quitó las gafas. No había llegado a la fase de fiarse del mundo visto a través de una lente.

Cuando se encontraba a un metro y medio del árbol, levantó la vista. El cuerpecillo seguía allí, encogido sobre una rama asombrosamente alta. Era, sin duda, una niña. Parecía muy cómoda en lo alto, con el cachorro en los brazos, pero tenía los ojos muy abiertos y vigilaba cada movimiento. La pobrecilla estaba aterrorizada.

Que la colgaran si lo que tenía en los brazos no era un lobezno.

—Hola, pequeña —dijo Ellie en un tono tranquilizador. Era una de las muchas veces en que lamentaba no haber tenido hijos. La voz de una madre les habría ido muy bien ahora—. ¿Qué haces ahí arriba?

El lobo gruñó y enseñó los dientes.

La mirada de Ellie se clavó en la de la niña.

—No voy a hacerte daño, en serio.

No obtuvo respuesta; ni siquiera un parpadeo o el movimiento de un dedo.

—Empecemos de cero. Yo soy Ellen Barton. ¿Quién eres tú?

De nuevo, nada.

—Imagino que estás huyendo de algo. O puede que simplemente estés jugando. Mi hermana y yo jugábamos a los piratas en el bosque cuando éramos pequeñas. Y a la Cenicienta. Ese era mi juego favorito, porque Julia tenía que limpiar el cuarto mientras yo me probaba vestidos bonitos para el baile. Ser la hermana mayor mola mucho más.

Era como hablarle a una fotografía.

—¿Por qué no bajas de ahí antes de que te caigas? Me aseguraré de que estés bien.

Ellie habló durante quince minutos, diciendo todo lo que se le pasaba por la cabeza, hasta que se le acabaron las palabras. Ni una sola vez había respondido o reaccionado la niña. De hecho, parecía como si ni siquiera respirara.

Volvió junto a Earl, Peanut y Cal.

—¿Cómo vamos a bajarla, jefa? —le preguntó Earl con preocupación. En su frente pálida y sudorienta aparecieron unos surcos profundos. Se frotó con nerviosismo la cabeza casi calva, acentuando el emparrado pelirrojo que lucía desde hacía más años de los que nadie podía recordar.

Ellie no tenía ni idea de qué hacer. En la comisaría guardaba toda clase de manuales y libros de consulta y había memorizado la mayoría para el examen de capitana. Había capítulos sobre asesinatos, tumultos, robos y secuestros, pero ni un solo párrafo sobre cómo conseguir que una niña muda y su lobezno gruñón bajaran de un árbol de Main Street.

—¿Alguien la vio subir?

—La señora Grimm. Dijo que la chiquilla no andaba en nada bueno, que a lo mejor quería robar manzanas de los barriles del mercado. Cuando el doctor Fischer le gritó, la niña cruzó corriendo la calle y subió al árbol de un salto.

—¿De un salto? —dijo Ellie—. Por todos los santos, esa rama está a seis metros del suelo.

—Yo tampoco me lo creí, jefa, pero otros testigos lo han confirmado. También dicen que corría como el viento. La señora Grimm se santiguó mientras me lo contaba.

Ellie notó el comienzo de un dolor de cabeza. Para la hora de la cena el pueblo entero habría oído la historia de una niña que corría como el viento y se subía de un salto a las ramas más altas de los arces. Seguro que para entonces contarían que le salía fuego de los dedos y volaba de rama en rama.

—Necesitamos un plan —dijo Ellie, más para sí que para los demás.

—El cuerpo de bomberos voluntarios rescató a Scamper de aquel abeto de Peninsula Road.

—Scamper es un gato, Earl —señaló Peanut cruzando los brazos.

—Ya lo sé, Penelope, pero no tenemos un protocolo para niños atrapados en los árboles. Acompañados de lobos —añadió para rematar.

Ellie posó una mano en el brazo del agente.

—Es una buena idea, Earl, pero la niña está muerta de miedo. Si ve esa enorme escalera roja acercándose a ella, podría caerse.

Peanut se dio unos golpecitos en los dientes con la larga uña púrpura tachonada de estrellas, señal inequívoca de que estaba cavilando. Finalmente dijo:

—Apuesto a que tiene hambre.

—Tú crees que todo el mundo tiene hambre —añadió Cal.

—Eso no es cierto.

—Ya lo creo que sí. ¿Y si intento yo hablar con ella, El? —propuso Cal—. Mi Sarah tiene más o menos su edad.

—No, deja que sea yo la que hable con ella —dijo Peanut—. Después de todo, soy madre.

—Y yo padre.

—Callaos los dos —espetó Ellie—. Earl, ve a la cafetería y pídeme comida rica y caliente. También leche. Y puede que un trozo de la tarta de manzana de Barbara.

—Eres un genio, Ellie. La señora Grimm pensaba que la niña estaba intentando robar comida —dijo Earl sonriendo de oreja a oreja—. Vi algo así en una serie de polis. Creo que era…

—Fui yo la que mencionó la comida —resopló Peanut.

—Tú siempre mencionas la comida —dijo Cal—. No tiene mucho mérito que digamos.

—Y despejad las calles —los interrumpió Ellie antes de que empezaran de nuevo—. No quiero a nadie en un radio de dos manzanas.

La sonrisa de Earl se esfumó.

—No querrán irse.

—Nosotros somos la autoridad, Earl. Oblígalos.

Earl la miró de soslayo. Ambos sabían que no tenía demasiada experiencia como agente de la autoridad. Aunque llevaba décadas patrullando esas calles, pasaba la mayor parte del tiempo visitando la cafetería y poniendo multas de aparcamiento.

—Quizá debería llamar a Myra. A ella todo el mundo la escucha.

—No necesitas a tu mujer para despejar las calles, Earl. Si es necesario, empieza a poner multas. Eso se te da bien.

Earl hundió los hombros y puso rumbo a la peluquería. A la altura de la droguería se vio rodeado de una multitud. Al cabo de unos instantes hubo un estallido de protestas.

Peanut cruzó los brazos y chasqueó la lengua.

—Esto es lo más grande que ha sucedido en el pueblo desde que Raymond Weller se empotró con el coche en la autocaravana de Thelma. Te van a odiar por obligarlos a perdérselo.

Ellie se volvió hacia su mejor amiga.

—¿También tú?

Peanut la miró incrédula.

—¿No pretenderás meterme en el mismo saco?

—Tenemos a una niña aterrorizada ahí arriba, Pea, y se diría que algo raro le pasa. Entretener a la gente de Rain Valley, incluida tú, no está ahora mismo entre mis prioridades. Vete a la comisaría con Cal y consígueme una red. Presiento que no será fácil atrapar a esa pobre chiquilla. Llama a Nick en Mystic. Y a Ted a la reserva. Pregúntales si hoy se ha perdido una niña en el parque. Cal, tú telefonea a Mel. Probablemente esté dando vueltas frente a la entrada del parque intentando multar a los turistas. Dile que interrogue a la gente del pueblo. Esta niña no es de aquí, pero puede que se esté alojando con alguien.

—Yo, por mi parte, sé cumplir una orden —dijo Cal encaminándose al coche patrulla.

Peanut se quedó donde estaba.

—Vete —le dijo Ellie.

Peanut soltó un suspiro exagerado.

—Vale, me voy.


Una hora y media después las calles del centro de Rain Valley estaban desiertas. Las tiendas habían cerrado y los aparcamientos se hallaban vacíos. Habían instalado dos cordones policiales fuera de la vista. Sin duda, Peanut y Cal estaban disfrutando de lo lindo como portavoces oficiales de la jefa de policía Ellen Barton.

—Supongo que estás pensando que es un poco raro que una mujer sea jefa de policía —dijo Ellie, sentada muy quieta en el incómodo banco de madera y hierro situado debajo del arce.

Llevaba allí casi una hora y cada vez era más evidente que no iba a ser capaz de convencer a la chiquilla de que bajara del árbol. No era una sorpresa. Ellie podía conducir a ciento sesenta kilómetros por hora sin que le temblara el pulso, disparar a un pájaro desde una distancia de ciento cincuenta metros y conseguir que un hombre hecho y derecho confesara un robo, pero todo lo que sabía sobre niños cabía en un dedal.

No obstante, Peanut y Cal —que sí sabían de niños— pensaban que hablar era la clave. El plan A. Todos coincidían en que lo mejor era que la niña bajara voluntariamente. Así que Ellie hablaba.

Contempló la bandeja que descansaba a los pies del árbol. Contenía dos pollos asados rodeados de trozos de manzana y naranja. Una tarta de manzana recién hecha ocupaba un cuenco aparte. Había varios platos de papel y tenedores apilados. El vaso de leche se había calentado hacía rato.

Tendría que haber pedido comida para niños: hamburguesas de queso, patatas fritas, pizza. ¿Cómo no se le había ocurrido?

Aun así, olía de maravilla. El estómago de Ellie gruñó, recordándole que había pasado la hora del almuerzo, y ella no estaba acostumbrada a saltarse comidas. De no ser por las clases diarias de aeróbic en la academia de baile del pueblo, habría acumulado unos buenos kilos desde el instituto. Y sabía Dios que una mujer bajita como ella no podía permitirse engordar. No cuando estaba soltera y en busca del amor.

Ladeó la cabeza ligeramente hacia la izquierda y alzó la vista.

La niña la miró con una intensidad inquietante. Del color del mar del Caribe, sus ojos la observaban por debajo de un denso abanico de pestañas oscuras. Por un momento se vio transportada a su segunda luna de miel, cuando Ellie vio por primera vez un mar tropical y las hordas de niños morenos que jugaban con las olas. Estos, pese a lo flacos que estaban, eran todo sonrisas y carcajadas.

Contempló el rododendro que había al otro lado de la calle, delante de la ferretería. Sabía que detrás del arbusto un hombre de Control de Animales tenía un rifle apuntando hacia el arce. Estaba cargado con un dardo tranquilizante para el lobezno. Detrás de él, un empleado de la granja de animales salvajes tenía preparados un bozal y una jaula.

«Sigue hablando».

Ellie suspiró.

—En realidad, yo no tenía planeado hacerme poli. Ocurrió casi sin que me diera cuenta, así funciono yo en la vida. Mi hermana Julia, en cambio, lo tenía clarísimo. A los diez años ya quería ser médica, mientras que yo solo quería su colección de Barbies. —Sonrió con tristeza—. Tenía veintiún años la segunda vez que me casé. Cuando mi matrimonio se fue a pique, volví a casa de mi padre. Un poco deprimente para una chica que ya podía beber legalmente… y hay que ver cómo bebía. En aquel entonces los margaritas y el karaoke eran mi vida. Soñaba con probar a cantar en un grupo, pero, por lo que fuera, nunca lo hice. La historia de mi vida. El caso es que mi tío Joe, que era el jefe de policía, hizo un trato conmigo: si ingresaba en la Academia de Policía, ignoraría mis multas de aparcamiento. Cuando volví al pueblo me contrató y con el tiempo me di cuenta de que había nacido para este trabajo.

Lanzó una mirada a la niña.

Ni un movimiento. Nada.

La barriga de Ellie protestó.

—En fin. —Alargó las manos hasta el pollo y arrancó una pata.

Al hincarle el diente, no pudo por menos que cerrar los ojos un segundo. Masticó despacio y tragó.

Las hojas se agitaron. La rama crujió.

Ellie se quedó quieta. Notó que una brisa recorría el parque y arañaba las hojas secas.

La chiquilla se inclinó hacia delante. La punta rosa de la lengua le asomó entre los labios. Ellie advirtió que le faltaba una paleta.

—Vamos —susurró. Al ver que la niña no se movía, probó con diferentes palabras, confiando en que conectara con alguna. Las historias y las frases no estaban funcionando. Puede que la respuesta estuviera en lo simple—. Abajo. Aquí. Pollo. Tarta. Comida.

La niña saltó de la rama y, sigilosa como un gato, aterrizó a cuatro patas con el lobezno todavía sujeto.

Imposible. Los huesos de la chiquilla tendrían que haberse partido como ramitas con el impacto.

Ellie notó que su estómago se encogía. No era una mujer fantasiosa o supersticiosa, pero ahora mismo, sentada en ese banco, mirando a esa niña sucia y escuálida con su lobezno blanco en los brazos, se sentía sobrecogida.

La niña clavó la mirada en ella. Sus ojos verde azulados, bellos e inquietantes, parecían verlo todo.

Ellie no se movía, ni siquiera respiraba.

La niña alzó el mentón, olisqueó el aire y, muy despacio, dejó en el suelo al cachorro, que permaneció junto a ella. Dio un paso cauto hacia el pollo.

Luego otro.

Y otro.

Ellie soltó el aire todo lo sigilosamente que pudo. La pequeña se movía como un animal salvaje, olfateando, percibiendo. El lobezno no se separaba de ella.

Al final, rompió el contacto visual y se abalanzó sobre la comida.

Ellie no había visto nada igual en su vida. Parecían hermanos de camada devorando una pieza. La niña no paraba de arrancar un trozo de pollo tras otro y metérselo en la boca.

Muy despacio, Ellie alargó el brazo hacia atrás y cogió la red. «Por favor, Dios, haz que funcione». No tenía un plan B.

Con un perfecto giro de animadora, levantó la red y la arrojó en dirección a la niña. Esta se precipitó sobre la pequeña y el cachorro y golpeó el suelo. Cuando se dieron cuenta de que los habían apresado, estalló el caos.

La chiquilla enloqueció. Se arrojó al suelo y, agarrando la red de nailon con sus dedos grasientos, empezó a rodar para liberarse. Cuanto más luchaba por escapar, más se enredaba en ella.

El lobezno gruñó. Cuando el dardo rojo se hundió en su costado, soltó un alarido y, tambaleándose, cayó al suelo.

La niña aulló. Fue un sonido espantoso, desgarrador.

—Tranquila, cariño —dijo Ellie, avanzando finalmente hacia ellos—. No tengas miedo. Tu cachorro no está herido. Voy a mandarlo a un lugar agradable y seguro.

La niña se subió al cachorro en el regazo y lo acarició sin cesar para intentar despertarlo. Al ver que no reaccionaba, soltó otro aullido desesperado que horadó el silencio y lanzó una bandada de cuervos hacia el cielo crepuscular.

Ellie rodeó despacio a la niña. Mientras se acercaba reparó en el olor. A hojas moribundas y tierra descompuesta, y debajo de todo eso, un punzante rastro a orina.

Tragó saliva y dejó que la jeringa le resbalara por la manga. Con cuidado, hundió la aguja en la nalga de la niña y presionó el émbolo.

La chiquilla gritó de dolor y se volvió rauda hacia ella.

—Lo siento —dijo Ellie—, es solo una detención preventiva. Enseguida te dormirás. No dejaré que nadie te haga daño.

La niña retrocedió para evitar la caricia de Ellie y perdió el equilibrio. Le subió otro gemido por la garganta y luego se desplomó. Acurrucada en el suelo alrededor del cachorro inconsciente, parecía increíblemente frágil y pequeña, y el ser más desamparado que Ellie había visto nunca.


En los últimos momentos del ascenso, el cielo del Pacífico empezó a pasar lentamente de un dorado lustroso a un pálido tono salmón.

Hizo una pausa en el descenso, respirando con dificultad, y colgado de la cuerda y el arnés se dio la vuelta para contemplar las vistas.

Desde su posición en la pared de granito, unos ciento veinte metros en vertical por encima de la belleza azul cristalina de un lago alpino anónimo, Max Cerrasin podía otear el mundo. A su alrededor se alzaban las imponentes cumbres escarpadas de las montañas Olympic. El impresionante paisaje parecía el punto de la tierra más alejado de la civilización. Que él supiera, era la primera persona que escalaba esa peligrosa placa de roca.

Eso era lo que amaba de este deporte. Cuando se hallaba ahí arriba, anclado a un trocito de roca por una pieza de metal y su propio coraje, el mundo dejaba de existir. No había preocupaciones, ni estrés, ni recuerdos de lo que había perdido.

Solo existía la belleza extrema, la soledad y el riesgo. He ahí lo que más le gustaba: el riesgo.

No había nada como un peligro inminente para hacer saber a un hombre que estaba vivo.

Mientras sudaba profusamente y respiraba aún con dificultad, descendió despacio, palmo a palmo, acariciando el granito en busca de los puntos débiles e inestables.

En un momento dado pisó en falso y empezó a caer. La roca bajo su mano se desmenuzó y salió volando, salpicándole la cara.

Durante el segundo que duró la caída notó que se le encogía el estómago y se le disparaba el corazón. Alargó el brazo y encontró un saliente al que agarrarse.

Riendo con alivio, descansó la frente en la fría piedra mientras su corazón recuperaba su ritmo normal.

Tras enjugarse el sudor de la frente, reemprendió el descenso. Conforme se aproximaba al suelo fue aumentando la velocidad, más seguro de sí mismo. Casi había llegado —apenas le faltaban diez metros— cuando le sonó el móvil.

Tocó suelo, sacó el móvil de la mochila y lo abrió. Enseguida supo, sin necesidad de ver el número, que se trataba de una emergencia.

La noticia de la aparición de la niña se propagó por Rain Valley como la pólvora. Para las nueve de la noche ya se había formado una multitud delante del hospital del condado. Cal no paraba de atender llamadas. Había sorprendido a Ellie ofreciéndose a trabajar después de su jornada. Normalmente se iba corriendo a casa para preparar la cena a su mujer y sus hijas. Pero a estas alturas la historia que corría era la de una niña loba voladora con poderes mágicos sobre el clima, y todo el mundo quería formar parte de ella. Mañana por la mañana habría largas colas en la Granja de Animales Salvajes de Olympic; todos querían ver el cachorro de lobo que habían capturado.

Dentro del hospital, la niña yacía en una cama estrecha con varios electrodos en la cabeza y otros dos en el corazón para controlar los latidos. Una correa de cuero alrededor de la muñeca izquierda la mantenía atada a la barra de la cama, aunque en su estado inconsciente no representaba una amenaza ni para ella ni para los demás. Era la primera vez que se utilizaban las correas en los últimos diez años; las enfermeras habían pasado una eternidad buscándolas en el trastero.

Ellie se encontraba frente a la cama con los brazos cruzados. Peanut estaba a su lado. Por una vez, su amiga no decía nada. Se sentían mal por haber dejado a Earl solo ante el gentío congregado frente al hospital y a Cal a cargo de la centralita, pero tenían que repartirse el trabajo. Ellie necesitaba hablar con el médico y Peanut…, bueno, Peanut no tenía intención de perderse ni un segundo de ese drama. Desde la aparición de la niña había abandonado su puesto solo media hora, y fue para llevar cena a su casa. Su hija Tara estaba haciendo de canguro para Cal.

El doctor Max Cerrasin examinaba a la niña. De vez en cuando murmuraba algo para sí, pero aparte de eso, nadie hablaba.

Ellie nunca lo había visto tan serio. En los seis años que llevaba en Rain Valley, Max se había ganado una excelente reputación, y no solo por sus habilidades como médico. Ellie todavía se acordaba del día en que llegó al pueblo. Se hizo cargo de la consulta del doctor Fischer y se instaló en una casa situada frente al lago, a las afueras del pueblo. Las mujeres solteras estaban encantadas; todas las féminas de entre veinte y sesenta años —Ellie incluida— se sintieron atraídas por él. En un chorreo incesante y parlanchín, procedieron a personarse en su puerta, siempre con un guiso en las manos.

Luego esperaron impacientes a que Max eligiera a una de ellas.

Y esperaron.

A lo largo de los años había entablado amistad con casi todas las mujeres solteras del pueblo y salido con muchas de ellas, pero ninguna había logrado echarle el lazo. Aunque era un ligón empedernido, Max repartía su atención de manera equitativa.

Ni siquiera Ellie había conseguido enamorarlo. Su idilio había sido como todos los demás, un ardiente visto y no visto. Últimamente se lo veía salir cada vez menos y poco a poco se estaba convirtiendo en el animal más extraño de un pueblo: el ermitaño.

Ellie no conseguía entenderlo. Toda esa buena facha desaprovechada.

—Bien —dijo finalmente Max, pasándose una mano por la mata de pelo gris plata.

Ellie se apartó de la pared y se acercó a él. Al posar la mirada en sus ojos azules, vio que estaba agotado. No era de extrañar. Había oído que lo habían localizado en una pared rocosa hacía solo un par de horas. Había venido directamente de las montañas y ni siquiera se había molestado en ponerse el uniforme o la bata blanca. Iba con unos Levi's gastados y una camiseta negra. Su pelo gris y ondulado estaba algo húmedo y despeinado, pero —como siempre— eran sus ojos los que llamaban la atención. Eran de un color azul eléctrico, y cuando Max te miraba parecía que no hubiera nadie más en la habitación. Incluso ahora, cansado y desconcertado, seguía siendo el hombre más atractivo que Ellie había visto en su vida.

—¿Qué puedes decirme, Max?

—Está gravemente desnutrida y deshidratada. La deshidratación podemos resolverla rápido, pero la malnutrición es seria.

Levantó la muñeca de la chiquilla; sus dedos la envolvieron con facilidad. Al lado de su piel bronceada, la mano sucia de la pequeña se veía parcheada y gris.

Ellie abrió su libreta.

—¿India americana?

—No lo creo. Estoy casi seguro de que debajo de esa mugre hay una niña caucásica. —Max soltó la muñeca de esta y descendió por la cama. Con suma delicadeza, le levantó la rodilla—. ¿Ves estas cicatrices en el tobillo?

Ellie se inclinó. Bajo la roña distinguió una franja blanquecina de tejido cicatrizado.

—Marcas de ligaduras.

—Casi con certeza.

Peanut contuvo el aliento.

—¿La pobre chiquilla estuvo atada?

—Y yo diría que mucho tiempo. La cicatriz no es de tejido nuevo, aunque los cortes que la rodean son bastante recientes. La radiografía también muestra una fractura mal soldada en el brazo izquierdo.

—Por lo tanto, no estamos ante una niña cualquiera que se separó de su familia en el parque y se perdió.

—Creo que no.

—¿Hay indicios de trauma sexual?

—No, ninguno.

—Gracias a Dios —susurró Ellie.

Max meneó la cabeza, suspirando lentamente.

—He visto cosas tremendas en los barrios marginados, El, pero nada como esto.

—¿Qué puedes hacer por ella?

—No es mi especialidad.

—Vamos, Max…

Bajó la vista hacia la niña. Ellie vio algo en sus ojos: tristeza, o tal vez miedo. Con Max nunca se sabía.

—Podría hacerle algunas pruebas, electroencefalogramas, análisis de sangre, esas cosas. Si estuviera consciente podría observarla, pero…

—La antigua guardería está vacía —intervino Peanut—. Podrías observarla desde la ventana.

—Buena idea. Instálala allí, Max. Puede que intente escapar, así que mantén la puerta cerrada con llave. Estoy segura de que mañana sabremos más cosas. Mel y Earl están preguntando en el pueblo. Averiguarán quién es. O nos lo dirá ella misma cuando se despierte.

Max se volvió hacia Ellie.

—Ellie, estamos ante un caso difícil y lo sabes. Quizá deberías llamar a los mandamases.

Ellie lo miró a los ojos.

—Es mi jurisdicción, Max. Puedo encargarme de una niña extraviada.

# 3

Julia estaba frente al espejo de cuerpo entero de su dormitorio observándose con ojo crítico. Vestía un traje de pantalón gris antracita y una blusa de seda de color rosa pálido. Su melena rubia estaba recogida en un moño francés, el que siempre lucía para ver a sus pacientes. Tampoco es que le quedaran muchos. La tragedia de Silverwood le había hecho perder por lo menos el setenta por ciento de ellos. Por suerte, los había que todavía confiaban en ella y no iba a decepcionarlos.

Cogió la cartera y bajó al garaje, donde la esperaba su Toyota Prius Hybrid azul metálico. La puerta se abrió, desvelando una calle desierta.

Esa mañana cálida y marrón de octubre no había reporteros esperándola, apiñados y sin embargo separados, fumando cigarrillos y charlando. Ya no era noticia.

Después de un año de pesadilla, finalmente había recuperado su vida. Tardó más de una hora en llegar al pequeño y bello edificio de oficinas de alquiler de Beverly Hills donde tenía su consulta desde hacía siete años.

Aparcó en su plaza y entró en el edificio. En la segunda planta, se detuvo frente a la puerta de su consulta y contempló la placa de plata de ley.

Pulsó el botón del interfono.

—Despacho de la doctora Cates —respondió la voz áspera por el altavoz—. ¿En qué puedo ayudarle?

—Hola, Gwen, soy yo.

—¡Oh!

Se oyó un zumbido y la puerta se abrió con un clic.

Julia respiró hondo y la abrió. La oficina olía a las flores frescas que llegaban todos los lunes por la mañana. Aunque ahora tenía menos pacientes, jamás renunciaría a su pedido floral para reducir gastos. Sería una señal de derrota.

—Hola, doctora —dijo Gwen Connelly, su recepcionista—. Felicidades por lo de ayer.

—Gracias. —Julia sonrió—. ¿Ha llegado Melissa?

—Esta semana no tienes citas —respondió Gwen con dulzura. La compasión en sus ojos castaños resultaba irritante—. Todos los pacientes han anulado.

—¿Todos? ¿Marcus también?

—¿Has visto el *L. A. Times* de hoy?

—No. ¿Por qué?

Gwen rescató el diario de la papelera y lo dejó sobre la mesa. El titular rezaba CRASO ERROR. Debajo aparecía una foto de Julia.

—Después de la vista, los Zuniga concedieron una entrevista. Te culpan de todo lo ocurrido.

Julia se apoyó en la pared.

—Seguro que solo están buscando salir airosos de la demanda. Dijeron... que tendrías que haber internado a su hija.

—Oh. —La palabra emergió como un susurro.

Gwen se levantó y rodeó la mesa. Era una mujer bajita y compacta que dirigía esa oficina como si fuera su casa, con disciplina y cariño. Avanzó hacia ella con los brazos abiertos.

—Has ayudado a mucha gente, nadie puede arrebatarte eso.

Julia se hizo rápidamente a un lado. Si alguien la tocaba en ese momento, se vendría abajo. Y puede que nunca lograra levantarse.

Gwen se detuvo.

—No es culpa tuya.

—Gracias. Creo… creo que voy a tomarme unas vacaciones. —Julia se esforzó por esbozar una sonrisa. La sintió pesada y acartonada—. Hace años que no voy a ningún sitio.

—Te sentará bien.

—Sí.

—Cancelaré las flores y llamaré al administrador —propuso Gwen—. Le comunicaré que vas a ausentarte… un tiempo.

«Cancelaré las flores».

Curioso que fuera ese detalle el que le atravesó la piel. Julia se agarró al poco aplomo que le quedaba mientras conducía a Gwen hacia la puerta y se despedía de ella.

Una vez a solas en el despacho, cayó de rodillas sobre la lujosa moqueta e inclinó la cabeza.

Ignoraba cuánto tiempo permaneció así, escuchando el compás de su respiración y los latidos de su corazón.

Finalmente, se levantó tambaleante y miró en derredor mientras se preguntaba qué haría ahora. Esa consulta era su vida. En su búsqueda de la excelencia profesional había puesto todo lo demás en un segundo plano: amigos, familia, aficiones. Ni siquiera había salido con nadie en el último año. Desde Philip, de hecho. Caminó hasta el teléfono y miró la lista de marcado rápido.

El doctor Philip Westover todavía era el número siete. Sintió un deseo imperioso y acuciante de escuchar su voz, de oírle decir «Todo irá bien, Julia» con su alegre acento irlandés. Durante cinco años había sido su mejor amigo y su amante. Ahora era el marido de otra mujer.

Ese era el problema con el amor, que no podías fiarte de él.

Con un suspiro, pulsó el botón número dos.

Su terapeuta, el doctor Harold Collins, contestó al segundo tono. Había estado viéndolo una vez al mes desde su residencia, cuando era un requisito para todos los estudiantes de psiquiatría. A decir verdad, le había hecho más de amigo que de psiquiatra.

—Hola, Harry —dijo recostándose en la pared—. ¿Has visto la prensa de hoy?

Él suspiró hondo.

—Julia, estaba preocupado por ti.

—Y yo estoy preocupada por mí.

—Tienes que empezar a conceder entrevistas. Contar tu versión de la historia. Es absurdo cargar con toda la culpa en este asunto. Todos pensamos que…

—¿Qué sentido tiene? De todos modos, creerán lo que quieran creer, lo sabes muy bien.

—A veces luchar es el sentido, Julia.

—Nunca se me ha dado bien luchar, Harry.

Contempló por la ventana el vívido azul del cielo y se preguntó qué iba a hacer ahora. Charlaron un rato más, pero en realidad Julia no estaba escuchando. Tratar pacientes era lo único que tenía, lo único que se le daba bien. Tendría que haberse construido una vida y no solo una carrera. De haberlo hecho, ahora no estaría sola. Y hablar del vacío que sentía no la ayudaría. Había sido un error recurrir a Harry.

—Debo dejarte, Harry. Gracias por todo.

—Julia…

Colgó y se paseó por la oficina. Cuando notó que las lágrimas acudían a sus ojos, se quitó el traje, se puso su ropa de deporte y se dirigió a la cinta de correr que tenía instalada en la habitación contigua.

Sabía que últimamente había pasado demasiado tiempo en ella, que había perdido tanto peso que se había quedado en los huesos, pero no parecía capaz de parar.

Con la mirada fija en la penumbra brumosa de su amada oficina, se subió a la cinta negra y seleccionó la inclinación alpina.

Cuando corría casi conseguía olvidarse de su dolor. No era hasta mucho más tarde, después de apagar la máquina y regresar a la excesiva quietud de su apartamento, cuando pensaba en lo que significaba correr y correr y no tener adonde ir.

A esas altas horas de la noche reinaba la calma en los pasillos del hospital del condado. Era la hora que menos le gustaba a Max; él prefería el ajetreo de las urgencias que tenían lugar durante el día. Demasiados pensamientos lo aguardaban en el sombrío silencio.

Hizo unas últimas anotaciones en el historial y, a continuación, bajó la mirada hacia la niña.

Yacía muy quieta y respiraba con la profundidad y regularidad del sueño sedado. En su muñeca izquierda, la correa de cuero parecía excesivamente pesada y fea.

Cogió la mano libre y la levantó. Los dedos, limpios ahora aunque salpicados de cicatrices y todavía con manchas de sangre, se veían delgados y diminutos sobre su palma.

—¿Quién eres, pequeña?

La puerta se abrió y se cerró a sus espaldas. Max supo, sin necesidad de darse la vuelta, que era Trudi Hightower, la enfermera jefe del turno de noche. Podía oler su perfume a gardenias.

—¿Cómo está? —preguntó Trudi acercándose a él.

Era una mujer alta y guapa, de ojos amables y voz fuerte. Ella aseguraba que lo de la voz le venía de haber criado sola a tres hijos varones.

—No pinta bien.

Chasqueó la lengua.

—Pobrecilla.

—¿Podemos trasladarla?

—Sí, la antigua guardería ya está preparada. —Trudi desató la correa. Cuando levantó el pesado cuero, Max le tocó la muñeca.

—Déjala aquí —le dijo.

—Pero...

—Creo que ya la han atado suficiente en su vida.

Max se inclinó y cogió a la pequeña en brazos.

Recorrieron en silencio los iluminados pasillos hasta la antigua guardería.

Max arropó a la pequeña en la cama de hospital que habían instalado en la habitación.

—Me quedaré un rato con ella —dijo.

Trudi le tocó el brazo con suavidad.

—Acabo mi turno dentro de cuarenta minutos —dijo—. ¿Quieres venir a casa?

Max asintió. Sabía Dios que necesitaba un poco de distracción. Esta noche, si se iba a casa solo, los recuerdos estarían allí, esperando para hacerle compañía.


Ellie miró la pantalla del ordenador hasta que las letras se convirtieron en pequeños borrones negros sobre un palpitante campo blanco. Un dolor de cabeza abrió su paracaídas en la parte posterior de su cráneo y le bajó por la columna. Si leía otro informe sobre niñas desaparecidas o raptadas empezaría a gritar.

Había miles de ellos.

Miles.

Niñas extraviadas que no tenían voz para pedir ayuda ni forma de comunicarse con nadie. Las pocas que tenían la suerte de estar vivas contaban con profesionales para dar con ellas y salvarlas.

Ellie cerró los ojos. Tenía que haber algo más que pudiera hacer, pero ¿qué? Ya había hecho todo lo que se le ocurría. Los dos agentes y ella habían preguntado a la gente del pueblo. Habían comunicado a la oficina del sheriff del condado que habían encontrado a una niña sin identificar. También se habían puesto en contacto con Recursos Rurales y con la Red de Familias en Crisis, así como con todas las agencias estatales y nacionales.

Nadie sabía quién era la pequeña, y Ellie tenía cada vez más claro que ese era un caso de Rain Valley. Su caso. Tal vez solicitara ayuda a otras agencias policiales y sociales, pero la niña había aparecido en ese pueblo y eso convertía en suyo el trabajo de identificarla. El sheriff del condado había reculado tan deprisa que prácticamente había dejado marcas en el asfalto. Su «Lo siento, la niña es competencia municipal» lo decía todo. Nadie se haría responsable de esa chiquilla hasta que fuera identificada.

Se apartó de la mesa y se puso en pie. Arqueando la espalda, se masajeó el dolorido cuello.

Pasó por encima de sus perros durmientes, salió al porche y contempló el jardín trasero. Faltaba poco para que amaneciera. Allí, en la linde de los bosques húmedos, parecía increíble que el mundo fuera tan tranquilo y, al mismo tiempo, profundamente vivo. Como siempre, el relente lo cubría todo; un aire húmedo soplaba desde el océano y dejaba millones de gotitas de rocío sobre el follaje. Llegada el alba, las gotitas caerían en silencio al suelo. La lluvia invisible, la había llamado su padre, y Ellie siempre aguzaba el oído, aunque solo fuera para recordarlo a él.

—Ojalá estuvieras aquí, papá —dijo deslizando los pies en los zuecos forrados de lana que había junto a la puerta—. A ti y al tío Joe no había reto que se os resistiera.

Cruzó el porche, bajó los escalones y atravesó la mañana rosa y violeta en dirección al río. La neblina se le enroscaba en los pies y se elevaba desde la hierba oscura en forma de volutas.

Ellie se detuvo en el borde de su propiedad, junto a la poza de Fall River predilecta de su padre, hasta que cayó en la cuenta de por qué estaba allí.

La casa de él se encontraba al otro lado del río, cruzando un prado pantanoso. Desde la distancia no parecía más grande que un cobertizo, pero Ellie sabía que engañaba.

De niña había atravesado cada día ese prado y jugado en ese jardín.

Por un momento se le pasó por la cabeza cruzarlo y volver a tirar piedrecillas a su ventana. Él escucharía sus miedos y los entendería. Siempre lo había hecho.

Pero de eso hacía más de dos décadas. A Lisa, desde luego, no le haría ninguna gracia ver interrumpido su sueño por el golpeteo de unas piedras contra la ventana de su dormitorio, y aunque Cal se levantaría y se sentaría fuera con Ellie (era su jefa además de su amiga), en realidad no la escucharía. Tenía su propia vida ahora, una mujer y unas hijas, y aunque todo el mundo sabía que Lisa no era lo bastante buena para él, Cal quería a su familia.

Ellie era consciente de que estaba sola. Giró sobre sus talones y regresó a casa. Con un suspiro, se sentó de nuevo frente a su mesa y siguió revisando los informes sobre niñas desaparecidas. La respuesta tenía que estar ahí. Tenía que estar ahí.

Fue lo último que pensó antes de caer redonda.

La despertó la bocina de un coche. Sobresaltada, cayó en la cuenta de que se había dormido delante del ordenador.

—Mierda.

Tambaleándose, se levantó y se encaminó a la puerta.

Peanut estaba en el jardín, despidiéndose de su marido con la mano mientras el hombre se alejaba con el coche.

Ellie consultó la hora. Eran las 7.55 de la mañana.

—¿Qué demonios haces aquí? —preguntó a su amiga con una voz que sonó como si se fumara un paquete al día.

—Te oí decirle a Max que os veríais a las ocho en el hospital. Llegas tarde.

—No te invité a unirte a nosotros.

—Supuse que por descuido. Y ahora mueve el culo.

Ellie sacó las llaves del coche de su bolsillo y se las lanzó a Peanut antes de entrar de nuevo en casa. No tenía tiempo de ducharse ni motivos para cambiarse porque seguía con el uniforme puesto. Así pues, se cepilló los dientes, se quitó el maquillaje del día previo y se aplicó una capa nueva. En la cocina, sacó un paquete de chuletas de cerdo; cómo no, había dos. No era de extrañar que tuviera que pasar tanto tiempo haciendo ejercicio. La vida venía en paquetes de dos. Eso no era de mucha ayuda para las mujeres solteras. Lo puso a descongelar en la nevera sobre una servilleta de papel.

A las ocho en punto se subía a su coche patrulla.

Peanut había encendido el equipo de música y puesto un CD de Aerosmith.

Ellie lo apagó.

—Demasiado temprano para eso.

—¿Te has pasado la noche en vela?

—¿Cómo lo sabes?

—Tienes la marca del teclado en la mejilla.

Ellie se tocó la cara.

—Mierda. ¿Se ve mucho?

—Puede verse desde el espacio, cielo. —Peanut soltó una carcajada. Luego se puso seria—. ¿Encontraste algo interesante?

—Me he tirado la noche en internet y he telefoneado a todas las comisarías de cinco condados. Nadie ha informado de la desaparición de una niña. No recientemente, por lo menos. Si tenemos que buscar a nivel nacional, significa mirarse los expedientes de todas y cada una de las niñas desaparecidas en los últimos años.

Se hizo el silencio. Ellie estaba buscando algo normal que decir cuando entró en el aparcamiento del hospital y divisó a la multitud congregada frente a la entrada.

—Maldita sea, están convirtiendo este asunto en un circo.

Estacionó en una plaza de visitante, agarró su libreta y se apeó del coche. Peanut la imitó en un silencio impropio de ella.

Cual bandada de gansos, la gente voló hacia ella en formación. Las hermanas Grimm —Daisy, Marigold y Violet— encabezaban la marcha.

Idénticas como los dientes de una horca, las tres señoras avanzaban al mismo paso.

Daisy, la mayor, fue la primera en hablar. Como siempre, en los brazos llevaba una vieja urna negra con las cenizas de su marido.

—Hemos venido por lo de la chiquilla.

—¿Quién es? —inquirió Violet, escudriñando a Ellie a través de sus gafas rayadas.

—¿Es cierto que puede volar como un pájaro? —preguntó Marigold.

—¿Y saltar como un gato? —Eso lo dijo alguien del fondo.

Ellie tuvo que recordarse a sí misma que esas gentes eran sus votantes. Más importante aún, eran sus amigos y vecinos.

—Todavía no tenemos respuestas. Cuando las tengamos, os las comunicaré. Por el momento no me iría mal vuestra colaboración.

—Lo que sea —dijo Marigold sacando una libreta de flores de su bolso rojo de vinilo.

Violet tendió a su hermana un bolígrafo con forma de tulipán.

—La niña necesitará ropa y demás. Y puede que uno o dos animales de peluche para que le hagan compañía. —Ellie no había terminado de hablar y las hermanas Grimm ya habían tomado el mando. Las tres exmaestras reunieron a la gente y empezaron a repartir tareas.

Ellie y Peanut las dejaron hacer. Subieron por el camino asfaltado hasta las puertas de cristal del hospital. Las hojas se descorrieron con un silbido.

—Hola, Ellie —dijo la recepcionista cuando se acercaban al mostrador—. El doctor Cerrasin te espera en la antigua guardería.

—Gracias.

Ellie y Peanut recorrieron el pasillo hasta el ascensor en silencio. Cuando llegaron a la segunda planta, dejaron atrás la sala de rayos X y doblaron a la izquierda.

La última habitación de la derecha había sido, años atrás, una guardería para los hijos del personal, designada y diseñada cuando las arcas municipales estaban llenas. Desde los tiempos del búho moteado, la caída de las migraciones de salmones y la protección de los bosques milenarios, las reservas habían menguado demasiado para apoyar lujos como una guardería. La sala llevaba más de dos años abandonada.

Max estaba en el pasillo con los brazos cruzados. La iluminación fluorescente se enredaba en su pelo y empalidecía su sempiterno bronceado. Ellie no lo había visto con tan mal aspecto desde que cayera doce metros desde una montaña. En aquel episodio, había acabado con el labio partido y los dos ojos morados.

Al oírlas, Max levantó la vista y las saludó con la mano, pero no se molestó en sonreír. Se hizo a un lado para dejarles sitio frente a la ventana.

La habitación al otro lado del cristal era pequeña y rectangular, con las paredes rojas y amarillas y casilleros llenos de juguetes y libros. En un recodo había una encimera con un fregadero, sin duda utilizado años atrás para proyectos de arte y la limpieza diaria de la sala. Varias mesas pequeñas rodeadas de sillas más pequeñas aún ocupaban el centro del aula. Dispuestas a lo largo de la pared izquierda había una cama de hospital y varias cunas vacías. La habitación contaba con dos ventanas. La que tenían delante y otra, más reducida, que daba al aparcamiento de atrás. A su izquierda, una puerta de metal constituía la única entrada.

Ellie se arrimó al médico, dejando que su hombro le rozara el brazo.

—Cuéntame, Max.

—Anoche, después de hacerle las pruebas, le pusimos un pañal y la acostamos. Esta mañana, cuando se despertó, se volvió loca. No se me ocurre otra palabra: loca. Gritaba, aullaba y se arrojaba al suelo. Rompió todas las lámparas e hizo añicos el espejo que había encima del fregadero. Cuando intentamos ponerle otra inyección, mordió a Carol Rense con tanta fuerza que le hizo sangre. Luego se escondió debajo de la cama. Lleva ahí casi una hora. ¿La has identificado ya?

Ellie negó con la cabeza y se volvió hacia Peanut.

—¿Por qué no vas a la cafetería y le compras comida para niños?

—Eso, envía a la gorda a por comida. —Peanut suspiró exageradamente, pero no pudo evitar una sonrisa. Le encantaba formar parte de las cosas.

Cuando se hubo marchado, Max le dijo a Ellie:

—No sé qué contarte, Ellie, nunca he visto un caso igual.

—Cuéntame lo que sí sabes.

—Bueno…, probablemente tenga unos seis años.

—Pero es muy pequeña.

—Está desnutrida. Nunca ha recibido cuidados dentales o médicos y tiene muchas cicatrices en el cuerpo.

—¿Cicatrices?

—Pequeñas en su mayoría, aunque hay una que parece más seria. En el hombro izquierdo. Puede que una herida de cuchillo.

—Señor.

—Le he extraído sangre y he recogido una muestra de su boca para obtener el ADN. Si de mí dependiera, todavía seguiría sedada para poder hidratarla, pero querías un diagnóstico…

—¿Ha hablado?

—No, pero no parece que tenga dañadas las cuerdas vocales. Aunque no es más que una suposición, yo diría que físicamente es capaz de hablar, pero no sé si sabe cómo.

—¿Me estás diciendo que no sabe hablar?

—Lo único que sé es que sus gritos son ininteligibles. Los he grabado. No hay palabras reconocibles. Sus ondas cerebrales no muestran anomalías. Podría sufrir de sordera o de una discapacidad mental o de un serio retraso en el desarrollo o de autismo. No puedo estar seguro. Ni siquiera estoy seguro de qué pruebas realizar para conocer su estado mental.

—¿Qué deberíamos hacer?

—Averiguar quién es.

—Ya, gracias. Me refería a ahora mismo.

Max señaló a Peanut, que avanzaba hacia ellos con una bandeja de comida.

—Ese es un buen comienzo.

Ellie examinó la selección de Pea: una pila de tortitas, un par de huevos fritos, un gofre con fresas y nata montada y un vaso de leche. Le entraron ganas de comer.

Max dijo:

—Pediré a un ordenanza que se meta debajo de la cama y la saque...

—Tan solo deja la bandeja en la mesa —le interrumpió Peanut—. Aunque rara, sigue siendo una niña. Los críos hacen las cosas a su manera y a su ritmo. Ni siquiera puedes obligar a comer a un niño de dos años, y eso que son enanos.

Ellie sonrió a su amiga.

—¿Algún otro consejo?

—No más extraños. La niña ya te conoce, de manera que tú deberías llevarle la comida. Háblale con dulzura, pero no te quedes. Es posible que quiera comer sola.

—Gracias. —Ellie tomó la bandeja y entró en la colorida habitación. La puerta metálica se cerró a su espalda con un clic—. Hola, pequeña, soy yo otra vez. Espero que no estés enfadada conmigo por lo de la red. —Avanzó despacio y dejó la bandeja en una de las mesas. Las llaves que le colgaban del cinturón tintinearon con el gesto y las cubrió con la mano—. He pensado que podrías tener hambre.

Debajo de la cama, la niña emitió un gruñido. A Ellie se le erizó el vello de la nuca. Trató de pensar en algo adecuado que decir, pero no se le ocurría nada, de modo que salió de espaldas y cerró la puerta tras de sí.

Ellie se instaló frente a la ventana, al lado de Max.

—¿Crees que comerá?

El médico abrió el historial de la pequeña y sacó su bolígrafo.

—Imagino que no tardaremos en averiguarlo.

A través del vidrio, el trío contempló en silencio la habitación que parecía vacía.

Transcurridos unos minutos, una manita asomó por debajo de la cama.

Peanut contuvo el aliento.

—Mirad.

Pasó otro rato.

Finalmente, apareció una cabeza morena. Despacio, la niña salió de su escondite a cuatro patas. Cuando levantó la vista y los vio al otro lado del vidrio, se le inflaron las aletas de la nariz.

Acto seguido, salió disparada hacia la mesa, donde se detuvo y se inclinó sobre la comida, olisqueándola con desconfianza. Arrojó la nata al suelo y se comió las tortitas y los huevos. Parecía no saber qué pensar de los gofres y el sirope. Ignorando ambas cosas, agarró las fresas y se las llevó a su escondrijo bajo la cama. El incidente duró menos de un minuto.

—Y yo creía que mis hijos carecían de modales en la mesa —dijo Peanut—. Esta niña come como un animal salvaje.

—Necesitamos un especialista —dijo Max con calma.

—Me he puesto en contacto con las autoridades —respondió Ellie—. El estado, el FBI y el Centro de Niños Desaparecidos y Explotados. Todos necesitan una identificación o un crimen para poder intervenir. Si la niña no habla, no sé cómo voy a averiguar quién es.

—No me refería a esa clase de especialistas. Necesita un psiquiatra.

Peanut ahogó una exclamación.

—¿Cómo no se nos ocurrió? Ella sería perfecta.

Max frunció el entrecejo.

—¿Quién?

Ellie miró a Peanut.

—No querrá. Sus clientes le pagan doscientos dólares la hora.

—Eso era antes. Dudo que le queden muchos pacientes.

—Desde luego, capacitada para esto lo está —dijo Ellie.

—¿De quién demonios habláis? —preguntó Max.

Ellie lo miró al fin.

—Mi hermana es Julia Cates.

—La psiquiatra que…

—La misma. —Se volvió hacia Peanut—. Vamos. La llamaré desde la comisaría.


En las últimas doce horas Julia había iniciado por lo menos una docena de proyectos. Intentó ordenar el armario, reorganizar los muebles, fregotear la nevera y limpiar a fondo los cuartos de baño. También fue al vivero para comprar plantas de otoño y a The Home Depot para un decapante de pintura y manchas para la terraza. Era un buen momento para llevar a cabo todos los proyectos que había estado postergando durante... diez años.

El problema eran sus manos.

Cada vez que iniciaba un proyecto se sentía bien; más que bien. Se sentía optimista. Por desgracia, su optimismo era frágil como una cáscara de huevo. Solo hacía falta un pensamiento (es la hora de la cita de Joe o —peor aún— de Amber) para que las manos empezaran a temblarle. Sentía que el frío la penetraba. Por mucho que subiera el termostato, no conseguía entrar en calor. El día anterior, en plena noche, cuando el tráfico de detrás de su casa se redujo a un zumbido tan débil como el vuelo de un mosquito y el poderoso océano Pacífico empezaba a avanzar hacia la arena dorada, incluso había intentado escribir un libro.

¿Por qué no?

Hoy día toda la gente pseudofamosa emprendía ese camino. Y quería contar su versión de la historia; puede que hasta lo necesitara. Había abandonado su enorme cama, se había puesto el chándal polar y las botas Ugg, y había salido a la pequeña terraza. Desde su apartamento de la sexta planta, el océano nocturno se extendía frente a ella, siempre en movimiento. Enredada en el espumoso oleaje, la luz de la luna partía el mar en dos.

Pasó horas ahí sentada, los pies apoyados en la barandilla, la libreta amarilla en el regazo, el bolígrafo en la mano. Para cuando dieron las doce estaba rodeada de bolas de papel amarillo. Todo cuanto decían era: «Lo siento».

En torno a las cuatro concilió un sueño intermitente, plagado de pesadillas.

La despertó el teléfono.

Julia lo oía como a lo lejos. Parpadeó sobre sus ojos arenosos y se incorporó en la silla, percatándose de que se había quedado dormida en la terraza. Frotándose la cara con la mano, se levantó y pasó por encima de las bolas de papel.

Cuando llegó junto al teléfono, se detuvo.

Saltó el contestador automático y escuchó su propia voz decir en un tono jovial: «Ha llamado a la doctora Julia Cates. Si se trata de una emergencia médica, cuelgue y llame al 911. Si no, deje un mensaje, por favor, y le llamaré lo antes posible. Gracias y adiós.

Sonó un pitido largo.

Julia se tensó. En los últimos meses, casi todas las llamadas que recibía eran de periodistas, familiares de las víctimas y pirados.

—Hola, Jules, soy yo, tu hermana mayor. Es importante.

Julia levantó el auricular.

—Hola, El.

Se hizo un silencio incómodo, pero ¿no era siempre así entre ellas? Pese a ser hermanas, las separaban cuatro años de edad y mil de personalidad. Todo en Ellie era exuberante: su voz, su actitud, sus pasiones. Julia siempre se sentía anodina al lado de su vistosa hermana miss Popular.

—¿Estás bien? —pregunto Ellie al fin.

—Sí, gracias.

—Desestimaron la demanda contra ti. Eso es bueno.

—Sí.

Tras otro silencio incómodo, Julia dijo:

—Gracias por llamar, pero…

—Oye, necesito un favor.

—¿Un favor?

—Tenemos una… situación complicada aquí. Podrías sernos de gran ayuda.

—Ya no tienes que hacerlo, Ellie.

—¿Hacer qué?

—Intentar salvarme. Ahora soy una mujer adulta.

—Nunca he intentado salvarte.

—¿Ah, no? ¿Qué me dices del día que le pediste al hermano pequeño de Tod Eldred que me invitara al baile de fin de curso? ¿O cuando trajiste a todos tus populares amigos a mi fiesta de cumpleaños a los dieciséis?

—Ah, eso. Mamá me obligó a hacerlo.

—¿Crees que no lo sé? Ni uno solo de tus amigos me dirigió la palabra en la fiesta. Y no me malinterpretes, te lo agradecí. Entonces y ahora. Pero ya no es necesario. Estaré bien.

—Pensaba que habías dicho que estabas bien.

A Julia le sorprendió la perspicacia de su hermana.

—No te preocupes por mí, El, en serio.

—No me estás escuchando, y eso que eres psiquiatra. Te estoy diciendo que te necesito en Rain Valley. En concreto, necesito una psiquiatra infantil.

—Eres mayor que los pacientes que trato normalmente.

—Muy graciosa. ¿Estarías dispuesta a subirte a un avión? Tendría que ser ya. —Hubo una pausa, un crujido de papeles al otro lado del teléfono—. Alaska tiene un vuelo dentro de dos horas. Y hay otro dentro de tres. Puedo tener un billete esperándote.

Julia arrugó la frente. No parecía el escenario de superhermana-salvando-a-hermana-pánfila que se había asentado como cemento en la época del colegio.

—Cuéntame qué ocurre.

—No hay tiempo. Quiero que tomes el vuelo de las diez y cuarto. ¿Confías en mí?

Julia se volvió hacia los enormes ventanales y trató de concentrarse en el azul del océano Pacífico, pero lo único que podía ver eran las bolas de papel amarillo que cubrían el suelo de la terraza.

—¿Jules? ¿Por favor?

—¿Por qué no? —dijo Julia al fin.

No tenía nada mejor que hacer.

# 4

Julia llevaba años sin pisar Rain Valley y ahora volvía con un fracaso sobre los hombros. Quizá hubiera debido quedarse en Los Ángeles. Allí habría desaparecido. Aquí siempre sería la otra muchacha Cates. («Ya sabes…, la rarita…»). Cuando una chica crecía a la sombra de la reina del baile, tenía dos opciones: desaparecer o ganarse su propia reputación. Por desgracia, si eras una ratona de biblioteca alta y delgaducha dentro de una familia extrovertida, sociable y querida, ambas cosas eran imposibles. Julia fue, desde el principio, el pez fuera del agua, la niña que mediaba en todas las peleas del patio, pero que nunca se apuntaba a ningún juego. La última en ser elegida en todos los deportes; la chica que estuvo leyendo en casa durante el baile de fin de curso. Ella era —o había sido— el bicho raro en un pequeño pueblo obrero: una ermitaña.

Únicamente su madre había creído que a Julia le esperaba un futuro brillante. De hecho, siempre la animaba a soñar a lo grande. Por desgracia, su madre no vivió para asistir a la graduación de su hija en la facultad de Medicina. Esa pérdida fue una espina en el corazón de Julia, un dolor fantasma que iba y venía. Y cuanto más se acercara a Rain Valley, mayores eran las probabilidades de que el dolor se agudizara.

Miró por la ventanilla del avión. Todo era gris, como si un pintor de nubes hubiese aplicado una fina aguada sobre el verde paisaje. Todo ese gris la hacía sentirse sola, como si también ella pudiera desaparecer una vez más en la neblina de Washington. Los cuatro volcanes encumbrados de blanco que se extendían desde el norte de Oregón hasta Bellingham semejaban el espinazo de una bestia mítica durmiente. Julia oyó a la pasajera del asiento de atrás contener el aliento y susurrar:

—Mira eso, Fred..., ¿no es el monte Rainier?

De repente se descubrió pensando en los Zuniga y en los niños fallecidos. «Craso error». No era de extrañar. Desde hacía un año, todo, cada pensamiento y acción, la conducía de nuevo al remordimiento.

«No pienses en eso».

Cerró los ojos y se concentró en su respiración hasta que las emociones remitieron. Para cuando el avión aterrizó, volvía a estar bien.

Cogió su maleta del compartimento superior y se sumó a la fila de pasajeros que abandonaban el avión.

Ya casi estaba en la puerta cuando ocurrió.

Una de las azafatas la reconoció. Las señales eran inequívocas: mirada de asombro, boca que se abre lentamente. Cuando Julia pasó por su lado, le oyó susurrar:

—Es esa psiquiatra, la que...

Julia siguió andando. Para cuando llegó al final de la pasarela casi corría. Divisó a Ellie entre la gente, absolutamente preciosa en su uniforme azul.

Julia sabía que debería detenerse, saludarla y fingir que todo iba bien. Esa era la actitud inteligente. Correcta.

Siguió andando, corriendo.

Cruzó como una flecha el concurrido vestíbulo hacia el servicio de mujeres. Una vez dentro, desapareció en uno de los cubículos, cerró la puerta y se sentó en el retrete.

«Tranquila, Jules, respira».

—¿Estás ahí, Julia? —Ellie sonaba ahogada e irritada.

Julia soltó una exhalación lenta y trémula. Tener un ataque de pánico era malo; tenerlo delante de su hermana resultaba casi insoportable. Se levantó despacio y abrió la puerta.

—Sí.

Ellie la observó con los brazos en jarras. Era una mirada de poli-evaluando-la-situación.

—No veía un esprint como ese en el aeropuerto desde los anuncios de O. J. Simpson.

—Necesitaba ir al baño.

—Tendrías que ver a un urólogo.

—No es por eso... —Julia se sentía como una idiota—. La azafata me reconoció. Me miró como si yo hubiera matado a esos niños. —Notó que enrojecía, sabedora de que debería decir algo más. Explicarse. Pero su hermana no podía entenderla. Ellie era como esas esposas pioneras que podían dar a luz en el campo y volver luego al trabajo. Su hermana no sabía lo que era sentirse frágil.

La mirada severa de Ellie se suavizó.

—Mándalos a todos a la mierda. No puedes permitir que su opinión te afecte.

Julia deseaba poder hacer eso, pero siempre había necesitado la aceptación de los demás. Como psiquiatra, conocía los porqués de esa necesidad —cómo su popular familia, siempre foco de atención, la había hecho sentir marginada y poca cosa, cómo el afecto contenido de su padre le había hecho creer que no era digna de amor—, pero saber eso no menguaba la necesidad. Ni siquiera estaba segura de cómo había llegado a tener tanto peso. Lo único que sabía era que su profesión, su capacidad para ayudar a la gente, había llenado de dicha ese lugar atemorizado dentro de ella, y ahora volvía a estar asustada.

—Para mí no es tan fácil. Tú no puedes entenderlo.

Ellie se apoyó en las baldosas verdes de la pared.

—¿Porque crees que tengo la inteligencia de una lombriz o

porque no hay nada lo bastante valioso en mi vida para temer perderlo?

De repente, Julia deseó disponer de una mayor reserva de recuerdos. Seguro que hubo un tiempo en que Ellie y ella habían jugado juntas, en que habían sumado secretos en lugar de desprecios, en que la risa había seguido a sus conversaciones en lugar de las pausas incómodas. Pero si todo eso había existido, Julia no lo recordaba. Lo que recordaba era haber sido la hermana «inteligente», la «rara» que creció demasiado en una familia bajita y que quería cosas que nadie más entendía. El hongo en una familia de orquídeas. Siempre había sido capaz de decir lo adecuado a los desconocidos, pero lo inadecuado a su hermana. Suspiró.

—No hagamos eso, El.

—Tienes razón. Vamos.

Antes de que pudiera responder, Ellie salió de los lavabos. A Julia no le quedó más remedio que seguirla.

Al llegar al coche —un feo familiar blanco con paneles de madera en las puertas— Ellie se detuvo en el maletero el tiempo justo para arrojar su bolso antes de dirigirse a la puerta del conductor.

Julia, entretanto, se peleaba con su maleta. Logró meterla al segundo intento. Cerró bruscamente el maletero, rodeó el coche y se instaló en el asiento del copiloto.

Ellie dio marcha atrás para encaminarse hacia la salida. En cuanto el motor volvió a la vida, el equipo de música se puso en marcha. Un tipo de voz gangosa estaba cantando algo referente al bolsillo de un payaso.

Ninguna de las dos habló. Cuando el paisaje pasó del gris de la ciudad al verde del campo, Julia empezó a sentirse como una idiota por discutir con su hermana. ¿Cómo era posible que, después de tantos años separadas, cayeran tan fácilmente en sus roles de la infancia? Una mirada y volvían a ser adolescentes.

Eran familia, por especiosa que esa conexión pudiera resultar a veces, y deberían ser capaces de llevarse bien. Y ella era psiquiatra, por el amor de Dios, especialista en dinámicas interpersonales. Sin embargo, allí estaba, actuando como la hermana pequeña que no ha sido invitada a jugar con los niños mayores.

—¿Por qué no me cuentas qué hago aquí? —dijo al fin.

—Cuando lleguemos a casa. Tengo unas fotos que enseñarte. Me da miedo que de lo contrario no me creas.

Julia miró a su hermana.

—Entonces sí que es una misión de rescate. No hay una razón de peso para que esté aquí.

—Oh, sí la hay. Tenemos una niña que necesita ayuda. Pero es un asunto… complicado.

Julia no sabía si creerla, pero sí que Ellie hacía las cosas a su manera y a su ritmo. No le serviría de nada hacerle más preguntas. Lo mejor que podía hacer era buscar un tema neutro. Charlar de nimiedades.

—¿Cómo está tu amiga Penelope?

—Bien, aunque criar a sus hijos adolescentes la está matando. —Ellie enseguida hizo una mueca de dolor, cayendo en la cuenta de que no debía utilizar las palabras «adolescente» y «matar» en la misma frase—. Lo siento.

—No pasa nada, El. Los adolescentes son difíciles. ¿Qué edad tienen?

—Un chico de catorce y una chica de dieciséis.

—Edades complicadas.

Ellie sonrió.

—La chica, Tara, insiste en que quiere hacerse piercings y tatuajes. El marido de Pea se sube por las paredes.

—¿Y cómo le van las cosas a Penelope?

—Genial. Bueno…, si no tenemos en cuenta lo mucho que ha engordado. Este último año ha hecho todas las dietas habidas y por haber. La semana pasada empezó a fumar. Dice que es lo que hacen las estrellas.

—Eso y vomitar —añadió Julia.

Ellie asintió.

—¿Cómo está Philip?

Julia se sorprendió del dolor punzante que acompañó a la mención de su nombre. Ojalá pudiera contestar «Dejó de quererme». Tal vez Ellie le hiciera reírse de su corazón roto. Como psiquiatra, sabía que esa clase de sinceridad sería un buen paso. Podría abrir una puerta que había estado cerrada la mayor parte de sus vidas. En lugar de eso dijo:

—Rompimos el año pasado. No tengo tiempo, mejor dicho, no tenía tiempo, para el amor.

Ellie rio.

—¿Que no tenías tiempo para el amor? ¿Estás loca?

Pasaron las siguientes dos horas alternando entre conversaciones triviales y silencios elocuentes. Julia se esforzó denodadamente por buscar preguntas que las acercaran y evitar respuestas que las separaran. Apenas mencionaron a su padre y se mantuvieron alejadas de los recuerdos de su madre.

Llegaron a la salida de Rain Valley y abandonaron la autopista. Al tomar la larga y sinuosa carretera del bosque que conducía a la infancia, Julia notó que se ponía tensa. Allí, en medio de los imponentes árboles, volvía a sentirse pequeña. Insignificante.

—Tengo pensado vender la casa y mudarme más cerca del pueblo, pero cada vez que voy a anunciarla encuentro otra cosa que hay que reparar —explicó Ellie mientras dejaban el pueblo atrás—. Y no necesito una psiquiatra que me diga que me asusta dejarla.

—Solo es una casa, El.

—Supongo que ahí está la diferencia entre tú y yo, Jules. Para ti son tres dormitorios, dos baños y un salón-comedor-cocina. Para mí es el lugar donde pasé una infancia maravillosa, donde cazaba libélulas en tarros de cristal y dejaba que mi hermanita me trenzara el pelo con flores. —Se le quebró un poco la voz. Miró fijamente a Julia antes de doblar por el camino de entrada—. La casa donde mis padres se quisieron durante casi tres décadas.

Julia se abstuvo de contradecirla, aunque ambas sabían que eso era mentira. Una invención.

—Pues deja de amenazar con venderla. Reconoce que es la casa donde quieres vivir. Transmite esos recuerdos a tus hijos.

—Como ya habrás observado, no tengo hijos, pero gracias por remarcarlo. —Ellie entró en el jardín y frenó con brusquedad—. Ya hemos llegado.

Julia se dio cuenta de que había vuelto a decir algo inadecuado.

—No necesitas un marido, ¿sabes? Y aún menos como los que sueles elegir —dijo—. Puedes tener un hijo sola.

Ellie se volvió hacia ella.

—Puede que eso sea así en la gran ciudad, pero no aquí, y no para mí. Yo lo quiero todo: el marido, el hijo y el golden retriever. —Sonrió—. De hecho, los perros ya los tengo. Y te agradecería que no vuelvas a mencionar a mis maridos.

Julia asintió. Era el momento de cambiar de tema.

—¿Y cómo están Jake y Elwood? ¿Siguen olisqueando traseros femeninos?

—Son machos, ¿no?

Ellie sonrió y Julia se asombró de lo guapa que seguía siendo su hermana. Pese a sus treinta y nueve años, no tenía una sola arruga alrededor de los ojos ni un solo pliegue cerca de la boca. Esos llamativos ojos verdes refulgían contra la pureza blanca de su piel. Tenía unos pómulos marcados y unos labios carnosos y sensuales. Ni siquiera el corte de pelo pueblerino, mal escalado, podía menoscabar su belleza. Era menuda y sorprendentemente voluptuosa, con una sonrisa como un foco halógeno. Con razón todo el mundo la adoraba.

—Vamos. —Ellie bajó del coche y cerró la portezuela.

Julia quería apearse. En lugar de eso se quedó ahí sentada, contemplando por el sucio parabrisas la casa donde había crecido. El sol vespertino lo tenía todo de una luz suave y dorada, con excepción de la franja de árboles verde oscuro.

Era la primera vez que regresaba desde el funeral de su madre; entonces se había quedado el tiempo justo y necesario. La universidad le había proporcionado la excusa perfecta. «Tengo que volver para los exámenes», dijo, y nadie lo puso en duda. Mirando atrás, habría debido quedarse. Puede que la ocasión hubiera tendido un puente entre su hermana y ella, creado un punto de unión. En el funeral se habían abierto paso entre la apretada multitud por separado. Nadie en Rain Valley sabía qué decirle a Julia en los momentos buenos, y en los malos se sentían aún más perdidos. Tan solo le repetían una y otra vez lo orgullosa que había estado su madre de su educación. A la tercera mención Julia ya no podía parar de llorar. No le ayudaba ver todo el consuelo que Ellie recibía de sus amigos mientras ella permanecía toda la noche sola, a la espera de que su padre le dedicara algo de atención. Obviamente, se llevó una decepción. Su padre era la estrella esa noche, el viudo destrozado por el dolor. Todo el mundo lo abrazaba, lo besaba y le aseguraba que Brenda se había ido a un lugar mejor. Solo Julia parecía ver la mentira en todo eso, el teatro. Cuando su padre se derrumbó al fin y rompió a llorar, todos corrieron a consolarlo, salvo Julia. Ya de niña ella había visto lo que nadie, menos aún Ellie, veía: que el egoísmo de su padre había aplastado el espíritu de su esposa, igual que había hecho con el espíritu de su hija menor. Solo Ellie había florecido bajo la luz incandescente de su padre.

Julia tiró con fuerza del pomo de la portezuela y bajó del coche. Todo estaba exactamente como correspondía al mes de octubre. Los arces estaban soltando las hojas, creando ese canto otoñal tan familiar para ella como el murmullo del cercano río. Podía oír la voz de su madre en ese sonido, en las hojas al caer, en el crujir de las ramas y el susurro del viento. «Hola, mamá», dijo en voz baja. Una parte de ella esperó una respuesta, pero solo le llegó el parloteo del río y la brisa entre el follaje.

Siguió a Ellie por la hierba húmeda.

Bajo la prodigiosa luz, la vieja casa parecía hecha de tiras de plata martilleadas. Los listones brillaban con un centenar de colores secretos. Los ribetes blancos de las puertas y ventanas aparecían desconchados en algunos lugares, dejando al descubierto la madera. Rododendros grandes como caravanas tachonaban el jardín.

Ellie abrió la puerta y entró primero.

Todo estaba como siempre. Las mismas fundas en los sofás —beis claro con rosas de repollo y hojas verdes— alegraban la sala. Abundaban los muebles de madera de pino: un armario probablemente repleto todavía de servilletas y manteles de la abuela Whittaker, una mesa de comedor con marcas de tres generaciones de Cates y Whittaker y un aparador decorado con flores de seda cubiertas de polvo en jarrones de cerámica. La chimenea de guijarros estaba flanqueada por sendas puertas francesas; tras sus vidrios plateados transcurría la franja espectral de un río bajo la luz del sol. Ellie no había cambiado nada. No le sorprendía. En Rain Valley, los objetos y las personas pertenecían al pueblo o no pertenecían. Si pertenecían, eran amadas y conservadas toda la vida.

Ellie cerró la puerta y dijo:

—Prepárate.

Un segundo después, dos golden retrievers se precipitaron escaleras abajo. Al aterrizar en el resbaladizo suelo de madera, patinaron juntos hacia un lado hasta que lograron enderezarse. Cruzaron la sala a la carrera y embistieron a Julia como la primera línea de los Seahawks.

—¡Jake, Elwood, abajo! —gritó Ellie, recurriendo a su mejor voz de policía.

No había duda de que esos perros estaban sordos.

Julia les propinó un poderoso empujón y se alejó. Los perros dirigieron su copiosa atención a Ellie, que se arrojó sobre ellos.

Julia observó al trío rodar por el suelo.

—Por favor, dime que duermen fuera.

Ellie se incorporó riendo y apartándose el pelo de los ojos. Los perros le lamieron las mejillas.

—Vale, duermen fuera. —Al ver a Julia suspirar de alivio, añadió—: ¡Es broma! Pero no dejaré que entren en tu cuarto.

—Supongo que es todo lo que voy a conseguir.

—Supones bien.

Ellie ordenó a los perros que se sentaran. A la décima orden obedecieron, pero en cuanto Ellie desvió la mirada, empezaron a arrastrarse sobre el vientre hacia la puerta.

—Vamos —dijo Ellie.

Julia empujó la maleta por la estrecha y chirriante escalera. Una vez arriba, giró a la derecha y siguió a su hermana por el pasillo hasta el que había sido su cuarto.

Dos camas individuales con sendas colchas de raso rosa, dos escritorios provincianos pintados de blanco con ribetes dorados, un puf verde lima. Troles y Barbies forraban la estantería blanca; docenas de libros azules y amarillos de Nancy Drew trajeron a su memoria las noches que pasaba leyendo a la luz de una linterna. En la pared, clavado con chinchetas, había un póster descolorido de Harrison Ford en *Indiana Jones*.

Sobre su cama dormitaban dos gatos enroscados entre sí como una trenza de espiga.

—Te presento a Rocky y Adrienne —dijo Ellie mientras cruzaba la habitación y recogía a los animales en apariencia invertebrados. Colgando perezosamente de sus brazos, los gatos bostezaron. Tras arrojarlos al pasillo, les dijo—: Id al cuarto de mamá. —Y se volvió hacia Julia—. Las sábanas están limpias. Hay toallas en el cuarto de baño. El agua caliente sigue tardando siglos en llegar, y no tires de la cadena antes de ducharte. —Se acercó a ella—. Te agradezco mucho que hayas venido, Jules. Sé que las cosas han sido… difíciles para ti últimamente, y… pues eso, que gracias.

Julia miró a su hermana. Si ella hubiese sido otra clase de mujer, o si hubiesen sido unas hermanas diferentes, quizá le habría confesado: «No tenía adonde ir, en realidad». En lugar de eso, dijo:

—No hay de qué. —Y metió la maleta en el cuarto—. Ahora cuéntame por qué estoy aquí.

—Vamos abajo. Necesitaré una cerveza mientras te lo explico.

—Camino de la escalera, Ellie se volvió hacia Julia—. Y tú también.

Sentada en la butaca favorita de su madre, Julia escuchaba a su hermana con creciente incredulidad.

—¿Que salta de rama en rama como un gato? Vamos, El, estás dejándote llevar por alguna fantasía rural. A mí me parece que has encontrado a una niña autista que simplemente se alejó de casa y se perdió.

—Max no cree que sea tan sencillo —repuso Ellie antes de darle un sorbo a su cerveza.

Llevaban en la sala casi una hora. Había papeles desparramados por la mesita de centro. Fotografías, hojas con huellas dactilares e informes de niñas desaparecidas.

—¿Quién es Max?

—Se quedó con la consulta del doctor Fischer.

—Es probable que el caso le vaya grande. Tendrías que haber llamado a la Universidad de Washington. Tienen docenas de expertos en autismo.

—No quiera Dios que haya gente inteligente en Rain Valley —dijo Ellie elevando el tono—. No me estás escuchando.

Julia decidió que a partir de ese momento moderaría sus comentarios.

—Lo siento. O sea que esta historia encierra algo más que pelos enmarañados y habilidades prodigiosas para subir a los árboles. Continúa.

—No habla. Creemos, bueno, Max cree que no sabe.

—No es algo extraño en los autistas. Ellos se manejan en un mundo diferente. A menudo, estos niños...

—Tú no la has visto, Jules. Cuando me miró me entraron escalofríos. Jamás he visto tanto… miedo en un niño.

—¿Te miró?

—Fijamente. Creo que estaba intentando comunicarme algo.

—¿Te miró a los ojos de forma deliberada?

—¿Hola? Acabo de decírtelo.

Tal vez no significara nada, o puede que Ellie estuviera equivocada. Los autistas raras veces miraban a los ojos de modo voluntario.

—¿Qué puedes contarme sobre su forma de actuar? Los movimientos de las manos, la manera de caminar, esas cosas.

—Pasó horas encaramada a ese árbol sin mover ni una pestaña. Piensa en la inmovilidad de un reptil. Cuando finalmente saltó del árbol, lo hizo a la velocidad del rayo. Daisy Grimm asegura que corría como el viento. Y lo olisqueaba todo, igual que un perro.

Muy a su pesar, Julia estaba cada vez más intrigada.

—Puede que sea muda. Y sorda. Eso explicaría también que se perdiera. A lo mejor no oyó a la gente llamándola.

—No es muda. Gritaba y gruñía. Ah, y cuando creyó que habíamos matado a su lobo, empezó a aullar.

—¿Su lobo?

—¿Me he dejado esa parte? Tenía con ella un cachorro de lobo. Ahora está en la granja de animales salvajes. Floyd dice que se sienta delante de la puerta y aúlla día y noche.

Julia se recostó en la butaca y cruzó los brazos. Había tenido suficiente. Todo esto era un ardid, otro de los intentos desatinados de su hermana para salvar a la pobre Julia.

—Te lo estás inventando.

—Ojalá. Por desgracia es todo cierto.

—¿En serio tiene un cachorro de lobo?

—Sí. Y aún no te he contado lo más fuerte.

—¿Hay más?

—Está llena de cicatrices.

—¿Qué clase de cicatrices?

—Heridas de cuchillo. Puede que alguna... marca de látigo. Y en el tobillo tiene una cicatriz que parece de ligadura.

Julia descruzó los brazos y se inclinó hacia delante.

—Espero que no me estés tomando el pelo. Todo esto es muy serio.

—Lo sé.

La mente de Julia procedió a barajar todas las posibilidades. Autismo. Retraso mental o de desarrollo. Esquizofrenia precoz. Esas eran las respuestas fáciles, clínicas. Pero podría haber algo más oscuro, algo infinitamente más extraordinario y peligroso. Estaba la posibilidad de que la niña hubiera escapado de un terrible captor. El mutismo voluntario era una respuesta habitual a esa clase de trauma. En cualquier caso, la niña necesitaba ayuda. Y no todos los psiquiatras podían encargarse de esa clase de diagnóstico y tratamiento. En la Costa Oeste solo un puñado de profesionales estaba especializado en tales casos. Por suerte, Julia era uno de ellos.

—Me conmovió profundamente, Jules. Me temo que cuando los mandamases se impliquen, la perderemos. La meterán en alguna institución pública hasta que encontremos a sus padres. No creo que pueda vivir con eso. Hay algo tan... frágil y triste en esa niña. No sé si alguien ha luchado alguna vez por ella. Contigo, podríamos justificar su tratamiento mientras investigamos el caso. Nadie puede negar tus credenciales.

Ahí estaba: el recordatorio.

—¿Has visto las noticias, El? —preguntó quedamente Julia—. Ya no soy la favorita de nadie. Puede que tus mandamases no vean con buenos ojos mi participación.

Ellie la miró de hito en hito. Como siempre, había una franqueza en sus ojos que resultaba vagamente desconcertante. Su hermana era de esas personas excepcionales que tomaban decisiones con facilidad, las mantenían y luchaban por sus creencias hasta el final. De hecho, era una de las pocas cosas que tenían en común.

—¿Desde cuándo me importa lo que piensen los demás? Tú eres la persona que quiero que salve a esa niña.

—Gracias, El. —La voz le salió más débil de lo que esperaba, menos segura de lo habitual. Le habría gustado poder decirle a su hermana lo mucho que eso significaba para ella.

Ellie asintió.

—Solo espero que seas tan buena como crees.

—Lo soy.

—Fantástico. Ahora dúchate y deshaz la maleta. Le he dicho a Max que nos veríamos en el hospital antes de las cuatro.


Media hora después, Julia estaba duchada, maquillada y vestida con unos tejanos gastados de pata ancha y un jersey de cachemir verde claro. Procuraba contener sus ansias de ver a la llamada «niña loba voladora», pero no podía mantener su calma habitual. Llevaba tanto tiempo sintiéndose una mera espectadora que hasta ese pequeño vistazo a su antigua vida bastaba para acelerarle las revoluciones.

Cogió una Diet Coke de la nevera y se sentó en la sala de estar. Al contemplar el polvoriento piano del rincón, se vio asaltada por un recuerdo. Vio a su madre sentada en el banco negro, fumando un Virginia Slim mentolado y tocando una versión estentórea de «Old Time Rock 'n' Roll». Alrededor del piano, cantando con ella, había un grupo de amigos.

«Venga, chicas —decía su madre mientras les hacía señas para que se acercaran—, cantad con nosotros».

Julia apartó la vista del piano. No quería pensar en su madre, todavía no, pero ahí, en esa casa, el tiempo parecía desdoblarse. Si alargaba su visita, se convertiría de nuevo en el desmañado ratón de biblioteca con un corte de pelo horrible y gafas gruesas.

Ellie bajó vestida con su uniforme negro y azul. Las tres estrellas doradas que lucía en el cuello titilaron con la luz. Pese al abultado atuendo, se la veía menuda y preciosa.

—¿Estás lista?

Julia asintió y cogió el bolso. Para su sorpresa, recorrieron los escasos kilómetros hasta el hospital conversando amigablemente. Julia señalaba los cambios que habían tenido lugar en el pueblo, como el semáforo, el puente nuevo, el cierre de Hamburger Haven; Ellie, por su parte, remarcaba lo mucho que todo seguía como siempre.

Al final, doblaron una esquina y el hospital del condado apareció ante ellas. El modesto edificio de cemento se encontraba al fondo de un aparcamiento de gravilla de tamaño mediano. Estacionada a la izquierda de la entrada de urgencias había una ambulancia solitaria. El edificio, de dos plantas, se veía empequeñecido por la ladera de magníficos árboles de hoja perenne que se alzaba detrás. En ese momento empezaron a encenderse las farolas; cada dos o tres segundos un haz de luz centelleaba en el aparcamiento, iluminando las gotitas de niebla que no podían llamarse del todo lluvia. El aire tenía un olor dulce, como a hierba recién cortada.

Nada más aparcar, Julia bajó del coche. Cuanto más se acercaba al edificio, más segura se sentía.

Ellie y ella cruzaron juntas las puertas dobles y pasaron junto a la recepcionista, que las saludó con la mano. Los enfermeros y auxiliares que iban dejando atrás vestían uniformes salmón pálido con pinta de haber sido naranjas en otros tiempos. Las suelas de goma chirriaban contra las baldosas de linóleo.

Ellie se detuvo delante de una puerta. Tras alisarse el uniforme, se recogió el pelo detrás de las orejas y examinó su maquillaje en un espejo de mano.

Julia frunció el entrecejo.

—¿Qué es esto? ¿Una sesión de fotos?

—Ahora lo entenderás. —Ellie llamó a la puerta.

Una voz dijo:

—Adelante.

Ellie abrió la puerta. Entraron en un despacho pequeño, dotado de un ventanal con vistas a un rododendro gigantesco.

Él estaba de pie en una esquina, quieto como una brizna de hierba un día sin viento, vestido con unos Levi's gastados y un jersey negro de trenzas. Su pelo era gris plateado. No un gris entrecano, sino ese color perfecto y uniforme a lo Richard Gere. Lucía el bronceado curtido de un hombre que pasaba mucho tiempo expuesto al viento y al sol. Pero lo que atrajo la atención de Julia fueron sus ojos. Eran deslumbrantemente azules e intensos.

Era el hombre más guapo que había visto en su vida.

—Usted debe de ser la doctora Cates —dijo acercándose a ella.

—Llámame Julia, por favor.

La obsequió con una sonrisa cegadora.

—Solo si tú me llamas Max.

Julia reconoció de inmediato la clase de hombre que tenía delante. Un donjuán, como Philip, un hombre que exhibía su sexualidad como una cazadora deportiva. Los Ángeles estaba repleto de hombres así. En varias ocasiones había caído en su trampa. Cuando era más joven, por supuesto. A Julia no le sorprendió ver que una de las orejas estaba agujereada. Esbozó una sonrisa profesional.

—¿Por qué no me hablas de tu paciente? ¿Creo entender que la niña es… autista?

La sorpresa parpadeó en el atractivo rostro del médico. Max cogió la carpeta que descansaba en su mesa.

—Te corresponde a ti elaborar un diagnóstico. Las mentes adolescentes no son mi especialidad.

—¿Y cuál es tu especialidad?

—Si tuviera que elegir, extender recetas. Fui a un colegio católico. —Otra vez esa sonrisa—. Por lo que tengo una caligrafía excelente.

Julia echó un vistazo a los diplomas que pendían de la pared esperando ver titulaciones de universidades poco conocidas. En lugar de eso, tenía una licenciatura de Stanford y el doctorado en medicina de la UCLA. Frunció el entrecejo.

¿Qué demonios hacía ese tío allí?

Huir. Tenía que ser eso. Por lo general, los recién llegados a Rain Valley pertenecían a una de estas dos categorías: los que huían de algo y los que huían de todo. Julia no pudo evitar preguntarse qué grupo integraba Max.

Levantó la vista de súbito y vio que la estaba observando detenidamente.

—Acompáñame —dijo tomándola del brazo.

Julia se dejó conducir por el amplio pasillo blanco. Ellie caminaba al otro lado de Max. Tras unos giros más, llegaron a una amplia ventana que mostraba al otro lado una especie de guardería. Se detuvieron frente al cristal. Max estaba tan cerca de Julia que sus brazos casi se tocaban. Ella dio un paso a un lado para crear distancia entre ellos.

La habitación tras el ventanal era un cuarto de juegos corriente, con una mesa pequeña rodeada de sillas, una pared con casilleros llenos de juguetes, juegos y libros, una encimera con fregadero, una hilera de cunas vacías y una cama de hospital.

—¿Dónde está la niña?

Max hizo un gesto con el mentón.

—Tú observa.

Aguardaron en silencio. Finalmente, una enfermera pasó junto a ellos y entró en la habitación. Dejó una bandeja con comida en la mesa y se marchó.

Julia se disponía a hacer una pregunta cuando divisó movimiento debajo de la cama.

Se inclinó hacia delante y empañó el vidrio con su aliento. Lo limpió con gesto impaciente y retrocedió.

Por debajo de la cama asomaron unos dedos. Luego, después de otro instante interminable, salió arrastrándose una niña. Llevaba un descolorido camisón de hospital demasiado grande para ella.

La niña tenía el pelo negro, largo y enmarañado, y la piel muy morena. La red plateada de cicatrices en los brazos y las piernas era visible incluso a esa distancia. Tenía el cuerpo encorvado, como si estuviera más cómoda a cuatro patas. Después de cada paso se detenía y se quedaba muy quieta, salvo por un rápido y furtivo ladeo de la cabeza. Olfateaba el aire como si estuviera siguiendo el olor de la comida. Una vez frente a la mesa, se abalanzó sobre la comida como un animal salvaje; mientras comía no se relajó ni un instante, no dejó ni por un momento de otear la habitación y olisquear el aire.

Julia sintió un escalofrío en la espalda. Abrió su cartera con sigilo y sacó una libreta y un bolígrafo. Mientras observaba a la chiquilla empezó a tomar notas.

—¿Qué sabemos de ella?

—Nada —respondió Ellie—. Solo que un día apareció en el pueblo. Daisy Grimm cree que vino buscando comida.

—¿Desde dónde?

Esta vez fue Max quien respondió.

—Desde el bosque.

«El bosque». Julia recordaba el Parque Nacional Olympic. Miles de hectáreas de musgosa oscuridad; buena parte del bosque seguía inexplorada. Era el reino de los mitos y las leyendas, donde ocurrían milagros y prodigios. La tierra de Bigfoot.

—Creemos que estuvo unos días perdida en el bosque —explicó Ellie.

Julia no respondió. Eso era más que un extravío de unos días en el parque nacional.

—¿Ha hablado?

Max negó con la cabeza.

—No, y creemos que tampoco nos entiende. Se pasa las horas debajo de la cama. La bañamos y le pusimos un pañal cuando estaba inconsciente, pero no hemos sido capaces de acercarnos para cambiárselo. No ha hecho el menor intento de utilizar el retrete.

—Bien —dijo Julia sintiendo un subidón de adrenalina—. Vamos a ver qué tenemos aquí. —Se volvió hacia su hermana—.

Ve a la cafetería y reúne chocolatinas y caramelos de diferentes clases. También un trozo de tarta de manzana y otro de pastel de chocolate.

—¿Algo más?

—Muñecas. Muchas. A ser posible con ropa de quita y pon, pero que no sean Barbies. Muñecas de trapo. Y un animal de peluche. Dijiste que la acompañaba un cachorro de lobo, ¿verdad? Consígueme un lobo de peluche.

—Entendido. Vuelvo dentro de un rato. —Ellie se alejó con paso presto.

Julia se dirigió a Max.

—Háblame de las marcas de ligaduras en el tobillo.

—Creo… —Lo interrumpió el sistema de megafonía del hospital requiriendo su presencia inmediata en urgencias.

Le entregó la carpeta.

—Está todo aquí, Julia, y no es agradable. Si quieres, podemos vernos luego para hablar de…

—Con esto tengo suficiente por el momento, gracias. —Julia abrió la carpeta y empezó a leer. Apenas se percató de la partida de Max.

La primera página era un catálogo de las numerosas cicatrices de la pequeña, entre ellas lo que parecía una herida de cuchillo mal curada en el hombro izquierdo.

Max tenía razón. Lo que fuera que le había sucedido a esa niña no era agradable.

# 5

Cuando salió del hospital, Ellie no se sorprendió de encontrar una multitud fuera. Estaban colocados en formación, como un destacamento de desembarco de otra época, con las hermanas Grimm al frente componiendo un triángulo impreciso. Como siempre, Daisy iba en cabeza. Hoy lucía una bata floreada debajo de un jersey grueso. Las botas de agua verdes terminaban a dos centímetros de sus rodillas y a cinco del dobladillo de la bata. Llevaba su pelo gris paloma recogido en un moño tan tirante que le rasgaba ligeramente los ojos. El collar y los pendientes de margaritas, siempre presentes, empequeñecían su rostro pálido y arrugado.

—Comisaria Barton —dijo avanzando majestuosamente, o todo lo majestuosamente que le permitían las botas de agua, con las cenizas de su difunto marido en una urna. El jersey, tejido a mano y con un dibujo nativo americano en gris y blanco, le iba por lo menos dos tallas grande—. Nos enteramos de que venías hacia aquí.

—Ned te vio salir de la carretera y llamó a Sandi, que te vio doblar por Bay Road —añadió Violet asintiendo a cada palabra, como si fuera necesario enfatizarlas.

—¿Qué está pasando, comisaria? —gritó alguien desde el fondo.

Ellie sospechaba que era Mort Elzik, el reportero local que había publicado la noticia en la edición matutina.

—Calla, Mort —espetó Daisy recurriendo a su antigua voz de directora—. Hemos juntado al pueblo, comisaria, tal como nos ordenó. La gente ha respondido muy bien. Tenemos juguetes, libros, juegos, ropa y hasta un patinete. A esa niña no le faltará de nada. ¿Se lo llevo a su habitación? ¿Dónde está la pobrecilla?

Marigold dio un paso al frente y, bajando la voz, dijo:

—¿En la planta de psiquiatría? —Se volvió hacia la multitud y consiguió que asintieran—. En Urgencias siempre consultan a un psiquiatra.

—¿Qué le pasó al lobo? —Volvía a ser Mort, intentando ahora abrirse paso entre la gente.

De repente todo el mundo hablaba. Daisy no fue capaz de pararlos y Ellie ni siquiera lo intentó. No tardarían en perder ímpetu. Después de todo, ya casi era la hora feliz.

Uno a uno, mirarían sus relojes de pulsera, farfullarían algo y regresarían a sus coches. Daisy Grimm encabezaría la marcha. Nadie podía recordar un solo día que no hubiera estado en el Bigfoot Bar al comenzar la hora feliz, con la urna negra en el taburete contiguo. Los boilermakers a mitad de precio eran su veneno favorito. Daisy aseguraba, toda orgullosa, que nunca se bebía más de dos. O menos.

—¿Quién es la niña? —preguntó Mort en un tono alto y exasperado.

Eso los calló a todos.

—Esa es la pregunta del millón, Mort. Peanut está en comisaría haciendo todo lo posible por averiguarlo.

—¿Has visto mi artículo de hoy? Sale en primera página.

—Todavía no he leído la prensa, Mort, lo siento. ¿Cuál es el titular?

—«Mowgli vive». —El pecho del reportero se hinchó de orgullo—. Me encantan las referencias a los clásicos. El caso es que me han llamado del *National Enquirer*.

Ellie se encogió. No había pensado en el ángulo sensacionalista de la historia. «Niña loba voladora aterriza en pueblo de bosques húmedos». No estaban ante una simple noticia local.

Y ahora Julia estaba involucrada.

Ups.

—¿Pediste a la gente que se pusiera en contacto con nosotros si tenía información sobre su posible identidad?

Mort parecía ofendido.

—Por supuesto. Soy un profesional, ¿sabes? Me gustaría entrevistarla.

—¿No nos gustaría a todos? Ahora mismo está con una psiquiatra. Cuando tengamos más información, os la comunicaremos. En cuanto a las cosas que habéis reunido...

—¡Es Julia! —gritó Violet con una palmada.

—¡Claro! —exclamó Marigold—. Ned se preguntaba quién era la mujer rubia.

—No puedo creer que se me haya escapado algo tan evidente —dijo Daisy—. Fuiste al aeropuerto a buscarla.

Mort empezó a dar saltos como un niño que encabeza la cola de *Piratas del Caribe*.

—Quiero entrevistar a tu hermana.

—No he confirmado que Julia Cates haya sido contactada para este caso ni que esté aquí. —Ellie clavó la mirada en Mort—. ¿Queda claro? No quiero ver publicado su nombre.

—Si me prometieras una exclusiva...

—Cierra el pico.

—Pero...

Daisy le propinó un coscorrón.

—Mort Elzik, ni se te ocurra desobedecer a Ellie. Tu madre se revolvería en la tumba solo de pensarlo. Y ten por seguro que llamaré a tu padre.

—No lo publiques, Mort —añadió Ellie—, por favor. —Porque los dos sabían que Mort podía hacer lo que quisiera. Entre ellos, no obstante, había décadas de historia. En momentos como ese eran más el friki del periódico del instituto y reina del baile que reportero y jefa de policía. En los pueblos, la dinámica social era como el cemento; se fraguaba de manera rápida y sólida.

—Vale —dijo él acompañando la palabra de un gemido.

Ellie sonrió.

—Bien.

—¿Qué hacemos con el material, comisaria? —preguntó Daisy.

—Gracias, Daisy. ¿Por qué no lo dejáis todo en mi garaje? Asegúrate de anotar los nombres de los donantes. Me gustaría darles las gracias personalmente.

Marigold dio unas palmaditas a su libreta de vinilo.

—Ya lo he hecho.

Ellie asintió.

—Bien. Sabía que podía contar con todos vosotros. Ahora será mejor que vuelva al trabajo. Tenemos una identidad que rastrear. Gracias por vuestra ayuda. Esa niña tuvo suerte de ir a parar a nuestro pueblo.

—Cuidaremos de ella —dijo alguien.

Ellie se dirigió al aparcamiento. Podía oír el chismorreo de voces detrás de ella, apagándose conforme se alejaba. Esa noche, tanto en el Bigfoot como en The Pour House se servirían más especulaciones que jarras de cerveza Olympia. Los temas serían Julia y la niña loba a partes iguales. Tendría que haberlo visto venir.

Julia había sido siempre la diferente en un pueblo que premiaba la semejanza. Una chica callada y desgarbada que había nacido en la familia equivocada y demostrado con el tiempo —inconcebiblemente— que era casi un genio. En aquel entonces la gente del pueblo no sabía qué pensar de ella, y aún menos iban a saber qué decirle ahora.

Ellie subió al viejo coche familiar de su madre —«Madge» para los íntimos— y regresó a la comisaría. Durante el trayecto fue añadiendo cosas a su lista de tareas. Hoy iba a ser el día en que averiguaría la identidad de la niña. Tenía que serlo. Alguien leería el periódico y llamaría o (la mejor opción) ella encontraría la respuesta en los archivos de casos sin resolver y se convertiría en una heroína.

Estacionó en su plaza y entró en la comisaría.

Viggo Mortensen la esperaba en su despacho. No en carne y hueso, naturalmente. Una reproducción en cartón con el atuendo completo de *El Señor de los Anillos*. Junto a sus labios tenía pegado un globo de cartulina blanca que rezaba: «Al cuerno con Arwen. Es a ti a quien quiero».

Ellie soltó una carcajada.

Peanut entró en el despacho con sendas tazas de café.

—¿Cómo sabías que hoy necesitaba esto? —le preguntó Ellie.

Peanut le tendió una taza.

—Pura intuición.

—¿Dónde estaba escondido Aragorn?

—En la cabina de proyección del cine Rose. Ned me lo prestó.

—¿Tengo que devolverlo?

Peanut sonrió.

—Mañana, puede que pasado. Le dije a Ned que te concediera un tiempecillo, viendo lo necesitada que estás de un hombre en tu dormitorio. Ned dijo que el cartón era mejor que nada.

Ellie no pudo evitar una sonrisa.

—Gracias, Peanut. —Pensó entonces en la lista de tareas y su sonrisa se esfumó—. Será mejor que nos pongamos a trabajar.

Peanut rescató un folio de la abarrotada mesa.

—Esto es lo que tenemos hasta el momento. —Se puso sus gafas de leer de Costco con incrustaciones de brillantes falsos—. El Centro de Niños Perdidos y Desaparecidos está examinando su base de datos. La primera criba ha dado diez mil coincidencias posibles. Están intentando reducir la lista. Conocer su edad exacta ayudaría.

Ellie tomó asiento. Su sueño de convertirse en una heroína se desinfló como un globo gastado.

—Diez mil niñas desaparecidas. Que Dios nos asista, Peanut. Llevaría años revisar toda la información.

—En este país desaparecen ochocientos mil niños al año, eso significa dos mil desapariciones diarias. Estadísticamente, el cincuenta por ciento son niñas blancas secuestradas por alguien que conocen. ¿Seguro que la niña es blanca?

—Sí. —Ellie empezó a agobiarse—. ¿Ha dicho algo el FBI?

—Están esperando alguna prueba de que ha sido secuestrada o una identificación sólida. Podría tratarse solo de una niña de Mystic o Forks que se ha perdido. Técnicamente, todavía no tenemos indicios de un delito. El FBI recomienda que preguntemos a la gente del pueblo… otra vez. Y Servicios Sociales nos está presionando para que le asignemos unos padres de acogida. Tendremos que ponernos en ello. La niña no puede vivir eternamente en el hospital.

—¿Llamaste al Centro de Recuperación Laura?

—Y al programa *Los más buscados de América*. Y al fiscal general. Mañana la niña saldrá en todas las portadas. —Peanut puso cara de preocupación—. No será fácil esconder a Julia.

La historia iba a desatar una tormenta de publicidad, de eso no había duda. Y una vez más, la doctora Julia Cates estaría en el ojo del huracán.

—No —dijo Ellie arrugando la frente—. No lo será.


Niña está enroscada como un helecho joven en este lugar demasiado blanco. El suelo está frío y duro; a veces le provoca escalofríos y le hace soñar con su cueva. Los Extraños la cambiaron mientras dormía. Ahora huele a flores y a lluvia. Echa de menos su propio olor.

Quiere cerrar los ojos y dormir, pero aquí los olores son raros. La nariz le pica todo el rato y tiene la garganta tan seca que le duele tragar. Añora su río y el rugido del agua que cae constantemente por el escarpado barranco próximo a su cueva. Puede oír la respiración de Pelo de Sol, y también su voz. Es como una tormenta esa voz; peligrosa y aterradora. La hace escurrirse aún más contra el fondo de este lugar. Si fuera un lobo, podría excavar un agujero y desaparecer. La idea la entristece. Está pensando en Ella…, en Él, incluso. En Lobo.

Sin ellos se siente perdida. No puede vivir en este lugar, donde lo verde no está vivo y el aire huele mal.

No tendría que haber huido. Él siempre le decía que más allá de su bosque todo era frío y malo, que tenía que permanecer oculta porque en el mundo había gente que hacía más daño a las niñas que Él. Los Extraños.

Debería haberle hecho caso, pero llevaba tanto tiempo viviendo asustada…

Ahora le harían más daño que la red.

Están esperando a que salga para hacerle daño, pero pronto será demasiado pequeña para que la vean. Desaparecerá como un insecto verde en una hoja.


Sentada en una incómoda silla de plástico del alegre cuarto de juegos, Julia estudió la libreta que tenía en el regazo. Se había pasado una hora hablando incansablemente a la niña escondida bajo la cama, mas no había obtenido ninguna reacción. La libreta seguía llena de preguntas sin respuestas.

Dientes: ¿tratamientos dentales?
¿Sorda?
Heces: ¿datos sobre su alimentación?
¿Control de esfínteres?
Cicatrices: antigüedad
Raza

Durante sus primeros años de residencia se había hecho evidente para todo el mundo que Julia tenía un don especial para tratar a niños traumatizados y deprimidos. Hasta sus profesores y colegas acudían a ella en busca de consejo. Parecía entender instintivamente las presiones extremas sobre los niños de hoy. Estos acababan con demasiada frecuencia en las callejuelas sombrías del centro de la ciudad, vendiendo sus cuerpos para comprarse drogas y comida. Sabía hasta qué punto la explotación, el abuso y el alcohol marcaban a un niño, hasta qué punto las familias perdían su elasticidad y se partían, dejando a todos sus miembros a la deriva. Más importante aún, Julia recordaba lo que se sentía al ser diferente, y aunque había madurado y se había sumado al tráfico de los adultos, esos dolorosos recuerdos de la infancia seguían vivos. Los niños se abrían a ella, sabían que los escucharía, que los ayudaría.

Aunque no se había especializado en autismo ni en rehabilitación de daños cerebrales o trastornos mentales, obviamente había tratado con esa clase de pacientes. Sabía cómo funcionaban y reaccionaban los niños autistas.

También sabía cómo actuaban los niños sordos antes de aprender el lenguaje de signos. Por sorprendente que pareciera, en este país todavía había lugares —poblaciones remotas— donde los niños sordos/mudos crecían sin la capacidad de comunicarse.

Pero nada de eso parecía aplicable a este caso. El cerebro de la niña no mostraba lesiones ni anomalías. La que se escondía bajo la cama podía ser una chiquilla perfectamente normal que se había perdido en una excursión y ahora tenía miedo de hablar.

Una niña normal que viajaba con un lobo…

… y aullaba a la luna…

… y no parecía saber para qué servía un retrete.

Julia dejó el bolígrafo. Llevaba demasiado tiempo en silencio. Su principal esperanza con esta niña era conectar. Y eso significaba comunicación.

—Supongo que no puedo aspirar a entenderte escribiendo, ¿verdad? —dijo en un tono suave y tranquilizador—. Es una pena, porque me encanta escribir. Imagino que tú prefieres dibujar, como la mayoría de las niñas de tu edad. Claro que, en realidad, no sé qué edad tienes exactamente. El doctor Cerrasin cree que tienes seis años. Yo diría que eres un poco más pequeña, aunque no he podido verte bien del todo, ¿verdad? Yo tengo treinta y cinco. ¿Te lo había contado ya? Seguro que te parezco una vieja. Si te soy sincera, este último año yo también he empezado a sentirme vieja.

Pasó las siguientes dos horas hablando de todo y nada. Le contó a la pequeña dónde estaban y por qué, le contó que todo el mundo quería ayudarla. No importaba tanto lo que decía como la manera en que lo hacía. El trasfondo de cada palabra era «Sal de ahí, cariño, conmigo estás a salvo». Pero la niña seguía sin reaccionar. Ni una sola vez había asomado siquiera un dedo por debajo de la cama. Julia se disponía a hablar de lo sola que una podía sentirse a veces en el mundo cuando el golpeteo de unos nudillos en la puerta la interrumpió.

Debajo de la cama se produjo un sonido deslizante.

¿Había oído la niña el golpeteo?

—Enseguida vuelvo —dijo Julia en un tono despreocupado de oh-parece-que-han-llamado. Fue hasta la puerta y abrió.

El doctor Cerrasin señaló con la cabeza hacia su derecha, donde había dos camilleros vestidos de blanco. Uno sostenía una caja grande; el otro, una bandeja con comida.

—Han llegado la comida y los juguetes —dijo Max.

—Gracias.

—¿Sigue sin reaccionar?

—Sí, y es imposible realizar un diagnóstico en estas condiciones. Necesito estudiarla, examinar sus acciones, sus reacciones y movimientos, pero esa maldita cama lo hace imposible.

—¿Qué quiere que hagamos con esto? —preguntó uno de los camilleros.

—Me quedo con los animales de peluche. Por el momento, guarden el resto de los juguetes, todavía no está preparada para esa manera de jugar. Pueden dejar la comida en la mesa. Y no hagan ruido, no quiero asustarla más de lo que ya lo está. —Julia se volvió hacia Max—. ¿Todavía tiene este pueblo una biblioteca del tamaño de mi coche?

—Es pequeña —reconoció él—, pero con internet tendrás acceso a todo. La biblioteca se conectó a la red el año pasado. —Esbozó una sonrisa encantadora—. Hubo un desfile y todo.

Julia sintió un momento de conexión con él. Eran dos forasteros riéndose de las costumbres de los pueblos. Al darse cuenta de que la había hecho sonreír, reculó.

—Siempre lo hay. —Se disponía a decir algo más, no sabía muy bien qué, cuando se le encendió una luz.

«Mueve la cama». ¿Cómo no se le había ocurrido antes?

Se dio rauda la vuelta y cerró la puerta, percatándose un segundo demasiado tarde de que se la había cerrado a Max en las narices. Ups. En fin. Se acercó al camillero que estaba dejando la bandeja en la mesa y le dijo:

—Llévense la cama de aquí, por favor, pero dejen el colchón.

—¿Perdone?

—No somos un servicio de mudanzas, señorita —dijo su compañero.

—Doctora —puntualizó—. ¿Me están diciendo que no son lo bastante fuertes para ayudar?

—Por supuesto que lo somos —espetó el camillero más alto mientras soltaba la caja con los animales de peluche.

—Entonces ¿cuál es el problema?

—Vamos, Fredo, saquemos esa cama antes de que la doctora nos pida mover una nevera.

—Gracias. Hay una niña debajo, traten de no asustarla.

Uno de los hombres se volvió hacia ella.

—¿Por qué no le dice que salga?

—Limítense a sacar la cama, por favor. Con cuidado. Y dejen el colchón en el rincón.

Los camilleros colocaron el colchón donde ella les había indicado, levantaron la cama y abandonaron la habitación. La puerta se cerró tras ellos, pero Julia ni se inmutó. Solo tenía ojos para su paciente.

Acuclillada en el suelo, la niña abrió la boca para gritar.

«Vamos —pensó Julia—, deja que te oiga».

Pero no se produjo sonido alguno mientras la niña se arrastraba hasta la pared, donde se quedó completamente inmóvil.

A Julia le vino la imagen de un camaleón adaptándose a su entorno. Pero la pobre chiquilla no podía cambiar de color, no podía desaparecer. Destacaba demasiado contra la pared amarilla y el linóleo de motas grises. Estaba tan quieta que parecía una estatua de madera. La única señal de vida eran las aletas de la nariz, las cuales se dilataban como si quisieran captar hasta el último olor.

Julia reparó por primera vez en su belleza. Aunque la niña estaba terriblemente delgada, seguía siendo guapísima. Tenía la mirada fija en un punto situado a la izquierda de Julia, como si allí hubiera un animal peligroso que era preciso vigilar. La expresión de su cara era anodina y, al mismo tiempo, extrañamente obsesiva; no desvelaba nada pero tampoco le faltaba nada. Sus labios formaban una línea recta; no había ninguna indicación de desagrado o curiosidad, y sus ojos —esos extraordinarios ojos azul verdosos— se mantenían serios y vigilantes.

A Julia le sorprendió la ausencia de miedo en ellos. Tal vez estuviera mirando al otro lado del miedo. ¿Qué le pasaba a una niña cuando el miedo había sido una constante en su vida? ¿Se diluía y transformaba en vigilancia?

—Casi me estás mirando —dijo, buscando un tono desenfadado. El contacto visual era importante. Los niños autistas, por lo general, no miraban a los ojos a menos que se hubieran sometido a una buena dosis de terapia. Escribió en su libreta: «¿Muda?». Su hermana le había dicho que la niña hacía ruidos, pero Julia no los había escuchado. Ellie, además, había insinuado que poseía habilidades prodigiosas para saltar y trepar a los árboles—. Imagino que estás asustada. Todo lo que te ha ocurrido desde ayer da mucho miedo. Cualquier persona lloraría.

La pequeña no reaccionó.

Julia pasó las siguientes doce horas sentada en silencio en una silla. Observaba todo lo que podía sobre la niña, que no era mucho, la verdad sea dicha. La pequeña pasó las primeras horas prácticamente inmóvil. En torno a medianoche, se quedó dormida todavía acuclillada contra la pared. Cuando por fin se desplomó hacia un lado, Julia se acercó muy despacio, la tomó en brazos con sumo cuidado y la trasladó al colchón.

Se pasó la noche observándola mientras dormía, reparando en la frecuencia con que parecían asaltarla las pesadillas. En un momento dado también ella se durmió, pero a las siete de la mañana se despertó de nuevo, lista para continuar. Telefoneó a casa para decirle a Ellie que seguramente pasaría el día en el hospital y regresó al trabajo.

Cuando la niña despertó, Julia estaba preparada. Sonriendo relajadamente, comenzó a hablar otra vez. Se aseguraba de que la niña oyera aceptación y ternura en su voz para que el significado fuera claro aun cuando desconociera las palabras. Habló una hora detrás de otra, a lo largo de todo el desayuno y el almuerzo, los cuales permanecieron intactos. Entrada la tarde, dos cosas eran innegables: Julia estaba exhausta y la niña debía de estar hambrienta.

Se acercó muy despacio a las cajas que le habían sido entregadas el día anterior. Evitaba hacer movimientos bruscos. Hablaba en ciclos de palabras regulares y relajantes, como si el silencio de la chiquilla fuera la cosa más natural del mundo.

—¿Qué te parece si miramos estas cosas y vemos si hay algo que te gusta? —Abrió la caja. Un lobezno de peluche descansaba sobre un montón de otros muñecos de trapo y prendas de ropa dobladas. Lo sacó y pasó a la siguiente caja. Sin dejar de sonreír, empezó a vaciarla—. La gente de Rain Valley te ha enviado estas cosas porque está preocupada por ti. Seguro que tus padres

94

también lo están. A lo mejor te perdiste. La culpa no sería tuya y nadie se enfadaría contigo.

Se volvió hacia la niña, que ahora estaba sentada muy quieta en el colchón, mirando más allá de Julia.

La ventana, comprendió. La niña no apartaba la vista de la ventana. Aunque no era grande y no desvelaba mucho del mundo exterior, se divisaba un trozo de cielo azul y la punta verde de la rama de un abeto.

—Te estás preguntando cómo volver a casa, ¿verdad? A mí me gustaría ayudarte a hacerlo. ¿Quieres que te ayude?

No obtuvo ninguna reacción, ni siquiera a la palabra «casa».

Agarró un libro grande de la estantería y lo tiró al suelo. Aterrizó con un fuerte golpe.

La niña se encogió y abrió los ojos de par en par. Miró un segundo a Julia y reculó hasta el rincón.

—Así que puedes oír. Es bueno saberlo. Ahora he de averiguar si puedes entenderme. ¿Oyes palabras o solo sonidos, pequeña?

Con cautela, avanzó hacia la niña buscando en todo momento un pestañeo, alguna reacción a su acercamiento. No lo hubo, pero cuando Julia se encontraba a tres metros de ella, se le hincharon las aletas de la nariz. Un gemido minúsculo escapó de sus labios. La tensión en sus dedos entrelazados casi le tiñó de blanco la morena piel.

Julia se detuvo.

—¿No quieres que me acerque más? Te estoy asustando. Eso está bien, de hecho. Estás respondiendo de manera normal a este entorno extraño. —Se agachó muy despacio y le lanzó el animal de peluche, que aterrizó justo al lado de la niña—. A veces, un muñeco de peluche puede hacernos sentir mejor. Cuando yo era niña, tenía una osita rosa llamada Tink. Iba conmigo a todas partes. —Regresó a la mesa, puso la caja en el suelo y tomó asiento.

Al rato llamaron a la puerta. Al oír el golpeteo, la niña se arrimó todavía más a la pared, tratando de hacerse lo más pequeña posible.

—Es solo la cena. Sé que es pronto, pero seguro que tienes hambre. No voy a irme para que comas sola; será mejor que lo entiendas desde ahora.

Julia abrió la puerta, dio las gracias a la enfermera por la comida y regresó a la mesa. La puerta se cerró de nuevo, dejando a Julia y a la niña a solas.

Mientras retiraba el envoltorio de la comida, mantuvo una conversación relajada y fluida. No decía nada personal ni intenso, únicamente palabras, cada una de las cuales era una invitación que se quedaba sin abrir. Sobre la mesa había ahora un surtido de comida para niños. Macarrones con queso, los de caja, tal como les gustaba a los chiquillos; dónuts cubiertos de azúcar, *brownies*, palitos de pollo con kétchup, leche, gelatina con trocitos de fruta, pizza de queso y un perrito caliente con patatas fritas. Los tentadores aromas inundaron la habitación.

—No sabía qué te gustaba, así que lo he pedido todo.

Julia cogió un dónut del plato de plástico rojo.

—No recuerdo cuándo fue la última vez que me comí un dónut con azúcar. No son muy sanos, pero, madre mía, qué ricos están. —Le dio un bocado y el sabor estalló en su boca. Paladeándolo, miró directamente a la niña—. Perdona. ¿Tienes hambre? ¿Quieres un poco?

Al oír la palabra «hambre», la pequeña se encogió. Durante un breve instante su mirada cruzó la estancia y se posó en la mesa de comida.

—¿Has entendido eso? —preguntó Julia inclinándose un poco hacia delante—. ¿Sabes qué significa «hambre»?

La niña clavó la mirada en ella. Apenas duró un segundo, pero Julia sintió su impacto en todo el cuerpo.

«Me ha entendido».

Apostaría sus títulos.

Muy lentamente, cogió otro dónut. Lo colocó en un plato rojo y se levantó. Esta vez se acercó a la niña un poco más que la anterior; las separaban unos dos metros. Una vez más, la niña bufó, gimió e intentó retroceder, pero la pared se lo impidió.

Julia dejó el plato en el suelo y le propinó un empujoncito. Resbaló por el linóleo y se detuvo lo bastante cerca para que la niña pudiera oler su dulzor de vainilla y lo bastante lejos para que tuviera que moverse si quería cogerlo.

Julia regresó a su asiento.

—Adelante —dijo—. Tienes hambre. Es comida.

Esta vez la niña la miró directamente a los ojos. Julia sintió la intensidad desesperada de esos iris verdiazules. Escribió en su libreta: «Comida».

—Nadie te hará daño —dijo.

La niña parpadeó. ¿Era una reacción a la palabra «daño»? La anotó.

Pasaron varios minutos sin que ninguna de las dos desviara la vista. Finalmente, Julia se volvió hacia la ventana situada junto a la puerta. El doctor más-guapo-que-Dios estaba allí, observándolas.

Nada más volverse Julia, la niña corrió hasta la comida, la agarró y regresó al rincón como un animal salvaje retirándose a su guarida para comer.

Y cómo comía…

La pequeña se metió casi todo el dónut en la boca y se puso a masticar ruidosamente.

Julia pudo ver el momento en que el sabor explotó. Los ojos de la pequeña se abrieron de par en par.

—No hay nada como un buen dónut. Tendrías que probar los *brownies* de mi madre. Estaban riquísimos. —Julia balbuceó un poco al usar el pasado. Curiosamente, tuvo la sensación de que la niña lo había notado, aunque no habría sabido decir por qué—. Te iría bien comer proteína, pequeña. Tanto azúcar no es bueno.

Cogió el perrito caliente, lo cubrió de kétchup y mostaza y lo dejó en el suelo, medio metro más cerca de la mesa que antes.

La niña contempló el plato del dónut, ahora vacío. Era patente que reconocía la diferencia. Daba la impresión de que estaba calibrando la distancia adicional, calculando el riesgo que suponía.

—Puedes confiar en mí —dijo bajito Julia.

No hubo respuesta.

—No te haré daño.

La barbilla de la niña se alzó despacio. Esos ojos verdiazules se clavaron en Julia.

—Me entiendes, ¿verdad? Puede que no todo, pero lo suficiente. ¿El inglés es tu lengua materna? ¿Eres de por aquí?

La niña bajó la mirada hacia el perrito caliente.

—Neah Bay. Joyce. Sequim. Forks. Sappho. Pysht. La Push. Mystic. —Julia la observaba con atención para ver si reaccionaba. Ninguno de los pueblos provocó una reacción en la niña—. Muchas familias van de excursión al bosque, sobre todo por el río Fall.

¿Había parpadeado? Lo repitió:

—El río Fall.

Nada.

—Árboles. Bosques.

La niña alzó bruscamente la vista.

Julia se levantó y avanzó despacio hacia ella. Cuando estaba lo bastante cerca para casi poder tocarla, se acuclilló a fin de estar a la altura de sus ojos. Alargó el brazo hacia atrás buscando el perrito caliente. Cuando lo encontró, pellizcó el canto de plástico y deslizó el plato hacia delante.

—¿Te perdiste en el bosque, cariño? Debiste de pasar mucho miedo con todo oscuro y tantos sonidos. ¿Te separaste de tu mamá y tu papá? Si es así, yo puedo ayudarte. Puedo ayudarte a volver a casa.

La niña hinchó las aletas, pero Julia ignoraba si por sus palabras o por el aroma del perrito caliente. Durante un breve instante —quizá en la palabra «volver» o «ayudarte»— había brotado un destello de miedo en esos ojos infantiles.

—Te da miedo confiar en mí. Puede que tu mamá y tu papá te dijeran que no debes hablar con extraños. Es un buen consejo por lo general, pero ahora estás en apuros, cariño. Solo puedo ayudarte si me hablas. ¿Cómo puedo devolverte a casa si no? Puedes confiar en mí. Yo no te haré daño —repitió—. Daño no.

Al oír eso, la niña avanzó despacio. Ni una sola vez su mirada titubeó o descendió. Se acercaba de cuclillas mirando directamente a Julia a los ojos.

—Daño no —repitió Julia mientras la niña se aproximaba.

Respiraba deprisa; las aletas de su nariz resoplaban con fuerza. Una pátina de sudor le cubría la frente. Olía vagamente a orina debido a la imposibilidad de cambiarle el pañal. El camisón de hospital caía suelto sobre su cuerpo menudo. Tenía las uñas de las manos y los pies largas y todavía algo sucias. La niña alargó los brazos y cogió el perrito caliente con las manos.

Se lo acercó a la nariz y lo olfateó frunciendo el entrecejo.

—Es un perrito caliente —dijo Julia—. Seguro que tus padres llevaban perritos calientes en vuestras excursiones. ¿A dónde ibais de excursión? ¿Te acuerdas? ¿Sabes cómo se llama tu pueblo? ¿Mystic? ¿Forks? ¿Pysht? ¿Adónde decía tu padre que ibais? Tal vez podría ir a buscarlo.

La niña la atacó. Sucedió tan deprisa que Julia no tuvo tiempo de reaccionar. Un segundo antes estaba sentada, hablando tranquilamente, y otro después caía hacia atrás y se golpeaba la cabeza contra el suelo. La niña se abalanzó sobre el pecho de Julia y le agarró la cara con las uñas gritando palabras ininteligibles.

Max irrumpió en la habitación y separó a la niña de Julia.

Aturdida, Julia intentó incorporarse. La cabeza le daba vueltas. Cuando el mundo se enderezó al fin, vio que Max estaba sedando a la niña.

—¡No! —chilló tratando de ponerse en pie. Se le nubló la vista y se tambaleó.

Max acudió de nuevo a su lado para sostenerla.

—Yo te aguanto.

Julia se soltó y cayó de rodillas.

—No puedo creer que la hayas sedado. Maldita sea, ahora ya nunca confiará en mí.

—Te podría haber hecho daño —repuso él en un tono irritantemente firme.

—¿Cuánto pesa? ¿Veinte kilos?

Le dolían las mejillas y la parte posterior de la cabeza. No podía creer la rapidez con que se había producido el ataque. Soltó una exhalación trémula y miró en derredor. La niña yacía dormida en el colchón pegado a la pared del fondo. Incluso en sueños su cuerpo formaba un ovillo apretado, como si el mundo entero pudiera hacerle daño. «Maldita sea».

—¿Cuánto tiempo dormirá?

—Un par de horas como mucho. Creo que estaba buscando un arma cuando entré. Si la hubiera encontrado, podría haberte causado muchos problemas.

Julia puso los ojos en blanco. Sin duda Max era una de esas personas cuyas vidas jamás habían sido objeto de ningún tipo de violencia.

—No es la primera vez que me ataca un paciente y dudo que sea la última. Es parte del trabajo. La próxima vez no la sedes sin preguntarme primero, ¿de acuerdo?

—Vale.

Julia frunció el entrecejo. El gesto le dolió.

—La pregunta es ¿qué dije?

—¿Qué quieres decir?

—Tú la viste, la niña estaba bien. Incluso pensé que a lo mejor estaba entendiendo algunas palabras. Y de repente, ¡bum! Debí de decir algo que la alteró. Escucharé las cintas esta noche, puede que eso me dé una pista. —Miró de nuevo a la niña—. Pobrecilla.

—Hay que desinfectarte la cara. Los arañazos son bastante profundos y a saber las bacterias que tiene debajo de las uñas.

Julia difícilmente podía discrepar.

Al echar a andar por el pasillo, se dio cuenta de lo mucho que le dolía la cabeza. Hasta el punto de sentirse mareada e inestable.

—Nunca he visto a nadie moverse a esa velocidad. Parecía un gato.

—Daisy Grimm asegura que la niña subió al arce de Sealth Park volando.

—¿Daisy sigue paseándose con las cenizas de Fred?

—Sí.

—Fred murió cuando yo estaba en séptimo grado. ¿Necesito decir más?

Max la condujo hasta un consultorio vacío.

—Siéntate.

—Déjame adivinar: tienes perros.

Él sonrió.

—Vamos, siéntate. He de examinarte las heridas.

Julia estaba demasiado débil para discutir, de modo que se sentó en el extremo de la camilla; debajo de sus nalgas hubo un crujido de papel. Salvo por la respiración de ambos, en la habitación reinaba el silencio.

Max le palpó el rostro con asombrosa delicadeza. Julia había esperado que fuera más torpe, más inseguro. Era un trabajo de enfermería, después de todo.

Cuando le aplicó el antiséptico en las heridas, se le escapó una mueca de dolor.

—Lo siento.

—No es culpa tuya. —Lo tenía demasiado cerca. Cerró los ojos.

Fue entonces cuando notó el aliento de Max en la mejilla. Tenía un ligero toque a goma de mascar Red Hot.

Abrió los ojos. Él estaba justo ahí, mirándola y soplándole aire fresco en las heridas. El corazón se le paró un segundo.

—Gracias —dijo mientras se apartaba con brusquedad intentando sonreír. «Por Dios, Julia». Siempre se había sentido incómoda con los hombres guapos.

—Lo siento. —Max no parecía compungido lo más mínimo—. Solo quería ayudar.

—Gracias. Estoy bien.

Él cerró el botiquín y lo devolvió al armario. Cuando se giró hacia Julia, mantuvo cierta distancia entre ellos.

—Deberías tomarte el resto del día libre. Que te cuide Ellie. Las conmociones…

—Conozco los riesgos, Max, y también los síntomas. Estoy segura de que no sufro una conmoción, pero tendré cuidado.

—No te haría daño tumbarte un rato.

Julia reparó en su manera de sonreír cuando dijo «tumbarte» y no le sorprendió. Sin duda, Max era la clase de hombre capaz de encontrarle un doble sentido sexual a todo.

—Esa niña cuenta conmigo, Max. Necesito ir a la comisaría y luego a la biblioteca, pero me lo tomaré con calma.

—¿Por qué sospecho que tú no sabes tomarte las cosas con calma?

Julia arrugó la frente sorprendida. No lo habría catalogado como la clase de hombre que comprendía realmente a las mujeres. Podía amarlas. Y utilizarlas. Pero comprenderlas, ni hablar. Philip nunca había sido un hombre muy intuitivo.

—¿Tan transparente soy?

—Como el cristal. ¿Cómo piensas ir a la comisaría?

—Llamaré a Ellie. Le…

—Podría llevarte en mi coche.

Julia bajó de la camilla. Esta vez, cuando se puso de pie, se notó un poco más estable. Se disponía a responder «No es necesario» cuando vio su reflejo en el espejo.

—Guau. —Se acercó un poco más. Cuatro arañazos rabiosos y supurantes le atravesaban la mejilla izquierda. La piel había empezado a hincharse y tenía pinta de que al día siguiente se despertaría con un ojo morado—. Menuda cara me ha dejado.

Max le tendió un tubo de pomada antibiótica.

—Póntela…

—Lo sé, gracias. —La cogió y se la guardó en el bolso.

—Vamos, te llevaré a la comisaría.

En lugar de resistirse, Julia echó a andar a su lado.

Pero no demasiado cerca.

# 6

E stás segura de que se hace así? —preguntó Peanut por décima vez en los últimos diez minutos.

—¿Me has tomado por Diane Sawyer? —replicó bruscamente Ellie.

Siempre que estaba nerviosa le salía su lado borde, y esa era su primera rueda de prensa. Tenía que prepararla a la perfección o quedaría como una idiota. Y si algo detestaba Ellie era quedar y sentirse como una estúpida. Por eso había dejado la universidad; mejor dejarla que fracasar.

—¿Te está dando un ataque, Ellie?

—Estoy bien.

La comisaría había sido transformada en una sala de prensa improvisada. Habían apartado las mesas hacia el perímetro de la estancia.

En el centro había diez sillas dispuestas en dos filas de cinco y, delante, un estrado que habían arrastrado desde el almacén del Rotary Club.

Cal estaba sentado a su mesa atendiendo el teléfono. Peanut se encontraba en el pasillo supervisando el montaje. Por alguna extraña razón, estaba segura de que podía manejar la situación.

«Y qué más».

Ellie, por lo menos, tenía algo de experiencia con los medios. Su tío Joe había celebrado una rueda de prensa en una ocasión, recién reclutada su sobrina. Alvin, el ex de Ellie, le había jurado que había visto a Bifgoot. Acudieron algunos diarios locales y un periódico sensacionalista. Y también Alvin, borracho como una cuba.

Ellie volvió a examinar las sillas. Sobre cada asiento metálico había un volante sujeto con una piedra pequeña. Se encontraba releyendo el discurso que había preparado cuando Earl entró en la comisaría. Vestía el uniforme completo y llevaba los escasos mechones de pelo que le quedaban afianzados con laca. Parecía más alto.

Alzas en los zapatos.

Ellie sonrió al caer en la cuenta, si bien no era nadie para burlarse de él. Ella se había aplicado una generosa capa de maquillaje. Era la primera vez que salía en la tele y quería estar guapa.

—Hola, Earl. ¿Listo para el jaleo?

El agente asintió. La nuez subió y bajó por su delgada garganta.

—Myra me planchó el uniforme. Dijo que los hombres que salen en la tele han de llevar la raya del pantalón bien marcada.

—Te casaste con una buena mujer, Earl.

—Así es.

Ellie siguió leyendo. Se concentró en cada palabra para tratar de memorizar las frases. Apenas levantó la vista mientras los reporteros entraban y tomaban asiento. Para cuando dieron las seis todas las sillas estaban ocupadas. Los fotógrafos y los cámaras se quedaron detrás.

—Es la hora —dijo Peanut acercándose a ella—. Tienes pintalabios en un diente.

«Genial». Ellie se lo limpió y, tras inclinarse hacia delante, dio unos golpecitos al micrófono. Este retumbó y soltó un pitido. El sonido rebotó en toda la sala. Varias personas se taparon los oídos.

—Lo siento. —Ellie reculó ligeramente—. Gracias a todos por venir. Como la mayoría ya sabe, necesitamos su ayuda. Una niña ha llegado a Rain Valley. No sabemos quién es ni de dónde proviene. Calculamos que tiene entre cinco y siete años. En sus asientos encontrarán un retrato de un dibujante. Tiene el cabello negro y los ojos azul verdoso. Todavía no disponemos de su historial dental, pero no parece que le hayan hecho empastes u otros tratamientos. Ha perdido de manera natural algunos dientes de leche. Dicha pérdida concuerda con la edad estimada. Hemos consultado con todas las agencias estatales y locales, así como con el Centro de Niños Desaparecidos, y por el momento hemos sido incapaces de identificarla. Esperamos que todos ustedes publiquen la noticia en portada para darle difusión. Alguien tiene que saber quién es.

—¿Un dibujo? ¿De qué van? —dijo alguien.

—Estamos en trámites de obtener una fotografía. Por el momento, esto es lo que hay —respondió Ellie.

Mort, del *Rain Valley Gazzette*, se puso en pie.

—¿Por qué no les dice ella su nombre?

—Todavía no ha hablado —contestó Ellie.

—¿No puede hablar?

—No tenemos una respuesta definitiva a eso. Los primeros indicios, sin embargo, nos llevan a creer que no existe un problema físico que le impida hablar.

Un hombre con una gorra de *The Seattle Times* se levantó.

—Entonces ¿mantiene el pico cerrado a propósito?

—Todavía no lo sabemos.

—¿Está herida o enferma?

—¿O loca?

Ellie estaba formulando su respuesta cuando Earl se acercó al micrófono y dijo:

—Tenemos a una famosa psiqui…

Ellie le propinó un fuerte puntapié.

—Nuestros mejores médicos están cuidando de ella —dijo—. Es todo lo que tenemos por el momento. Confiemos en que aparezca alguien que pueda responder a algunas de estas peliagudas preguntas.

—He oído que tenía un cachorro de lobo con ella —comentó una mujer desde el fondo de la sala.

—Y que saltó desde una rama situada a doce metros del suelo —añadió alguien más.

Ellie suspiró.

—No nos dejemos llevar por los rumores. Lo importante aquí es identificar a la niña.

—No nos ha dado mucha información con la que proseguir —dijo alguien.

Ellie había dicho todo lo que tenía que decir, pero seguían lanzándole preguntas. Su favorita (de Mort):

—¿Está segura de que es humana?

A partir de ahí la cosa se desmadró.


—Tienes suerte de que esta mañana lloviera cuando salí de casa, de lo contrario habría cogido la moto —dijo Max abriendo la puerta del pasajero de su camioneta.

—Déjame adivinar —dijo Julia mientras él subía al asiento del conductor y ponía en marcha el motor—, una Harley-Davidson.

—¿Cómo lo sabes?

—Por el agujero en la oreja. Soy psiquiatra, ¿recuerdas? Suelo fijarme en los pequeños detalles.

Max salió del aparcamiento.

—Ah. ¿Te gustan las motos?

—¿Las que van a ciento veinte por hora? No.

—Demasiado rápido, demasiado libre, ¿eh?

Julia miró los árboles que pasaban por la ventanilla deseando que Max fuera más despacio.

—Demasiados donantes de órganos.

Recorrieron varias manzanas en silencio. Al final, Max dijo:

—¿Has llegado a conclusiones concretas sobre la pequeña?

Era la clase de pregunta que los profesionales de la medicina hacían siempre a los psiquiatras. No eran conscientes del tiempo que podía implicar un diagnóstico preciso, pero agradecía la vuelta a la profesionalidad.

—Puedo decirte lo que no creo. El descarte es siempre un buen punto de partida. No creo que sea sorda, por lo menos no del todo. Tampoco creo que tenga serios problemas mentales, pero es solo una corazonada. Sin duda, el autismo es por el momento la mejor hipótesis, aunque si resulta autista, es altamente funcional.

—Hablas como si tampoco creyeras en ese diagnóstico.

—Necesito tiempo para hacerle pruebas. Cuando me miró… —La voz de Julia se apagó. Se resistía a especular sin disponer de más información. Una consecuencia que se sumaba a sus recientes problemas. Por primera vez en su vida tenía miedo de estar equivocada.

—¿Qué?

—Me miró a mí. No miró cerca de mí o a través de mí o junto a mí, sino a mí. Y a veces parecía entender palabras. «Daño». «Comida». «Hambre». Juraría que estas las entendió.

—¿Crees que fue una palabra lo que la hizo saltar?

—Lo ignoro. Si te soy sincera, no recuerdo qué le dije.

—¿Puede hablar?

—Por el momento solo ha emitido sonidos, expresiones de las emociones más básicas. Una cosa sí puedo decirte: el mutismo voluntario es una respuesta habitual a un trauma infantil.

—Y ha habido serios traumas en su vida.

—Sí.

El peso de esas palabras hizo que el aire se tornara denso de repente, y triste.

—Puede que la raptaran —dijo con voz queda Max.

Julia llevaba todo el día dándole vueltas a esa posibilidad; era la sombra oscura que había detrás de todas sus preguntas.

—Yo también lo temo. Las cicatrices físicas de esa niña podrían no ser nada en comparación con su trauma emocional.

—En ese caso, tiene suerte de que estés aquí.

—En realidad la afortunada soy yo. —Julia lamentó sus palabras en cuanto salieron de sus labios. No estaba segura de por qué había desvelado algo tan personal y a ese hombre al que apenas conocía. Afortunadamente, él no respondió.

Max dobló por Azalea Street y la encontró cortada.

—Qué extraño. Otra cañería rota, probablemente. —Dio marcha atrás, recorrió otra manzana de Cascade y aparcó—. Te acompaño.

—No es necesario.

—No me importa.

Julia no quería hacer un drama de ello, así que asintió.

Echaron a andar por la tranquila calle arbolada en dirección a la comisaría.

—Había olvidado lo bonito que es todo esto —comentó—, sobre todo en otoño. —Se disponía a señalar los vivos colores de las hojas cuando giraron la esquina y vieron el motivo de la barrera.

La calle estaba abarrotada de furgonetas de prensa. Docenas de ellas.

—¡Para! —dijo enseguida Julia, percatándose un segundo demasiado tarde de que había gritado.

Se volvió tan deprisa que chocó con Max. Sus brazos la rodearon para enderezarla. Si la prensa la veía ahora, con la cara arañada, se cebaría con ella. Sobre todo cuando se enteraran de que la había herido su propia paciente.

—La comisaría está justo ahí. La entrada…

—Sé dónde está la maldita entrada. Necesito salir de aquí. Ahora.

Max observó las furgonetas de prensa y ató cabos. Al mirar a Julia, vio a «esa psiquiatra».

—Deja que me vaya —dijo Julia soltándose.

Max señaló hacia el otro lado de la calle.

—Esa es la iglesia luterana. Métete ahí mientras aviso a Ellie.

—Gracias.

Julia no había dado ni dos pasos cuando Max la llamó por su nombre. Se volvió hacia él.

—¿Qué?

Max se acercó a ella, pero no dijo nada.

Julia puso los ojos en blanco.

—Di de una vez lo que piensas, Max. Todo el mundo tiene una maldita opinión. Estoy acostumbrada.

—¿Quieres que me quede contigo?

Julia respiró hondo y levantó la vista hacia él. De pronto recordó todo el tiempo que llevaba sola.

—No..., pero gracias.

Y se alejó sin volver la vista atrás.


Max subió los escalones de la comisaría. Cuando entró, los reporteros, cual bandada de cuervos, se abalanzaron sobre él. Al darse cuenta de que no era nadie, se marcharon.

Se quedó al lado de la puerta, aguardando a que finalizara la rueda de prensa y pensando en Julia.

Cuando ella reparó en las furgonetas de prensa, Max vio varias emociones cruzar sus ojos verdes: miedo, esperanza, desesperación. Su vulnerabilidad duró apenas un segundo, puede que menos, pero él la vio, y la entendió. Recordó. Cuando los medios te apuntaban con sus focos, era imposible esconderse.

Se abrió paso entre la gente.

Ellie estaba en el estrado, flanqueada por Earl y Peanut.

Se la llevó a un lado y le dijo con aspereza:

—Tu hermana te espera en la iglesia luterana.

Ellie contrajo el rostro.

—¿Ha estado aquí?

—Sí.

—Mierda.

Lo asaltó una oleada de ira.

—Un consejo: la próxima vez que congregues a la prensa, avísala.

—No pensé que…

—Lo sé.

—¿Qué demonios te pasa?

Max no supo qué responder.

—Solo te digo que la próxima vez tengas más cuidado.

Se marchó antes de que Ellie pudiera contestar.

Una vez fuera, se detuvo en los escalones del ayuntamiento. Los reporteros estaban charlando entre ellos y guardando sus equipos. Por encima de sus cabezas, una bandera estadounidense ondeaba con la brisa.

Al otro lado de la calle, la iglesia de piedra blanca se alzaba a la sombra de un abeto gigantesco. Cuando aguzó la vista, vio la silueta de una mujer en la ventana.

Julia.

Max era la clase de hombre que cruzaría la calle y le ofrecería ayuda.

En lugar de eso, se encaminó hacia su camioneta y puso rumbo a casa.

Mientras conducía por Lakeshore Drive, el sol inició su descenso hacia el lago. Sacó del descoyuntado buzón la acostumbrada pila de facturas y correo basura y dobló por el camino de entrada, una lengua de gravilla plagada de baches que se adentraba en un bosque casi impenetrable. Era el terreno que su tatarabuelo había recibido del Gobierno cien años atrás, con la ambiciosa idea de construir una cabaña para cazadores y pescadores experimentados, pero un año en la oscura y húmeda espesura le había hecho cambiar de parecer. Despejó una hectárea de las cuarenta que poseía, y eso fue todo lo lejos que llegó. Se mudó a Montana y construyó allí su cabaña de pescadores; con el tiempo se olvidó de las agrestes tierras ocultas en las profundidades de los bosques que bordeaban el lago Spirit. Estas fueron pasando de primogénito en primogénito conforme eran leídos los testamentos hasta que le llegó el turno a Max. Toda su familia dio por sentado que haría con esas tierras lo que siempre se había hecho: nada. Cada generación había comprobado el valor de la superficie y a cada una de ellas le había sorprendido lo bajo que era. De modo que habían seguido pagando los impuestos e ignorando que eran los dueños del terreno.

Si su vida hubiese ido como esperaba, Max habría hecho lo mismo.

Aparcó la camioneta en el garaje al lado de la Harley-Davidson Fat Boy, su juguete favorito, y entró en casa.

Encendió los interruptores.

El vacío le dio la bienvenida.

Había pocos muebles en el salón. A la izquierda, una enorme mesa de pino con una silla en un extremo. Una preciosa chimenea de guijarros cubría la pared del este con la repisa vacía de adornos. Delante tenía un sofá granate de cuero, una mesita de centro maltrecha y un bonito armario de madera.

Max arrojó la cazadora en el sofá y buscó el mando debajo de los cojines.

Segundos después, una pantalla de plasma emergía del armario bajo de palisandro hecho a medida. La encendió. Le daba igual lo que dieran. Solo le importaba el ruido. Detestaba las casas silenciosas.

Subió, se dio una ducha y se cambió de ropa.

Estaba frente al espejo empañado afeitándose cuando volvió a pensar en ella.

«El agujero en la oreja».

Soltó despacio la cuchilla y contempló el diminuto puntito en la oreja. Ya no se veía apenas; hacía más de siete años que no llevaba pendiente.

Pero ella lo había visto, y al hacerlo había vislumbrado el hombre que había sido.

—¿Decidiste dar una rueda de prensa sin avisarme? —Julia no pudo evitar gritar a su hermana—. Ya puestos, ¿por qué no me atas una cinta amarilla al cuello y me lanzas a los lobos?

—¿Cómo querías que supiera que ibas a pasarte por la comisaría? Anoche no viniste a casa, pero se supone que yo he de planificar el día adivinando tus movimientos. ¿Quién crees que soy? ¿Nostradamus?

Julia se recostó en el asiento del coche y cruzó los brazos. En el repentino silencio, el golpeteo de la lluvia contra el parabrisas del coche patrulla se hizo patente.

—Tal vez los medios deberían saber que estás aquí. Les diré lo mucho que confiamos en…

—¿Crees que sería buena idea enseñar mi cara ante las cámaras? ¿Justo ahora? Mi paciente, una niña, para más inri, me atacó. No me parece la mejor carta de recomendación.

—No fue culpa tuya.

—Lo sé —replicó Julia—, pero créeme si te digo que ellos no.

Lo mismo se había dicho a sí misma una docena de veces durante la última media hora. Por un instante, al ver a los reporteros, había considerado la posibilidad de declarar que era la psiquiatra del caso. Pero era demasiado pronto. Ya no confiaban en ella. Necesitaba hacer algo bien o la hundirían. Otra vez.

Tenía que conseguir que la niña hablara. Y pronto.

La historia, obviamente, iba a dar mucho de que hablar durante unos días. Ocuparía todos los titulares; la gente especularía sobre la identidad de la niña. Tal vez dirían que era incapaz de hablar de manera inteligible porque sufría daños cerebrales, o que se negaba a hacerlo por miedo o por un trauma. Nada captaba tanto la atención del público como los misterios; la prensa tiraría de todos los hilos. Julia sabía que tarde o temprano ella sería parte de la historia.

Ellie detuvo el coche delante de la biblioteca. El edificio, una vieja tienda de taxidermia reconvertida, estaba arropado por una arboleda de enormes abetos de Douglas. Anochecía deprisa, por lo que a duras penas se divisaba el sendero de gravilla que conducía a la entrada.

—He mandado a todo el mundo a casa —dijo Ellie sacando la llave de su bolsillo superior—, tal como me pediste. Y Jules…, lo siento.

—Gracias. —Julia podía oír el temblor en su voz. Desvelaba más de lo que le habría gustado. Ellie también lo oyó.

Si las cosas hubieran sido diferentes entre ellas, ese sería el momento en que miraría a su hermana y le diría: «Me asusta volver a enfrentarme a los medios». En lugar de eso, se aclaró la garganta y soltó:

—Necesito un lugar tranquilo para trabajar con la niña.

—Podremos trasladarla en cuanto le encontremos unos padres de acogida. Estamos buscando…

—Yo la acogeré. Llama a Servicios Sociales. No deberían poner problemas. Cumplimentaré la documentación esta misma noche.

—¿Estás segura?

—Sí. No puedo ayudarla solamente con una hora a la semana, ni siquiera con una hora al día. Durante un tiempo la niña será para mí un trabajo a jornada completa. Empieza a hacer las gestiones necesarias.

—De acuerdo.

Unos faros se acercaron por detrás e iluminaron el coche. Instantes después hubo un golpe de nudillos en la ventanilla que sonó como una ráfaga de disparos.

Julia abrió la portezuela.

Penelope estaba junto a la puerta del pasajero, saludando con la mano. Detrás de ella había una *pick-up* vieja y desvencijada. Ya estaba hablando cuando Julia bajó del coche.

—… dijo que podías usar la vieja Bertha un tiempo. Era el camión del heno de su padre cuando vivían en el lago Moses. Las llaves están puestas.

—Gracias, Penelope.

—Llámame Peanut. Caray, si somos prácticamente familia, Ellie es mi mejor amiga.

A Julia la asaltó el recuerdo de Penelope en el funeral de su madre. Se había hecho cargo de todo y de todos. Cuando Ellie rompió a llorar, se la llevó del salón. Más tarde, Julia la vio sentada a su lado, a los pies de la cama de sus padres, meciendo a una Ellie llorosa como si fuera una niña.

A Julia no le habría ido mal una amiga como ella el último año.

—Gracias, Peanut.

Ellie bajó y rodeó el coche patrulla. Los tacones negros de sus botas de policía trituraban la gravilla. Mientras charlaban, las nubes se dispersaron para desvelar una luna acuosa.

—Pea, sube al coche mientras acompaño a Julia hasta la puerta.

Peanut agitó los dedos a modo de despedida, entró en el vehículo y cerró la portezuela.

Julia y Ellie tomaron el camino de grava hasta la biblioteca. Cuando se acercaban a la entrada, la luz de la luna se posó en el cartel de ¡LEER ES DIVERTIDO! que cubría el ventanal.

Ellie giró la llave, abrió la puerta y encendió las luces. Se volvió hacia Julia.

—¿Realmente puedes ayudar a esa niña?

El enfado de Julia se diluyó junto con los residuos de su miedo. Volvían a hablar de lo que en realidad importaba.

—Sí. ¿Algún avance sobre su identidad?

—No. Hemos introducido en el sistema la estatura, el peso y el color de pelo y ojos para reducir las posibilidades. También hemos fotografiado y subido las cicatrices de las piernas y el hombro. Tiene, además, una marca de nacimiento muy peculiar en la parte posterior del hombro izquierdo. Es la única marca identificadora que sabemos que ha tenido siempre. El FBI me aconsejó que la mantuviera en secreto para eliminar a los locos y pirados. Max envió su vestido al laboratorio para examinar las fibras, pero estoy segura de que es un vestido hecho en casa, así que no nos dará el nombre de ninguna fábrica. Puede que nos consiga algo de ADN, aunque es una posibilidad muy remota. Las huellas dactilares de la niña no coinciden con ninguna de las menores desaparecidas registradas. No es de extrañar, los padres no acostumbran a tomarles las huellas dactilares a sus hijos. Tenemos su sangre, por lo que si aparece alguien, podremos hacerle una prueba de ADN. —Ellie suspiró—. En otras palabras, confiamos en que la madre lea la prensa de mañana y acuda a la policía. O que tú consigas que nos diga su nombre.

—¿Y si fue su madre la que la ató y la abandonó?

Ellie mantuvo la mirada firme. Era evidente que ella había pensado lo mismo. Ambas sabían que un elevadísimo número de secuestros infantiles eran perpetrados por miembros de la familia. Los casos como el de Elizabeth Smart eran increíblemente raros.

—Entonces, será mejor que a esa niña le saques la verdad —dijo con voz queda—. Solo así podremos ayudarla.

—Nada como un poco de presión.

—También la siento yo, créeme. Hasta esta semana, mi labor más difícil como policía consistía en quitarles las llaves del coche a los clientes de The Pour House los viernes por la noche.

—Haremos las cosas paso a paso. En primer lugar, necesito un sitio para trabajar con ella.

—Estoy en ello.

—Bien. —Julia sonrió—. No me esperes levantada, llegaré tarde. —Cruzó la puerta de la biblioteca y pisó la práctica moqueta marrón.

Ellie le puso una mano en el hombro.

—¿Jules?

Julia se dio la vuelta. Su hermana tenía medio rostro iluminado y el otro medio en penumbra.

—¿Sí?

—Yo creo que puedes hacerlo.

A Julia le sorprendió lo mucho que sus palabras significaban para ella. Temiendo que la voz no le saliera normal, no dijo

«Gracias». En lugar de eso, asintió y, tras girar sobre sus talones, se adentró en la bien iluminada biblioteca. A su espalda, oyó a Ellie suspirar hondo y decir:

—Yo también creo en ti, hermana mayor. Sé que puedes encontrar a la familia de la niña. —A continuación, la puerta se cerró con un golpe seco.

Julia se estremeció. No se le había ocurrido devolverle el cumplido. Siempre había visto a su hermana como una persona indestructible. Ellie nunca había necesitado, como ella, la aprobación de la gente. Siempre esperaba que el mundo la quisiera y este respondía a sus expectativas. A Julia la descolocaba entrever la naturaleza interna de su hermana. Había una vulnerabilidad en algún lugar, una fragilidad que la fachada de chica dura y reina del baile ocultaba. O sea que, después de todo, tenían algo más en común.

Julia rodeó las mesas hasta la hilera de ordenadores. Había cinco —cuatro más de los que esperaba— dispuestos sobre escritorios individuales, bajo un tablón de corcho lleno de cubiertas de libros y volantes que anunciaban las actividades locales.

Sacó de su cartera una libreta amarilla tamaño folio y un bolígrafo negro. A continuación, buscó la grabadora portátil en los bolsillos interiores. Cuando la hubo encontrado, le puso pilas nuevas, la encendió y dijo:

—Expediente número uno, nombre de la paciente desconocido.

Paró la grabación, tomó asiento en la silla de madera y la acercó a la pantalla. El ordenador se encendió con un zumbido y la pantalla se iluminó. A los pocos segundos navegaba por la red tomando apuntes. Mientras escribía, le hablaba también a la grabadora:

Expediente número uno, paciente: niña, edad desconocida. Aparenta entre cinco y siete años. Nombre desconocido.

La niña presenta capacidad lingüística limitada o inexistente. Evaluación física: deshidratación y desnutrición severas.

Amplias cicatrices de tipo ligadura en el cuerpo sugieren grave trauma en el pasado. Marcada incapacidad para relacionarse, así como para interactuar de una manera propia de su edad. La niña mostró completa inmovilidad durante horas, interrumpida por un periodo de elevada excitación e irritación. Además, parece que le aterran los objetos metálicos brillantes. Diagnóstico inicial: autismo.

Con el entrecejo fruncido, Julia apagó la grabadora. No acababa de encajar. Buscó en Google «síntomas del autismo» y leyó una lista de comportamientos asociados a este. Ninguno le era nuevo.

- Retraso en las destrezas del lenguaje.
- Algunos nunca adquieren las destrezas del lenguaje.
- No sienten placer al ser acariciados.
- No pueden/no quieren mirar a los ojos.
- Ignoran el entorno.
- Pueden parecer sordos debido a que ignoran los sonidos y el mundo que los rodea.
- Comportamientos físicos repetitivos, como dar palmadas o golpecitos con los dedos de los pies.
- Rabietas fuertes.
- Parloteo ininteligible.
- Pueden desarrollar una erudición, a menudo en matemáticas, música o dibujo.
- Incapacidad para desarrollar relaciones con los compañeros propias de su edad.

La lista proseguía. De acuerdo con los criterios del DSM-IV, un paciente que mostraba un número establecido de síntomas podía ser diagnosticado razonablemente como autista. Por desgracia, Julia no había observado lo bastante a la niña para poder responder a muchas de las cuestiones conductuales. Por ejemplo:

¿le gustaba que la acariciaran? ¿Podía exhibir emociones recíprocas? Julia no tenía respuestas concretas a esas preguntas.

Pero sí albergaba una corazonada.

La niña podía hablar, aunque fuera un poco, y podía oír y entender en cierta medida. Curiosamente, Julia estaba convencida de que las respuestas de la niña eran normales; el problema estaba en el mundo que la rodeaba.

No tenía sentido revisar los diagnósticos relacionados: síndrome de Asperger, síndrome de Rett, trastorno desintegrativo infantil o PDD-NOS. Sencillamente, no disponía de información suficiente. Anotó en la libreta «Mañana: estudiar interacción social, patrones de conducta (de haberlos), habilidades motoras».

Cerró el bolígrafo y lo golpeteó contra la mesa.

Había algo que no acababa de ver. Regresó al ordenador y empezó a navegar. No tenía ni idea de lo que estaba buscando.

Pasó las siguientes dos horas tomando notas sobre todos los trastornos conductuales y mentales infantiles que encontró, pero ninguno produjo ese momento de «¡Ajá!». Al final, a eso de las once, buscó en Google «niños perdidos». Eso la llevó a muchas películas de televisión y páginas de secuestros. Era una tarea que le correspondía a su hermana. Añadió «bosque» a la búsqueda para ver cuántos casos había de niños extraviados o abandonados en un bosque o en un parque nacional.

Le salió «niños salvajes». Era un término que no había visto impreso desde sus años de universidad. Debajo aparecía el fragmento: «… los niños perdidos o abandonados y criados por lobos u osos en las profundidades de los bosques pueden parecer…».

Movió el cursor y clicó. El resto del texto apareció en la pantalla.

Los niños salvajes son menores extraviados, abandonados u olvidados que sobreviven en condiciones de completo aislamiento. La idea de niños criados por lobos u osos es una leyenda extendida, si bien son pocos los casos documentados científicamente. Entre los más célebres tenemos:

- Los tres niños oso húngaros (siglo XVII)
- La muchacha de Uraniemburgo (1717)
- Peter, el niño salvaje (1726)
- Víctor de Aveyron (1797)
- Kaspar Hauser (1828)
- Kamala y Amala de India (1920)
- Genie (1970)

El segundo caso más reciente correspondía a la década de 1990. Era el de una niña ucraniana llamada Oxana Malaya, de la que se decía que había sido criada por perros hasta los ocho años. Nunca llegó a adquirir habilidades sociales normales. Actualmente, a sus veintitrés años, vivía en un hogar para discapacitados mentales. En 2004, un niño de siete años —del que también se decía que había sido criado por perros salvajes— fue encontrado en los bosques de Siberia. Incluso en la actualidad aún no había aprendido a hablar.

Julia arrugó la frente y le dio a la tecla Imprimir.

Era sumamente improbable que esa chiquilla fuera una autentica niña salvaje…

«El cachorro de lobo».

«La manera en que come».

Pero si lo fuera…

Puede que esa niña fuera la paciente más dañada que iba a tratar en su vida, y sin una amplia red de ayuda, la pobrecilla podría permanecer tan perdida y olvidada por el sistema como lo había estado en el bosque.

Julia se inclinó para recoger de la impresora la pila de hojas. La de arriba del todo era la última página que había impreso. Una fotografía en blanco y negro de una niña con la mirada al frente. Parecía asustada y extrañamente concentrada. La leyenda rezaba: «Genie. Después de doce años de terrible maltrato y aislamiento, causó sensación en los medios. El equivalente moderno de la niña salvaje criada en un barrio residencial de California. Rescatada de esa pesadilla, estuvo en el candelero un tiempo, hasta que, como todos los niños salvajes que la precedieron, fue olvidada por médicos y científicos y arrojada a una vida sombría en una institución para discapacitados psíquicos».

Julia sabía que ella no era la clase de médico que utilizaría a una niña traumatizada para progresar en su profesión, pero estaba segura de que tarde o temprano ese tipo de personas vendrían a por la niña. Si la historia real era tan tremenda como creía, sería portada de todos los periódicos.

—No dejaré que nadie vuelva a hacerte daño —juró Julia a la niña que dormía en el hospital—. Te lo prometo.

# 7

A las ocho de la noche dejaron finalmente de sonar los teléfonos. Habían recibido decenas de llamadas relacionadas con la rueda de prensa, así como faxes y consultas de los reporteros que habían estado allí y de aquellos que no se habían molestado en acudir pero que se habían enterado de la historia. Y, por supuesto, la gente del pueblo había ido llegando en un goteo continuo hasta la hora de la cena, suplicando cualquier novedad sobre el tan inesperado huésped de Rain Valley.

—La calma antes de la tormenta —dijo Peanut.

Ellie levantó la vista de la montaña de papeles que descansaba en su mesa justo a tiempo de ver a su amiga encender un cigarrillo.

—Te pregunté y gruñiste un sí —se defendió Peanut antes de que Ellie pudiera protestar.

No se molestó en discutir.

—¿Qué dices de la tormenta?

—Que estamos en la calma que la precede. Mañana se armará la de Dios. Ya sabes que veo Court TV. Hoy había un puñado de canales y diarios locales. Un titular «Niña loba voladora» y la cosa cambiará de golpe. Todos los reporteros del país se volcarán en la historia. —Meneó la cabeza, exhalando el humo y tosiendo—. Pobre niña. ¿Cómo vamos a protegerla?

—Estoy trabajando en ello.

—¿Y cómo podemos fiarnos de quienes la reclamen?

Esa era la parte que más inquietaba a Ellie, el origen de su desasosiego.

—Llevo dándole vueltas a eso desde el principio, Pea. No quiero entregársela a las mismas personas que le hicieron daño, pero no tengo ni una maldita prueba. La intuición tiene poca cabida en el sistema legal actual. De hecho, espero que exista una denuncia de secuestro. ¿No es triste? Me encantaría devolver a una niña que fue directamente robada de su casa. Entonces podría haber muestras de sangre y un sospechoso. Si no es el caso... —Se encogió de hombros—. Necesitaré ayuda de los de arriba.

—Sin un delito, los de arriba se mantendrán al margen como los ladrones en una rueda de identificación. Querrán que todo el trabajo duro lo hagas tú. Puede que el Gobierno intervenga, pero solo para internarla. Ya nos lo han dicho.

Ellie se había pasado la tarde girando en ese carrusel de dilemas y resultados. No estaba más cerca de una respuesta ahora que cuando se subió a él.

—Supongo que todo depende de Julia. Si consigue que la niña hable, tendremos algo por lo que empezar.

—Eso si la niña puede hablar, claro.

—Esa es la parte del problema que corresponde a Julia, y si alguien puede ayudar a esa niña, es mi hermana. En estos momentos nuestro trabajo es encontrarle un lugar para que lo consiga. —Ellie martilleó la mesa con el boli.

Peanut volvió a toser.

—Apaga eso, Pea. Eres la peor fumadora que he visto en mi vida.

—Y encima he engordado medio kilo esta semana. Voy a volver a comer únicamente sopa de repollo. O puede que palitos de zanahoria. —Apagó el cigarrillo—. Oye, ¿qué me dices del viejo aserradero? Nadie la buscaría allí.

—Demasiado frío. Demasiado indefendible. Un fotógrafo mínimamente astuto encontraría la manera de entrar. Hay cuatro carreteras que llevan al aserradero, habría que mantener vigiladas por lo menos seis puertas, y es propiedad pública.

—¿El hospital del condado?

—Demasiados empleados. Tarde o temprano alguno acabaría hablando. —Ellie frunció el entrecejo—. Lo que necesitamos es un lugar secreto y un compromiso de silencio.

—¿En Rain Valley? Tienes que estar bromeando. Este pueblo vive de los chismes. Todo el mundo querrá hablar con la prensa.

Claro. La respuesta era tan obvia que Ellie no sabía cómo se le había pasado por alto. Aquello era como la vez en el instituto que robaron la hoja de asistencia el día de novillos colectivo. Ellie lo había planeado todo.

—Llama a Daisy Grimm.

Peanut echó un vistazo al reloj.

—Están dando *The Bachelor*.

—Me da igual, llámala. Mañana a las seis quiero a toda la gente influyente del pueblo en la iglesia congregacional para una reunión.

—¿Una reunión? ¿Sobre qué?

—Será confidencial.

—Una reunión secreta al amanecer. Más peliculero imposible. —Peanut se sacó un bolígrafo de su moño castaño rojizo—. ¿Cuál será el asunto a tratar?

—La niña loba voladora, naturalmente. Si a este pueblo le gustan los chismes, le daremos algo de que hablar.

—Guau, esto se pone divertido.

Ellie pasó la siguiente hora elaborando el plan mientras Peanut llamaba a sus vecinos y amigos. A las diez habían terminado.

Ellie revisó el contrato que había redactado. Era perfecto.

Yo _____ me comprometo a no desvelar ningún dato sobre la niña loba. Juro que no le contaré a nadie lo que me fue comunicado en la reunión del pueblo de octubre. Rain Valley puede confiar en mí.

_____ (firma obligatoria)

—No tendrá validez en un juicio —advirtió Peanut acercándose a ella.

—¿Quién eres? ¿Perry Mason?

—Veo *Boston Legal* y *Ley y orden*.

Ellie puso los ojos en blanco.

—No tiene que ser legalmente vinculante, solo ha de parecerlo. ¿Qué es lo que más le gusta a este pueblo?

—¿Los desfiles?

Ellie tuvo que darle la razón.

—Vale, lo segundo que más le gusta.

—¿Las ofertas de dos por uno?

—Los chismes —dijo, comprendiendo que Peanut podía tirarse la noche haciendo suposiciones—. Y los secretos. —Se levantó y cogió su abrigo—. El único problema será Julia.

—¿Por qué?

—No le gustará la idea de una reunión con la gente del pueblo.

—¿Por qué no?

—Acuérdate de cómo eran las cosas para Julia aquí. Nadie sabía qué pensar de ella. Se paseaba por el pueblo con la nariz enterrada en un libro. Nunca hablaba con nadie, solo con mamá.

—Hace mucho de eso. No le importará lo que la gente piense ahora de ella. Es psiquiatra, por el amor de Dios.

—Sí le importará —dijo Ellie con un suspiro—. Siempre le ha importado.


Está sumergido en una penumbra verde. Sobre su cabeza, una brisa invisible mece el follaje. Las nubes eclipsan la luna plateada; solo se ve una pátina de luz. Quizá sea un recuerdo.

La niña está agazapada sobre una rama observándolo. Está tan quieta que se pregunta cómo la han encontrado sus ojos.

«Oye», le susurra alargando el brazo.

La niña aterriza en el suelo alfombrado de hojas sin hacer ruido. Huye a cuatro patas.

Él la encuentra en una cueva, atada y sangrando. Asustada. Cree oírle decir «Ayúdame» y luego desaparece. En su lugar hay un niño de pelo rubio. Está con los brazos extendidos, llorando...

Max se despertó sobresaltado. Por un momento no supo dónde estaba. Lo único que veía a su alrededor eran paredes rosas y volantes..., una colección de figurillas de cristal en un estante..., elfos y magos..., un jarrón con rosas de seda en la mesilla de noche y dos copas de vino vacías.

Trudi.

Yacía a su lado dormida. A la luz de la luna, su espalda desnuda parecía casi de un blanco puro. No pudo evitar acariciarla. Ella rodó sobre el costado y sonrió.

—¿Te vas? —susurró con la voz ronca.

Max asintió.

Trudi se apoyó sobre los codos, revelando la ascensión de sus senos desnudos sobre la manta rosa.

—¿Qué ocurre, Max? Estuviste toda la noche... distraído.

—La niña —se limitó a responder.

Deslizó su larga uña por el pómulo de Max.

—Lo imaginaba. Sé lo mucho que te afectan los niños lastimados.

—Vaya profesión la que escogí.

—A veces las personas nos entregamos demasiado. —Bajo la tenue luz, Max pensó que Trudi parecía triste, pero no estaba seguro—. Sabes que puedes hablar conmigo.

—Hablar no es lo que se nos da mejor, por eso nos llevamos tan bien.

—Nos llevamos bien porque no quiero enamorarme.

Max rio.

—¿Y yo sí?

Trudi sonrió intencionadamente.

—Hasta luego, Max.

La besó en el hombro y se inclinó para recoger su ropa. Cuando se hubo vestido, se acercó a ella y le susurró:

—Adiós.

Minutos después estaba conduciendo su moto por el amplio y oscuro asfalto. Se disponía a doblar por la vieja carretera cuando se acordó de por qué se había ido de casa de Trudi. Por el sueño que había tenido.

Su paciente.

Pensó en la pobre niña, sola en su cuarto.

A los niños les daba miedo la oscuridad.

Cambió el rumbo y aceleró. Al llegar al hospital, aparcó junto a la destartalada *pick-up* roja de Penelope Nutter y entró en el edificio.

Los pasillos estaban silenciosos y vacíos, con solo unas pocas enfermeras de guardia. Los ruidos habituales habían cesado, por lo que solo se oía el martilleo de sus pasos. Se detuvo en la recepción para coger el historial de la pequeña y comprobar su evolución.

—Hola, doctor —dijo la enfermera de guardia. Parecía tan cansada como él.

Max se apoyó en el mostrador y sonrió.

—A ver, Janet, ¿cuántas veces te he pedido que me llames Max?

La enfermera rio y se sonrojó.

—Muchas.

Max le dio unas palmaditas en la mano regordeta. El día en que conoció a Janet, años atrás, lo único que vio fueron sus pestañas postizas a lo Tammy Faye y el pelo a lo Marge Simpson. Ahora, cuando ella sonreía, Max veía la clase de bondad en la que la mayoría de la gente no creía.

—No pierdo la esperanza.

Mientras escuchaba su risa infantil, se dirigió a la guardería. Miró por la ventana esperando ver a la niña hecha un ovillo en el colchón del suelo, a oscuras. En lugar de eso, las luces estaban encendidas y Julia se encontraba allí, sentada en una silla diminuta junto a una mesa de formica para niños. Tenía una libreta abierta en el regazo y una grabadora sobre la mesa, cerca del codo. Aunque solo podía verle el perfil, parecía sumamente tranquila. Serena, incluso.

La niña, en cambio, estaba muy agitada. Corría de un lado a otro haciendo gestos extraños y repetitivos con las manos. En un momento dado, se detuvo en seco y se volvió hacia Julia.

Esta dijo algo. Max no pudo distinguirlo a través del cristal. Las palabras sonaban ahogadas.

La pequeña soltó un moco por la nariz y sacudió la cabeza. Cuando empezó a arañarse las mejillas, hurgando en la carne, Julia se abalanzó sobre ella y la rodeó con los brazos.

La niña peleó como un gato, pero Julia aguantó. Tropezaron hacia un lado y cayeron sobre el colchón.

Julia mantuvo a la niña inmóvil, ignorando los mocos que salían volando y los giros de cabeza. Y empezó a cantar. Max lo supo por la cadencia de su voz, por la manera en que los sonidos se fundían unos con otros.

Se acercó a la puerta y, con sumo sigilo, la abrió apenas un centímetro.

La niña se volvió de inmediato hacia él y de repente se quedó quieta, resoplando atemorizada.

Julia cantaba: «… fábula ancestral… música inmortal…».

Max se quedó donde estaba, hipnotizado por el sonido de su voz.

Sin dejar de acariciar el pelo de la niña, Julia seguía cantando. Ni una sola vez miró hacia la puerta.

Despacio, pasaron los minutos. «La bella y la bestia» dio paso a otras canciones. Primero fue «Soy una pequeña y solitaria petunia en un huerto de cebollas», seguida de «Somewhere Over the Rainbow» y «Puff, the Magic Dragon».

Las pestañas de la pequeña se cerraban y volvían a abrirse.

La pobrecilla estaba haciendo un esfuerzo denodado por permanecer despierta.

Julia seguía cantando.

Finalmente, la niña se llevó el dedo gordo a la boca, empezó a chuparlo y se durmió.

Con sumo cuidado, Julia la tumbó en la cama y la tapó con las mantas. Luego regresó a la mesa para recoger sus notas.

Max sabía que era el momento de retroceder, de marcharse antes de que ella reparara en su presencia, pero no podía. El sonido de su voz lo había atrapado, así como el brillo pálido de la luna en su pelo y en su piel.

—Supongo que esto significa que te gusta mirar —dijo ella sin levantar la vista.

Max habría jurado que Julia no había mirado hacia la puerta ni una sola vez, sin embargo había sabido que él estaba allí.

Entró en la habitación.

—No se te escapa nada.

Julia guardó los papeles en la cartera y alzó la vista. Su piel aparecía pálida bajo la tenue luz de la habitación; los arañazos en la mejilla estaban oscuros e inflamados. Un moretón amarillento le marcaba la frente. Pero fueron sus ojos lo que captó su atención.

—Se me escapan muchas cosas.

Lo dijo tan bajito que Max tardó un segundo en entender sus palabras.

«Se me escapan muchas cosas».

Estaba hablando de esa paciente suya, la que mató a aquellos niños en Silverwood y luego se suicidó. Conocía bien ese sentimiento de culpa.

—Tienes pinta de necesitar un café.

—¿Un café? ¿A la una de la mañana? No lo creo, pero gracias.

Julia pasó por su lado, le hizo señas para que saliera de la guardería y cerró la puerta.

—¿Qué tal un trozo de tarta? —preguntó él mientras Julia echaba a andar por el pasillo—. La tarta sienta bien a cualquier hora del día.

Julia detuvo sus pasos y se dio la vuelta.

—¿Tarta?

Max le dio alcance sin poder evitar una sonrisa.

—Sabía que podría tentarte.

Julia rio, y aunque fue un sonido cansado, no demasiado auténtico, hizo que la sonrisa de Max se ensanchara.

—Me ha tentado la tarta.

La llevó a la cafetería y encendió las luces. No había nadie a esa hora tranquila de la noche; la barra y el buffet estaban pelados.

—Siéntate.

Max rodeó la barra y entró en la cocina, donde encontró dos trozos de tarta de zarzamoras que cubrió con helado de vainilla. Seguidamente, preparó dos infusiones, trasladó la bandeja al comedor y la dejó sobre la mesa, delante de Julia.

—Manzanilla para ayudarte a dormir —dijo tomando asiento en el banco de enfrente—. Y tarta de zarzamoras, una especialidad local. —Le tendió un tenedor.

Julia lo miró a los ojos arrugando ligeramente la frente.

—Gracias —contestó después de una pausa.

—De nada.

—Dígame, doctor Cerrasin —habló después de otro silencio—, ¿tiene por costumbre tentar a sus colegas con una tarta en la cafetería a altas horas de la noche?

Max sonrió.

—Si por colegas te refieres a médicos, no somos muchos que digamos. La verdad es que hace siglos que no invito al viejo doctor Fischer a comer tarta.

—¿Qué me dice de las enfermeras?

Max captó cierto tono en su voz y levantó la vista. Julia lo observaba por encima de la loza beis de su taza. Evaluándolo.

—Tengo la impresión de que me estás preguntando por mi vida amorosa. —Sonrió—. ¿Es así, Julia?

—¿Vida amorosa? —Julia puso un ligero énfasis en «amorosa»—. ¿Tienes de eso? Me sorprendería.

Max frunció el entrecejo.

—Está visto que crees conocerme muy bien.

Julia tomó un bocado de tarta.

—Digamos que conozco a los de tu clase.

—Digamos que no. El hombre con el que me estás confundiendo no está sentado a esta mesa. Hace nada que nos conocemos, Julia.

—Tienes razón. Entonces ¿por qué no me hablas un poco de ti? ¿Estás casado?

—Una primera pregunta interesante. No. ¿Tú?

—No.

—¿Has estado casada?

—No.

—¿Has estado a punto?

Julia bajó la mirada un segundo. Era cuanto él necesitaba saber. Alguien le había roto el corazón. Y tenía la impresión de que no hacía mucho.

—Sí. ¿Y tú? ¿Has estado casado?

—Una vez, hace mucho tiempo.

Parecía sorprendida.

—¿Hijos?

—No.

Julia clavó en él una mirada penetrante, como si hubiera percibido algo en su voz. Finalmente, sonrió.

—Eso significa que puedes comer tarta con quien te apetezca.

—En efecto.

—Quizá hayas comido tarta con todas las mujeres del pueblo.

—Me sobreestimas. Las mujeres casadas se hacen sus propias tartas.

—¿Qué hay de mi hermana?

La sonrisa de Max se desvaneció. De repente, el coqueteo ya no le parecía tan inofensivo.

—¿Qué hay?

—¿Has comido… tarta con ella?

—Un caballero no respondería a esa pregunta, ¿no crees?

—O sea que eres un caballero.

—Por supuesto. —Max empezaba a sentirse incómodo con el rumbo que estaba tomando la conversación—. ¿Cómo sientes la cara? Esos arañazos tienen mala pinta.

—Los psiquiatras recibimos de vez en cuando. Gajes del oficio.

—Es imposible saber lo que la otra persona hará, ¿verdad?

Julia le sostuvo la mirada.

—Saberlo es mi trabajo. Aunque a estas alturas el mundo entero es consciente de que se me pasó por alto algo importante.

No había nada que él pudiera decirle, ni consuelo que darle, de modo que guardó silencio.

—¿No me va a salir con ningún cliché, doctor Cerrasin? ¿Algo como «Dios aprieta pero no ahoga»?

—Llámame Max, por favor. —Levantó la vista—. Y a veces Dios te parte la espalda.

Pasó un largo instante antes de que Julia dijera:

—¿Y cómo te la partió a ti, Max?

Él salió del banco y se detuvo a su lado.

—Me encantaría seguir conversando, pero entro a trabajar a las siete, así que…

Julia colocó los platos en la bandeja y se levantó a su vez.

Max llevó la bandeja a la cocina y puso los platos en el lavavajillas. Recorrieron juntos los silenciosos pasillos y salieron al aparcamiento.

—Llevo la camioneta roja —dijo ella buscando las llaves en el bolso.

Max le abrió la portezuela.

Julia alzó la vista.

—Gracias.

—De nada.

Tras una pausa dijo:

—No más tartas conmigo. Solo para que lo sepas. ¿De acuerdo?

Max frunció el entrecejo.

—Pero…

—Gracias otra vez. —Julia subió al vehículo, cerró la puerta y se alejó.

# 8

Julia se negaba a pensar en Max. Bastantes cosas tenía ya en la cabeza para obsesionarse con un tío cachas de un pueblo pequeño. ¿Y qué si la tenía intrigada? Max era decididamente un donjuán, y no le interesaban los juegos ni los hombres aficionados a jugar. Philip le había enseñado esa lección.

Giró por Olympic Drive. Era la zona más antigua del pueblo, construida en los años treinta para las familias de los madereros. Conducir por ella era como retroceder en el tiempo. Se detuvo en el cruce y allí estaba, atrapada en las luces de sus faros.

La maderera. A esas horas de la madrugada no podía leer el letrero naranja que pendía de la ventana. No obstante, se sabía las palabras de memoria: ESTA COMUNIDAD VIVE DE LA MADERA. Tales letreros habían adornado el pueblo desde los tiempos del búho moteado.

La maderera era el corazón del West End. En verano abría a las tres de la mañana. Y a esa hora, hombres como su padre ya estaban ahí aguardando impacientes el comienzo de la jornada.

Aflojó el pie del acelerador y atravesó un banco de niebla. Cuántas veces había esperado a su padre sentada en su *pick-up*.

Su padre había sido cortador. Un cortador era a un leñador corriente lo que un cirujano torácico a un médico de cabecera.

La *crème de la crème*. Se adentraba en el bosque mucho antes que sus compañeros. Solo, siempre solo. Sus amigos —cortadores también— fallecían tan a menudo que dejó de ser una sorpresa. Pero a él le encantaba atarse las espuelas a los tobillos, agarrar una cuerda y escalar un árbol de sesenta metros de alto. Obviamente, era un trabajo para aventureros. Cada día al borde de la muerte y un dinero acorde con el riesgo.

Todos sabían que tarde o temprano lo mataría.

Julia apretó el acelerador con excesiva vehemencia. La vieja camioneta dio una sacudida, corcoveó y se caló. Arrancó de nuevo, puso primera y se dirigió a la vieja carretera.

No era de extrañar que se hubiese quedado en el hospital hasta tan tarde. Se había dicho a sí misma que era por la niña, porque quería hacer un buen trabajo, pero eso era solo una parte. Había estado posponiendo el momento de volver a la casa que albergaba demasiados recuerdos.

Aparcó la *pick-up* y entró. La casa estaba llena de siluetas y sombras, todas ellas familiares. Ellie había dejado encendida la lámpara de la escalera, como solía hacer su madre, y al ver la luz tenue y dorada volcándose en los gastados peldaños de roble, su corazón se llenó de nostalgia. Su madre siempre la había esperado levantada. Jamás en esa casa se había ido a dormir sin un beso de buenas noches. Por mucho que sus padres estuvieran discutiendo, siempre recibía un beso de su madre. Tenía trece años la primera vez que vio a través del velo; por lo menos, así era como Julia pensaba ahora en ello. En un solo día, pasó de creer que su familia era feliz a conocer la verdad. Su madre había entrado esa noche con los ojos enrojecidos y las mejillas manchadas de lágrimas. Julia solo le hizo unas pocas preguntas antes de que su madre empezara a hablar.

«Es tu padre —susurró—. No debería contártelo, pero…».

Las siguientes palabras fueron como disparos que hicieron saltar por los aires la familia de Julia y todo su mundo. Y lo peor fue que su madre no le contó lo mismo a Ellie.

Julia subió las escaleras. En el diminuto cuarto de baño de la primera planta, contiguo a su habitación de la infancia, se cepilló los dientes, se lavó la cara y se puso el pijama de seda que se había traído de Beverly Hills.

Cuando entró en el dormitorio, encontró una nota en la almohada. Escrita con la firme letra de Ellie, rezaba: «Reunión en la iglesia congregacional a las seis de la mañana para hablar de dónde ubicar a la niña. Salimos a las 5.45».

Bien. Su hermana estaba trabajando en ello.

Julia estuvo levantada otra hora, rellenando la documentación necesaria para que la nombraran madre de acogida temporal de la niña. Hecho esto, se metió en la cama, apagó la luz y se quedó dormida casi al instante.

A las cuatro se despertó con un sobresalto.

Por un momento no supo dónde estaba. Vio entonces la caja de música con la bailarina sobre su escritorio blanco y lo recordó todo. También se acordaba del sueño. Volvía a ser una niña. Esa niña. La hija flacucha y retraída del Gran Tom Cates.

Apartó las sábanas y se levantó. Minutos después estaba corriendo con su ropa de deporte por la vieja carretera, pasada la entrada del parque nacional.

A las cinco y cuarto estaba de vuelta, jadeando y sintiéndose de nuevo como la adulta que era.

La luz pálida y gris que anunciaba el alba, acuosa como todo lo demás en ese clima húmedo, brillaba en forma de rayos a través de las tsugas que crecían a lo largo del río.

No decidió acercarse, no quería hacerlo, pero cuando quiso darse cuenta estaba cruzando el jardín en dirección a la poza favorita de su padre.

«Lárgate, enana, fuera de mi vista. No puedo concentrarme en la pesca contigo merodeando detrás».

Con razón se había marchado de allí para no volver. Los recuerdos estaban por todas partes; como los árboles, parecían nutrirse de la tierra y la lluvia.

Se dio la vuelta y regresó a casa.

Julia y Ellie fueron las primeras en llegar. Aparcaron en la plaza próxima a la puerta de la iglesia y bajaron del coche.

Ellie empezó a decir algo, pero un crujido de unos neumáticos sobre la grava ahogó sus palabras. Una lengua de coches entraba en el aparcamiento y estacionaba en batería. Earl y Myra fueron los primeros en apearse. Earl iba de uniforme, pero su esposa vestía un chándal rosa. Llevaba el pelo recogido en rulos y cubierto con un pañuelo de vivos colores.

Ellie tomó a su hermana del brazo y la metió a toda prisa en la iglesia. La puerta se cerró con un chasquido.

Julia no podía evitar sentir una punzada de nervios. Le molestaba esa debilidad. Toda esa mierda del pasado no debería afectarle ahora. No lo haría si hubiese vuelto a casa triunfante en lugar de avergonzada.

—Ya no me importa lo que piensen, en serio. Así que no…

—Nunca entendí por qué dejabas que te afectara tanto. ¿Qué importa si no les gustas?

—Las chicas como tú no podéis entenderlo —repuso Julia, y era cierto. Ellie había gozado de popularidad. No sabía que algunas heridas dolían como un viejo hueso roto. En el clima adecuado, podían doler toda la vida.

Las puertas de la iglesia se abrieron de golpe y la gente entró en tropel y tomó asiento en los bancos de roble. Las voces, fuertes y mezcladas, sonaban como una batidora triturando hielo. Max fue de los últimos en llegar. Ocupó un banco del fondo.

Ellie subió al púlpito. Aguardó hasta las seis y diez y, seguidamente, hizo una señal a Peanut para que cerrara las puertas con llave. Tardó otros cinco minutos en acallar a los presentes.

—Gracias a todos por venir —dijo al fin—. Sé que es muy temprano y agradezco vuestra cooperación.

—¿De qué va esto, Ellie? —preguntó alguien desde el fondo de la iglesia—. Nuestro turno empieza dentro de cuarenta minutos.

—Cierra el pico, Doug —gritó otro—. Déjala hablar.

—Ciérralo tú, Al. Va de la niña loba voladora, ¿verdad, Ellie?

Ella alzó las manos pidiendo silencio. La gente calló.

—Es sobre la niña que llegó recientemente al pueblo.

De nuevo, la multitud empezó a lanzar preguntas al púlpito.

—¿Es verdad que puede volar?

—¿Dónde está?

—¿Dónde está el lobo?

Julia no daba crédito a la paciencia de su hermana. No puso los ojos en blanco, no hizo muecas de desdén, no dio un golpe con el puño. Simplemente dijo:

—El lobo se encuentra con Floyd en la Granja de Animales Salvajes de Olympic. Están cuidando bien de él.

—He oído que la niña come con los pies —vociferó alguien.

—Y únicamente carne cruda.

Ellie respiró hondo. Era el primer indicio de que estaba perdiendo la calma.

—Escuchad, no disponemos de mucho tiempo. La pregunta es: ¿queremos proteger a esa niña?

Un «sí» unánime recorrió la iglesia.

—Bien. —Se volvió hacia Peanut—. Reparte los contratos.

—A los presentes, dijo—: Voy a leer vuestros nombres. Por favor, responded para que sepa que estáis aquí.

Leyó los nombres en orden alfabético, empezando por Herb Adams. Uno a uno, los presentes respondieron, hasta que le llegó el turno a Mort Elzik.

Nadie contestó.

—No está —gritó Earl.

—De acuerdo —dijo Ellie—. No hablaremos de esta reunión ni de la niña a Mort ni a nadie que no esté aquí, ¿de acuerdo?

—De acuerdo —respondieron al unísono.

—Date prisa, tengo una carrera dentro de media hora.

—Y la maderera está a punto de abrir.

Ellie alzó las manos pidiendo silencio.

—Está bien. Como ya sabéis, mi hermana Julia ha venido para ayudar. Necesita paz y tranquilidad y un lugar donde trabajar alejado de los medios.

Daisy Grimm se puso en pie. Llevaba un mono tejano cubierto de margaritas cosidas a la tela. El maquillaje de supermercado relucía tanto contra sus mejillas empolvadas que probablemente brillara en la oscuridad.

—¿De verdad puede tu hermana ayudar a esa pobre niña? Porque… después de lo que pasó en California, me pregunto si…

La gente guardó silencio.

—Siéntate, Daisy —le ordenó secamente Ellie—. Bien, este es el plan. Se trata de una versión de ¿Dónde está la bolita? Vosotros, nosotros, hablaremos con los medios. Cuando nos pregunten, les diremos, confidencial y extraoficialmente, dónde se aloja la niña. Podéis decirles cualquier lugar menos mi casa, que es donde estará de verdad. No se atreverán a entrar en la propiedad de una jefa de policía, y si lo hacen, Jake y Elwood nos pondrán sobre aviso.

—¿Vamos a mentir a la prensa? —preguntó atónita Violet.

—Así es. Con suerte los tendremos dando palos de ciego hasta que averigüemos el nombre de la niña. Y otra cosa: que nadie mencione a Julia. Nadie.

—Vamos a mentir —dijo Marigold dando palmas y temblando como un cachorrillo excitado—. Qué divertido.

—Y recordad —continuó Ellie— que hasta que os diga lo contrario, también mentiremos a Mort. Nadie fuera de este edificio puede conocer la verdad.

Violet rompió a reír.

—Cuenta con nosotros, Ellie. Esos reporteros llegarán hasta el Yukón buscando a la niña. Y no sé vosotros, pero yo no sé nada de la doctora Cates. Creo que la niña está siendo tratada por el doctor Welby.

## 9

Mientras Ellie aparcaba el coche, Julia entró en el hospital. Casi había llegado a la guardería cuando, al doblar la esquina, chocó con un hombre.

Este se tambaleó hacia atrás, farfullando:

—Mire por dónde anda...

Julia se agachó para recogerle la bolsa negra de algodón que se le había caído al suelo.

—Lo siento, voy con un poco de prisa. ¿Está bien?

El hombre se la arrebató y levantó la vista.

Julia frunció el entrecejo. Ese pelo rojizo cortado al rape y esas gafas de culo de botella le resultaban vagamente familiares.

—¿Nos conocemos?

—No, lo siento —balbuceó él desviando enseguida la mirada. Sin otra palabra, se alejó raudo por el pasillo.

Julia suspiró. Últimamente la gente hacía esas cosas. Nadie sabía muy bien cómo tratarla después de la agresiva cobertura mediática y la tragedia de Silverwood.

Recuperó la cartera y continuó hacia la guardería.

Minutos después llegaron Peanut, Max y Ellie.

Se situaron frente a la ventana. La habitación estaba repleta de sombras. Burbujas de luz crecían cual champiñones por en-

cima de las lamparitas de noche dispuestas en los diferentes en-
chufes y un suave halo dorado descendía desde la única luz de
techo que habían dejado encendida.

La niña yacía en el suelo con los brazos alrededor de las espi-
nillas. El colchón, vacío salvo por la pila de mantas, estaba junto
a ella. Desde la ventana, y a falta de una buena iluminación, parecía que estuviera dormida.

—Sabe que estamos observándola —dijo Peanut.

—A mí me parece que duerme —dijo Ellie.

—Está demasiado quieta —señaló Julia—. Peanut tiene razón.

Esta chasqueó la lengua.

—Pobrecilla. ¿Cómo vamos a trasladarla sin que se asuste?

—Le pondremos un tranquilizante en el zumo de manzana
—dijo Max. Se volvió hacia Julia—. ¿Puedes hacer que se lo
beba?

—Creo que sí.

—Bien, probemos con eso. Si no funciona, recurriremos al
plan B.

—¿Cuál es el plan B? —preguntó Peanut con los ojos muy
abiertos.

—Una inyección.

Media hora después, Julia entró en la guardería encendiendo
las luces a su paso. Aunque el «equipo» se había alejado de la
ventana, ella sabía que estaban ocultos en la penumbra, observándola a través del vidrio.

La niña no movió un solo músculo, ni siquiera pestañeó. Permaneció enroscada como un caracol con las piernas pegadas al
pecho.

—Sé que estás despierta —dijo Julia en un tono afable. Dejó la
bandeja en la mesa. En ella había un plato con huevos revueltos y
tostadas. Una taza verde con boquilla contenía zumo de manzana.

Se sentó en la silla para niños y se comió un trozo de tostada.

—Mmm. Está muy rica, pero me da sed. —Hizo ver que bebía un sorbo de zumo.

Nada. Ninguna reacción.

Siguió ahí sentada cerca de media hora, haciendo ver que comía y bebía mientras hablaba a la niña, que no respondía. Empezó a impacientarse. Necesitaban trasladarla antes de que la prensa viniera en su busca al hospital.

Finalmente, se apartó de la mesa. Las patas de la silla chirriaron contra el suelo de linóleo.

Antes de que Julia supiera qué estaba pasando, la niña estalló en gritos. Se levantó de un salto y empezó a arañarse la cara y a resoplar por la nariz.

—No pasa nada —le dijo con calma—. Estás disgustada. Asustada. ¿Conoces esa palabra? Estás asustada, eso es todo. Hubo un ruido fuerte y feo y te asustaste. Eso es todo. No pasa nada. ¿Ves lo tranquilo que está todo? —Julia se acercó a la niña, que estaba de pie, en el rincón, golpeándose la frente contra la pared.

Bum. Bum. Bum.

Julia se encogía con cada impacto.

—Estás disgustada. Asustada. No pasa nada. El ruido también me asustó a mí. —Muy despacio, posó la mano en el hombro escuálido de la pequeña—. Tranquila —dijo.

La niña se detuvo de golpe. Julia podía notar la tensión en su hombro y su espalda.

—Ya ha pasado. Daño no. Daño no. —Le acarició el otro hombro y la giró con suavidad.

La niña la miró con los ojos azul verdoso en guardia. En su frente empezaba a formarse ya un morado y los arañazos de las mejillas estaban sangrando. A esa distancia, el hedor a orina era casi insoportable.

—Daño no —repitió Julia, imaginando que la niña se soltaría y echaría a correr.

Pero se quedó donde estaba, respirando deprisa, como un ciervo frente a los faros de un coche mientras temblaba de la cabeza a los pies. Estaba evaluando la situación, sopesando sus opciones.

—Intentas leerme el pensamiento —dijo sorprendida Julia—, igual que yo trato de leer el tuyo. Me llamo Julia. —Se dio unas palmaditas en el pecho—. Julia.

La niña desvió la mirada, perdiendo el interés. El temblor de cuerpo había menguado y la respiración se había normalizado.

—Daño no —dijo Julia—. Comida. ¿Hambre?

La niña miró hacia la mesa y Julia pensó: «¡Bingo! Has entendido lo que he dicho. Su significado, por lo menos».

—Come —dijo, y la soltó y se hizo a un lado.

La pequeña pasó junto a ella muy despacio, sin apartar los ojos de su rostro. Cuando hubo creado una distancia prudencial entre ellas, se abalanzó sobre la comida. La engulló entera junto con el zumo de manzana.

Después de eso, Julia esperó.


El trayecto a esa hora temprana desde el pueblo hasta la linde del bosque transcurrió en una atmósfera como onírica.

Nadie abrió la boca durante los kilómetros desde el hospital hasta la vieja carretera. Para Max, había algo en ese rescate clandestino que excluía el lujo de la conversación. Suponía que a sus compañeras conspiradoras les sucedía lo mismo, pues aunque se dijeran que la jugada era por el bien de la niña —y así lo creían—, había una inquietud insistente, un hilo sin atar. En el hospital por lo menos estaba a salvo. Un cerrojo en la puerta, un vidrio demasiado grueso para poder romperlo. Aquí, en el último tramo de valle antes de los grandes árboles, el mundo exterior estaba demasiado cerca; nadie dudaba de que esos bosques la llamarían.

Max viajaba en el asiento de atrás del coche patrulla con Julia a su derecha. La niña estaba tumbada entre los dos con la cabeza en el regazo de Julia y los pies descalzos en el de Max. En los asientos delanteros, Ellie y Peanut viajaban en silencio. Aparte del susurro de sus respiraciones y el crujido de los neumáticos sobre la grava, el único sonido provenía de la radio. Estaba tan baja que apenas podía oírse, pero de vez en cuando Max pillaba una estrofa o dos y reconocía la canción. En ese momento estaba sonando «Superman's Song», de Crash Test Dummies.

Bajó la mirada hacia la niña. Era increíblemente delgada y frágil. Los arañazos de ese día le estropeaban las mejillas, pero incluso en esa media luz podía ver las cicatrices plateadas de otros más antiguos. La prueba de que se había atacado a sí misma o había sido atacada en numerosas ocasiones. El cardenal en la frente tenía ahora un color morado intenso. No obstante, eran las cicatrices del tobillo izquierdo las que le encogían el corazón. Las marcas de ligaduras.

—Hemos llegado —anunció Ellie desde el asiento delantero mientras aparcaba bajo el viejo cobertizo. El musgo convertía el tejado en una manta de pelaje verde.

Max cogió a la niña en brazos. La pequeña se agarró a su cuello y descansó la mejilla en su pecho. Los negros cabellos caían hacia un lado por encima del brazo de Max, casi hasta la altura de sus muslos.

Sabía perfectamente cómo sostenerla. ¿Cómo era posible que después de tantos años le resultara todavía tan natural como respirar?

Ellie se adelantó y encendió las luces del porche.

Max echó a andar hacia la casa con la niña en brazos. Julia caminaba a su lado.

—Sigues a salvo —le dijo a la pequeña—. Ahora estamos fuera, en la casa de mis padres. Segura aquí. Te lo prometo.

Un lobo aulló en algún lugar de las profundidades del bosque.

Max se detuvo. También Julia.

Peanut se santiguó.

—Esto no me gusta nada.

—Es la primera vez que oigo a un lobo aquí —dijo Ellie—. No puede ser su lobo. Está en Sequim.

La niña gimió.

El lobo aulló de nuevo; era un sonido ondulante, elegíaco.

Julia posó una mano en el hombro de Max.

—Vamos, Max, llevémosla dentro.

Nadie habló mientras cruzaban el recibidor, subían las escaleras y entraban en el dormitorio. Max tendió a la niña en la cama y la tapó con mantas.

Peanut miró nerviosa por la ventana, como si el lobo estuviera ahí, paseándose por el jardín en busca de la manera de entrar.

—Intentará escapar. Estos son sus bosques.

O sea que todos estaban pensando lo mismo. Por imposible que pareciera, la niña pertenecía a ese mundo más que a este.

—Esto es lo que necesitamos, y pronto —dijo Julia—. Barrotes delgados en la ventana para que pueda ver el exterior sin escaparse y un cerrojo en la puerta. Tenemos que tapar con cinta adhesiva todas las superficies metálicas brillantes: el grifo, el mango de la cisterna, los tiradores de los cajones, todo salvo el pomo de la puerta.

—¿Por qué? —preguntó Peanut.

—Creo que le dan miedo los metales brillantes —respondió distraída Julia—. Y necesitaremos una cámara de vídeo instalada en un lugar lo más discreto posible. Necesito grabarla.

—Creía que habías dicho que nada de fotos —dijo Ellie frunciendo el entrecejo.

—Me refería a la prensa. Esto es para mí. Necesito observarla las veinticuatro horas del día. También necesitamos comida. Y muchas plantas altas. Quiero convertir un rincón de la habitación en un bosque.

—*Donde viven los monstruos* —dijo Peanut.

Julia asintió, luego caminó hasta la cama y se sentó al lado de la niña.

Max la siguió. Se arrodilló junto al lecho para comprobar el pulso y la respiración de la pequeña.

—Normales —dijo sentándose en los talones.

—Ojalá fuera tan fácil leer su mente y su corazón como sus signos vitales.

—Te quedarías sin trabajo.

Julia lo sorprendió con una carcajada.

Se miraron.

La lámpara de la mesilla de noche titiló y chisporroteó. La niña emitió un gemido angustiado.

—Aquí están ocurriendo cosas muy raras —dijo Peanut dando un paso atrás.

—No hagas eso —repuso Julia con calma—. No es más que una niña que ha pasado por un infierno.

Peanut guardó silencio.

—Deberíamos ir al pueblo y comprar el material en la ferretería —dijo Ellie.

Max asintió.

—Me da tiempo de instalar los barrotes antes de mi turno.

—Estupendo, gracias —dijo Julia. Cuando los demás se hubieron marchado, se quedó junto a la cama—. Aquí estás a salvo, pequeña, te lo prometo.

Lo dijo varias veces en un tono dulce como una caricia, pero de una cosa estaba segura.

Esa niña no sabía lo que significaba estar a salvo.


Ya no está la peste ni la sibilante luz blanca que le irritaba los ojos. Niña abre los párpados lentamente, temerosa de lo que pueda encontrar. Ha habido demasiados cambios. Es como si se hubiera caído en las aguas oscuras más allá de su cueva, en aquel estanque de las profundidades del bosque donde Él decía que comenzaba Ahí Fuera.

Esta cueva es diferente. Todo tiene el color de la nieve y de las bayas que recoge a principios de verano. Fuera es de día; la luz de la habitación tiene el color del sol. Hace el ademán de levantarse, pero no puede. Algo se lo impide. Le entra el pánico, empieza a dar patadas y a agitar los brazos para liberarse.

Pero no está atada.

Sale del lugar mullido y se acuclilla en el suelo, olfateando los olores de este extraño lugar. Madera. Flores. Hay más olores, naturalmente, muchos, pero no los conoce.

En algún lugar cae agua. Suena como las últimas gotas de lluvia que recorren una hoja hasta el duro suelo del verano. También se oyen unos golpes metálicos. La entrada de esta cueva es como la de la última, una cosa gruesa y marrón. Tiene una bola brillante que es la fuente de su magia; no se atreve a tocarla. Si lo hace, los Extraños sabrán que tiene los ojos abiertos. Vendrán otra vez con sus redes y sus puntas afiladas. Solo en los momentos oscuros, cuando el sol duerme, está a salvo de ellos.

Una brisa le roza la cara, le alborota el pelo. Tiene el olor de su casa. Mira a su alrededor.

Ahí está. La caja que contiene el viento. No es como la otra, la caja tramposa que mantenía fuera el exterior y no podías tocarlo.

Avanza sujetándose la barriga con fuerza.

Por la caja entra un aire dulce. Con cuidado, mete la mano en la abertura. Lo hace muy poco a poco, lista para retirarla al primer dolor punzante.

Pero nada la detiene. Finalmente, todo su brazo está Ahí Fuera, en su mundo, donde el aire parece hecho de gotas de lluvia.

Cierra los ojos. Por primera vez desde que la atraparan puede respirar. Deja ir un aullido largo, desesperado.

«Ven a por mí», dice ese sonido, pero se detiene a mitad. Está muy lejos de su cueva. Nadie puede oírla.

Por eso Él le decía siempre que no saliera. Él conocía el mundo al otro lado de la cadena.

Ahí Fuera está lleno de Extraños que harán daño a Niña.

Y ahora está sola.


Años atrás, Ellie había ido al autocine con su novio de aquel momento, Scott Lauck, y había visto una película titulada *Hor-*

*migas.* O tal vez fuera *Swarm.* No estaba segura. Lo único que recordaba era una escena donde Joan Collins era invadida por hormigas del tamaño de un Volkswagen. Ellie, naturalmente, estaba más interesada en darse el lote con Scotty que en la película. Sin embargo, eran esas imágenes las que ahora acudían a su mente mientras tomaba un café en el pasillo de la comisaría, junto al comedor, contemplando la multitud.

Era un hormiguero de gente. Desde donde estaba, al final del pasillo, no podía ver un solo centímetro de suelo o pared. Lo mismo sucedía fuera y a lo largo de la manzana.

La historia había aparecido esa mañana en la prensa acompañada de una amplia variedad de titulares.

LA NIÑA DE NINGÚN LUGAR
¿QUIÉN SOY?
¿TE ACUERDAS DE MÍ?

Y el favorito de Ellie (de Mort para la *Gazette*): MUDA VOLADORA ATERRIZA EN RAIN VALLEY. El primer párrafo describía las prodigiosas habilidades de salto de la niña y, naturalmente, a su compañero lobuno. Su descripción de la pequeña era el único relato preciso. Hacía que pareciera loca, salvaje y desgarradoramente patética.

La primera llamada había llegado a las ocho en punto de la mañana. Cal no había tenido un respiro desde entonces. Hacia la una había irrumpido en el pueblo la primera furgoneta de prensa. En apenas dos horas las calles se llenaron de furgones y reporteros exigiendo otra rueda de prensa. Todo el mundo, desde periodistas hasta padres, pirados y videntes, quería conocer la primicia de primera mano.

—No tenemos nada por el momento —dijo Peanut saliendo del comedor—. Nadie sabe quién es.

Ellie bebió un sorbo de café y echó un vistazo al gentío.

Cal levantó la vista de su escritorio y las vio. Estaba hablando por los auriculares de la centralita al tiempo que respondía las preguntas del enjambre de reporteros que tenía delante.

Ellie le sonrió.

Él pronunció con los labios «Socorro».

—Cal está desbordado —dijo Peanut.

—No me extraña. No aceptó este empleo para trabajar.

—¿Quién lo hizo? —dijo Peanut riendo.

—Yo, para empezar. —Ellie miró a su amiga—. Deséame suerte. —Y se adentró de nuevo en el mar de reporteros vociferantes.

Levantó las manos. Tardó un buen rato en conseguir que se callaran. Por fin, obtuvo su atención.

—Nadie en esta oficina hará más declaraciones por el momento, ni oficial ni extraoficialmente. Celebraremos una rueda de prensa a las seis y solo entonces responderemos a todas sus preguntas.

Estalló el caos.

—¡Pero necesitamos fotos!

—Esos retratos son una mierda...

—Los dibujos no atraen a los lectores...

Ellie meneó la cabeza con exasperación.

—No sé cómo mi hermana...

—¡Se acabó! —Peanut irrumpió en la multitud empleando esa voz de hasta-aquí-hemos-llegado que había perfeccionado cuando Tara, su hija, cumplió trece años—. Ya han escuchado a la comisaria. Todo el mundo fuera. Ya.

Los echó sin miramientos y cerró la puerta con firmeza.

No fue hasta que se volvió hacia su mesa que Ellie lo vio.

Mort Elzik estaba en el rincón, agazapado entre dos archivadores metálicos de color verde. Vestía un pantalón ancho de pana marrón y un polo azul marino y estaba pálido y sudoroso. Llevaba el pelo rojizo de corte militar tan largo que parecía un tupé deshilachado. Detrás de las gruesas gafas, los ojos aparecían enormes y acuosos. Al percatarse de que Ellie lo estaba mirando, dio un paso al frente. Sus gastadas zapatillas de tenis blancas y grises chirriaron.

—Ti… tienes que darme una exclusiva, Ellie. Esta es mi gran oportunidad. Podría conseguir un puesto en *The Olympian* o en *The Everett Herald.*

—¿Con el titular «Mowgli vive»? Lo dudo.

Mort enrojeció.

—¿Qué sabrá de los clásicos una desertora universitaria? Sé que Julia está ayudando en este caso.

—Crees que está ayudando. Publícalo y te estrangulo.

Las pálidas cejas del reportero salieron disparadas hacia arriba. Se puso colorado.

—Dame una exclusiva, Ellie. Me lo debes. Si no…

—¿Si no qué? —Avanzó hacia él.

—Si no, ya verás.

—Menciona a mi hermana y haré que te despidan.

Mort dio un paso atrás.

—Crees que eres especial, pero no puedes salirte siempre con la tuya. Te di una oportunidad. Que no se te olvide.

Dicho eso, la rodeó y salió disparado de la comisaría.

—Que Dios nos coja confesados —dijo Cal. Fue al comedor y regresó con tres cervezas.

—No puedes beber aquí, Cal —le advirtió cansinamente Ellie.

—Que te den —replicó—. Y lo digo con todo el cariño. Si hubiese querido un trabajo de verdad, no habría respondido a tu anuncio. Llevo toda la semana sin poder leer un cómic en paz. —Le tendió una Corona.

—No, gracias —dijo Peanut cuando Cal le ofreció una cerveza. Entró en el comedor y salió con una taza.

Ellie miró a su amiga.

—Sopa de repollo —dijo Peanut encogiéndose de hombros.

Cal se sentó a su mesa, puso los pies encima y dio un sorbo a su cerveza. La nuez subió y bajó por su garganta como si se hubiera tragado una espina. La luz se reflejaba en su pelo negro formando ondas azules.

—Me alegro por ti, Pea. Tenía miedo de que te diera por probar la dieta de la heroína.

Peanut rio.

—Si te digo la verdad, lo de fumar era una mierda. Benji no quería ni darme un beso de buenas noches.

—Y eso que vosotros dos siempre andáis besuqueándoos —observó Cal.

Ellie percibió una crudeza en el tono de Cal que la desconcertó. Lo miró de hito en hito. Durante un instante vio al chiquillo desgarbado, de rasgos demasiado angulosos para su edad, que había sido. De niño siempre había tenido la mirada sombría y recelosa.

Cal dejó la cerveza en la mesa y suspiró. Por primera vez, Ellie reparó en que parecía muy cansado. Su boca, por lo general curvada en una sonrisa irritantemente jovial, era una línea delgada y pálida.

No pudo evitar sentir lástima por él. Sabía exactamente cuál era el problema. Cal llevaba dos años y medio trabajando para ella; antes de eso había sido amo de casa. Su mujer, Lisa, era comercial de una empresa neoyorquina y pasaba más tiempo viajando que en casa. Cuando las niñas empezaron el colegio, Cal aceptó el puesto de telefonista para llenar las horas muertas. En resumen, leía cómics y dibujaba personajes de acción en su cuaderno. Era un buen telefonista, siempre y cuando la máxima emergencia fuera un gato atrapado en un árbol. Al parecer, estos últimos días lo habían hecho trizas. Ellie cayó en la cuenta de lo mucho que echaba de menos su sonrisa.

—Cal, ¿por qué no te vas a casa? Ya me ocupo yo de la rueda de prensa.

La miró con un patetismo esperanzado. Aun así dijo:

—Necesitas a alguien que atienda las llamadas de emergencia.

—Reenvíalas al servicio de recepción de llamadas. Si surge

algo importante, me lo comunicarán por radio. En cualquier caso, solo serán las llamadas del 911.

—¿Estás segura? Puedo volver después del partido de fútbol de Emily.

—Eso sería genial.

—Gracias, Ellie. —Cal sonrió al fin y volvió a aparentar diecisiete años—. Siento cómo te hablé hace un rato.

—No te preocupes, Cal. A veces un hombre necesita plantarse. —Era lo que su padre solía decir cuando golpeaba la mesa de la cocina con el puño.

Cal cogió el impermeable del perchero de astas y abandonó la comisaría.

Ellie regresó a su mesa y tomó asiento. A su izquierda había una pila de faxes de por lo menos cinco centímetros de alto. Cada folio representaba una niña perdida, una familia angustiada. Los había examinado uno a uno, subrayando las similitudes y las diferencias. En cuanto finalizara la rueda de prensa, procedería a llamar de nuevo a todas las agencias y comisarías. Estaría al teléfono toda la noche.

—Vuelves a tener esa mirada perdida —le dijo Peanut antes de darle un sorbito a su sopa.

—Solo pensaba.

Peanut dejó la taza en la mesa.

—Puedes hacerlo. Eres una excelente policía.

Ellie deseaba creerlo con toda su alma. Cualquier otro día lo habría hecho. Ahora, sin embargo, no pudo evitar posar la mirada en la exigua pila de «pruebas» que habían reunido sobre la identidad de la niña. Había cuatro fotografías: una de cara, otra de perfil y dos de cuerpo entero. En todas ellas la niña estaba tan sedada que parecía muerta. La prensa se cebaría con ellos. Debajo de las fotografías de veinte por veinticinco centímetros había una lista de las cicatrices de la pequeña, los lunares y, por supuesto, la marca de nacimiento en la parte posterior del hombro. En la fotografía que acompañaba a la lista, la marca semejaba una libélula. El expediente también incluía radiografías; Max estimaba que su brazo izquierdo había sufrido una fractura a una edad temprana y se había soldado sin tratamiento médico. Cada herida, cicatriz y marca de nacimiento había sido señalada con un punto en un dibujo de su cuerpo. Le habían tomado muestras de sangre —era del grupo AB— y las huellas dactilares, y le habían hecho radiografías de los dientes. La sangre había sido enviada para un análisis de ADN, pero aún no disponían del informe. También habían enviado a analizar el vestido.

Solo les quedaba esperar. Y rezar para que alguien identificara a la niña.

—No sé, Pea, es un caso difícil.

—Estás a la altura.

Ellie sonrió a su amiga.

—De todas las decisiones que he tomado en este trabajo, ¿sabes cuál ha sido la mejor?

—¿El programa «Acompaña a un borracho a su casa»?

—Casi. Contratarte a ti, Penelope Nutter.

Peanut sonrió.

—Todas las estrellas necesitan un esbirro.

Riendo, Ellie procedió a examinar la montaña de documentos que descansaba sobre su mesa.

Al poco llamaron a la puerta. Peanut levantó la vista.

—¿Quién llama a la puerta en una comisaría?

Ellie se encogió de hombros.

—Los reporteros, desde luego, no. Adelante —dijo.

La puerta se abrió despacio. Una pareja apareció en el umbral.

—¿Es usted la comisaria Barton? —preguntó el hombre.

No eran reporteros, de eso no había duda. El hombre era alto, de pelo blanco y una delgadez casi esquelética. Llevaba un jersey gris de cachemir y un pantalón negro con la raya bien marcada. Y zapatos de cordones. La mujer —¿su esposa?— iba de negro de los pies a la cabeza. Vestido negro, medias negras, zapatos de tacón negros. Su pelo, un caro trío de rubios, le enmarcaba la pálida tez recogido en un moño francés.

Ellie se levantó.

—Pasen.

El hombre tomó a la mujer del codo y la condujo hasta la mesa de Ellie.

—Comisaria Barton, soy el doctor Isaac Stern y ella es mi esposa, Barbara.

Ellie estrechó la mano de ambos y le sorprendió lo frías que estaban.

—Un placer conocerles.

Una ráfaga de viento abrió bruscamente la puerta y la estampó contra la pared.

—Disculpen. —Ellie fue a cerrarla—. ¿Qué puedo hacer por ustedes?

El doctor Stern la miró.

—Estoy aquí por mi hija Ruthie. Nuestra hija —se corrigió, mirando a su esposa—. Desapareció en 1996. Hay muchos padres aquí.

Ellie se asomó a la calle. Los reporteros seguían congregados en la acera, charlando entre ellos y esperando la rueda de prensa, pero fue la cola de gente lo que llamó su atención.

Padres.

Debía de haber unos cien.

—Por favor —dijo un hombre desde los escalones—. Nos echaron de la comisaría con los periodistas, pero necesitamos hablar con usted. Algunos de nosotros venimos de muy lejos.

—Por supuesto que hablaré con ustedes —dijo Ellie—, pero de uno en uno. Hágaselo saber a los demás. Estaremos aquí toda la noche si es necesario.

Mientras hacían correr la noticia, Ellie oyó a algunas mujeres romper en sollozos.

Cerró la puerta todo lo delicadamente que pudo y, recobrando el ánimo, regresó a su mesa y tomó asiento.

—Siéntense —dijo señalando las dos sillas frente a la mesa—. Penelope, tú también puedes entrevistar a los padres. Anota los nombres, el número de teléfono y cualquier información que tengan.

—Sí, comisaria. —Peanut se encaminó de inmediato a la puerta.

—Bien —dijo Ellie inclinándose hacia delante—. Háblenme de su hija.

Un dolor crudo como la sangre sobre la nieve le devolvió la mirada.

El doctor Stern fue el primero en hablar.

—Nuestra Ruthie salió del colegio un día y nunca volvió. Estaba a dos calles de nuestra casa. Hablé con un policía, que fue muy amable con nosotros, y nos dijo que la niña que han encontrado no puede ser mi... nuestra Ruthie. Le dije que nuestra gente cree en los milagros, por eso hemos venido a verla a usted.

—Se llevó la mano al bolsillo y sacó una fotografía pequeña y gastada. En ella, una preciosa niñita con tirabuzones de color castaño claro sostenía una fiambrera rosa de los Power Rangers. La fecha, escrita en el ángulo inferior derecho, rezaba 7 de septiembre, 1996.

Actualmente Ruthie tendría por lo menos trece años. Tal vez catorce.

Ellie respiró hondo. Era imposible no pensar en la cola de padres que aguardaban fuera esperando un milagro. Le entraron ganas de llorar.

Cogió la foto, la acarició. Cuando levantó la vista, la señora Stern estaba llorando.

—¿El grupo sanguíneo de Ruthie?

—Cero —dijo la señora Stern, secándose los ojos y aguardando.

—Lo siento —dijo Ellie—. Lo siento mucho.

Peanut abrió la puerta de la comisaría. Entró otra pareja con una foto en color pegada al pecho.

«Por favor, Dios —imploró Ellie cerrando los ojos un breve instante—, dame fuerzas para esto».

Entonces la señora Stern empezó a hablar:

—Los caballos —dijo con voz ronca—. A nuestra Ruthie le encantaban los caballos. Creíamos que aún era muy pequeña para aprender a montar. El año que viene, le decíamos siempre. El año que viene…

El doctor Stern posó una mano en el brazo de su esposa.

—Y luego… esto. —Tomó la fotografía que sostenía Ellie y la miró. Las lágrimas acudieron a sus ojos. Finalmente, levantó la vista—. ¿Tiene hijos, comisaria Barton?

—No.

Ellie pensó que el hombre iba a decir algo al respecto, pero se quedó callado mientras ayudaba a su mujer a levantarse.

—Gracias por su tiempo, comisaria.

—Lo siento —repitió Ellie.

—Lo sé —dijo él, y Ellie reparó de súbito en su fragilidad, en lo mucho que estaba esforzándose por mantener la serenidad. El hombre tomó a su mujer del brazo y la condujo hacia la puerta. Se marcharon.

Instantes después, entró un hombre. Llevaba un mono raído lleno de remiendos y una camisa de franela. Una gorra de béisbol de motosierras Stihl de color naranja le cubría los ojos y una barba gris ocultaba la mitad inferior de su rostro. Tenía una foto pegada al pecho. Era de una animadora de pelo rubio; Ellie podía verlo desde su asiento.

—¿Comisaria Barton? —dijo en un tono esperanzado.

—Servidora —respondió ella—. Siéntese, por favor…

# 10

La noche previa Julia había transformado su dormitorio de la infancia en una zona segura para ella y su paciente. Las dos camas individuales todavía adornaban la pared de la izquierda, pero ahora los huecos inferiores estaban llenos para que no pudieran ser utilizados como escondrijos. En el recodo junto a la ventana Julia había reunido casi una docena de macetas con plantas altas para crear un minibosque. En el centro de la habitación, una mesa larga de formica hacía de escritorio y espacio de estudio. Junto a ella descansaban dos sillas. Ahora, sin embargo, se daba cuenta de que faltaba algo: una butaca cómoda.

La niña había pasado las últimas seis horas frente a la ventana enrejada con el brazo fuera. Lloviera o luciera el sol, mantenía la mano extendida. En torno a las doce, un petirrojo aterrizó en el alféizar y se quedó. Ahora, en la pálida luz del sol que siguió a la lluvia caída durante la última hora, una mariposa de vivos colores se posó en la mano abierta de la pequeña, aleteó un breve instante y reemprendió el vuelo.

Si Julia no lo hubiese anotado, habría dejado de creer que lo había visto. Después de todo, estaban en otoño; no era la estación de las mariposas, e incluso en pleno verano muy raras veces se posaban en la mano de una niña, ni siquiera un instante.

Pero lo había anotado y pasado a la carpeta permanente, y ahí estaba ahora. Un hecho que tener en cuenta; un suceso extraño más.

Tal vez fuera por el estatismo de la niña. Llevaba horas sin moverse.

Ni un traslado del peso del cuerpo, ni un cambio de brazo, ni un giro de cabeza. No solo no mostraba movimientos repetitivos u obsesivos, permanecía quieta como un camaleón. La asistente social que había venido esa mañana con el fin de dirigir el estudio para determinar la idoneidad de Julia como madre de acogida temporal había quedado profundamente impactada, aunque intentó ocultarlo. Tras cerrar la libreta, lanzó una última mirada de preocupación a la niña antes de susurrarle a Julia:

—¿Está segura?

—Sí —respondió. Y lo estaba. Ayudar a esa niña se había convertido ya en una misión.

La noche anterior, tras preparar la habitación, Julia se había quedado hasta tarde en la mesa de la cocina, tomando apuntes y leyendo cuanto había podido encontrar sobre los pocos niños realmente salvajes de los que había constancia. El tema era fascinante y al mismo tiempo desgarradoramente triste.

Todos los casos seguían un patrón similar, ya hubieran sido encontrados hacía trescientos años en los frondosos bosques de Baviera como en este siglo en la selva africana. Todos ellos fueron descubiertos —generalmente por cazadores— ocultos en bosques profundos y oscuros. Más de un tercio de esos niños corría a cuatro patas. Muy pocos habían conseguido hablar. Algunos —entre ellos Peter, el niño salvaje de 1726; Memmie, la niña salvaje de Francia, y el más célebre de todos, Víctor, el niño salvaje de Aveyron de 1797— causaron furor mediático en su día. Científicos, médicos y lingüistas acudieron como abejas con la esperanza de que su niño salvaje diera respuesta a las cuestiones de la naturaleza humana más elementales. Reyes y princesas se los hacían traer a la corte como un curioso entretenimiento. El caso más reciente, el de una niña llamada Genie que, aunque no se crio en la naturaleza, había sido sometida a un maltrato tan sistemático y espantoso que nunca aprendió a hablar, a moverse o a jugar, también había recibido una gran atención mediática.

Casi todos los casos documentados tenían dos cosas en común. En primer lugar, los niños poseían capacidad de habla, pero nunca adquirieron ningún nivel de lenguaje. En segundo, la mayoría de esos niños salvajes acabaron viviendo en instituciones psiquiátricas, solos y olvidados. Únicamente dos, Memmie y un niño ugandés que fue encontrado viviendo con monos en 1991, aprendieron a hablar y a funcionar en sociedad, y aun así Memmie murió en la indigencia, sola y olvidada. Nunca fue capaz de contarle a la gente qué le había pasado, cómo había acabado en el bosque.

Uno tras otro, científicos y médicos se habían sentido atraídos por el desafío que presentaban tales niños. Los supuestos profesionales querían saber y entender —y sí, «salvar»— a un ser humano absolutamente diferente del resto, el cual podía ser considerado más puro e incontaminado que cualquier persona nacida en los últimos mil años. Un ser sin socializar que no había sido corrompido por las enseñanzas del hombre. Y uno a uno habían fracasado en su intento. ¿Por qué? Porque sus pacientes les importaban bien poco.

Ella no cometería ese error.

Ella no sería como los médicos que la precedían, que habían chupado el alma a sus pacientes, impulsado su carrera y seguido con sus vidas, dejándolos mudos y recluidos tras unos barrotes, más perdidos y solos de lo que habían estado en el bosque.

—Tu corazón es lo que importa, ¿verdad, pequeña? —dijo levantando la vista.

Mientras Julia la observaba, otro pájaro aterrizó en el alféizar, junto a la mano abierta de la niña. El pajarillo ladeó la cabeza y trinó.

La niña imitó el sonido a la perfección.

El animal pareció escucharla y trinó de nuevo.

La pequeña respondió.

Julia se volvió hacia la cámara de vídeo instalada en un rincón. La luz roja parpadeaba. La extraña «conversación» estaba siendo grabada.

—¿Estás comunicándote con él? —le preguntó haciendo anotaciones en su libreta. Sabía que sería calificado de absurdo, pero ella lo estaba viendo. La niña y el pájaro parecían entenderse. Cuando menos, era una gran imitadora.

Por otro lado, si había crecido en el bosque sola o entre una manada de animales, no tenía que diferenciar necesariamente entre hombres y animales, como sucedía en nuestro mundo civilizado.

—Me pregunto si conoces la diferencia entre un hombre y un animal. —Golpeteó la libreta con el bolígrafo. El suave martilleo ahuyentó al pájaro.

Julia alcanzó los libros que descansaban en la mesa que le hacía de escritorio. Había cuatro. *El jardín secreto*, *Cuentos de Andersen*, *Alicia en el país de las maravillas* y *El conejo de terciopelo*. Eran solo cuatro de los incontables libros que había donado la generosa gente del pueblo. Esa mañana temprano, mientras la pequeña dormía, Julia le había cambiado el pañal y había buscado en las cajas cosas que pudieran ayudarla a comunicarse con su paciente. Eligió papel y lápices de colores, un par de muñecas Barbie, todavía vestidas para la disco, y esos libros.

Abrió *El jardín secreto* y empezó a leer en alto.

—«Cuando Mary Lennox fue enviada a la mansión Misselthwaite para vivir con su tío, todos dijeron que era la niña más feúcha que habían visto en su vida…».

Durante la siguiente hora, Julia leyó en alto el querido relato infantil, concentrándose en infundir a su voz una cadencia dulce y cantarina. No había duda de que su paciente desconocía la mayoría de las palabras y no podía, por tanto, seguir el argumento. Sin embargo, como todos los niños en la etapa preverbal, le gustaba cómo sonaban.

Al terminar el capítulo, Julia cerró el libro con suavidad.

—Voy a parar un momento. Enseguida estoy de vuelta. De vuelta —repitió, por si la palabra le era familiar.

Se levantó despacio y estiró el cuello. Tantas horas sentada en esa silla, frente a una mesa improvisada a los pies de la cama de la niña, le habían provocado tortícolis. Cogió el bolígrafo —podría ser un arma, después de todo— y se encaminó al pequeño cuarto de baño construido para Ellie y ella cuando eran preadolescentes. Conectaba con su dormitorio a través de una puerta junto a la cómoda.

Entró y cerró la puerta lo justo para gozar de privacidad. No quería que su voz se perdiera. Se bajó las bragas y, sentándose en el retrete, dijo:

—Solo estoy yendo al baño, cariño, enseguida estoy de vuelta. Yo también quiero saber qué pasa con Mary. ¿Tú crees que es verdad que oye llorar? ¿Tú lloras? ¿Sabes qué…?

La niña corrió hasta la puerta y la abrió bruscamente, encogiéndose cuando la hoja golpeó la pared. Se abofeteó las mejillas y sacudió la cabeza. Resoplaba con fuerza, soltando mocos por la nariz.

—Estás disgustada —dijo Julia en un tono tranquilizador—. Disgustada. Te estás enfadando. ¿Pensabas que iba a dejarte sola?

Al oír la voz de Julia, la niña se calmó. Miró nerviosa hacia la puerta y se alejó de ella.

—A partir de ahora dejaremos la puerta abierta, pero necesito hacer pipí. ¿Conoces esa palabra? ¿«Pipí»?

Quizá hubo un levísimo pestañeo, un destello de reconocimiento. Quizá no.

La niña seguía mirándola.

—Necesito un poco de privacidad. Tienes que…, oh, qué más da. —En esa situación poco importaban las formalidades.

La niña arrugó la frente y dio un paso adelante. Ladeó la cabeza de la misma manera que lo hiciera el arrendajo azul, como si quisiera ver las cosas desde un mejor ángulo.

—Estoy haciendo pipí —explicó Julia con naturalidad, alcanzando el papel higiénico.

La niña estaba muy concentrada ahora. Una vez más, se había quedado completamente inmóvil.

Cuando Julia hubo terminado, se levantó, se subió las bragas y tiró de la cadena.

Al oír el estruendo, la niña gritó y reculó tan deprisa que dio un traspié y se cayó. Despatarrada en el suelo, empezó a aullar.

—Tranquila —dijo Julia—. Daño no. Daño no. Te lo prometo. —Tiró de la cadena una vez más, y luego otra, hasta que la niña finalmente se incorporó. Julia se lavó entonces las manos y se acercó despacio a su paciente—. ¿Quieres que siga leyendo? —Se arrodilló. Ahora tenían los ojos a la misma altura. Julia podía ver el asombroso color turquesa de los de la niña, los iris moteados de ámbar. Las pestañas, gruesas y negras, descendieron lentamente y volvieron a subir.

—Libro —dijo de nuevo Julia, señalando la novela que descansaba en la mesa.

La niña caminó hasta la mesa y se sentó en el suelo.

Julia inspiró hondo, pero aparte de eso, no reaccionó. Se acercó a la silla que tenía más cerca y tomó asiento.

—Creo que Ellie y yo deberíamos traer aquí el viejo sofá de mamá. ¿Qué opinas?

La niña se acercó un poco más. Cruzando las piernas, levantó la vista hacia Julia.

—Supongo que estás esperando a que empiece.

Como siempre, obtuvo un silencio como toda respuesta. Los inquietantes ojos verde azulados la estaban mirando fijamente. Puede que esta vez hubiese un asomo de expectación, de impaciencia incluso. Una niña normal habría dicho «Lee» en un tono apremiante. Ella, sencillamente, aguardaba.

Julia retomó el relato. Siguió leyendo sobre Mary, Dicken y

Colin y el jardín secreto que había pertenecido a la madre difunta de Mary. Leyó un capítulo tras otro, hasta que el crepúsculo comenzó a inundar la ventana de vetas rosas y moradas. Estaba acercándose a los últimos capítulos cuando llamaron a la puerta. Los perros empezaron a ladrar.

La niña corrió hasta su santuario de plantas y se ocultó detrás del follaje.

La puerta se abrió despacio. Al otro lado, los golden retrievers estaban ansiosos por entrar.

—Abajo, Jake, Elwood. ¿Qué diantre os pasa?

Ellie los rodeó y cerró la puerta con la cadera. Los chuchos se quedaron fuera, aullando lastimeramente y arañando la puerta.

—Tienes que adiestrar a esos perros —dijo Julia cerrando el libro.

Ellie dejó sobre la mesa la bandeja de comida que portaba.

—Creía que quitarles las pelotas los volvería adiestrables, pero no fue así. Lo llevan en el pito. —Se sentó a los pies de su antigua cama—. ¿Cómo está la pequeña? Veo que todavía piensa que soy la enfermera Ratched.

—Está mejor, creo. Parece que le gusta que le lean.

—¿Ha intentado escapar?

—No. Ni siquiera se acerca a la puerta. Creo que es por el pomo. Tiene verdadero pánico a los metales brillantes.

Ellie se inclinó hacia delante y apoyó los antebrazos en los muslos.

—Ojalá pudiera decir que yo también he conseguido algo.

—Lo has hecho. La historia sale en todas las portadas. Seguro que aparece alguien.

—Ya lo están haciendo. Hoy he tenido a setenta y seis personas en la oficina. Todas ellas han perdido a su hija en los últimos años. Las historias…, las fotos…, ha sido horrible.

—Es tremendamente duro presenciar tanto dolor.

—¿Cómo consigues pasarte el día escuchando historias tristes?

Julia nunca había visto su trabajo de ese modo.

—Una historia solo es triste si no tiene un final feliz. Supongo que siempre creo en ese final.

—Eres una romántica encubierta. Quién lo iba a decir.

Julia rio.

—Qué va. ¿Cómo fue la rueda de prensa?

—Larga. Aburrida. Llena de preguntas estúpidas. La prensa nacional es tan terrible como la local. Y hay algo que he aprendido de los reporteros: si una pregunta es demasiado absurda para merecer una respuesta, volverán a hacerla. La mejor fue la del *National Enquirer*. Esperaban que la niña tuviera alas en lugar de brazos. Ah, y *The Star* se preguntaba si había vivido con los lobos.

Afortunadamente, era prensa amarilla. Nadie daría credibilidad a esa historia.

—¿La habéis identificado?

—Todavía no. No obstante, entre las radiografías, las marcas de nacimiento, las cicatrices y su rango de edad, estamos logrando reducir las posibilidades. Ah, y ha llegado la aprobación de Servicios Sociales. Eres, oficialmente, su madre de acogida temporal.

La niña salió de su escondite. Con las aletas de la nariz hinchadas, olfateó el aire y cruzó disparada la habitación corriendo a ras del suelo. Julia nunca había visto a una niña moverse tan deprisa. Desapareció en el cuarto de baño.

Ellie dejó ir un silbido.

—De modo que a eso se refería Daisy cuando dijo que la niña corría como el viento.

Julia se acercó despacio al cuarto de baño.

Ellie la siguió.

La niña estaba sentada en el retrete con la braga pañal alrededor de los tobillos.

—Ostras —susurró Ellie—. ¿Se lo has enseñado tú?

Julia tampoco daba crédito.

—Esta mañana entró mientras yo estaba en el baño. El sonido de la cadena le dio un susto de muerte. Habría jurado que nunca antes había visto un retrete.

—¿Crees que lo aprendió con verte solo una vez?

Julia no respondió. Cualquier ruido podría arruinar el momento. Entró despacio en el cuarto de baño y cogió un trozo de papel higiénico. Le enseñó a la niña qué hacer con él y se lo tendió. La chiquilla contempló la pelota de papel con extrañeza. Finalmente, la cogió y la usó. Cuando hubo terminado, bajó del retrete, se subió la braga pañal y accionó la palanca cubierta de cinta adhesiva. Cuando la cisterna rugió, soltó un grito y huyó a la carrera escurriéndose entre las piernas de Julia y Ellie.

—Guau —dijo Ellie.

Miraron de hito en hito a la niña oculta en el bosquecillo de macetas.

En el silencioso cuarto, su respiración sonaba fuerte y rápida.

—Todo esto es cada vez más extraño —comentó Ellie.

Julia tuvo que darle la razón.

—Bueno —dijo Ellie al fin—, he de volver a la oficina. No sé cuándo volveré. —Sacó un trozo de papel de su bolsillo de atrás y se lo entregó a Julia—. Aquí tienes el teléfono de casa de Peanut y de Cal. Si necesitas volver a la biblioteca, vendrán a quedarse con la niña.

—Gracias.

Julia acompañó a su hermana a la puerta, se la abrió y volvió a cerrarla. No se molestó en echar la llave. Por el momento la niña parecía tenerle pánico al pomo.

Fue hasta la mesa, donde hizo algunas anotaciones antes de guardar la libreta y el bolígrafo.

—Hora de comer.

La niña permaneció oculta entre las plantas observándola.

—Comida. —Dio unos golpecitos a la bandeja que había traído Ellie.

Esta vez la niña reaccionó. Salió de la cortina de hojas verdes y caminó hasta la mesa, donde empezó a atacar la comida con su estilo habitual.

Julia la tomó de la muñeca.

—No.

Sus ojos chocaron.

—Eres demasiado lista para comer así. —Sin soltar la delgada muñeca, se levantó y rodeó la mesa para colocarse al lado de la pequeña—. Siéntate. —Retiró una silla y dio varias palmaditas en el asiento—. Siéntate.

Pasaron treinta minutos enzarzadas en una batalla por una sola palabra.

«Siéntate».

Al principio la niña aulló, resopló y sacudió la cabeza, tratando de soltarse. Julia se limitaba a sujetarla, negando con la cabeza y diciendo:

—Siéntate.

En vista de que su histrionismo no funcionaba, la niña guardó silencio y, petrificada, clavó en Julia una mirada afilada y rabiosa.

—Siéntate —dijo ella con otra palmada en el asiento.

La niña dejó ir un suspiro exagerado y se sentó.

Julia la soltó al instante.

—Buena chica. —Le lavó las manos con toallitas para bebés, rodeó de nuevo la mesa y ocupó su asiento.

La niña atacó la comida y la devoró como si fuera una presa fresca.

—Por lo menos estás sentada a la mesa —dijo Julia—. Por algo se empieza. Mañana trabajaremos los modales. Después de tu baño.

Cogió la libreta, se la colocó en el regazo y pasó las páginas mientras la niña comía. Tal vez hubiera ahí una respuesta, aunque lo dudaba. Este era un caso de interrogantes.

Un párrafo que había escrito esa misma tarde atrajo su atención.

«Gran imitadora. La niña puede repetir el trino de un pájaro nota por nota. Casi da la impresión de que están comunicándose, ella y el pájaro, aunque eso no es posible».

—¿Es esa la respuesta, pequeña? ¿Me viste utilizar el retrete y simplemente me imitaste? ¿Es esa una habilidad que necesitaste aprender en el bosque?

Escribió: «En ausencia de la gente o la sociedad, ¿cómo aprendemos? ¿Por prueba y error? ¿Imitando a otras especies? Quizá la niña aprendió a aprender deprisa y mediante la observación».

Julia levantó el bolígrafo de la hoja.

Se le antojaba una respuesta a medias a lo sumo. Una niña que hubiera crecido en el bosque con una manada de lobos o entre otros animales habría aprendido a marcar su territorio con orina. No le veía el sentido a utilizar un retrete.

A menos que hubiese visto uno antes, aunque fuera mucho tiempo atrás. O que reconociera en Julia al líder de una nueva manada y quisiera formar parte de ella.

—¿Quién eres, pequeña? ¿De dónde has salido?

Como siempre, no hubo respuesta.


Mientras la niña comía, Julia se escabulló de la habitación y bajó.

La casa estaba en silencio.

En el garaje encontró las dos cajas de cartón con las donaciones del pueblo. Una estaba llena de ropa. La otra contenía toda clase de libros y juguetes.

Julia volvió a revisarlo todo y, tras seleccionar los artículos más útiles, se los llevó arriba y los dejó en el suelo con un golpe seco.

La niña levantó bruscamente la cabeza.

A Julia casi se le escapa la risa al verla. Había tanta comida en su cara y en el camisón de hospital como la que había habido en el plato. La deliciosa macedonia con nata y coco le cubría, como una barba blanca, la nariz, las mejillas y el mentón.

—Pareces Papá Noel en miniatura.

Julia se agachó y abrió la caja. En lo alto había tres artículos. Un precioso camisón blanco de encaje con lacitos rosas, un muñeco con pañal y un juego de cubos de construcción de colores.

Dio un paso atrás.

—Juguetes. ¿Conoces esa palabra?

Nada.

—Jugar. Divertido.

La niña la miraba sin pestañear.

Julia se inclinó y cogió el camisón. El gastado algodón era suave al tacto.

La niña puso los ojos como platos. De las profundidades de su garganta emergió un gruñido quedo. Con un movimiento demasiado veloz y sigiloso para creerlo, saltó de la silla, rodeó la mesa y le arrebató el camisón a Julia. Aplastándolo contra su pecho, regresó a su escondite detrás de las plantas.

—Vaya, vaya —dijo Julia—, veo que a alguien le gustan las cosas bonitas.

La pequeña se puso a tararear. Sus dedos encontraron un lacito rosa de raso y empezaron a acariciarlo.

—Si quieres ponerte ese camisón tan bonito, primero habrá que lavarte.

Julia fue al cuarto de baño y, tras sentarse en el borde de la bañera, abrió el grifo.

—A tu edad me encantaba bañarme. Mi madre ponía aceite de lavanda en el agua. Olía de maravilla. Oh, mira, hay un frasquito en el armario. Le echaré unas gotas.

Cuando se dio de nuevo la vuelta, la niña estaba en el hueco de la puerta mirando.

Julia le tendió la mano.

—Daño no —dijo suavemente cerrando el agua—. Daño no. —Luego—: Ven.

Nada.

—Da mucho gusto estar limpia. —Julia acarició el agua con la otra mano—. Agradable. Ven.

Los pasos de la pequeña eran tan pequeños que parecían inexistentes, y sin embargo estaba avanzando. Sus ojos saltaban constantemente del grifo cubierto con cinta adhesiva a la mano de Julia.

—¿Has visto salir agua de un grifo antes? —Julia dejó que el agua le resbalara por los dedos—. Agua. A-gua.

La niña se hallaba ahora junto al borde de la bañera, mirando el agua con una mezcla de miedo y fascinación.

Muy despacio, Julia se inclinó para desvestir a la niña, que no ofreció resistencia. A Julia le sorprendió esa docilidad. ¿Qué significaba, si es que significaba algo? Le quitó el camisón de hospital y lo colgó del toallero, luego tomó a la niña de la delgada muñeca y, con suma delicadeza, la animó a acercarse a la bañera.

—Toca el agua. Solo pruébala. —Le mostró cómo se hacía con la esperanza de que imitara el gesto.

Tras un largo instante, finalmente la niña hundió la mano en el agua.

Sus ojos se abrieron de par en par. Emitió un sonido mitad gruñido, mitad suspiro.

Julia se desvistió hasta quedarse en bragas y sujetador y se metió en la bañera.

—¿Ves? —dijo sonriendo—. Esto es lo que quiero que hagas. —Cuando la niña se acercó, Julia salió de la bañera y se sentó en el frío filo de porcelana—. Ahora tú.

Con cautela, la niña pasó las piernas por encima del borde de la bañera y se deslizó en el agua. Una vez dentro, dejó ir una especie de ronroneo y levantó la vista hacia Julia. Acto seguido, empezó a chapotear y a dar palmas y patadas, y luego se puso a explorar. Lamió las baldosas, acarició las juntas y olisqueó los grifos. Recogió agua con las manos y bebió (una costumbre que deberían erradicar, pero más adelante).

Por fin, Julia tomó la pastilla de jabón de lavanda de la jabonera. Se la tendió a la pequeña, que tras olfatearla intentó comérsela.

Julia no pudo evitar reír.

—No. Malo. —Puso cara de asco—. Malo.

La niña frunció el entrecejo e intentó cogerla.

Julia frotó las manos contra el jabón para generar espuma.

—Bien, ahora voy a lavarte. Limpia. Jabón. —Muy despacio, tomó la mano de la niña y procedió a lavársela.

La niña observaba a Julia con la intensidad de un aprendiz de mago intentando aprender un truco nuevo. Mientras Julia seguía lavándole las manos, la pequeña empezó a relajarse. Se dejó hacer cuando la giró con delicadeza y procedió a lavarle el pelo. Mientras le masajeaba el cuero cabelludo, la niña empezó a tararear.

Julia tardó unos segundos en percatarse de que las notas contenían una tonada.

«Estrellita, ¿dónde estás?».

Julia se enderezó. De todos los giros inesperados del día, este era el más importante.

—Alguien te cantaba esta canción, pequeña. ¿Quién era?

La niña siguió tarareando con los ojos cerrados.

Julia enjuagó la negra melena, percatándose de lo espesa y ensortijada que era. Los rizos se enroscaban en sus dedos como los zarcillos de una vid. También reparó en la red de cicatrices que surcaba la diminuta espalda; cerca del hombro había una especialmente fea.

«¿Dónde has estado?».

La canción constituía una pequeña ventana a una parte de la verdadera historia de esa niña, la primera que se había abierto. No era probable que sus preguntas generaran respuestas. Julia sabía que necesitaba algo más primario.

Decidió seguir el tarareo con su canto.

—«Me pregunto quién serás».

La niña se giró bruscamente hacia Julia. Sus ojos azul verdoso estaban tan abiertos que parecían demasiado grandes para su carita afilada.

Julia terminó la canción, se llevó la mano al pecho y dijo:

—Julia. Ju-li-a. Esta soy yo. —Tomó la mano de la pequeña—. ¿Quién eres tú?

La única respuesta fue esa mirada intensa.

Con un suspiro, Julia se levantó y cogió una toalla.

—Vamos.

Para su pasmo, la niña se levantó y salió de la bañera.

—¿Me has entendido? ¿O te has levantado porque yo me he levantado? —Julia podía oír el asombro en su voz. A eso ella lo llamaba desapego profesional. Esa niña no dejaba de sorprenderla—. ¿Puedes hablar? ¿Hablar? ¿Palabras? —Volvió a tocarse el pecho—. Julia. Ju-li-a. —A continuación, tocó el pecho de la niña—. ¿Quién? ¿Nombre? Necesito llamarte algo.

Nada, salvo esa mirada.

Julia la secó con la toalla y la vistió.

—Te pongo una braga pañal por si las moscas. Date la vuelta, voy a trenzarte el pelo. Mi mamá siempre me trenzaba el pelo. Pero iré con cuidado, te lo prometo. Ella me lo estiraba tanto que se me saltaban las lágrimas. Mi hermana siempre decía que por eso tenía los ojos inclinados hacia arriba. Ya hemos terminado.

Julia chocó sin querer con la puerta del cuarto de baño y esta se cerró de golpe. El espejo que pendía detrás enmarcó a la pequeña en un rectángulo perfecto.

La niña aspiró el aire con tanta fuerza que sonó como si acabara de arrastrarla la marea. Alargó el brazo hacia el espejo e intentó tocar a la otra niña que había en el cuarto de baño.

—¿Te habías visto alguna vez? —le preguntó Julia, pero en realidad ya conocía la respuesta.

Nada de todo eso tenía sentido. Las piezas no encajaban. El lobo. La manera de comer. La canción. El uso del retrete. Eran piezas diminutas que formaban el borde del rompecabezas, pero la imagen central permanecía invisible. Por fuerza la niña tenía que haber visto su reflejo al menos en el agua.

—Esa niña eres tú, cielo. Tú. Mira esos preciosos ojos azul verdoso, el largo pelo negro. Estás preciosa con ese camisón.

La niña le dio un puñetazo a su reflejo. Cuando sus nudillos golpearon el duro cristal, soltó un alarido de dolor.

Julia corrió a arrodillarse a su lado. Ahora estaban las dos en el espejo, con los rostros muy juntos. La chiquilla era asombrosamente guapa. A Julia le recordó a Elizabeth Taylor de joven.

—¿Lo ves? Esa soy yo, Julia. Y esa eres tú.

Julia vio el momento justo en que la niña comprendió.

Muy despacio, se tocó el pecho y emitió un sonido con los labios. Su reflejo hizo lo mismo.

—¿Has dicho algo? ¿Tu nombre?

La niña sacó la lengua. Jugó delante del espejo mientras Julia se ponía una camiseta y un pantalón de deporte y se cepillaba los dientes. En un momento dado, se ausentó lo justo para coger su libreta y su cámara digital. Cuando regresó al cuarto de baño, la pequeña estaba dando palmas y saltos al mismo tiempo que su reflejo.

Hizo varias fotografías —primeros planos de la niña— y guardó la cámara. Libreta en mano, escribió: «Descubrimiento de sí misma». Y documentó cada momento.

Estuvieron así varias horas. La niña se miró en el espejo hasta mucho después de que el cielo oscureciera y desplegara su alijo de estrellas.

Finalmente, Julia ya no era capaz de seguir escribiendo. Empezaba a tener calambres en la mano.

—Se acabó. Hora de irse a la cama.

Salió del cuarto de baño. Al ver que la niña no la seguía, cogió un libro. Habían terminado *El jardín secreto*, de modo que eligió *Alicia en el país de las maravillas*.

—Muy oportuno —comentó para sí. Después de todo, estaba sola en el dormitorio cuando lo dijo, e igual de sola cuando empezó a leer en alto—. «Alicia empezaba a cansarse de estar sentada con su hermana en la orilla del río, sin nada que hacer. Se había asomado un par de veces al libro que estaba leyendo su hermana, pero no tenía dibujos ni diálogos, y "¿De qué sirve un libro sin dibujos ni diálogos?", pensó Alicia».

En el cuarto de baño cesaron los saltos.

Julia sonrió y siguió leyendo. Acababa de hacer su aparición el Conejo Blanco cuando la pequeña salió del cuarto de baño. Con el bonito camisón de lacitos rosas y el cabello trenzado parecía una niña más. El único indicio de salvajismo eran los ojos. Demasiado grandes para su cara y demasiado serios para su edad, se clavaron en Julia, quien, muy tranquila, siguió leyendo.

La niña se acercó despacio hasta colocarse a su lado.

Julia levantó la vista.

—Hola, pequeña. ¿Te gusta que te lea?

La mano de la niña golpeó el libro con fuerza.

A Julia le sorprendió tanto el inesperado movimiento que no reaccionó. Era la primera vez que intentaba comunicarse de verdad, y estaba haciéndolo de manera sumamente enérgica.

La niña propinó otro porrazo al libro y miró a Julia. Luego se tocó el pecho.

Era el movimiento que había realizado Julia para dar énfasis a su nombre.

—¿Alicia? —susurró, presa de un estremecimiento en todo el cuerpo—. ¿Te llamas Alicia?

La niña golpeó de nuevo el libro. Al ver que Julia no reaccionaba, volvió a golpearlo.

Julia cerró el libro. En la tapa del viejo y gastado ejemplar aparecía una Alicia bonita y rubia junto a una enorme Reina de Corazones vestida con vivos colores. Tocó el retrato de la niña.

—Alicia —dijo, y posó la mano en la niña de carne y hueso que tenía a su lado—. ¿Tú eres Alicia?

La niña gruñó, abrió el libro y aporreó la página.

Era la página exacta donde lo habían dejado.

«Increíble».

Julia no sabía si la niña había reaccionado al nombre o al relato, pero no importaba. Por la razón que fuera, la pequeña había entrado finalmente en este mundo. Julia quiso reír; así de bien se sentía en ese momento.

La niña golpeó de nuevo el libro.

—De acuerdo, seguiré leyendo, pero a partir de ahora eres Alicia. Bien, Alicia, acuéstate. Cuando ya estés dentro de la cama, te leeré una historia.

Exactamente una hora después la niña se durmió y Julia cerró el libro.

Se inclinó y besó la diminuta y fragante mejilla rosada.

—Buenas noches, pequeña Alicia. Felices sueños en el país de las maravillas.

# 11

Ellie estaba sola en la comisaría repasando los apuntes que había tomado durante la tarde. Todos esos padres afligidos y sus hijas desaparecidas tenían su confianza puesta en ella.

La aterraba la idea de decepcionarlos. Era el miedo lo que la impulsaba, lo que le mantenía el culo pegado a la silla y los fatigados ojos fijos en la pila de informes que había sobre la mesa.

Pero llevaba demasiado tiempo dedicada al tema. Ya no podía ser objetiva ni seguir tomando notas sobre grupos sanguíneos, informes dentales y fechas de secuestros. Cuando cerraba los ojos solo veía familias deshechas, gente que todavía ponía un calcetín cada Navidad para sus hijas desaparecidas.

—Te oí llorar desde fuera.

Levantó bruscamente la vista y sorbió con fuerza.

—No estaba llorando. Me metí el dedo en el ojo sin querer. En cualquier caso, ¿qué haces aquí?

Cal hundió las manos en los bolsillos y sonrió afable. Vestido con una camiseta negra de *El caballero oscuro* y unos tejanos gastados, parecía un estudiante de instituto en lugar de un hombre casado y padre de tres hijas.

Acercó una silla y se sentó a su lado.

—¿Estás bien?

Ellie se secó los ojos. La sonrisa que esbozó era pura ficción y ambos lo sabían.

—Esto me va grande, Cal.

Él negó con la cabeza. Un mechón de pelo negro azabache le cayó sobre los ojos.

Ellie se lo apartó sin pensar.

—¿Qué hago?

Cal reculó bruscamente y rio incómodo.

—Harás lo que siempre haces, El.

—¿Que es…?

—Lo que sea necesario. Encontrarás a la familia de la niña.

—No me extraña que te mantenga por aquí. —Esta vez su sonrisa fue casi auténtica.

Cal se levantó.

—Venga, te invito a una cerveza.

—¿Y Lisa y las niñas?

—Tara está de canguro. —Cal se puso el chubasquero.

—No necesito una cerveza, Cal, en serio. Además, debería irme a casa. No tienes que…

—Ya nadie cuida de ti, El.

—Lo sé, pero…

—Deja que lo haga yo.

La simplicidad con que lo dijo le llegó al corazón. Tenía razón. Hacía mucho tiempo que nadie cuidaba de ella.

—Vamos. —Agarró su cazadora negra de cuero y abandonaron juntos la comisaría.

Las calles volvían a estar vacías, tranquilas.

Una luna llena pendía del cielo, alumbrando las calles todavía húmedas por la lluvia. Proyectaba un fulgor fantasmal que manchaba los árboles y teñía de plata el asfalto.

Ellie trató de no pensar en el caso mientras conducía. En lugar de eso, se concentró en la oscuridad de la carretera y en la luz reconfortante de los faros que tenía detrás. A decir verdad, era agradable tener a alguien siguiéndola hasta su casa.

Entró en el jardín y aparcó. Antes de que pudiera apagar el motor, sonó una canción en la radio. «Leaving on a Jet Plane».

Se vio sumergida en un recuerdo. Mamá y papá tocando esa misma canción al piano y el violín y pidiendo a sus hijas que cantaran con ellos. «Mi El —decía su padre— canta como los ángeles».

Vio su cuerpecillo correr hasta el escenario improvisado y colocarse junto a él. Más tarde, cuando Sammy Barton tocó la canción para ella, se enamoró perdidamente de él. Fue como si se ahogara, ese amor; a duras penas consiguió salir del agua con vida.

—Antes te encantaba esta canción —comentó Cal, deteniéndose junto a la portezuela y mirándola a través de la ventanilla abierta.

—Antes —reiteró Ellie, apartando los recuerdos—. Ahora me hace pensar en mi segundo marido. Pero él se largó en un autobús Greyhound. Tienes que estar muerto de ganas de perder de vista a alguien para subirte a un autobús. —Bajó del coche.

—Era un idiota.

—Me temo que estás hablando de todos los hombres a los que he amado. Y no son pocos.

—Pero nunca al adecuado —repuso quedamente Cal escudriñándola.

—Gracias por la observación, Sherlock, no me había dado cuenta.

—Alguien está en modo autocompasión esta noche.

Ellie no pudo evitar una sonrisa.

—No permitiré que dure mucho. Gracias por dejar que me desahogue.

Cal le pasó el brazo por los hombros y la atrajo hacia sí.

—Vamos, jefa, invítame a una cerveza.

Cruzaron el mullido césped y subieron los escalones del porche. Cuando entraron, Ellie se sorprendió de ver a su hermana levantada y trabajando.

Julia estaba sentada a la mesa de la cocina, rodeada de papeles.

—Hola —dijo alzando la vista.

—¿Julia? —preguntó Cal. Su rostro se iluminó con una sonrisa.

Ella se levantó despacio.

—¿Cal? ¿Cal Wallace? ¿En serio eres tú?

Cal abrió los brazos.

—El mismo.

Julia corrió hasta él y se dejó abrazar. Los dos estaban sonriendo de oreja a oreja. Cuando Cal finalmente se apartó, la miró de arriba abajo.

—Te dije que serías preciosa.

—Y tú sigues dando los mejores abrazos del mundo —dijo riendo Julia.

Ellie frunció el entrecejo. ¿Estaban coqueteando? De repente volvió a rememorar aquellas fiestas de otros tiempos. Mientras Ellie era el centro de atención, Julia se sentaba en la escalera con Cal, escuchando desde la penumbra.

Julia dio un paso atrás y lo observó.

—Pareces una estrella de rock.

—*Heroin chic*. Así llaman a los tipos flacos como yo. —Cal se apartó el pelo de los ojos—. Me alegro de verte, Jules. Lamento que sea en circunstancias tan desagradables. Por cierto, tu hermana está al borde de un colapso.

—Eso está por ver —replicó Ellie abriendo su lata de cerveza. Se quitó la cartuchera de la pistola y la radio y dejó ambas cosas sobre la encimera—. ¿Quieres una?

—No, gracias. —Julia regresó a la mesa y hurgó en el caos de papeles. Cuando encontró lo que buscaba, se lo tendió a Ellie.

—Toma, El, son para ti.

Ellie dejó la cerveza en la mesa.

—Guau. ¿Es ella?

—Sí. —Julia sonrió como una madre orgullosa—. Por cierto, voy a llamarla Alicia. Del país de las maravillas. Reaccionó al cuento.

Ellie contempló la fotografía que tenía en la mano. En ella aparecía una niña de pelo negro increíblemente guapa, ataviada con un camisón blanco.

—¿Cómo lo has logrado?

—Conseguir que se quedara quieta fue lo más difícil. —La sonrisa de Julia se ensanchó—. Tuvimos un buen día. Te lo contaré todo mañana, ahora he de darme prisa. ¿Le echarás un ojo?

—¿Que haga de canguro? ¿Yo?

Cal puso los ojos en blanco.

—De canguro, El, no de cirujana cerebral.

—Prefiero abrirte el cráneo a ti y cosértelo a vigilar a la niña loba. No bromeo. —Miró a su hermana—. ¿Adónde vas?

—A la biblioteca. He de averiguar lo que come.

—Ve a ver a Max —le sugirió Cal—. Es muy meticuloso con sus apuntes. Él podrá responder a tus preguntas.

Julia rio.

—¿Al doctor Casanova un viernes por la noche? No, gracias.

—Puedes estar tranquila, Jules —dijo Ellie—, no eres su tipo.

La sonrisa de Julia se desvaneció.

—No lo decía por eso, pero gracias por la información. —Cogió el bolso y se encaminó a la puerta—. Y gracias por hacer de canguro, El. Me ha encantado verte, Cal.

—¿Estás tarada o qué? —le espetó Cal en cuanto Julia se hubo marchado.

—Creo que hay una ley que prohíbe que llames tarada a tu jefa —replicó Ellie.

—No. Hay una ley que prohíbe a mi jefa ser una tarada. ¿Viste la cara de tu hermana cuando le dijiste que no era el tipo de Max? Has herido sus sentimientos.

—Vamos, Cal, vi una foto de su último novio. Míster Científico de Fama Mundial no se parece nada a Max.

Cal suspiró y se levantó.

—Nunca lo entenderás.

—¿Entender qué?

Se quedó mirándola un largo instante, tanto que Ellie empezó a preguntarse qué estaba viendo. Por fin, Cal meneó la cabeza.

—Me largo. Nos vemos mañana en la comisaría.

—No te vayas enfadado.

Cal se detuvo en la puerta y se volvió hacia ella.

—¿Enfadado? —Bajó la voz—. No estoy enfadado, Ellie. Pero ¿cómo vas a saberlo? Tú solo entiendes tus propias emociones.

Y se largó.

Ellie terminó su cerveza y abrió otra. Para cuando llegó al final de la lata ya se había olvidado de la escena de Cal. Entre ellos eran habituales las peleas y discusiones. Lo importante era que mañana ya se les habría pasado. Cal le sonreiría como si nada hubiese ocurrido. Siempre había sido así entre ellos.

Luego subió. Se detuvo frente a su antiguo cuarto, giró el pomo y entró.

La niña dormía plácidamente, y aunque ahora parecía otra cualquiera, seguía hecha un ovillo, como si quisiera protegerse de un mundo cruel.

—¿Quién eres, pequeña? —susurró Ellie, sintiendo de nuevo el peso de la responsabilidad—. Encontraré a tu familia, te juro que la encontraré.

Cuarenta años atrás, cuando se construyó el cine Rose, este se hallaba al final del pueblo. Hoy día los viejos todavía se referían a ese barrio como el Lejano Este; había recibido ese apodo cuando Azalea Street parecía estar a kilómetros de distancia. Ahora, como es natural, prácticamente formaba parte del centro del pueblo. Estaba rodeado de pequeñas casas de dos plantas erigidas en los años prósperos de la maderera para alojar a sus trabajadores. Delante del cine se hallaba la biblioteca, y a una o dos manzanas la nueva ferretería. Sealth Park, donde había aparecido la niña, se encontraba en la esquina opuesta.

Max iba al cine todos los viernes por la noche solo. Al principio la gente hablaba de su extraño hábito y las mujeres aparecían «por casualidad» y se sentaban a su lado, pero con el tiempo se convirtió en rutina, y nada le gustaba tanto a la gente de Rain Valley como la rutina.

Al salir, saludó con la mano al dueño del cine, que estaba en el mostrador ordenando las cajas de golosinas. No se detuvo a charlar, sabedor de que toda conversación desembocaría inevitablemente en la bursitis del hombre.

—Eh, doctor, ¿le ha gustado la película?

Max se volvió hacia su izquierda y se encontró a Earl y a su esposa Myra. También ellos iban al cine todos los viernes por la noche y veían la película abrazados como dos adolescentes.

—Hola, Earl. Hola, Myra. Me alegro de veros.

—Gran película —dijo Earl.

—A ti te gustan todas las películas —le señaló Myra a su marido—, sobre todo las románticas.

Echaron a andar.

—¿Cómo va la búsqueda? —preguntó Max a Earl.

—No está siendo fácil, eso seguro. El teléfono no para de sonar y las pistas llegan a raudales como el río Hoh en primavera. Hay montones de niñas desaparecidas. Se le rompe a uno el corazón. Pero descubriremos quién es. La jefa está decidida.

—Ellen Barton es una gran mujer —comentó Myra mirando a Max.

Él no pudo evitar una sonrisa. Myra aprovechaba cualquier oportunidad para mencionar a Ellie. Por lo visto, el pueblo al completo había confiado en que se enamoraran. Durante el breve tiempo que salieron juntos, el código de alerta era Defcon 4. Algunos románticos empedernidos como Myra estaban convencidos de que habría una secuela.

—Sí lo es, Myra.

Estaban fuera ahora, en el ancho camino de cemento que conectaba la entrada del cine con la acera. Era una noche inesperadamente seca y los otros asistentes se encaminaron a sus vehículos charlando entre sí.

La multitud se disipaba lentamente, deteniéndose unos instantes en pequeños grupos a lo largo de la acera y en la calzada. Vecinos conversando en esa preciosa noche. El aire limpio y tranquilo transportaba el sonido de sus voces. Earl y Myra fueron de los primeros en partir.

Uno a uno, los coches se alejaron hasta que la calle quedó vacía, salvo por un viejo coche familiar de color blanco y la *pick-up* de Max.

Max se dirigía a su vehículo cuando un movimiento al otro lado de la calle atrajo su atención: una mujer estaba saliendo de la biblioteca con los brazos llenos de libros. La luz de una farola descendió sobre ella y la hizo parecer casi demasiado viva, un ángel contra la oscuridad de la noche.

Julia.

Abrió la portezuela del pasajero y dejó los libros en el asiento. Casi había alcanzado la puerta del conductor cuando Max la llamó.

Ella se detuvo y levantó la vista.

—Hola, Julia —dijo él acercándose—. Trabajas hasta muy tarde.

Julia rio. Su risa sonó nerviosa.

—«Obsesiva» es una palabra que la gente utiliza a menudo conmigo.

—¿Cómo va tu paciente?

—Ahora que la mencionas, me gustaría hablarte de ella. Más tarde. En el hospital.

—¿Por qué no ahora? Podemos ir a mi casa.

Julia lo miró desconcertada.

—Oh, no creo que…

—Es tan buen momento como cualquier otro.

—Tengo una canguro ahora mismo.

—Asunto arreglado entonces. Sígueme.

Antes de que pudiera negarse, Max puso rumbo a su camioneta y se montó en el asiento del conductor. Mientras encendía el motor, observó a Julia por el espejo retrovisor.

Ella contempló la camioneta, mordiéndose el labio, y finalmente, subió a su coche.

A cada lado de la carretera, empujando con sus copas la panza estrellada del cielo, un soto de árboles negros montaba guardia. La luz de la luna transformaba el vulgar asfalto en una cinta de deslustrada plata que culebreaba entre las dos cortinas de árboles. En el desvío, un viejo letrero de madera marrón y amarillo del Servicio Forestal señalaba el camino al lago Spirit.

Hacía años que Julia no pasaba por allí. Pese al crecimiento experimentado por la península durante las dos últimas décadas, ese lugar seguía siendo el culo del mundo. Los lugareños lo llamaban el Fin; no solo por su ubicación, sino por lo aislado que estaba.

Era un rincón increíblemente bello y majestuoso de los bosques húmedos, pero a Julia no acababa de cuadrarle con el doctor Casanova. Parecía un tipo muy de ciudad. ¿Qué hacía en medio de esa oscura espesura?

Al doblar por la carretera de grava el paisaje cambió. Los árboles tapaban la luz perlina de la luna. Ni un solo rayo atravesaba la negra noche. La sempiterna niebla del lago otorgaba al bosque un aire siniestro, como de otro mundo.

De repente cayó en la cuenta de que estaba siguiendo hasta las profundidades del bosque a un hombre al que apenas conocía. Y que nadie sabía dónde estaba.

«No seas paranoica».

«Max es médico».

«Y Ted Bundy era estudiante de Derecho».

Metió la mano en el bolso y sacó el móvil. Para su sorpresa, tenía cobertura. Pulsó el número de Ellie y le saltó el buzón de voz.

—Hola, El. Estoy en casa del doctor Cerrasin hablando de la niña. —Miró el reloj—. Estaré de vuelta sobre las doce.

Pulsó el botón de Finalizar.

—Por lo menos sabrán dónde empezar a buscar mi cuerpo.

No tenía gracia.

A decir verdad, no sabía muy bien por qué estaba siguiendo a Max. No estaba preparada aún para una consulta, y lo que sí tenía para presentar a modo de hipótesis la haría parecer una chiflada.

Por desgracia, el último año le había robado algo más que su reputación. En algún momento había perdido también la confianza en sí misma. Necesitaba oír que se hallaba en el buen camino.

Ahí estaba. La verdadera razón por la que había aceptado. Max era el único colega que tenía en Rain Valley, y había examinado a Alicia.

Detestaba percibir esa debilidad en sí misma, pero no era de las personas que negaban lo evidente.

Max abandonó la carretera. Julia lo siguió por un camino recién engravado que dibujaba una curva cerrada hacia la izquierda y terminaba abruptamente en un prado festoneado de árboles.

Max entró en el garaje y desapareció.

Julia aparcó a su lado. Respirando hondo, cogió su cartera y bajó del coche.

La belleza del lugar la dejó boquiabierta. Estaba en medio de un enorme campo herboso rodeado por tres de sus lados de enormes árboles de hoja perenne. Sobre el cuarto costado se extendía el lago Spirit. Como el vapor de una olla en ebullición, un manto de niebla se elevaba por encima del agua, dando al paisaje un aspecto surrealista, como de cuento. En las proximidades ululó un búho.

Julia pegó un brinco.

—El tristemente célebre búho moteado —dijo Max acercándose a ella.

Se volvió hacia él.

—El enemigo de los leñadores.

—Y el gran defendido de los ecologistas. Vamos.

La condujo hacia la casa. Mientras se acercaban, Julia reparó en su belleza artesanal. Revestimientos de cedro, aleros fabricados a mano y un gran porche que rodeaba todo el perímetro. Hasta las sillas de madera de abeto parecían artesanales. No era una casa típica de Rain Valley. Cara y rústica, pero sencilla. El estilo recordaba al de Aspen o Jackson Hole.

Max abrió la puerta y la invitó a pasar. Lo primero que notó fue el fragante olor a arrayán; en algún lugar ardía una vela aromática. Una música sexy emanaba de los altavoces. Sin duda, Max mantenía la casa siempre a punto para las visitas femeninas.

Julia agarró la cartera con fuerza y entró.

Una preciosa chimenea de guijarros dominaba la pared de la izquierda. Las ventanas cubrían el largo de la casa con vistas al porche y el lago. Dos puertas francesas conducían al exterior. La cocina era pequeña pero perfectamente construida; cada armario brillaba bajo la luz suave de una lámpara de techo. El comedor resultaba espacioso y estaba abrazado en dos de sus lados por ventanas que daban al lago. Una enorme mesa de caballete ocupaba buena parte del espacio. Curiosamente, frente a ella solo había una silla. La sala de estar contenía un sofá granate de cuero —no había butacas— y un gran televisor de plasma. Frente a la chimenea, una alfombra gruesa de alpaca cubría el suelo de tablones.

Había también una pila enmarañada de cuerdas y poleas junto a la puerta de atrás, al lado de un picahielo y una mochila.

—Un equipo de escalada —observó Julia. El colmo de los clichés—. Veo que a alguien le pone el peligro. ¿Un hombre que necesita experiencias extremas para sentirse vivo?

—No intentes psicoanalizarme, Julia. ¿Una copa? —Max entró en la zona de la cocina. Mientras abría la puerta de la nevera, dijo—: Tengo todo lo que puedas desear.

—¿Qué tal vino blanco?

Regresó instantes después con una copa y un vaso. Vino blanco para ella, whisky con hielo para él.

Julia aceptó la copa y tomó asiento en el extremo mismo del sofá, junto al brazo.

—Gracias.

Max sonrió.

—No pongas esa cara de pánico, Julia, no voy a atacarte.

Por un momento quedó atrapada en la voz suave de Max y en el azul de sus ojos. Fue una chispa diminuta, casi imperceptible, pero la enfadó. Necesitaba volver a un terreno seguro.

—Déjame adivinar, doctor Cerrasin. Si fuera al garaje encontraría un Porsche o un Corvette.

—No. Lamento decepcionarte.

—Arriba encontraría una cama grande con sábanas de raso, puede que una colcha de pelo falso, y una mesilla de noche con el cajón lleno de condones estriados para mayor placer de la dama.

Max arrugó la frente. Julia tuvo la sensación de que estaba jugando con ella.

—El placer de la dama siempre es importante para mí.

—Estoy segura. Siempre y cuando su placer no requiera un sentimiento real por tu parte o, no lo quiera Dios, un compromiso. Créeme, Max, he conocido a muchos hombres como tú. Por muy atractivo que les resulte a algunas mujeres el síndrome de Peter Pan, para mí ha perdido su encanto.

—¿Quién era?

—¿Quién?

—El hombre que te hizo tanto daño.

La perspicacia de la pregunta sorprendió a Julia, pero más lo hizo la sensación que le produjo. Casi como si él la conociera.

Pero no la conocía. Max solo estaba pescando, lanzaba la clase de sedal que solo los hombres como él podían manejar. Su don residía en dar la apariencia de sinceridad, de profundidad. Por alguna extraña razón, al mirarlo ahora vio en sus ojos una suerte de soledad, una comprensión que le hizo desear darle una respuesta.

Y entonces sería atrapada.

—Te rogaría que no nos desviáramos del tema.

—Ah, sí, el trabajo. Háblame de la niña.

Max fue hasta la chimenea, encendió el fuego y regresó al sofá.

—Por el momento la llamaré Alicia. Como *Alicia en el país de las maravillas.* Reaccionó al cuento.

—Me parece una buena elección.

Max aguardó a que continuara.

De repente, Julia sintió que no quería estar ahí. Max sería un mujeriego y un donjuán, pero también era un colega y, como tal, podía hacerla trizas con una sola palabra.

—¿Julia?

Comenzó despacio.

—La primera vez que la examinaste, ¿encontraste pruebas de cuál había sido su dieta?

—¿Te refieres más allá de la deshidratación y la malnutrición?

—Sí.

—No puedo asegurarlo, pero yo diría que se alimentaba de carne y pescado, y también de fruta. Tengo la impresión de que no comía productos lácteos ni cereales de ningún tipo.

Julia lo miró a los ojos.

—En otras palabras, la clase de dieta de alguien que lleva mucho tiempo viviendo de lo que ofrece la naturaleza.

—Puede. ¿Cuánto tiempo crees que pasó en el bosque?

Ahí estaba. La pregunta cuya respuesta podía fortalecerla o hundirla.

—Pensarás que estoy loca —dijo tras un silencio demasiado largo.

—Creía que los psiquiatras no utilizabais esa palabra.

—No se lo cuentes a nadie.

—Estás a salvo conmigo.

Julia rio.

—Lo dudo.

—Empieza a hablar, Julia —dijo Max antes de beber un sorbo de whisky. El hielo tintineó en el vaso.

—De acuerdo. —Empezó por lo fácil—. Estoy segura de que no es sorda, y tengo serias dudas de que sea autista. Por extraño que parezca, creo que podría ser una niña normal reaccionando a un entorno sumamente desconocido y hostil. Creo que entiende algunas palabras, aunque todavía ignoro si sabe hablar y está eligiendo no hacerlo o si nunca le han enseñado. Sea como sea, no ha alcanzado aún la pubertad, por lo que, por lo menos en teoría, no es demasiado mayor para aprender.

—¿Y? —Max bebió otro sorbo.

Julia lo imitó. Su sorbo fue más un trago. El sentimiento de vulnerabilidad era tan fuerte ahora que notó que le ardían las mejillas. Nada podía hacer ya salvo tirarse a la piscina o largarse.

—¿Alguna vez has leído algo acerca de los niños salvajes?

—¿Te refieres a casos como el del niño francés sobre el que Truffaut hizo una película?

—Sí.

—Venga ya…

—Deja que continúe, Max, por favor.

Se recostó en los cojines, cruzó los brazos y la observó.

—Adelante.

Julia empezó a sacar cosas de su cartera. Papeles, libros, notas. Lo dispuso todo sobre el cojín que descansaba entre ellos. Mientras Max examinaba el material, le contó lo que pensaba. Le habló de los claros signos de salvajismo: la aparente falta de conciencia de sí misma, el mecanismo de esconderse, la manera de comer, los aullidos. Seguidamente, explicó las singularidades: el tarareo, la imitación del trino de los pájaros, la rapidez con que había aprendido a usar el retrete. Tras su exposición, se reclinó en el sofá a la espera de sus comentarios.

—O sea, estás diciendo que la niña vivió en el bosque la mayor parte de su vida.

—Sí.

—Y el lobo que encontraron con ella… ¿quién es? ¿Su hermano?

Julia empezó a recoger sus papeles.

—Olvídalo. No tendría que…

Riendo Max le cogió la mano.

—Para. No me estoy burlando de ti, pero tienes que reconocer que tu teoría es un poco particular.

—Piénsalo. Relaciona la información que tenemos con los casos conocidos.

—Son datos anecdóticos, Julia. Niños criados por lobos y osos…

—Tal vez la tuvieron secuestrada un tiempo y luego la soltaron para que sobreviviera sola. Es evidente que estuvo con gente en algún momento.

—Entonces ¿por qué no puede hablar?

—Creo que es muda selectiva. En otras palabras, puede hablar, pero elige no hacerlo.

—Si eso es cierto, aunque sea en parte, se necesitaría un psiquiatra excepcional para traerla de nuevo a este mundo.

Julia oyó la duda en su voz. No le sorprendió. El mundo entero pensaba que era una incompetente; ¿por qué debería él pensar lo contrario? Lo que le sorprendió fue lo mucho que le dolió.

—Soy una buena psiquiatra. O por lo menos lo era. —Reunió sus papeles y procedió a guardarlos en la cartera.

Max se acercó y posó una mano en su muñeca.

—Por si te sirve de algo, quiero que sepas que creo en ti.

Julia lo miró a los ojos, pese a saber al instante que era un error. Lo tenía tan cerca ahora que podía ver una cicatriz dentada en el nacimiento de su pelo y otra en la base de la garganta. La luz del fuego le suavizaba el rostro; vio diminutas llamas reflejadas en el mar azul de sus ojos.

—Gracias. Me sirve.

Cuando se hallaba de regreso en su coche, camino de casa, meditó sobre lo ocurrido, preguntándose por qué le había desvelado tanta información.

La única respuesta estaba enterrada en su falta de confianza.

«Creo en ti».

Lo irónico era que en aquella sala, con la suave música y la escalera que indudablemente conducía a la enorme cama, lo que la sedujo fueron sus palabras.

# 12

Ellie estaba dándole sorbos a su cerveza ahora caliente y examinando montañas de informes policiales cuando oyó llegar a Julia. Levantó la vista.

—Hola.

Julia cerró la puerta tras de sí.

—Hola. —Arrojó la cartera sobre la mesa de la cocina, fue hasta la nevera y cogió una cerveza—. ¿Dónde están Jake y Elwood?

—¿Lo ves? Los echas de menos cuando no van a por tu entrepierna. Han acampado delante de tu cuarto y prácticamente ya no se mueven de ahí. Creo que es por la niña. Están locos por ella. —Ellie sonrió—. Así que fuiste a ver a Max.

Julia se sentó a su lado en el sofá.

—No me sorprende escuchar su nombre en la misma frase que «ir a por tu entrepierna». ¿Cuál es su historia?

—Esa misma pregunta se han hecho todas las mujeres solteras del pueblo.

—Apuesto a que se ha acostado con todas.

—Te equivocas.

Julia frunció el entrecejo.

—Pero actúa como si…

—Lo sé. Coquetea como un loco, pero no suele pasar de ahí. No me malinterpretes, se ha acostado con muchas mujeres del pueblo, pero nunca ha estado realmente con ninguna de ellas. No por mucho tiempo, en cualquier caso.

—¿Y contigo?

Ellie rio.

—Cuando Max se instaló en el pueblo, fui descaradamente a por él. Ya me conoces, no me gustan los rodeos. Si un hombre guapo viene al pueblo, me abalanzo sobre él. —Terminó la cerveza y dejó la lata en la mesa—. Nos corrimos una juerga. Chupitos de tequila, bailoteo en The Pour House, morreos en el cuarto de baño… Estábamos bastante pedo para cuando llegamos a casa. El sexo fue… Si te digo la verdad, no lo recuerdo. Sí recuerdo que le dije que sería muy fácil enamorarse de él.

—¿En la primera cita?

—Ya me conoces. Siempre me enamoro, y a los hombres suele gustarles eso. Pero no a Max. Casi se parte la crisma en sus prisas por largarse. Después de eso me trataba como si tuviera una enfermedad contagiosa. —Ellie miró de soslayo a su hermana, esperando ver reprobación en esos ojos verdes tan parecidos a los suyos. Julia no sabía qué era lanzarse sobre el tío equivocado, qué se sentía al estar tan necesitada de amor que eras capaz de entregarte al primer hombre que te sonriera. Pero lo que vio en los ojos de su hermana la sorprendió. Julia parecía de repente… frágil, como si la conversación sobre el amor la hubiera disgustado—. ¿Estás bien?

—Sí.

Pero Ellie podía ver la mentira en su semblante, y por primera vez la entendió. A su hermana también le habían roto el corazón. Quizá no tantas veces como a ella —o tan públicamente—, pero le habían hecho daño.

—¿Qué pasó con él…, con Philip? Estuvisteis juntos muchos años. Estaba convencida de que acabaríais casándoos.

—Yo también. Estaba tan enamorada de él que no quise ver las señales. Descubrí demasiado tarde que había estado engañándome durante buena parte del último año de nuestra relación. Ahora está casado con una higienista dental y vive en Pasadena. Lo último que supe de él es que también la estaba engañando a ella. Menuda psiquiatra estoy hecha, ¿eh? No fui capaz de ver los problemas en mi propia relación.

—Por lo que cuentas, parece un capullo integral.

—Resultaría más fácil si fuera cierto.

—Lo siento. —Ellie sentía por primera vez que comprendía a su hermana. Puede que Julia fuese brillante, pero en el tema del amor no había protección que valiera. Todos los corazones eran susceptibles de ser rotos—. Te aconsejo que te mantengas alejada de Max.

Julia suspiró.

—Lo sé, créeme. Un tío como él…

—Podría herir a una mujer como tú.

—Como nosotras —puntualizó con suavidad Julia.

De modo que ella también la notaba, esa nueva conexión.

—Sí —reconoció Ellie—, como nosotras.


Al día siguiente, Ellie estaba aparcada frente a la ventanilla del puesto de café Ancient Grounds cuando le sonó la radio. Los viejos altavoces negros crepitaron antes de escucharse la voz de Cal.

—Jefa, ¿estás ahí? Cambio.

—Estoy aquí, Cal. ¿Qué ocurre?

—Ven enseguida. Cambio.

—Sally me está preparando mi moca. Llegaré…

—Ahora, Ellie. Cambio.

Ellie se volvió hacia la mujer.

—Lo siento, Sally, una emergencia.

Puso el coche en *drive* y pisó el acelerador. Dos manzanas después, al girar por Cates Avenue, estuvo a punto de empotrarse contra una furgoneta de prensa.

Había decenas de ellas aparcadas a lo largo —y en el centro— de la calle. Las antenas parabólicas de color blanco destacaban contra el cielo gris. Los reporteros estaban congregados en grupos a lo largo de la acera con sus paraguas negros abiertos. Ellie apenas había dado tres pasos cuando se abalanzaron sobre ella.

—… comentario sobre el informe…

—… nadie nos dice dónde…

—… el lugar exacto…

Se abrió paso entre la multitud y empujó con violencia la puerta de la comisaría. Una vez dentro, cerró con un portazo y se apoyó en la hoja.

—Mierda.

—Todavía no has visto nada —dijo Cal—. Ya estaban acampados ahí fuera a las ocho, cuando entré a trabajar. Están esperando tu puesta al día de las nueve.

—¿Qué puesta al día de las nueve?

—La que programé para que se largaran de aquí. No podía atender los teléfonos con todo el mundo gritándome.

Peanut asomó por la esquina con una taza de plástico del tamaño de un galón de pintura. Había vuelto a la dieta del zumo de pomelo. Llevaba un diario enrollado bajo el brazo.

—Será mejor que te sientes —le dijo.

Ellie enseguida se volvió hacia Cal.

Este asintió y pronuncio en silencio «Hazlo».

Ellie tomó asiento frente a su mesa y miró a sus amigos. Lo que fuera que tuvieran que decirle no podía ser bueno.

Peanut dejó el diario sobre la mesa. Una fotografía de la niña ocupaba la mitad superior. Tenía la mirada salvaje y fuera de sí; el pelo era un nimbo negro tachonado de hojas. Estaba sucia y tenía aspecto de loca. Como los niños de *Mad Max: más allá de la cúpula del trueno*. Estaba firmada por Mort Elzik.

Ellie se sentía como si le hubieran asestado un puñetazo en la barriga. De modo que eso era lo que había querido decir con lo de «ya verás…» cuando le pidió la entrevista. «Mierda».

—La buena noticia es que no menciona a Julia —dijo Cal—. No se ha atrevido sin una confirmación oficial.

Ellie leyó el artículo por encima. «Niña salvaje emerge del bosque y se adentra en el mundo moderno con un lobo como único compañero. Salta de rama en rama y aúlla a la luna».

—Están empezando a pensar que es un engaño —dijo con calma Cal.

La ira de Ellie se transformó en miedo. Si los medios decidían que era un engaño, se marcharían del pueblo. Sin publicidad puede que nunca encontraran a la familia de la niña. Introdujo la mano en su mochila y sacó la fotografía que había hecho Julia.

—Que circule.

Peanut la cogió.

—Guau, tu hermana es una fuera de serie.

—La llamaremos Alicia —explicó Ellie—. Que conste en el expediente. Puede que el hecho de tener un nombre la haga parecer más real.


Niña se despierta lentamente. Este lugar es silencioso, tranquilo, aunque no pueda oír la llamada del río ni el susurro de las hojas. El sol se esconde de ella. Aun así, el aire es transparente y brillante.

No tiene miedo.

Durante unos instantes le cuesta creerlo. Se toca los pensamientos, atraviesa la oscuridad que los cubre.

Es cierto. No tiene miedo. No recuerda haberse sentido nunca así. Normalmente, su primer pensamiento es «escóndete». Ha pasado tanto tiempo intentando hacerse lo más pequeña posible.

Aquí, además, puede respirar; en este mundo extraño, cuadrado, donde se hace la luz con un toque mágico y el suelo es duro y liso, puede respirar. No contiene los malos olores de Él.

Le gusta este lugar. Si Lobo estuviera con ella, se quedaría en este cuadrado para siempre, marcando su territorio en el agua que gira y durmiendo en el lugar donde le han dicho que duerma, que es blandito y huele a flores.

«Veoqueestásdespiertapequeña».

Lo ha dicho Ella Pelo de Sol. Está en el sitio de comer, con el palo grueso otra vez en la mano, la herramienta que deja a su paso marcas azules.

Niña se levanta y entra en el lugar de lavarse, donde el estanque mágico está ahora vacío. Se baja las bragas y se sienta en el frío círculo. Cuando termina de hacer pipí, le da a la cosa blanca.

En la otra habitación, Ella se levanta. Está chocando las manos, lo que provoca un sonido parecido al disparo de un cazador, y sonríe.

A Niña le gusta esa sonrisa. La hacer sentirse segura.

Entre el barboteo de sonidos prohibidos, Niña oye «Ven».

Se mueve despacio, encorvada, apretando la barriga. Sabe lo peligroso que puede ser ese momento, sobre todo después de bajar la guardia. Debería tener siempre miedo, pero la sonrisa y el aire y la suavidad del sitio donde duerme hacen que se olvide de la cueva. De Él.

Se sienta donde le indica Pelo de Sol. «Seré buena», piensa levantando la vista mientras intenta poner cara de felicidad.

Pelo de Sol le trae comida.

Niña recuerda las reglas y conoce el precio de desobedecer. Es una lección que Él le enseñó muchas veces. Espera a que Pelo de Sol sonría y asienta, a que diga algo. Cuando lo hace, Niña se come la comida dulce y pegajosa. Cuando ha terminado, Pelo de Sol se lleva el resto de la comida. Niña aguarda.

Finalmente, Pelo de Sol se sienta delante de Niña. Le toca el pecho y dice lo mismo una y otra vez. «Ju-lia». Luego toca a Niña.

—A-li-cia. A-li-cia.

Niña quiere ser buena, quiere quedarse en este lugar, con esta Ella que sonríe, y sabe que está esperando algo de ella ahora, pero ignora qué es. Parece como si Pelo de Sol quisiera que Niña hiciera los sonidos malos, pero no puede ser cierto. El corazón le late tan deprisa que la cabeza le da vueltas.

Por fin, Pelo de Sol retira la mano. La mete en el agujero cuadrado que tiene al lado y empieza a poner cosas sobre la mesa.

Niña está fascinada. Nunca antes ha visto esas cosas. Quiere tocarlas, chuparlas, olerlas.

Pelo de Sol coge uno de los palos puntiagudos y lo coloca sobre el libro de rayas. Todo lo que aparece detrás de su mano es rojo. «Lápiz. Libroparacolorear».

Niña emite un sonido de asombro.

Pelo de Sol levanta la vista. Está hablando con Niña ahora. En medio del barullo de sonidos, empieza a oír una repetición. «A-li-cia, jugar».

«Jugar».

Niña arruga el entrecejo, trata de comprender. Casi conoce esos sonidos.

Pero Pelo de Sol sigue hablando, sacando cosas del lugar secreto hasta que Niña no puede recordar lo que está intentando recordar. Cada nuevo objeto la hipnotiza, hace que le entren ganas de tocarlo.

Entonces, cuando Niña está a punto de hacer el gesto, de tocar el palo rojo puntiagudo, Pelo de Sol saca Eso.

Niña grita y retrocede rápidamente, pero está atrapada en esta jaula. Cae al suelo, se golpea la cabeza y grita de nuevo, luego se arrastra a cuatro patas hacia la seguridad de los árboles.

Sabía que no debía bajar la guardia. ¿Y qué si puede respirar aquí? Es un truco.

Pelo de Sol la está mirando con la frente arrugada, habla en una nebulosa de ruido blanco. Niña no distingue ningún sonido. El corazón le late tan deprisa que suena como los tambores de la tribu que pesca en su río.

Casi no hay espacio entre ellas ahora.

Pelo de Sol le tiende Eso.

Niña grita de nuevo, se araña el pelo, resopla. Él está aquí. Sabe que a ella le gusta Pelo de Sol y ahora le hará daño. Solo se le ocurre el sonido que mejor conoce.

«Nooo...».

Alicia se tiraba del pelo, bufaba y sacudía la cabeza. Atrapado en su garganta parecía tener un gruñido bajo, ronco.

Julia estaba viendo una emoción real. Era el corazón de Alicia, y parecía un lugar oscuro, tenebroso.

Julia abrió la puerta, arrojó el atrapasueños al pasillo y volvió a cerrar.

—Ya está —dijo en un tono tranquilizador moviéndose despacio—. Lo siento, cariño, lo siento mucho. —Se arrodilló delante de Alicia para quedar a la altura de sus ojos.

Alicia estaba completamente quieta, con los ojos llenos de pánico.

—Estás aterrada —dijo Julia—. Crees que estás en apuros, ¿verdad? —Muy lentamente, alargó el brazo y tocó la muñeca de Alicia. Fue una caricia fugaz, suave como un susurro—. Tranquila, Alicia, no hay nada que temer.

Al notar su mano, esta emitió un sonido ahogado, desesperado, y retrocedió tambaleándose. Se ocultó detrás de las plantas y empezó a aullar en voz baja.

La niña no tenía ni idea de cómo dejarse consolar. Uno más de los muchos sufrimientos de su vida.

—Hum —dijo Julia mirando en torno a la habitación con gesto exagerado—. ¿Qué hacemos ahora? —Pasados unos instantes, cogió el viejo y maltrecho ejemplar de *Alicia en el país de las maravillas*—. ¿Dónde dejamos a la joven Alicia?

Regresó a la cama y se sentó. Con el libro abierto en el regazo, levantó la vista.

Una carita muy seria la espiaba entre dos hojas de helecho.

—Ven —dijo Julia con suavidad—. Daño no.

Alicia emitió un sonido patético, semejante a un maullido.

A Julia le encogió el corazón ese sollozo que sonaba a la vez demasiado viejo y demasiado joven. Era una síntesis de su miedo.

—Ven —dijo de nuevo, y dio unas palmaditas en la cama—. Daño no.

Alicia no se movió de su refugio.

Julia empezó a leer.

—«"Debería darte vergüenza —dijo Alicia—, una niña grande como tú (nunca mejor dicho) ¡llorando de esa manera! ¡Deja de llorar ahora mismo! ¿Me oyes?". Pero siguió derramando litros y litros de lágrimas, hasta que se formó un gran charco a su alrededor».

Se escuchó un sonido en la otra punta de la habitación, el de unos pies arrastrándose.

Julia sonrió para sí y siguió leyendo.


Es un truco.

Niña lo sabe. Lo sabe.

Y sin embargo…

Los sonidos son tan reconfortantes.

Lleva tanto tiempo sentada en el bosque que le duelen las piernas. Aunque la inmovilidad siempre ha sido su manera de conducirse, en este luminoso lugar le gusta moverse, aunque solo sea porque puede.

«No lo hagas», piensa, cambiando el peso de un pie a otro.

«Es un truco».

Cuando Niña se acerque, Ella le pegará.

«Venaquíalicia».

Del embrollo de sonidos que hace Pelo de Sol, Niña vuelve a distinguir esos ruidos especiales. De algún lugar, recuerda que son palabras.

Truco.

No le queda más remedio que obedecer, claro. Antes o después —antes, probablemente— Pelo de Sol se cansará de esperar; el juego perderá su gracia y Niña estará en Apuros.

Muy despacio, sale de su escondite. El corazón le late con fuerza. Teme que le atraviese el pecho y caiga al suelo.

Se mira las manos y los pies. Aquí, en este extraño lugar luminoso, el suelo está hecho de tiras duras del color de la tierra. No hay hojas ni pinocha que amortigüen sus pasos. Cada movimiento duele, pero no tanto como lo que está por venir.

Ha sido Mala.

Está muy mal gritar. Ella lo sabe.

Ahí Fuera hay extraños y gente mala. Los sonidos fuertes los atraen.

«Cállate, Condenada», lo sabe. Cuando se acerca a la cama, agacha la cabeza y se pone de cuatro patas, mostrándose lo más débil posible. Lo ha aprendido de los lobos.

«¿A-li-cia?».

La niña se encoge, cierra los ojos. «El palo no», confía, oyendo el gimoteo en su propia boca.

Al principio la caricia es tan suave que no la nota.

El maullido queda atrapado en su garganta. Levanta la vista.

Pelo de Sol está más cerca ahora, sonriéndole. Está hablando. Siempre habla con esa voz bañada de sol; suena suave y tranquilizadora, como un río los últimos días del verano. Tiene los ojos muy abiertos y verdes como las hojas nuevas. No hay enfado en su rostro.

Y está acariciando el pelo de Niña, la toca con delicadeza.

«Tranquilatranquiladañono».

Niña se inclina hacia delante, pero solo un poco. Quiere que Pelo de Sol siga acariciándola. Es tan agradable.

«Venaquíalicia».

Pelo de Sol da palmadas en el sitio mullido junto a ella.

Con un movimiento raudo, Niña salta sobre la cama y se

acurruca a su lado. Es lo más segura que se ha sentido en mucho tiempo.

Cuando Pelo de Sol empieza a hablar otra vez, Niña cierra los ojos y escucha.


Julia estaba muy quieta, aunque la cabeza le iba a mil por hora.

¿Qué historia había detrás del atrapasueños?

¿Había entendido Alicia el «Ven aquí»?

¿O había respondido a las palmadas en la cama?

En cualquier caso, la respuesta era una forma de comunicación…, a menos que Alicia hubiese saltado a la cama por decisión propia.

Julia estaba deseando anotar sus observaciones, pero ahora no era el momento. En lugar de eso, devolvió su atención al libro y empezó a leer donde lo había dejado.

Cuando se acercaba al final del capítulo notó movimiento en la cama. Detuvo la lectura y miró a Alicia, que había cambiado de postura. Ahora yacía acurrucada contra ella como un gato, con la frente casi pegada a su muslo.

—Ignoras por completo lo que es sentirse segura en este mundo, ¿verdad? —dijo Julia bajando el libro. Notó un nudo en la garganta; tardó unos segundos en reprimir la emoción lo suficiente para decir—: Puedo ayudarte si me dejas. Este es un buen lugar para comenzar, contigo a mi lado. La confianza lo es todo.

En cuanto las palabras salieron de su boca, recordó la última vez que las había pronunciado. Era un día fresco y plomizo de la estación que pasaba como invierno en el Sur de California. Estaba sentada en la butaca de cuero de dos mil dólares de su consulta, tomando apuntes y escuchando la voz de otra chica. En el sofá situado frente a ella estaba Amber Zuniga, vestida toda de negro, intentando no llorar.

«La confianza lo es todo —había dicho Julia—. Puedes contarme lo que estás sintiendo en estos momentos».

Julia cerró los ojos. Era uno de esos recuerdos que dolían físicamente. El encuentro había tenido lugar tan solo dos días antes de la masacre perpetrada por Amber. ¿Por qué no había...?

«Para».

Se negó a alimentar tales pensamientos. Solo conducían a un lugar oscuro e inútil. Si se dejaba arrastrar, quizá no fuera capaz de volver, y Alicia la necesitaba. Puede que más de lo que nadie la había necesitado nunca.

—Como iba diciendo...

Alicia la tocó. Fue un movimiento sumamente tímido, como el roce del ala de una mariposa. Julia lo vio, pero apenas lo notó.

—Eso está muy bien, cielo —susurró—, venir a este mundo. Has estado muy sola en el tuyo, ¿verdad? Muy asustada.

Ninguna parte de Alicia se movía salvo la mano. Muy despacio, palpó el muslo de Julia con un movimiento torpe, casi espasmódico.

—A veces da miedo tocar a otra persona —continuó Julia, preguntándose si la pequeña entendía alguna palabra—. Sobre todo cuando nos han hecho daño. Podemos tener miedo de acercarnos a otros.

El toqueteo se suavizó, se convirtió en una caricia lenta. Alicia emitió un sonido desde el fondo de su garganta, una especie de ronroneo. Despacio, levantó el mentón y miró a Julia. Esos impresionantes ojos verdiazules eran dos pozos de miedo y angustia.

—Daño no —dijo Julia, consciente de su voz entrecortada. Estaba sintiendo demasiado ahora mismo y eso era peligroso. Ser buena psiquiatra era lo mismo que leer una novela a los cuarenta. Tenías que mantener el libro a un brazo de distancia para no ver las palabras borrosas. Acarició el suave cabello negro de Alicia una y otra vez—. Daño no.

Le llevó un buen rato, pero al final Alicia dejó de temblar. El resto de la mañana Julia alternó entre leer a la niña y hablarle. Pararon a la hora de comer y se sentaron a la mesa, pero nada más terminar Alicia regresó a la cama y golpeó el libro con la palma de la mano.

Julia recogió los platos, volvió a su sitio en la cama y retomó la lectura. Para cuando dieron las dos, Alicia se había acurrucado un poco más contra ella y se había dormido.

Julia se levantó con cuidado y se quedó ahí de pie, observando a esa niña extraña y callada a la que llamaba Alicia.

Habían hecho muchos progresos en los dos últimos días, pero puede que ninguno contuviera tanto potencial como el atrapasueños.

Alicia había reaccionado con suma violencia al objeto; su importancia tenía que ser crucial.

Julia sabía que lo que necesitaba ahora era encontrar la manera de liberar el pánico al atrapasueños de Alicia y explorarlo, aunque sin aterrorizarla hasta el punto de que pudiera hacerse daño. Era la mejor arma de su arsenal ahora mismo, el único objeto que provocaba una emoción fuerte en la pequeña. No tenía más remedio que utilizarla.

—¿Tú lloras, Alicia? ¿Ríes? Estás atrapada dentro de ti misma, ¿verdad? ¿Por qué?

Julia regresó a su libreta y anotó todo lo que había sucedido desde el desayuno. A continuación, leyó lo que había escrito: «Reacción violenta al atrapasueños. Fuerte ataque de ira y/o pánico. Como siempre, las emociones de la paciente están totalmente dirigidas hacia dentro. Da la impresión de que no sabe cómo expresar sus sentimientos a otros. Quizá debido a un mutismo selectivo. Quizá debido a un adiestramiento. ¿Le enseñó alguien —o algo— a estar siempre callada? ¿Fue maltratada por decir lo que pensaba, o por hablar siquiera? ¿Está acostumbrada a arañarse y tirarse del pelo como su única vía de expresión emocional? ¿Es así como las manadas de animales expresan sus emociones cuando no los ven? ¿Es este un síntoma de salvajismo, aislamiento o maltrato?».

Algo se burlaba de ella, danzaba en el filo de su mente mostrándose y desapareciendo demasiado deprisa para que pudiera verlo.

Julia dejó el bolígrafo y se levantó. Un rápido vistazo a la cámara de vídeo le confirmó que esta seguía grabando. Podría examinar el incidente del atrapasueños por la noche. Quizá se le había escapado algo.

Se acercó a Alicia y, tras comprobar que dormía, salió del cuarto. En el pasillo, los perros dormitaban enroscados entre sí. Julia pasó por encima de ellos y recuperó el atrapasueños.

Era un objeto insignificante, la típica baratija que se vendía en las tiendas de recuerdos. No más grande que el platillo de una taza de té y delgado como las ramitas que formaban el perímetro, su aspecto era de todo menos amenazador. Varias cuentas baratas de color azul titilaban en medio de una red hecha con cordeles. Julia sospechaba que tales atrapasueños solían ir acompañados de una etiqueta que explicaba su importancia para las tribus locales Quinault y Hoh.

¿Cuál era su conexión con Alicia? ¿Era una india americana? ¿Constituía eso una pieza del rompecabezas? ¿O no era el atrapasueños en su conjunto lo que la había asustado, sino una parte de él, como las cuentas, las ramitas o el cordel?

«Cordel». Primo hermano de la cuerda.

«Marcas de ligaduras».

Tal vez fuera esa la conexión. Puede que el cordel le hubiese traído a Alicia el recuerdo de cuando la ataban.

Era imposible conocer esas respuestas hasta que la propia Alicia las desvelara.

En una terapia normal, ligada a las convenciones habituales de tiempo y dinero, un niño podía tardar meses en enfrentarse a tales miedos. Puede que años.

Pero este caso lo era todo menos normal. Cuanto más tiempo permaneciera Alicia en su mundo solitario y aislado, menos probabilidades tendría de salir de él algún día. Por tanto, el tiempo era un lujo del que no podían disponer. Julia necesitaba forzar una confrontación entre las dos Alicias: la niña perdida en el bosque y la que había regresado al mundo. Era preciso que ambas mitades se integraran en una única personalidad o el futuro de Alicia estaría en peligro.

Situaciones desesperadas requerían medidas desesperadas.

Solo podía hacer una cosa, y no iba a ser agradable.

Bajó para llamar a su hermana. Quince minutos después, Ellie y Peanut cruzaban la puerta.

—Hola —dijo Peanut con una gran sonrisa, agitando las uñas rosas moteadas de estrellitas.

Julia se llevó la mano al bolsillo y sacó el atrapasueños.

—¿Sabéis qué es esto?

—Sí, un atrapasueños —dijo Peanut mientras extraía de su bolso una bolsa de plástico repleta de palitos de zanahoria—. Mi hijo tenía uno encima de la cama. Creo que lo compró durante una excursión a Neah Bay. Es una tradición de los indios americanos. Sirve para impedir que los niños tengan pesadillas. Los malos sueños quedan atrapados en la red, mientras que los buenos se cuelan por el agujero del centro. —Sonrió—. Discovery Channel. Semana de la historia de los indios americanos.

—¿Por qué? —preguntó Ellie a Julia.

—Alicia tuvo una respuesta emocional muy fuerte cuando vio esto. Empezó con resoplidos, arañazos y gritos. Le entró verdadero pánico.

Ellie cogió el atrapasueños y lo examinó.

—¿Crees que es por lo de los malos sueños?

—No, creo que es algo más personal. Puede que le hicieran daño en una habitación donde había un atrapasueños o que se lo hiciera una persona que los confeccionaba. O puede que el cordel le recordara a la cuerda que usaban para atarle el tobillo. Todavía no estoy segura. Pero tiene algo que la hizo saltar.

—Lo comprobaré —dijo Ellie—. Las pistas que tenemos son pocas e inconexas. Enviaré a Earl a la reserva, quizá tengamos suerte.

—Ya nos toca tener un poco —dijo Julia cogiendo el bolso del sofá—. ¿Dónde los venden?

—En Swain's General Store —respondió Peanut—. Tiene un pasillo de recuerdos locales.

—Genial. Volveré lo antes posible.

—Mejor ponte una máscara —murmuró Peanut. Cruzó una mirada de preocupación con Ellie.

Julia frunció el entrecejo.

—¿Qué está pasando aquí?

—¿Te acuerdas de Mort Elzik? —le preguntó Ellie.

De modo que no eran más que cotilleos. Tendría que haberlo imaginado.

—No. —Julia miró su reloj. Quería estar de vuelta con los atrapasueños para cuando Alicia despertara de la siesta—. Ahora mismo no tengo tiempo para eso. No sé cuánto tiempo dormirá Alicia. —Se encaminó a la puerta.

—Ha publicado una foto de Alicia en la *Rain Valley Gazette*.

—El titular la llama «la niña loba» —añadió Peanut masticando ruidosamente.

Julia se detuvo en seco. De repente recordó a Mort del instituto… y de aquella noche en el hospital. Había tropezado con ella en el pasillo. «Claro». La bolsa que cayó al suelo contenía una cámara. Por eso no había estado en la reunión de la iglesia: había empleado ese tiempo para colarse en el hospital. Despacio, giró sobre sus talones.

—¿Me menciona?

Ambas mujeres negaron con la cabeza.

—El pueblo te está protegiendo —añadió Ellie—. Mort sabe que estás aquí, pero nadie le ha confirmado que estás ayudando a Alicia.

—Sabía que se filtraría por algún lado. Siempre ocurre. Todo irá bien si…

Peanut y Ellie cruzaron otra mirada de preocupación.

—¿Qué ocurre? ¿Hay más? —exigió Julia.

—Algunos reporteros están abandonando el pueblo. Creen que todo esto es un engaño.

Julia blasfemó para sí. Era justo lo que no podían permitirse. Si los medios se retiraban ahora, tal vez nunca descubrieran quién era realmente Alicia.

—Las fotos que le hice podrían ayudar. Por otro lado, podrías desvelar algo de información, algo científico. Pon a alguien uniformado a hablar de la búsqueda delante de las cámaras. Utiliza muchas estadísticas de niñas desaparecidas. Haz que todo suene muy oficial. Eso debería ayudarnos a ganar un poco de tiempo.

—Tienes que hacerla hablar, Jules.

—¡No me digas!

En los viejos tiempos, la palabra de Julia habría bastado para convencer a los medios. Ahora no tendría ningún valor.

—¿Quieres que vaya yo a comprar los atrapasueños? —se ofreció Peanut.

Julia detestaba ceder a la presión, pero no tenía elección. No podía permitir que Mort la fotografiara. Arrojó el bolso al sofá.

—Te lo agradezco, Pea.

# 13

Una hora después, Ellie y Peanut subieron de nuevo al coche patrulla y pusieron rumbo al pueblo.

—Tenemos que conseguir que hable —dijo Ellie. Por muchas pruebas que acumularan, la verdad siempre se reducía a eso.

—Julia está haciendo lo que puede, pero…

—Puede que le lleve un tiempo, lo sé. ¿Y si la foto de Mort lo estropea todo? Si los medios creen que somos unos paletos intentando poner nuestro pueblo en el mapa, ya podemos despedirnos.

—No llames al mal tiempo, El. Mi Benji dice…

La radio del coche crepitó.

—¿Ellie? ¿Estás ahí?

—No pienso responder —dijo Ellie—. Ya nunca son buenas noticias.

—Una decisión muy responsable. Seguramente solo sea un choque en cadena en la interestatal. O un secuestro.

Otro ruido de interferencia.

—¿Jefa? Julia dice que estás en el coche. Si no contestas, le contaré a todo el mundo que le escribiste una carta a Rick Springfield en octavo grado. Cambio.

Ellie pulsó el botón de Hablar.

—No me obligues a sacar tus fotos con la permanente, Cal.

—Menos mal, El. Tienes que venir enseguida. Cambio.

—¿Qué ocurre?

—Los pirados han aterrizado. Lo juro por Dios.

Ellie maldijo entre dientes. Puso la sirena al tiempo que pisaba el acelerador. Minutos después estaba estacionando en el aparcamiento y apeándose del coche.

Había mucha gente, aunque no tanta como el día anterior. Las furgonetas de prensa obstruían la calle delante de la comisaría y frente a la puerta había una cola de gente que llegaba hasta la acera. No era como la de otros días. No eran polis de otras comisarías ni detectives privados ni reporteros ni padres. Este grupo semejaba el público de *Rocky Horror*.

Pasó junto a la cola ignorando el vocerío y entró en la comisaría. Cal estaba sentado a su mesa con cara de agobio.

Earl se hallaba frente a otra mesa. Al ver a Ellie, sonrió y dijo:

—Acabo de tomar declaración a un hombre que vive en el planeta Rebar.

—¿Qué? —Ellie arrugó la frente.

—Un hombre, mejor dicho, un embajador de Rebar vino buscando a la niña. Llevaba un sombrero de papel de aluminio y los labios negros.

Ellie se sentó a su mesa con un suspiro.

—Que pasen de uno en uno, Earl.

—¿Piensas hablar con ellos? —le preguntó Cal.

—Que estén locos no significa que no puedan saber algo.

Earl fue hasta la puerta y abrió. La mujer que invitó a pasar llevaba un vestido suelto de color morado, botas de cowboy y una cinta de ante azul en la cabeza. En las manos portaba una bola de cristal del tamaño de una pelota de béisbol.

Otra vidente.

Ellie sonrió y cogió el boli.

Durante las siguientes dos horas, Earl, Peanut y ella escucharon a un chalado detrás de otro contar quién era en realidad Alicia. Su respuesta favorita: la reencarnación de Anastasia.

Cuando el último hombre terminó de relatar su historia y se marchó, Ellie se reclinó en la silla con un suspiro.

—¿Por qué ha venido toda esa gente?

—Por la foto de Mort —explicó Cal—. Hace que toda esta historia resulte inverosímil. Sobre todo después de utilizar palabras como «niña», «loba», «voladora». Su artículo insinúa que solo come insectos vivos y que utiliza el lenguaje de signos con los pies. He oído que la CNN se ha largado.

—Eso no es bueno —dijo Peanut alcanzando su zumo de pomelo.

Cal se levantó de un salto. Sus zapatillas de tenis golpearon el suelo de madera con un ruido sordo.

—Utilicémosla —dijo—. Es nuestra única opción.

Ellie no necesitó preguntarle a quién se refería. También a ella se le había pasado por la cabeza.

—¿A Julia? —aulló Peanut—. Solo les importará lo que sucedió en Silverwood.

—La crucificarán —añadió Ellie mirando a Cal—. «Niña loba trabaja con psiquiatra desacreditada».

—¿Qué otras opciones tenemos?

—No lo sé... —dijo Ellie—. Hoy, cuando le conté lo de la foto de Mort, la vi terriblemente frágil.

—Lo hará por Alicia —dijo Cal.


Julia estaba todavía intentando elaborar un plan para utilizar los atrapasueños cuando Ellie irrumpió en el cuarto. Las llaves y las esposas tintineaban con cada paso que daba. Cuando les cerró la puerta en las narices, los perros rompieron a aullar, ladrando y arañando la madera.

Alicia corrió a esconderse detrás de las plantas.

Ellie agarró las llaves y las esposas para acallarlas.

—He de hablar contigo.

Julia contuvo el impulso de poner los ojos en blanco. La interrupción se había producido en un momento especialmente delicado.

—Vale.

Ellie hizo una pausa.

—Te espero en la cocina —dijo, y se marchó.

Julia escondió los bolígrafos y las libretas.

—Enseguida vuelvo, Alicia.

La pequeña permaneció oculta en su santuario, pero cuando Julia empuñó el pomo de la puerta, empezó a gemir.

—Estás disgustada —dijo Julia con dulzura—. Tienes miedo de que no vuelva, pero lo haré.

Era cuanto podía decirle. La única manera de enseñarle a Alicia que podía confiar era regresando. Una de las verdades fundamentales de la psiquiatría era que a veces tenías que dejar a un paciente que te necesitaba.

Salió del cuarto y cerró la puerta.

El aullido quedo y lastimero de Alicia podía oírse a través de la hoja. Los perros estaban en el pasillo, sentados sobre sus patas traseras, aullando con ella.

Bajó y encontró a Ellie en el porche. No le sorprendió. Desde que eran una familia, los asuntos y las celebraciones importantes se atendían fuera. Lloviera o luciese el sol.

Ellie estaba sentada en la silla favorita de su padre. Cómo no. Ellie siempre había sacado fuerza de su padre, del mismo modo que Julia había obtenido esperanza de su madre. La elección de la silla significaba que a Ellie le rondaba algo serio por la cabeza.

Julia se sentó en la mecedora. En el jardín se levantó una brisa suave que hizo rodar las hojas secas por el césped. El gorgoteo del río Fall inundaba el aire. Miró a su hermana.

—He de volver con Alicia. ¿Qué ocurre?

Ellie estaba pálida, incluso nerviosa.

A Julia le desconcertó ver a su enérgica hermana tan abatida. Se inclinó hacia delante.

—¿Qué pasa, Ellie?

—Los reporteros se están marchando del pueblo. Creen que toda esta historia de la niña salvaje es un engaño. Es posible que para mañana la *Gazette* y quizá *The Olympian* sean los únicos diarios que todavía escriban sobre la niña.

Julia enseguida comprendió por dónde iban los tiros, por qué Ellie parecía nerviosa.

—Necesitamos que hables con la prensa —prosiguió Ellie con suavidad, como si el timbre de su voz pudiera limar el aguijón de sus palabras.

—¿Eres consciente de lo que me estás pidiendo?

—¿Qué otra opción tenemos? Si la historia muere, puede que nunca sepamos quién es Alicia. Y ya sabes cómo acaban los niños abandonados. El estado la internará y se olvidará de ella.

—Puedo conseguir que hable.

—Lo sé, pero ¿y si no sabe cómo se llama? Necesitamos que su familia acuda a la policía.

Julia no podía negar eso. Por dolorosa que resultara la decisión, no había otro camino. O hacía lo que era mejor para ella o lo que era mejor para Alicia.

—Quería tener algo que contarles, un éxito que pudiera compensar los fracasos. Ellos no…

—¿Qué?

«No me creerán».

—Nada. —Julia desvió la mirada hacia el río plateado que refulgía como un mechón de sol contra el verdor de la hierba. Los destellos le trajeron el recuerdo de los flashes de las cámaras y el bombardeo de desagradables preguntas. Cuando la prensa entró a matar, no había nada que pudiera protegerla, menos aún la verdad. Ahora era mercancía dañada; no tendrían en cuenta su opinión sobre nada. Pero la sacarían en primer plano—. Supongo que no pueden hundirme más de lo que ya lo han hecho —dijo al fin, temblando ligeramente. Confió en que su hermana no lo notara.

Pero Ellie lo veía todo; siempre había sido así. Y la profesión de policía solo había hecho aumentar su talento natural para la observación.

—Estaré a tu lado todo el rato.

—Gracias. —Puede que eso marcara una diferencia, no estar tan malditamente sola cuando las cámaras la enfocaran—. Programa una rueda de prensa para esta noche. Digamos…, a las siete.

—¿Qué les dirás?

—Les diré lo que pueda sobre Alicia. Les enseñaré las fotos y desvelaré algunas observaciones interesantes sobre su conducta. Y dejaré que me hagan preguntas.

—Lo siento —dijo Ellie.

Julia intentó sonreír.

—Ya he pasado por esto una vez. Supongo que puedo hacerlo de nuevo. Por Alicia.


Julia podía oír el barullo que tenía lugar en la comisaría. Había decenas de reporteros, fotógrafos y cámaras montando sus equipos y haciendo pruebas de sonido e imagen.

Ellie, Cal, Peanut y ella estaban apiñados en el comedor de los empleados como perritos calientes en una bolsa de plástico.

—Todo irá bien —dijo Ellie por décima vez en igual número de minutos.

Como en cada ocasión, Cal la secundó.

—Estoy preocupada por Alicia —dijo Julia.

—Myra está sentada delante de la puerta de su cuarto. Si Alicia rechista, nos llamará —dijo Ellie—. Lo harás muy bien.

—La llamarán charlatana —dijo Peanut.

Ellie miró atónita a su amiga.

—¡Peanut!

Ella sonrió a Julia.

—Utilizo esta técnica con mis hijos. Psicología inversa. Ahora todo lo que digan sonará bien.

—No me extraña que tus hijos no paren de perforarse el cuerpo —señaló Cal.

Peanut le enseñó el dedo corazón.

—Por lo menos yo no voy a convenciones disfrazado.

—Hace veinte años que no me disfrazo.

Earl asomó la cabeza. Todo él era puro lustre, desde el emparrado pelirrojo hasta los zapatos de charol. Los pliegues del uniforme estaban perfectamente planchados.

—Están listos, Julia. —Se puso rojo—. Quería decir, doctora Cates —tartamudeó.

Los cinco salieron del comedor en fila y se congregaron de nuevo en el pasillo.

—Iré yo primero para presentarte —propuso Ellie.

Julia asintió. «Por Alicia», pensó.

Ellie avanzó por el pasillo y dobló la esquina.

«Por Alicia».

Luego, Earl se colocó al lado de Julia y la tomó del brazo.

Ella lo siguió por el pasillo, dobló la esquina y entró en el flash de su antigua vida.

La multitud enloqueció y empezó a lanzar preguntas como si fueran granadas de mano.

—¡Silencio! —gritó Ellie levantando las manos—. Dejen hablar a Julia.

Poco a poco, el vocerío cesó.

Julia notó el peso de sus miradas. Ahora mismo todos los presentes en la sala la estaban juzgando, pensando que carecía de criterio y capacidad. Inspiró hondo y retuvo el aire. Paseó la vista por la sala en busca de un rostro amable.

En la fila del fondo, detrás de los reporteros y fotógrafos, estaba la gente del pueblo. Las hermanas Grimm (y el pobre Fred en formato ceniza), Barbara Kurek, Lori Forman y sus hijos de rostro alegre, algunos de sus profesores de instituto.

Y Max, que asintió con el mentón y levantó el pulgar. Por extraño que fuera, esa muestra de apoyo la ayudó a calmar los nervios. En Los Ángeles siempre se había sentido terriblemente sola ante la prensa.

—Como todos saben, soy la doctora Julia Cates. Se me ha invitado a Rain Valley para tratar a una paciente muy especial, a la que estamos llamando Alicia. Sé que muchos de ustedes desean centrarse en mi pasado, pero les ruego que pongan el foco en lo que realmente importa. Esta niña no tiene nombre y está sola en el mundo. Necesitamos su ayuda para encontrar a su familia. —Sostuvo una fotografía en alto—. Esta es la niña a la que llamamos Alicia. Como ven, tiene el pelo negro y los ojos azul verdoso…

—Doctora Cates, ¿qué les diría a los padres de los niños que murieron en Silverwood?

Después de esa interrupción, la cosa se desmadró. Las preguntas la golpeaban como metralla.

—¿Cómo vive con la culpa…?

—¿Sabía que Amber había comprado una pistola…?

—¿Ha escuchado la letra de Death Knell…?

—¿… jugado al videojuego *Doomsday Cave*?

—¿Le hizo la prueba de alergia al Prozac?

Julia siguió hablando hasta que se le acabó la voz. Para cuando todo hubo terminado y los reporteros se hubieron largado disparados para cumplir con sus entregas, estaba agotada. Sola en la tarima, observó a la gente marcharse.

Finalmente, Ellie se acercó.

—Ha sido espantoso, Jules —dijo temblando casi tanto como su hermana—. Lo siento, no sabía…

—No podías saberlo.

—¿Puedo hacer algo para ayudarte?

Julia asintió.

—Cuida de Alicia, ¿de acuerdo? Necesito estar sola un rato.

Ellie asintió.

Julia procuró no mirar ni a Peanut ni a Cal a los ojos. Estaban junto a la mesa de Cal, cogidos de la mano y con las caras pálidas. Las mejillas sonrosadas de Peanut se hallaban surcadas de lágrimas.

Julia bajó los escalones y se adentró en la fresca noche de lavanda. Una vez en la acera, giró hacia la izquierda sin un motivo concreto.

—Julia.

Se dio la vuelta.

Él estaba allí, casi oculto en la sombra de un enorme conífero.

—Me compré la moto cuando trabajaba cerca de Watts. A veces un hombre necesita despejar la cabeza y un paseo en moto a ciento veinte ayuda.

Julia debería alejarse, puede que incluso reírse, pero no podía hacerlo. De todo Rain Valley, probablemente él fuera la única persona que entendía cómo se sentía en esos momentos. Ignoraba cómo lo sabía. No tenía sentido, pero era una sensación que no podía sacudirse.

—Creo que a setenta tendría el mismo efecto. Mi cabeza es más pequeña.

Sonriendo, Max le tendió el casco.

Julia se lo puso, subió a la moto y rodeó la cintura de Max con los brazos.

Condujeron por las calles grises y frías del pueblo, dejaron atrás las furgonetas de prensa y el aparcamiento lleno de autocares de colegio. El viento le agitó las mangas y le tiró del pelo cuando giraron hacia la carretera. Condujeron a través de la noche por la senda estrecha e irregular, Julia aferrada a su torso.

Cuando Max salió de la carretera y tomó el camino de grava de su casa, a Julia no le importó. En el fondo había sabido, al subirse a la moto de ese hombre, dónde acabarían. Mañana cuestionaría su buen juicio —o falta de él—, pero en esos momentos le reconfortaba estar abrazada a su cintura. Le reconfortaba no estar sola.

Max dejó la moto en el garaje.

Entraron en la casa sin decir palabra. Julia se sentó en el sofá mientras él le llevaba una copa de vino blanco. Max encendió la imponente chimenea de guijarros y puso música. La primera canción que sonó era algo suave, tipo jazz.

—No hace falta que te esmeres tanto, Max. Y por lo que más quieras, no empieces a encender velas.

Él se sentó a su lado.

—¿Y por qué no?

—Porque no pienso subir.

—No recuerdo habértelo pedido.

Julia no pudo evitar una sonrisa. Recostándose en los mullidos cojines, miró a Max por encima del canto de su copa. A la luz del fuego, resultaba aún más atractivo. Un pensamiento cruzó por su mente tentándola. «¿Por qué no?». Podría subir con él, meterse en su enorme cama y dejar que le hiciera el amor. Durante un rato glorioso podría olvidar. Las mujeres hacían a menudo esa clase de cosas.

—¿En qué estás pensando?

Julia estaba segura de que podía leerle el pensamiento. Un hombre como él conocía todas las señales de deseo en el rostro de una mujer. Notó el calor en sus mejillas.

—Estaba pensando en la posibilidad de besarte, de hecho.

Se inclinó hacia ella. Su aliento olía ligeramente a whisky.

—¿Y?

—Como señaló mi hermana, no soy tu tipo.

Max reculó.

—Créeme, Julia, tu hermana no tiene ni idea de cuál es mi tipo de mujer.

Julia creyó escuchar cierta irritación en la voz y vio algo en sus ojos que le sorprendió.

—Te he juzgado mal —dijo más para sí que para él.

—Está claro que te precipitaste en tus conclusiones.

Julia sonrió.

—Gajes del oficio. Tiendo a creer que conozco a la gente.

—Entonces ¿eres experta en relaciones?

Ella rio con tristeza.

—Difícilmente.

—Déjame adivinar: eres mujer de un solo hombre, una romántica empedernida.

—¿Quién está precipitándose ahora en sus conclusiones?

—¿Me equivoco?

Julia se encogió de hombros.

—No sé cuán romántica soy, pero solo sé amar de una manera.

—¿De cuál?

—Hasta el final.

Max arrugó la frente.

—Eso es peligroso.

—Dice el escalador. Cuando escalas te juegas la vida. Cuando yo amo, me juego el corazón. O todo o nada. Seguramente te parezca una estupidez.

—No me parece una estupidez —repuso él, en un tono tan quedo que a Julia le subió un escalofrío por la espalda—. Y se nota que sientes esa misma pasión por tu trabajo.

—Sí —dijo ella, sorprendida por la observación—. Por eso ha sido tan duro lo de hoy.

Se miraron un largo instante. Max parecía estar buscando algo en sus ojos o viendo algo que no comprendía. Finalmente, dijo:

—Cuando trabajaba en Los Ángeles, había tiroteos entre bandas casi todas las noches. Al hospital llegaba un muchacho sangrando detrás de otro. En los comienzos, me quedaba con ellos una vez terminado mi turno y luego hablaba con los hermanos para intentar hacerles entender cómo acabarían si no cambiaban de vida. Transcurrido un año, dejé de soltar sermones y de quedarme con los chicos. No podía salvarlos a todos.

Se miraron fijamente. Julia sintió que caía en el cielo interminable de sus ojos.

—En los días buenos, lo sé. Hoy no ha sido un buen día. De hecho, no ha sido un buen año.

—Mañana te sentirás mejor. —Max le apartó un mechón de pelo de los ojos.

Habría sido fácil besarlo entonces; habría bastado un ligero movimiento.

—Se te da bien —dijo Julia con la voz trémula reculando.

—¿El qué?

—Seducir a las mujeres.

—No te estoy seduciendo.

«Ya lo creo que sí». Julia dejó la copa en la mesa y se levantó. Necesitaba poner distancia entre ellos.

—Gracias por todo, Max. Me has ayudado mucho esta noche, pero ahora he de volver con Alicia. No puedo ausentarme mucho tiempo.

Despacio, Max se levantó y se encaminó a la puerta. Sin decir palabra, la condujo hasta el garaje. Se subieron a la moto y la llevó a casa.

# 14

El motor rugió en la plácida noche con tal potencia que zarandeó los árboles cercanos. En Los Ángeles el ruido de su moto habría disparado la alarma de una decena de coches; aquí forcejeaba con el silencio interminable de la oscura carretera. Max llegó al final del camino y redujo la velocidad. Luego se detuvo y miró atrás.

Rodeada de árboles, la pequeña casa parecía de noche aún más pequeña. Toda esa oscuridad la reducía a unas pocas ventanas encendidas.

«Solo sé amar de una manera».

«O todo o nada».

¿Cómo era posible que unas pocas palabras pronunciadas en voz baja pudieran golpearle de ese modo?

Se quitó el casco y lo encajó en el respaldo.

Aire. Libertad. Eso era lo que necesitaba ahora. Algo que le despejara la cabeza y borrara ese momento.

Le dio al acelerador, cada vez más a fondo, hasta correr como un cohete por la carretera.

Todo era una nebulosa de sombras. Sabía que iba demasiado deprisa —ahí fuera había ciervos que podrían matarlo en un abrir y cerrar de ojos, o baches que le morderían el neumático y lo harían volar por los aires—, pero no le importaba. Mientras conducía a esa velocidad no podía pensar en ella.

No obstante, en cuanto tomó el sendero de su casa y redujo la velocidad, el recuerdo volvió.

Aparcó la moto en el garaje y entró en su casa oscura y silenciosa. Enseguida encendió todas las luces y puso música.

«La vida no está en el ruido y la luz, Max».

Era la voz de Susi. Aunque no estaba allí, nunca había estado, a veces veía la vida a través de sus ojos. Los viejos hábitos eran difíciles de romper.

«¿No hay sillas de comedor, Max? ¿Ni fotos en la pared? No puedes llamar a esto hogar».

Max la mantenía vacía a propósito. Los muebles carecían de importancia para él, también la decoración y el confort. Deseaba un lugar donde poder olvidar todas las cosas que hacían de una casa un hogar. Aquí podía beber su whisky, ver los deportes en la pantalla de plasma y trabajar la madera en su taller.

«O todo o nada».

No tendría que haberse acercado a ella esa noche y lo sabía. Después de la rueda de prensa, salió de la comisaría todo lo deprisa que pudo con la intención de subirse a su moto e irse a casa. Sin embargo, había esperado fuera, dando vueltas en la oscuridad como un chiquillo enamorado.

El problema era que él sabía lo mucho que podía quemar el foco de toda esa atención. Cuando la vio allí, detrás de todos esos micrófonos, esforzándose denodadamente por mostrarse fuerte, Max dio un giro peligroso. Reparó en el temblor de su labio inferior, en la palidez de su rostro y en sus ojos llorosos, y su primer pensamiento fue que quería enjugar esas lágrimas con sus besos.

Por primera vez en siete años sintió verdadero miedo, y no por colocar mal el pie en un saliente de roca o precipitarse en caída libre demasiados metros antes de tirar de la cuerda de apertura. Todas esas sensaciones acumuladas a lo largo de los últimos años eran facsímiles de una emoción. Había creído, sinceramente, que ya no podía sentir nada a menos que su vida estuviera en peligro. Eso era lo que lo había impulsado a escalar paredes de roca y montañas escarpadas, la necesidad de volver a sentir, aunque solo durara un instante.

Ahora había sentido algo de nuevo. Y para ello solo había tenido que contemplar los ojos tristes de Julia.

Julia entró en casa.

Ellie estaba en la sala, sentada en el sofá con los perros tumbados sobre su regazo.

—Ya era hora —dijo en un tono ligeramente irritado.

—Tampoco he tardado tanto.

—Me tenías preocupada. La rueda de prensa fue despiadada.

Julia se sentó en el atiborrado cojín y puso los pies en la mesita de centro. Podía sentir la mirada de Ellie en su rostro, pero mantuvo la suya al frente.

—Sí lo fue.

Hubo un largo silencio. Julia sabía que su hermana estaba buscando algo que decir.

—No te molestes —dijo Julia—. Solo tengo que pasar por eso. De nuevo. Por lo menos esta vez tengo a Alicia.

—Y a mí.

Julia escuchó una sombra de dolor en la voz de su hermana.

—Y a ti. —Sintió que algo se relajaba en su pecho.

—¿Adónde fuiste?

Julia notó que le subían los colores. Bajó la vista hacia los perros.

—A casa de Max.

Ellie enderezó la espalda.

—¿En serio? Max nunca lleva mujeres a su casa.

—Creo que le di pena.

Ellie la miraba con expresión ceñuda.

—¿Os…?

—No —respondió enseguida Julia. No quería ni oír la palabra—. Por supuesto que no.

—Ten cuidado con Max —dijo finalmente Ellie—. Hablo en serio, Jules. Y no estoy celosa. Solo vigila.

La preocupación de su hermana la conmovió.

—Lo haré. —Se levantó—. Estoy derrotada. Me voy al catre. Gracias por esperarme despierta.

—Gracias por lanzarte a los leones por nosotros.

Julia se dirigió a la escalera. Estaba alcanzando el pasamanos cuando Ellie la llamó. Se volvió hacia ella.

—¿Qué?

—Todo se arreglará, ya lo verás. Tarde o temprano olvidarán el asunto y recordarán lo buena que eres en tu trabajo.

Julia exhaló con fuerza.

—Eso es lo que mamá me habría dicho.

Ellie sonrió.

Julia trató de aferrarse a esas palabras, de convertirlas en su armadura. Era lo que hacía de niña. Cada vez que una burla en el colegio —o la indiferencia de su padre— la hería, acudía llorando a su madre. «Todo se arreglará», le decía secándole las mejillas y envolviéndola en un abrazo que olía a champú Suave y a cigarrillos.

Subió hasta su habitación y fue derecha a la cama junto a la ventana.

Estiró la colcha y arropó a la pequeña. Luego se inclinó y la besó en la dulce y suave mejilla.

Pretendía levantarse, pero en lugar de eso se arrodilló junto a la cama. Sin darse cuenta de lo que se disponía a hacer, agachó la cabeza y cerró los ojos.

«Dame fuerzas».

Besó de nuevo a Alicia, se metió en su cama estrecha y solitaria y se durmió.

Algo pasa.

Niña lo percibe en cuanto abre los ojos. Se queda muy quieta, olisqueando el aire. Ha aprendido que es posible percibir muchas cosas si no te mueves. La llegada de la nieve huele a manzanas y hace que el dedo pequeño se le hinche; un oso cazador hace un sonido parecido a un ronquido; el peligro puede oírse con antelación si permaneces quieta y callada. Era una lección que Ella nunca aprendió. Las veces que la visita mientras duerme, recuerda que Ella intentaba hablar a Niña: siempre el ruido, y los problemas que venían después.

Ahora, en su lugar seguro, escondida tras los pequeños árboles, mira entre las hojas a Pelo de Sol, que está muy callada.

¿Ha hecho Niña algo malo?

Pelo de Sol parece triste, como si sus ojos fueran a gotear otra vez. Y cansada. El mismo aspecto que tenía Ella antes de morir.

—Venaquíalicia. —Pelo de Sol da unas palmaditas en la cama.

Niña conoce ese gesto, los golpecitos en la cama. Significa que Pelo de Sol abrirá los dibujos mágicos y hablará y hablará.

A Niña le encanta eso. El sonido de su voz, cómo deja que Niña se arrime a ella, la seguridad de acurrucarse a su lado.

—Venaquíalicia.

Niña rodea las plantas y avanza arrastrando los pies en un intento por volverse lo más pequeña y silenciosa posible, por si acaso ha hecho algo Malo. Ojalá Pelo de Sol volviera a tener la cara contenta; eso hace que Niña se sienta ligera. Mantiene la cabeza y la mirada gachas. Al llegar a los pies de Pelo de Sol, se arrodilla.

La caricia en su frente es suave y dulce. Niña levanta la vista.

—Estovaaserdifícilalicia. —Suspira—. Confíaenmí.

Niña no sabe qué hacer, cómo mostrar su obediencia. Se le escapa otro pequeño sonido.

—Losiento. —Pelo de Sol mete la mano en la caja que hay en el suelo y saca Eso.

Niña se queda petrificada. Está demasiado asustada para poder reaccionar. Mira en torno a la habitación esperando que Él irrumpa en este lugar con demasiada luz. Recula gateando.

Finalmente grita. Y una vez que empieza, no puede parar. Sabe que no está bien, que es Malo. Que es estúpido hacer tanto ruido y ahora los Extraños vendrán y le harán daño, pero ya no es capaz de callarse, ya no es capaz de pensar. Choca con un arbolito y este cae al suelo con un fuerte golpe.

Sigue gritando, tragando aire, intentando alejarse, pero la pared blanca de la cueva se lo impide. La golpea con fuerza, nota un dolor en la cabeza.

Pelo de Sol está hablando, une sonidos tan bonitos como las conchas, pero no puede oírlos. El corazón le late muy deprisa y Eso sigue ahí, en las manos de Pelo de Sol.

Cuando se acerca, Niña empieza a arañarse y se hace sangre.

Pelo de Sol está con ella ahora, sujetándola con tanta fuerza que Niña no puede clavarse las uñas.

—Tranquilatranquilatranquila. Dañono. Séqueestásasustada. Tranquilatranquilatranquila. —Finalmente le llega la voz de Pelo de Sol.

Los gritos de Niña se atenúan. Resopla deprisa, intentando ser fuerte, pero está demasiado asustada.

Pelo de Sol la suelta. Lentamente, como si el miedo lo tuviera ella, la mujer bonita levanta Eso.

Niña abre mucho los ojos. Siente náuseas, desesperación. El aire del cuarto se oscurece; todo huele a humo y sangre.

Eso atrapa la luz. Niña cierra los ojos, recordando los dedos oscuros y peludos de Él retorciéndose…, doblando las ramitas…, ensartando las cuentas. Gime.

—Alicia, Alicia.

La caricia en su mejilla es tan suave que al principio cree que la ha imaginado…, que Ella ha vuelto.

—Aliciaabrelosojos.

La caricia es tan agradable. Puede respirar otra vez. Dentro de su pecho, el corazón empieza a calmarse.

—Tranquilaalicia. Abrelosojos.

Niña está empezando a oír algo familiar en medio del barullo de sonidos. Se introduce en sus recuerdos, le hace pensar en un tiempo tan lejano que se convierte en niebla cuando intenta alcanzarlo. Muy despacio, abre los ojos.

Pelo de Sol retrocede ligeramente.

—Estoesunatrapasueños —dice muy seria ahora—. Losabes. «Atrapasueños».

Nota que le empieza a temblar la barriga.

Con un solo gesto, Pelo de Sol parte el atrapasueños en dos y seguidamente rompe los cordeles. Las cuentas salen volando, ruedan por el suelo.

Niña suelta un gritito. «Ohnoohnoohno». Esto es malo. Ahora Él vendrá y les hará daño.

Pelo de Sol mete la mano en la caja y saca otro. Lo hace pedazos y lo tira.

Niña la mira aterrorizada. Pelo de Sol destroza otro, y otro. Coge algo de la mesa y lo aplasta contra los pedazos. Finalmente, sonriendo otra vez, le tiende a Niña un atrapasueños.

—Rómpelo. Daño no. Daño no.

Niña entiende. Pelo de Sol quiere que ella rompa el juguete de Él.

Pero Él le hará daño.

«Él no está aquí. Él se ha ido». ¿Es eso lo que Pelo de Sol está intentando enseñarle?

—Vamosalicia. Daño no.

Mira a Pelo de Sol. Los húmedos ojos verdes de la mujer la estremecen.

Despacio, alarga su mano temblorosa y lo toca.

«Te quemará».

Pero no le quema. No nota nada en la mano, solo trocitos de cordel y rama. No hay sangre, no hay rastro de sus manos grandes y coléricas.

Lo parte en dos y en ese momento siente que algo crece

dentro de ella, un murmullo que comienza en el fondo de la barriga y le sube hasta la garganta. Le da tanto placer romper el juguete de Él, destrozarlo, meter la mano en la caja y agarrar otro.

Los rompe todos y, acto seguido, destroza la caja. Mientras la aplasta y desgarra piensa en Él, en todas las maneras en que le hizo daño, y en todas las veces que ella quiso gritarle.

Una vez hecha trizas la caja, levanta la vista jadeando como si no supiera respirar.

Pelo de Sol toma a Niña en sus brazos y la estrecha con fuerza.

Niña no sabe qué está ocurriendo. Le tiembla el cuerpo.

—Tranquilatranquila. Dañono. Dañono.

Niña nota que se relaja. Una sensación cálida brota en su pecho y se expande por los brazos y los dedos.

—Estásasalvoahora.

Lo oye, lo siente.

A salvo.


Julia detuvo el bolígrafo para leer lo que había escrito.

Pasa buena parte del día de pie detrás de las plantas, mirándonos a la ventana y a mí alternadamente. El sol atrae en especial su atención, así como los platos y los objetos de plástico brillantes. Muchas cosas parecen asustarla: los ruidos fuertes, los truenos, el color gris, los objetos metálicos brillantes, los atrapasueños y los cuchillos. Los ladridos de los perros siempre la hacen correr hasta la puerta. Es el único momento en que se acerca a esa zona de la habitación. A menudo responde con un aullido.

Ahora mismo está sentada a mis pies, mirándome. Es su nuevo lugar favorito. Desde que rompió los atrapasueños, ha atravesado la barrera solitaria de los días anteriores. Nunca se aleja de mí más de medio metro. A menudo, me toca los pies y las piernas. Cuando está cansada, se acurruca en el suelo, a mi lado, y descansa la mejilla en mi pie.

Julia bajó la vista hacia la niña.

—¿Qué estás pensando, Alicia?

Como siempre, no obtuvo respuesta. Alicia la miraba fijamente, como si estuviera intentando entender.

Tan concentrada estaba que tardó unos instantes en darse cuenta de que llamaban a la puerta.

—Adelante —dijo distraídamente.

La puerta se abrió un poco y Ellie se escurrió en la habitación. A su espalda, los golden retrievers ladraban como locos, arañando, gimoteando. Cerró la puerta con firmeza. Al verla, Alicia corrió hasta su escondite.

—Tienes que educar a esos perros —dijo Julia sin levantar la vista. Hizo una anotación en el expediente de Alicia. «Reacciona a los perros aullando bajito. Hoy se acercó a la puerta».

—¿Jules?

Escuchó algo en la voz de su hermana y levantó la cabeza.

—¿Qué?

—Ha venido a verte una gente. Médicos del centro de atención estatal, un investigador de la Universidad de Washington y una mujer de Servicios Sociales.

Era de esperar. Los medios habían insinuado que la niña era «salvaje». La mera sugerencia seduciría a otros médicos e investigadores. En otros tiempos nadie habría osado usurparle un paciente. Pero esos días eran historia. Ahora les parecería débil: los depredadores empezarían a rodearla en círculo. Se levantó despacio y guardó metódicamente los apuntes y los bolígrafos.

Entretanto, Alicia la observaba con cara de preocupación.

—Vuelvo enseguida, Alicia —dijo a la niña oculta tras el follaje, y siguió a su hermana.

A primera vista, la sala de estar parecía abarrotada. Tras un examen más detenido, Julia vio que solo había tres hombres y una mujer. Solo que parecían ocupar mucho espacio.

—Doctora Cates —dijo avanzando hacia ella el hombre que tenía más cerca. Era alto y flaco como un fideo, con una nariz lo bastante grande para colgar un paraguas—. Soy Simon Kletch, del centro terapéutico estatal, y ellos son mis colegas, Byron Barrett y Stanley Goldberg, del laboratorio de Ciencias de la Conducta de la Universidad de Washington. Ya conoce a la señorita Wharton de Asuntos Sociales.

—Hola —saludó Julia con calma.

Ellie fue a la cocina y se situó frente a la encimera.

El silencio se adueñó de la sala. Los presentes se miraron hasta que Ellie los invitó a sentarse.

Y siguió reinando el silencio.

Finalmente, Simon se aclaró la garganta.

—Corre el rumor de que la muchacha a su cargo es una niña salvaje o semisalvaje. Nos gustaría verla. —Miró hacia la escalera y los ojos le brillaron de entusiasmo.

—No.

Simon puso cara de sorpresa.

—Usted sabe por qué estamos aquí.

Julia podía oír el ansia en su voz.

—¿Por qué no me lo dice usted?

—No está haciendo progresos con la niña.

—Eso no es cierto. De hecho, hemos dados grandes pasos. Puede comer, vestirse y utilizar el retrete. Está empezando a comunicarse a su manera. Creo…

—La está civilizando —replicó con severidad el científico conductual, escudriñándola a través de sus gafitas ovaladas. Una pátina de sudor brillaba en su labio superior—. Necesitamos estudiarla, doctora Cates, tal como está ahora. Nosotros, los hombres de ciencia, llevamos décadas buscando un niño así. Si le enseñamos a hablar, puede ser una mina de información. Piénselo. ¿Qué somos los seres humanos en ausencia de los demás? ¿Cuál es la verdadera naturaleza humana? ¿Es instintivo el lenguaje? ¿Cuál es la conexión entre lenguaje y humanidad? ¿Nos permiten las palabras soñar o pensar, o viceversa? Esa niña puede responder a todas estas preguntas. Incluso usted debería verlo.

—¿Incluso yo? ¿Qué quiere decir con eso? —preguntó Julia, aunque conocía la respuesta.

—Silverwood —dijo el doctor Kletch.

—¿Es que usted nunca ha perdido un paciente? —inquirió ella secamente.

—Por supuesto que sí, a todos nos ha pasado. Pero su fracaso se hizo público. Me están presionando para que me haga cargo del caso de esta niña.

—Además de su terapeuta, soy su madre de acogida —repuso Julia. Estaba haciendo un gran esfuerzo para no llamar oportunista al doctor Kletch. Claro que quería «ayudar» a Alicia; podría darle un empujón a su carrera.

—El doctor Kletch cree que la niña debería estar en un centro terapéutico infantil —dijo la mujer de Servicios Sociales—. Si no puede asegurarnos que conseguirá hacerla hablar y averiguará su nombre, habrá que…

—La haré hablar —dijo Julia.

—Necesitamos estudiarla —dijo el científico conductual.

—Y aprender de ella —añadió el doctor Kletch.

Julia se puso en pie.

—Ustedes son como todos los doctores que se han ocupado de niños como ella en el pasado. Quieren utilizar a la niña, tratarla como si fuera un ratón de laboratorio para poder escribir sus artículos y hacerse famosos. Cuando la hayan exprimido, seguirán con sus vidas y se olvidarán de ella. La niña crecerá en un sanatorio, entre barrotes, y medicada hasta las cejas. No les permitiré que hagan eso. Es mi hija de acogida y mi paciente. El estado me ha autorizado a cuidar de ella y eso es lo que pienso hacer. —Forzó una sonrisa—. Pero gracias por su interés. —Hizo una pausa antes de volverse hacia la asistente social—. No se deje engañar, señorita Wharton. Es a mí a quien le importa el bien de esa niña.

La señorita Wharton se mordió el labio con nerviosismo. Miró a los doctores y luego a Julia.

—Consiga que la niña hable, doctora Cates. Este caso ha despertado un gran interés. Nuestra oficina está recibiendo presiones para que la traslademos a un centro terapéutico. A mi jefe no le hace gracia su historia y la histeria mediática. Nadie quiere otro incidente.

Ellie dio un paso al frente.

—Y aquí termina la reunión. Gracias a todos por venir. —Cruzó la sala y empujó suavemente a los presentes hacia la puerta.

Los doctores estaban despotricando y gesticulando con las manos.

—Pero no es la persona adecuada —dijo uno de ellos—. La doctora Cates no es la mejor psiquiatra para esa niña.

Ellie sonrió, instándolos a salir, y cerró la puerta tras de sí.

Cuando regresó la calma, los perros empezaron a gimotear en el piso de arriba.

—Alicia está disgustada. Los perros siempre reaccionan a sus emociones. Tengo que volver con ella.

Ellie corrió a su lado y le puso una mano en el brazo.

—¿Estás bien?

—Sí. Tendría que haberlo visto venir. La foto de Mort, la rueda de prensa, mi pasado. Son muchos los doctores dispuestos a utilizar a Alicia para progresar en sus carreras. —La voz se le quebró al fin.

—No dejes que sus comentarios te afecten —dijo Ellie—. Estás ayudando a esa niña.

Julia miró a su hermana.

—Se… se me escaparon cosas con Amber, cosas importantes. Quizá…

—No —la interrumpió Ellie—. Esa gente quiere que dudes de ti misma, que pierdas la confianza. No permitas que ganen.

Julia suspiró. Tenía la sensación de estar desmoronándose, encogiéndose.

—Esto no es un juego. Se trata de la vida de Alicia. Si no soy la mejor psiquiatra para ella...

—Vuelve arriba, Jules, y haz lo que se te da mejor. —Ellie sonrió—. ¿Oyes ese aullido? Es ella diciéndote que te necesita. A ti.

—Tengo miedo...

—Todos tenemos miedo.

Julia no tenía respuesta para eso. Con otro suspiro hondo, salió de la sala de estar y subió la escalera. Los perros estaban en el pasillo de arriba gimiendo, aullando y corriendo de un lado a otro. El gruñido lastimero de Alicia podía oírse a través de la puerta.

Julia se detuvo unos instantes, tratando de recuperar la seguridad en sí misma. En lugar de eso encontró una sonrisa forzada y unas manos temblorosas. Se abrió paso entre los chuchos y entró en su antigua habitación.

Alicia dejó de aullar al instante.

—Háblame. Por favor. —Para espanto de Julia, la voz se le quebró en esas dos últimas palabras desesperadas. Todas las emociones que había sofocado y enterrado brotaron de nuevo. Solo podía pensar en su fracaso con Amber.

Se enjugó los ojos, si bien no había derramado una sola lágrima.

—Lo siento, Alicia, ha sido un día difícil.

Necesitando el puerto seguro de su profesión, fue hasta la mesa y tomó asiento. Examinó las notas para intentar concentrarse.

Al principio el contacto fue tan leve que Julia no lo notó.

Bajó la vista.

Alicia estaba mirándola, y le acariciaba el brazo. Le secó los ojos, aun cuando Julia no estaba llorando.

Consuelo. Alicia le estaba ofreciendo consuelo. La niña había reconocido su tristeza y quería aliviarla. Estaba conectando, respondiendo de la única manera que sabía.

De repente, todo lo demás perdió importancia.

Julia experimentó una oleada de gratitud hacia esa pobre y extraña niña que acababa de tenderle una mano, de recordarle que su impacto era positivo. Ni los titulares crueles, ni los doctores ambiciosos, ni el insensible sistema de asistencia a menores podían arrebatarle eso. Acarició la suave y marcada mejilla de Alicia.

—Gracias.

Alicia se encogió y empezó a retroceder, probablemente para volver a esconderse entre sus plantas.

—Quédate —le suplicó Julia, tomándola por la frágil muñeca—. Por favor. —La cruda desesperación que encerraban esas palabras le quebró la voz.

La pequeña hizo una inspiración profunda y trémula y clavó los ojos en Julia.

—Conoces esa palabra, ¿verdad? «Quédate». Yo también necesito algo de ti, Alicia. Necesito ayudarte.

Se miraron durante un largo instante.

—No eres autista, ¿verdad? —dijo finalmente Julia—. Te preocupa lo que siento. ¿Cómo puedo devolverte el favor? Cuéntame algún secreto tuyo y te ayudaré.

# 15

Durante las dos semanas siguientes, la historia de la psiquiatra desacreditada y la niña sin nombre ocupó los titulares. Los teléfonos de la comisaría echaban humo con las llamadas de médicos, psiquiatras y asesores, pirados y científicos. Todos, al parecer, querían salvar a Alicia de la incompetencia de Julia. Los doctores Kletch y Goldberg telefoneaban a diario. El Departamento de Servicios Sociales exigía un informe dos veces por semana y sugería el ingreso en una residencia infantil a cada oportunidad.

Julia trabajaba dieciocho horas al día. Estaba con Alicia desde el alba hasta el anochecer; una vez que se dormía, iba a la biblioteca y pasaba horas delante del ordenador.

Todo lo que hacía era por Alicia. Los miércoles y los viernes se personaba como un reloj en la comisaría para ofrecer una rueda de prensa. De pie sobre la tarima, a pocos centímetros de los micrófonos que amplificaban sus palabras, les explicaba todos los aspectos del tratamiento de Alicia y ofrecía cualquier pista nueva sobre su posible identidad. Nada de eso les interesaba.

Los periodistas hacían preguntas interminables sobre el pasado de Julia, sobre sus remordimientos, fracasos y pacientes perdidos. Les traían sin cuidado los avances relacionados con la recuperación de Alicia. Así y todo, Julia insistía. «Hoy me tendió la mano… Se abotonó la blusa… Señaló un pájaro… Utilizó el tenedor».

Lo único que les importaba era que Alicia seguía sin hablar. Para ellos, constituía una prueba más de que Julia ya no estaba capacitada para ayudar ni a una sola niña con problemas.

Poco a poco, no obstante, hasta el refrito del pasado de Julia empezó a perder impulso. La historia pasó de ocupar las portadas a merecer un párrafo o dos en la sección de interés local o curiosidades. Las conversaciones dejaron atrás a la niña desconocida; ahora, los minitemblores que sacudían el monte Santa Helena estaban en la mente de todos.

Desde la tarima, Julia paseó la mirada por el puñado de reporteros presentes en la comisaría. La CNN, *USA Today*, *The New York Times* y los canales de televisión nacionales ya no estaban allí. Solo quedaban unos pocos diarios locales, y casi todos ellos eran de pequeñas comunidades peninsulares como Rain Valley. Las preguntas seguían siendo incisivas y crueles, pero eran formuladas en un tono neutro, desganado. Nadie esperaba que nada de eso importara ya.

—Eso es todo esta semana —dijo Julia, percatándose de que se había hecho el silencio—. La gran noticia es que puede vestirse sola. Y que se siente atraída por los objetos de plástico. No muestra especial interés por la televisión, creo que las imágenes cambian demasiado deprisa para ella, pero puede pasarse horas mirando programas de cocina. Quizá este detalle llame la atención de alguien…

—Vamos, doctora Cates —dijo un hombre desde el fondo de la sala. Era increíblemente flaco, con el pelo enmarañado y una boca hecha para fumar—. Todos sabemos que nadie está buscando a esa niña.

Un murmullo de asentimiento se elevó entre los presentes al tiempo que intercambiaban comentarios. Julia podía oír el ligero susurro de sus risas.

—Eso no es cierto. Una niña no aparece y desaparece de este mundo sin más. Alguien la está echando de menos.

Un hombre de KIRO-TV dio un paso al frente. La compasión reflejada en sus ojos castaños casi era más difícil de soportar que el desinterés de sus colegas.

—Ignoro qué hay de cierto sobre su pasado y qué es propaganda mediática, doctora Cates, pero sé que es usted una mujer inteligente. Esa niña tiene una tara, una importante. Creo que por eso su familia la abandonó en el bosque.

Julia bajó de la tarima y se acercó a él.

—No tiene pruebas que respalden su teoría. Igual de probable es que la secuestraran hace tanto tiempo que su familia perdió la esperanza y dejó de buscar.

El reportero le sostuvo la mirada.

—¿Dejó de buscar? ¿A su hija?

—En el caso...

—Le deseo suerte, se lo digo en serio, pero KIRO se retira. Los temblores en el monte Santa Helena son ahora la prioridad. —Introdujo la mano en el bolsillo de su arrugada camisa blanca y sacó una tarjeta—. Mi esposa es psicoterapeuta. Seré justo con usted. Llámeme si descubre algo relevante.

Julia examinó la tarjeta. JOHN SMITH, NOTICIAS. Sabía que KIRO contaba con un excelente equipo de investigación y tenía acceso a personas y lugares que ella no podía ni soñar en contactar.

—¿Cuánto esfuerzo dedicaron a intentar averiguar quién es la niña?

—Cuatro investigadores trabajaron en ello a tiempo completo durante dos semanas.

Julia asintió. Era la respuesta que había temido.

—Buena suerte.

Mientras lo veía alejarse, pensó: «Adiós al último medio que valía la pena». El siguiente miércoles estaría comunicando sus novedades a representantes de periódicos locales con menos tirada que la mayoría de los institutos y, con un poco de suerte, a algún gacetillero de la prensa amarilla.

Peanut cruzó la oficina, sorteando las sillas de metal y recogiendo los comunicados informativos desechados que habían repartido. Cal le iba a la zaga cogiendo las sillas y plegándolas.

Al rato, la tarima era la única prueba que quedaba de la rueda de prensa de ese día. Pronto ya no habría público para nada de eso. La presión de esa certeza había ido aumentando dentro de Julia hasta llenarle los pulmones como una neumonía de crecimiento lento.

Los hitos que había comunicado ese día a los medios eran importantes. En una terapia normal, el progreso que Alicia había hecho en tres semanas sería considerado un éxito. Ahora la niña sabía comer con cubiertos y utilizar el retrete. Incluso había llegado a mostrar empatía por otra persona. Pero nada de eso daba respuesta al crucial interrogante de su identidad. Nada de eso haría que Alicia volviera junto a su familia y recuperara su antigua vida. Nada de eso garantizaba que Julia pudiera seguir trabajando con ella. De hecho, cada día que pasaba sin que la niña hablara, Julia notaba que su confianza se tambaleaba un poco más. Por la noche, cuando estaba tendida en la cama escuchando las pesadillas y los momentos violentos de Alicia, pensaba «¿Soy lo bastante buena?».

O peor aún: «¿Qué se me está escapando esta vez?».

—Hiciste un gran trabajo hoy —dijo Peanut, forzando una sonrisa. Era lo mismo que le decía después de cada rueda de prensa.

—Gracias —fue la respuesta estándar de Julia—. Será mejor que vuelva a casa. —Se inclinó para recoger su cartera.

Peanut asintió y, seguidamente, gritó a Cal:

—La acompaño a casa.

Julia salió con Peanut a la luz plomiza del ocaso. En el coche, ambas mantuvieron la mirada al frente. La voz de Garth Brooks cantando «Friends in Low Places» emergía de los altavoces.

—La cosa no va muy bien, ¿eh? —dijo Peanut al llegar al cruce, martilleando el volante con sus uñas de tablero de ajedrez.

—Alicia ha hecho grandes progresos, pero...

—Sigue sin hablar. ¿Estás segura de que puede?

Las mismas preguntas daban vueltas en la mente de Julia como un monólogo interminable. Día y noche pensaba «¿Puede hablar? ¿Lo hará? ¿Cuándo?».

—El corazón me dice que sí —contestó despacio. A continuación, sonrió con pesar—. Pero mi cabeza empieza a dudarlo.

—Cuando mis hijos eran pequeños, lo que más detestaba era cambiarles los pañales, de modo que el día que Tara cumplió dos años me empeñé en enseñarle a utilizar el orinal. Seguí al pie de la letra todos los manuales. ¿Y sabes qué pasó? Que mi Tara dejó de hacer popó. Así, de repente. A los cinco días la llevé al doctor Fischer. Estaba muerta de preocupación. Examinó a mi niña y me miró por encima de las gafas. Dijo: «Penelope Nutter, esta niña está intentando decirte algo. No quiere que le enseñes a usar el orinal». —Peanut rio, puso el intermitente y tomó la vieja carretera—. No hay metal más fuerte en la tierra que la voluntad de un niño. Imagino que tu Alicia hablará cuando esté preparada. —Giró por el camino de entrada y se detuvo delante de la casa con dos bocinazos.

Ellie salió casi al instante. Tan deprisa, de hecho, que Julia sospechó que había estado esperándola junto a la puerta.

—Gracias por traerme, Peanut.

—Hasta el miércoles.

Bajó del coche y cerró la portezuela. Ellie fue a su encuentro.

—Está aullando otra vez —dijo con cara de agobio.

—¿Cuándo se despertó?

—Hace cinco minutos. Antes de lo normal. ¿Cómo ha ido?

—Mal —respondió Julia, tratando en vano de aparentar fortaleza.

—Pronto recibiremos los resultados del ADN. Puede que nos den una respuesta. Si fue víctima de un secuestro, habrá pruebas de la escena del crimen con las que compararlos.

Los últimos días se habían agarrado a esa idea como a un salvavidas, pero este había perdido su flotabilidad.

—Lo sé. Confiemos en que Alicia aparezca en la base de datos —era lo que Julia decía siempre.

—Confiemos.

Se miraron. La palabra empezaba a sonar desgastada.

Julia entró en casa y subió. A cada escalón aumentaba el volumen de los aullidos. Sabía lo que iba a encontrarse cuando entrara en el cuarto. Alicia estaría arrodillada detrás de sus plantas con la cabeza gacha y la cara enterrada en las manos, meciéndose y aullando. Era su único medio de expresar tristeza o miedo. Estaba asustada porque se había despertado sola. Puede que a un niño normal eso le provocara un berrinche. A Alicia le provocaba pánico.

Julia ya estaba hablando cuando abrió la puerta.

—¿Qué es todo ese barullo, Alicia? Tranquila, no pasa nada, solo estás asustada. Es comprensible.

Alicia cruzó el cuarto como un remolino de pelo negro, vestido amarillo y piernas y brazos larguiruchos y se aferró a Julia con tanta fuerza que había contacto desde la cintura hasta la pantorrilla.

La pequeña metió la mano en el bolsillo de Julia.

Últimamente se comportaba así. Alicia necesitaba estar siempre pegada a Julia, conectada a ella.

Chupándose el pulgar, la miraba con una vulnerabilidad desgarradora y aterradora a la vez.

—Ven, Alicia —dijo Julia, fingiendo que era lo más natural del mundo tener un pequeño percebe humano pegado a la cadera.

Sacó su Denver Kit, una colección de juguetes que ayudaban a evaluar el desarrollo de un niño, y dejó sobre la mesa la campana, el bloque y la muñeca.

—Siéntate, Alicia —dijo, sabedora de que la pequeña tomaría asiento cuando ella lo hiciera. Las sillas estaban muy juntas para que no tuvieran que separarse.

Se sentaron con la manita de Alicia todavía hundida en el bolsillo de Julia. Con el Denver Kit extendido frente a ellas, Julia esperó a que Alicia reaccionara.

—Vamos —le dijo—. Necesito que hables, pequeña. Sé que puedes hacerlo.

Nada. Únicamente el murmullo quedo de la respiración de la niña.

La desesperación tiró de la confianza de Julia, rompiendo una pequeña hebra.

—Por favor. —Su voz era ahora un susurro, nada que ver con su tono de terapeuta. Pensó en el paso del tiempo, en la pérdida de interés por parte de los medios, en que los teléfonos de la comisaría sonaban cada vez menos—. Vamos, por favor…


Cuando Ellie y Peanut llegaron a la comisaría, la calma reinaba en el edificio. Cal estaba sentado a su mesa con los auriculares puestos, dibujando una criatura alada. Al verlas entrar, giró rápidamente la hoja.

Como si a Ellie le importaran sus extraños dibujos. Los hacía desde sexto grado. La única diferencia entre él y los demás tipos que había conocido era que Cal no había dejado esa costumbre atrás. Siempre había garabatos en las notas rosas que le dejaba cuando estaba ausente.

—Earl se ha ido ya —dijo Cal, apartándose un mechón de los ojos—. Mel va a pasarse otra vez por el lago para ver qué hacen los adolescentes y luego se irá también.

En otras palabras, la vida en Rain Valley había vuelto a la normalidad. Los teléfonos no sonaban y sus dos patrulleros habían terminado por hoy, a menos que hubiera un aviso.

—Y han llegado los resultados del ADN. Los tienes en tu mesa.

Ellie se detuvo en seco. Cruzó una mirada con Peanut y Cal. Después de una larga pausa, se encaminó a su mesa y tomó asiento. La silla protestó con un chirrido.

Cogió el sobre de aspecto oficial y lo abrió. Las hojas estaban repletas de jerga científica, pero eso le daba igual. En el primer folio aparecía la frase: «No se han encontrado coincidencias».

La segunda hoja era un informe de laboratorio sobre las fibras del vestido. Como era de esperar, únicamente desvelaba que estaba hecho de un algodón blanco barato que podía proceder de una docena de empresas textiles. En el tejido no había rastros de sangre ni de semen, tampoco de ADN.

El último párrafo del informe resumía el procedimiento a seguir en el caso de que el ADN obtenido de Alicia tuviera que compararse con alguna muestra encontrada.

Ellie sintió una oleada de frustración. ¿Y ahora qué? Había hecho todo lo que estaba en su mano, había lanzado a su hermana a los leones, ¿y para qué? No estaban más cerca de conocer la identidad de Alicia que tres semanas atrás, y la gente de Servicios Sociales no paraban de presionarles.

Cal y Peanut arrastraron sendas sillas y tomaron asiento frente a ella.

—¿No la han identificado? —preguntó Peanut.

Incapaz de decirlo en alto, Ellie negó con la cabeza.

—Has hecho lo que has podido —le dijo amablemente Cal.

—Nadie podría haberlo hecho mejor —le aseguró Peanut.

Dicho eso, los tres se quedaron callados. Algo inusual en esa comisaría.

Al final, Ellie empujó el informe por la superficie de la mesa.

—Enviad estos resultados a las personas que los están esperando. ¿Cuántas solicitudes tenemos?

—Treinta y tres. Puede que coincida con una de ellas —dijo esperanzada Peanut.

Ellie abrió el cajón de su mesa y sacó el montón de papeles que había recibido del Centro Nacional para Niños Desaparecidos. Los había leído por lo menos un centenar de veces, empleándolos como la única guía que había podido encontrar. Tenía el último párrafo grabado a fuego en su cerebro. No necesitaba volver a leerlo para saber qué decía. «Si ninguno de estos procedimientos produce una identificación positiva de la niña, se requerirá la intervención de los Servicios Sociales. Lo más probable es que la niña sea ingresada en una casa de acogida permanente o en una residencia terapéutica, o entregada en adopción».

—¿Qué hacemos ahora? —preguntó Peanut.

Ellie suspiró.

—Rezar para que este ADN encuentre una muestra que coincida.

Los tres sabían que eso era sumamente improbable. Ninguna de las treinta y tres solicitudes parecía muy prometedora. Casi todas ellas habían sido realizadas por personas —padres, abogados y policías de otras jurisdicciones— que creían que la niña que estaban buscando estaba muerta. Ninguna de ellas había descrito la marca de nacimiento de Alicia.

Ellie se frotó los ojos.

—Marchaos a casa. Pea, puedes enviar los informes de ADN mañana. Tengo otra conferencia telefónica con la mujer de Servicios Sociales. Será divertido.

Peanut se levantó.

—He quedado con Benji en el Big Bowl. ¿Alguien se apunta?

—Nada me gusta tanto como codearme con pandillas de gordos vestidos con camisetas de poliéster iguales —dijo Cal—. Cuenta conmigo.

Peanut lo fulminó con la mirada.

—¿Quieres que le diga a Benji que lo has llamado gordo?

Cal rio.

—Dudo que se sorprenda, Pea.

—No empecéis —dijo cansinamente Ellie. Lo último que le apetecía escuchar eran sus rifirrafes por tonterías—. Yo me voy a casa, y tú deberías hacer lo mismo, Cal. Es viernes, las niñas te echarán de menos.

—Las niñas y Lisa se han ido a Aberdeen a ver a los abuelos.

Este fin de semana estoy de Rodríguez, así que me largo al Big Bowl. —Cal miró a Ellie—. Antes te encantaba jugar a los bolos.

Ellie se descubrió rememorando el verano que Cal y ella habían trabajado en la cafetería del Big Bowl. Fue ese último año mágico de la infancia, antes de que asomaran los cantos afilados de la adolescencia. Pasaron el verano como dos parias, compartiendo esa amistad que solo dos marginados sociales podían compartir. El verano siguiente, Ellie se había vuelto demasiado moderna para el Big Bowl.

—Ha pasado un montón de tiempo, Cal, no puedo creer que aún te acuerdes.

—Pues me acuerdo. —Había un tono extraño en su voz. Se acercó al perchero situado junto a la puerta y cogió su abrigo.

—Hoy hay karaoke —anunció Peanut con una sonrisa.

Ellie estaba perdida y Peanut lo sabía.

—Supongo que un margarita no me hará daño. —Mejor eso que ir a casa. No soportaba la idea de contarle a Julia lo del ADN.


Los gigantescos abetos de Douglas que flanqueaban la carretera del río formaban una interminable sierra de dientes negros y afilados. Las copas de los árboles y los picos de las montañas cortaban el cielo en trocitos pequeños. Había estrellas por doquier, algunas tan próximas y brillantes que tenías la certeza de que su luz alcanzaría la tierra húmeda, pero cuando Ellie se miró los pies, debajo solo encontró grava oscura.

Se rio. Por un momento casi había esperado bajar la mirada y ver una nube de niebla negra.

—No tan deprisa —dijo Cal rodeando el coche. Sujetó a Ellie por el brazo para enderezarla.

Ellie no podía dejar de contemplar el cielo. La cabeza le pesaba. También los párpados.

—¿Ves el Carro? —Estaba justo a la izquierda, sobre su casa—. Mi padre siempre decía que Dios lo utilizaba para verter magia por nuestra chimenea. —Se le quebró la voz. El recuerdo la había pillado desprevenida. No había tenido tiempo de levantar su escudo—. Por eso no bebo.

Cal la rodeó con el brazo.

—Pensaba que no bebías por lo del baile de graduación. ¿Te acuerdas cuando vomitaste sobre Haley, el director del colegio?

—Necesito nuevos amigos —farfulló Ellie. Se dejó conducir hasta la casa, donde los perros se le abalanzaron con tal vehemencia que casi la derriban—. ¡Jake, Elwood! —Se agachó y los abrazó, dejando que le lamieran las mejillas hasta tenerlas tan mojadas que parecía que hubiera estado nadando.

—Tienes que educar a esos perros —dijo Cal, apartándose de sus curiosos hocicos.

—Educar a cualquier cosa que tenga pene es imposible. —Ellie le sonrió—. Creías que no había aprendido nada de mis matrimonios, ¿eh? —Señaló la escalera—. Arriba, chicos. Enseguida subo.

Solamente tuvo que decirlo otras quince veces para que la obedecieran. Una vez que los perros se hubieron marchado, Cal dijo:

—Será mejor que te acuestes.

—Estoy harta de dormir sola. Haz como si no lo hubiera dicho. —Ellie hizo ademán de alejarse, pero se detuvo en seco—. ¿Has oído eso? Alguien está tocando el piano. «Delta Dawn». —Empezó a cantar—. «Delta Dawn, ¿what's that flower you have on?» —Se puso a bailar por la sala.

—No hay nadie tocando —dijo Cal. Se volvió hacia el recodo donde el viejo piano de su madre acumulaba polvo—. Es la canción que cantaste hoy en el karaoke. Una de ellas, en realidad.

Ellie dejó de bailar y, tambaleándose, miró a Cal.

—Soy jefa de policía.

—Sí.

—Me emborracho con margaritas y canto karaoke… en público. Con el uniforme.

Cal se esforzaba por no sonreír.

—Mira el lado bueno, no hiciste un *striptease* ni cogiste el volante.

Ellie se tapó los ojos con la mano.

—¿Ese es el lado bueno? ¿Que no me desnudé o cometí un delito?

—Bueno…, hubo esa vez que…

—Decididamente, necesito nuevos amigos. Puedes irte a casa, no quiero verte nunca más. —Giró sobre sus talones demasiado deprisa, perdió el equilibrio y cayó como un árbol recién talado. Solo faltaba el grito de «¡Tronco va!».

—Guau, menuda leche.

Ellie rodó sobre el costado y quedó tendida bocarriba.

—¿Piensas quedarte ahí o vas a recurrir a algún sistema de poleas para subirme al cuarto?

Cal sonreía ahora abiertamente.

—Voy a quedarme aquí. Como ya no somos amigos…

—Mierda, volvemos a serlo. —Ellie alargó el brazo. Cal le sujetó la mano y la ayudó a levantarse—. Eso ha dolido —dijo sacudiéndose el polvo del pantalón.

—No me extraña.

Cal seguía sujetándole la mano. Ellie se volvió hacia él.

—Tranquilo, hermano mayor, no volveré a caerme.

—¿Seguro?

—Casi seguro. —Ellie se soltó—. Gracias por traerme a casa. Nos vemos en la comisaría a las ocho en punto. El ADN encontrará una coincidencia, lo siento en la sangre.

—Será por el tequila.

—Aguafiestas. Buenas noches. —Caminó hasta la escalera dando tumbos y alcanzó la barandilla justo cuando empezaba a caerse.

Cal corrió a sujetarla.

—¡Eh! —Notando su mano en el brazo, Ellie frunció el entrecejo—. Pensaba que te habías ido.

—Estoy aquí.

Ellie miró a Cal. Con ella en la escalera y él en el suelo, tenían los ojos a la misma altura, tan cerca que Ellie podía ver el lugar donde Cal se había cortado esa mañana al afeitarse. Reparó en la cicatriz dentada de su mandíbula. Se la había hecho el verano que cumplió los doce. Su padre lo había perseguido con una botella de cerveza rota. Fue el padre de Ellie quien llevó a Cal al hospital.

—¿Por qué eres tan bueno conmigo, Cal? Te traté muy mal en el insti.

Era cierto. Una vez que le salió pecho, se depiló las cejas y se le fue el acné, todo cambió. Los chicos empezaron a fijarse en ella, incluso los futbolistas. De la noche a la mañana, dejó tirado a Cal. Él, sin embargo, nunca se lo reprochó.

—La fuerza de la costumbre, supongo.

Ellie subió otro escalón, lo justo para poner un poco de distancia entre ellos.

—¿Por qué nunca bebes con nosotros?

—Sí bebo.

—Lo sé. He dicho con nosotros.

—Alguien tiene que llevaros a casa.

—Pero siempre eres tú. ¿A Lisa no le importa que te tengamos por ahí toda la noche?

Cal estaba mirándola de hito en hito.

—Ya te dije que este fin de semana está fuera.

—Siempre está fuera.

Él no respondió. Transcurrido un minuto, Ellie había olvidado de qué estaban hablando.

Y de repente estaba pensando de nuevo en la niña, y en su fracaso.

—No voy a encontrar a su familia, ¿verdad?

—Siempre has hallado la manera de conseguir lo que quieres, El. Ese nunca ha sido tu problema.

—¡Oh! Entonces ¿cuál es mi problema?

—Que siempre has querido las cosas equivocadas.

—Caray, gracias.

Cal parecía decepcionado. Como si hubiera deseado que dijera algo más. Ellie no conseguía imaginar qué había hecho para defraudarlo, pero algo había hecho. Si estuviera sobria, probablemente sabría la respuesta.

—De nada. ¿Quieres que te recoja mañana?

—No es necesario. Le pediré a Jules o a Peanut que me lleven.

—De acuerdo. Hasta mañana.

—Hasta mañana.

La casa volvió a quedar en silencio. Con un suspiro, Ellie subió a trompicones la estrecha y empinada escalera. Una vez arriba, quiso girar a la izquierda, hacia el dormitorio de sus padres —ahora suyo—, pero su mente estaba en piloto automático y la llevó directamente a su viejo cuarto. No fue hasta que vio las dos camas ocupadas que cayó en la cuenta de que había girado en la dirección equivocada.

La niña estaba despierta y observándola. Había estado dormida en el momento de abrirse la puerta, Ellie estaba segura.

—Hola, pequeña —susurró, encogiéndose al oírla responder con un gruñido quedo—. Yo nunca te haría daño —continuó mientras retrocedía hacia la puerta—. Solo quería ayudarte. Desearía...

¿Qué deseaba? Lo ignoraba. Bien mirado, ese había sido el problema con su vida, ahora y siempre; nunca había sabido qué desear hasta que ya era demasiado tarde.

Quería prometerle que iba a encontrar a su familia, pero no lo creía posible. Ya no.

Como la margen de un río en época de deshielo, la confianza de Julia iba erosionándose poco a poco. No se apreciaba a primera vista —no caían grandes pedazos de tierra—, pero el resultado final era un cambio en el rumbo de las cosas, una nueva dirección. Cada vez se refugiaba más en el mundo seguro de sus notas.

Sobre esas delgadas líneas azules, lo analizaba todo. Aunque seguía creyendo que Alicia entendía, como mínimo, lo mismo que un niño de dos años —algunas palabras aquí y allá—, no estaba consiguiendo que la niña hablara. Las autoridades la estaban presionando. Cada día, el doctor Kletch le dejaba un mensaje en el contestador. Siempre el mismo. «No está ayudando a esa niña lo suficiente, doctora Cates. Déjenos intervenir».

Esta tarde, tras acostar a Alicia para su siesta, Julia se había quedado arrodillada junto a la cama, acariciándole el suave cabello negro y dándole palmaditas en la espalda mientras pensaba «¿Cómo puedo ayudarte?».

Había notado el picor de las lágrimas en los ojos y, cuando quiso darse cuenta, caían a borbotones por sus mejillas.

Tuvo que ir al cuarto de baño y maquillarse de nuevo para la rueda de prensa. Acababa de ponerse el rímel cuando un coche se detuvo fuera. Estaba bajando las escaleras cuando se encontró a Ellie que subía.

—¿Estás bien? —le preguntó arrugando la frente.

—Sí. Alicia está dormida.

—Bien. Peanut te espera en el coche. Hoy me quedaré yo.

Julia asintió. Cogió la cartera y abandonó la casa.

Peanut y ella recorrieron los dos kilómetros hasta el pueblo bajo una lluvia torrencial. Las gotas sobre el techo y el parabrisas del coche eran tan atronadoras que resultaba imposible mantener una conversación. La lluvia parecía bullir sobre el capó.

Mientras Peanut aparcaba, Julia abrió un paraguas y corrió hasta la comisaría. Al dirigirse a la tarima tras colgar el abrigo reparó en ello.

Las sillas estaban vacías.

No había acudido nadie.

Cal estaba sentado frente a la centralita, mirándola con lástima.

Julia consultó la hora. La rueda de prensa debería haber empezado hacía cinco minutos.

—Puede que...

La puerta se abrió bruscamente. Peanut se detuvo en el umbral con el chubasquero del departamento y la cara goteando.

—¿Dónde está la gente?

—No se ha presentado nadie —le informó Cal.

El rostro rollizo de Peanut pareció venirse abajo. Sus ojos recorrieron la sala, pasando del pasmo a la resignación. Se acercó a Cal y este le cogió la mano.

—Mal asunto.

—Y que lo digas —convino Julia.

Esperaron media hora en un silencio angustioso, saltando de la silla cada vez que sonaba el teléfono. A las 16.45 nadie podía seguir fingiendo.

Julia se levantó.

—Tengo que volver a casa, Peanut. Alicia no tardará en despertarse. —Agarró la cartera y siguió a Peanut hasta el coche.

Había dejado de llover y el cielo aparecía gris y magullado, exactamente como ella se sentía. Sabía que debería charlar con Peanut, responder, por lo menos, su interminable retahíla de preguntas, pero no se veía con fuerzas.

Peanut dobló por Main Street. Tras un rápido «¡Ajá!», se detuvo en una de las plazas de aparcamiento en batería que había frente al Rain Drop Diner.

—Le prometí a Cal que le llevaría la cena. Solo será un momento. —Desapareció antes de que Julia pudiera contestar.

Julia bajó del coche. Había sido su intención comprarse un café, pero ahora que estaba allí, se sentía incapaz de andar. Al otro lado de la calle estaba Sealth Park, el lugar donde había aparecido Alicia. El arce, ahora desnudo, alargaba sus ramas vacías hacia el cielo crepuscular. La oscuridad impedía ver el bosque a lo lejos.

«¿Cuánto tiempo pasaste ahí?».

Julia notó una presencia a su lado. Devolvió sus pensamientos al presente y se dio la vuelta, esperando ver el rostro sonriente de Peanut.

Era Max, vestido con una cazadora negra de cuero, unos vaqueros y una camiseta blanca. Julia había estado evitándolo deliberadamente durante semanas. Y ahora ahí estaba, mirándola, ocupando demasiado espacio y respirando demasiado aire.

—Cuánto tiempo.

—He estado muy ocupada.

—Yo también.

Hubo una pausa mientras seguían mirándose.

—¿Cómo está Alicia?

—Va progresando.

—¿Sigue sin hablar?

Julia torció el gesto.

—Sí.

Max frunció el entrecejo. Duró solo un segundo, puede que menos; Julia pensó que quizá lo había imaginado, hasta que él dijo:

—No te desanimes. La estás ayudando.

Julia se sorprendió de lo mucho que esas sencillas palabras significaban para ella.

—¿Cómo es posible que siempre sepas qué necesito escuchar?

Max sonrió.

—Tengo superpoderes.

Sonó una campanilla y Peanut salió de la cafetería.

—¿Cómo está, doctor Cerrasin? —dijo mirando a ambos. Por su cara, parecía convencida de que se había perdido algo importante.

—Bien, bien. ¿Y tú?

—Bien —dijo Peanut.

Max miró fijamente a Julia. Ella notó que le subía un pequeño escalofrío por la espalda; probablemente se debiera al frío.

—En fin —dijo, intentando continuar la frase con algo que tuviera sentido. Pero lo único que podía hacer era mirar a Max.

—Debo irme —añadió al final él.

De regreso en el coche, rumbo a casa, Peanut dijo:

—El doctor Cerrasin es guapísimo.

—¿Tú crees? —preguntó Julia mirando por la ventanilla—. No me había fijado.

Peanut soltó una carcajada.

# 16

Ellie estaba en la sala de estar, leyendo —de nuevo— los informes de niñas desaparecidas cuando llegó Julia. Supo cómo había ido la rueda de prensa por la decepción reflejada en su rostro. Fue uno de esos momentos en que Ellie habría preferido no ser tan observadora. Podía ver todas las líneas nuevas en el semblante de Julia, la palidez de su piel y los kilos que había perdido. Estaba casi en los huesos.

La asaltó el sentimiento de culpa. Ella era la responsable de que Julia estuviera consumiéndose. Si hubiera hecho mejor su trabajo, el peso de la identificación no habría caído sobre los delgados hombros de Julia. Para su sorpresa, sin embargo, su hermana no se lo había reprochado ni una sola vez.

Últimamente apenas pasaban tiempo juntas. Desde que las ruedas de prensa comenzaran, Julia no había parado de trabajar. Pasaba todas las horas del día metida en la habitación de arriba.

—No vino nadie —dijo Julia, arrojando la cartera sobre el sofá.

Su voz tenía un temblor casi imperceptible; podía ser de agotamiento o de derrota. Se sentó en la mecedora favorita de su madre, pero no se relajó. Tenía el cuerpo tenso. A Ellie le recordó a una astilla de fresno pulida en exceso. Apenas quedaba suficiente de ella para doblarla sin partirla en dos.

Se hizo un silencio roto tan solo por el crepitar del fuego en la chimenea.

Ellie miró hacia la escalera pensando en Alicia.

—¿Qué hacemos ahora?

Julia se miró los puños recogidos sobre el regazo. Su repentina fragilidad encogía el corazón.

—Estoy haciendo progresos, pero…

Ellie esperó. La frase quedó inconclusa, engullida por la quietud de la sala.

—Pero ¿qué?

Julia levantó finalmente la vista.

—Puede… que no sea lo bastante buena.

Consciente de lo vulnerable que su hermana se sentía en esos momentos, Ellie sabía que tenía que hacer el comentario adecuado, un talento que en ella escaseaba.

—Papá solía decirme que eras brillante, que algún día iluminarías el mundo con tu brillo. Todos nos dábamos cuenta de eso. Por supuesto que eres lo bastante buena.

Julia emitió un sonido parecido a un bufido.

—¿Papá? Estás de broma. Papá solo pensaba en él.

La observación sorprendió tanto a Ellie que tardó unos instantes en elaborar una respuesta.

—¿Papá? Él tenía grandes planes para nosotras. Bueno, conmigo tiró la toalla después de mi segundo matrimonio fallido, pero tú eras fuente de orgullo y de dicha para él.

—¿Estamos hablando del Gran Tom Cates que acaparaba toda la atención y aplastaba la personalidad de su esposa?

Ellie se rio de las ridículas palabras.

—¿Bromeas? Papá adoraba a mamá, no podía vivir sin ella.

—Y mamá no podía vivir con él al lado. En una ocasión lo dejó durante dos días. ¿Sabías eso? Cuando yo tenía catorce años.

Ellie frunció el entrecejo.

—¿Te refieres a cuando se marchó a casa de la abuela Dotty? Volvió enseguida. —Hizo un gesto impaciente con la mano—. La cuestión aquí es que los dos creían en ti y les rompería el corazón ver que dudas de ti. ¿Qué harías ahora mismo si fueras la Julia de antes y la niña que está arriba necesitara tu ayuda?

Julia se encogió de hombros.

—Subiría y probaría algo radical. Vería si una pequeña sacudida podría ayudarla.

—Pues hazlo.

—¿Y si no funciona?

—Pruebas otra cosa. Dudo mucho que se suicide si te equivocas. —Ellie cayó en la cuenta un segundo demasiado tarde de lo que había dicho. Cuando miró a Julia, reparó en su cara pálida y en sus ojos llorosos y finalmente lo comprendió—. Es eso, ¿no? Esto tiene que ver con lo que pasó en Silverwood. Debí suponerlo.

—Hay cosas… que marcan.

Ellie no podía ni imaginar lo pesada que debía de ser esa carga, cómo su hermana era capaz de soportarla. Pero aún quedaba una cosa por decir.

—Tienes que seguir intentándolo.

—¿Y si no la estoy ayudando lo suficiente? Los médicos del centro terapéutico…

—Son gilipollas. —Ellie se inclinó hacia delante y la miró a los ojos—. ¿Recuerdas cuando viniste a casa para el funeral de papá? Estabas en mitad de tu rotación en quirófano. Te pregunté cómo podías soportarlo… sabiendo que si la cagabas el paciente podía morir.

—Sí.

—Dijiste, palabras textuales: «Ser médico implica eso». Dijiste que a veces seguías adelante porque tenías que hacerlo.

Julia cerró los ojos y suspiró.

—Me acuerdo.

—Pues ahora es el momento de seguir adelante. Esa niña necesita que creas en ti.

Julia se volvió hacia la escalera. Tras un largo instante, dijo:

—Si decido hacer algo radical, necesitaré tu ayuda.

—¿Qué puedo hacer?

El ceño de Julia apareció y desapareció tan deprisa que Ellie pensó que lo había imaginado. Julia se puso en pie.

—Busca un lugar discreto y siéntate en silencio.

—¿Y?

—Y espera.


Julia notó un optimismo inesperado en sus pasos cuando subió la escalera. Ni siquiera había sido consciente, hasta su conversación con Ellie, de que había estado rindiéndose en silencio. No con respecto a Alicia; eso nunca. Con respecto a ella. Más y más a menudo, en las horas más oscuras y profundas de la noche, había puesto en tela de juicio su capacidad, preguntándose si ayudaba o perjudicaba a Alicia, preguntándose sobre Amber y las demás víctimas. Cuantas más vueltas le daba a todo eso, más débil se sentía, y cuanto más débil se sentía, más vueltas le daba. Era un círculo vicioso que podría destruirla.

Adoptando la actitud de una ganadora, enderezó los hombros y alzó el mentón. Combinada con la naciente esperanza de «Quizá todavía sea capaz», obtuvo la fuerza necesaria para abrir la puerta de su antiguo cuarto.

Alicia estaba enroscada en la cama como un rollo de canela. Yacía, como siempre, sobre la colcha. Por mucho frío que hiciera en la habitación, jamás se tapaba.

Julia echó un vistazo al reloj. Eran casi las seis. Alicia no tardaría en despertarse de su siesta. La pequeña era como un tren japonés en el cumplimiento de sus rutinas. Se despertaba cada mañana a las cinco y media, se echaba una siesta de cuatro y media a seis y cada noche se dormía a las 22.45. Julia habría podido utilizarla de reloj; ese horario les habría permitido dirigir las ruedas de prensa.

Cerró la puerta tras de sí con un sonoro clic. Sacó sus libretas de la caja que guardaba en el estante superior del armario y se sentó a la mesa, donde procedió a repasar sus anotaciones de la mañana.

Hoy Alicia cogió nuestro ejemplar de *El jardín secreto*. Pasaba las páginas con suma destreza. Cuando aparecía un dibujo, emitía un sonido y golpeaba la hoja con la palma de la mano, y luego levantaba la vista hacia mí. Parece querer que la observe todo el tiempo.

Todavía me sigue como una sombra dondequiera que voy. A menudo introduce la mano dentro de mi cinturón o de la cinturilla de mi pantalón y se pega a mí, moviéndose con una capacidad sorprendente para calcular hacia dónde me dirijo.

Sigue sin mostrar verdadero interés por otras personas. Cuando alguien entra en la habitación, corre a esconderse en su «selva». Creo que piensa que no podemos verla.

Se muestra cada vez más posesiva conmigo, especialmente cuando no estamos solas. Eso indica que es capaz de crear apegos y vínculos. Como no puede o no quiere expresar con palabras esa posesividad cuando otros me están hablando, recurre a lo que haya disponible para generar ruido, como golpear la pared, resoplar, arrastrar los pies o aullar. Confío en que un día de estos su frustración por las limitaciones de tales formas de comunicación la obliguen a intentar verbalizar sus sentimientos.

Julia cogió el bolígrafo y añadió:

Esta última semana se ha sentido bastante cómoda en su nuevo entorno. Pasa largos ratos frente a la ventana, pero solo si yo estoy a su lado. He percibido una mayor curiosidad por su mundo. Mira debajo y alrededor de los objetos, abre cajones y armarios. Sigue sin tocar nada que sea metálico y grita cuando lo roza sin querer, pero se va acercando a la puerta. Hoy, en dos ocasiones me arrastró hasta la entrada y me obligo a tumbarme con ella. Pasó casi una hora en silencio, contemplando la rendija de luz procedente del pasillo. Los perros estaban al otro lado, arañando la hoja y gimoteando para que los dejara entrar. Alicia está empezando a preguntarse qué hay más allá de este cuarto. Es una buena señal: ha pasado del miedo a la curiosidad. Así pues, creo que ha llegado el momento de ampliar un poco su mundo. Pero tendremos que ir con sumo cuidado, pues creo que el bosque ejercerá una fuerte atracción en ella. En algún lugar, en toda esa oscuridad, se encuentra el que era su hogar.

Julia escuchó movimiento en la cama. El viejo armazón crujió cuando Alicia se levantó. Como siempre, fue directa al cuarto de baño. Cruzó ágilmente la habitación, sin hacer apenas ruido, y se metió en el lavabo. Instantes después sonó la cadena. A continuación, corrió a acurrucarse junto a Julia, introduciendo la manita en el bolsillo de su pantalón.

Julia soltó el bolígrafo, recogió sus diarios y libretas y los guardó en un estante alto. Alicia se movía sigilosa a su lado, sin perder el contacto en ningún momento.

Julia se acercó a la cómoda y sacó un mono azul y un bonito jersey rosa.

—Ponte esto —dijo tendiéndole la ropa a Alicia.

La pequeña obedeció. Intentó varias veces ponerse el jersey, pero se hacía un lío con el cuello y las mangas. Cuando, presa de la frustración, empezó a respirar con fuerza y a resoplar, Julia se arrodilló a su lado.

—Te estás poniendo nerviosa. No pasa nada. Mira, la cabeza entra por aquí.

Alicia se calmó enseguida y se dejó ayudar por Julia, pero con los zapatos fue implacable. Sencillamente, se negó a ponérselos. Julia acabó por rendirse.

—Ven conmigo —dijo—, aunque tendrás frío en los pies. —Le tendió la mano.

Alicia se acercó y metió la mano de nuevo en el bolsillo de Julia.

Con suma suavidad, Julia la apartó y volvió a tenderle la mano.

—Cógeme la mano, Alicia. —Hizo que su voz sonara suave como un velo de seda.

La respiración de Alicia se aceleró. El desconcierto le tiró de las cejas y la frente.

—Tranquila.

Durante unos minutos interminables ambas permanecieron por completo inmóviles. En dos ocasiones más Alicia acercó la mano al bolsillo de Julia y fue rechazada con suma delicadeza.

Por fin, justo cuando Julia estaba dudando de la viabilidad de su plan, Alicia dio un paso hacia ella.

—Bien —dijo—. Cógeme la mano.

El gesto de alargar el brazo fue lento, vacilante, y quizá el momento más valiente que Julia había presenciado hasta la fecha. La niña estaba visiblemente aterrorizada —respiraba fuerte, temblaba, su mirada era casi de pánico— y, sin embargo, lo hizo.

Julia tomó la mano pequeña y trémula.

—Daño no —dijo mirando a Alicia a los ojos.

La niña dejó ir un suspiro de alivio.

Cogidas de la mano, Julia la condujo hacia la puerta.

Alicia se detuvo antes de llegar a ella. Era lo más cerca que había estado de la puerta hasta ese momento. Contempló horrorizada el reluciente pomo.

—Tranquila. Daño no. Estás a salvo. —Julia le apretó la mano para tranquilizarla. Se quedó muy quieta, dando espacio a Alicia para aceptar el momento. Cuando el temblor de la pequeña disminuyó, Julia extendió el brazo hacia la puerta.

Alicia intentó recular.

Sosteniéndole la mano con firmeza, Julia dijo:

—Tranquila. Estás asustada, pero daño no. —Giró el pomo y abrió la puerta. El pasillo apareció ante ellas. Largo y recto, iluminado por apliques, no contenía sombras ni recodos ocultos. Los perros estaban allí. Al ver a Alicia, estallaron en brincos y ladridos y echaron a correr hacia ella.

Alicia se pegó a Julia y, emitiendo un gruñido desde las profundidades de su garganta, extendió una mano pequeña y pálida.

Los perros frenaron en seco, se sentaron y esperaron.

Alicia levantó la vista hacia Julia.

Esta no entendía qué estaba pasando.

—Está bien, Alicia —dijo sin saber a lo que estaba accediendo, pero podía ver la pregunta en los ojos de la niña.

Muy lentamente, la niña le soltó la mano y caminó hacia los perros. Estos seguían muy quietos. Al llegar junto a ellos, fue como si le dieran a un interruptor. Los perros volvieron de golpe a la vida, lamiéndola y tocándola con las patas.

Alicia se abalanzó sobre ellos y rio cuando le acariciaron el cuello con el hocico.

Julia se empapó de esa nueva imagen de Alicia sonriendo.

Pasados unos minutos, la pequeña dejó a los perros y reculó para volver junto a Julia. Metió la mano en su cinturilla.

—Vamos, Alicia —dijo Julia.

Alicia se dejó conducir despacio hasta el pasillo. Una vez allí, le entraron los nervios. Se volvió hacia las plantas del dormitorio. Cuando intentó dar un paso atrás, Julia añadió con firmeza:

—Por aquí.

Al llegar a lo alto de la escalera, hicieron otra pausa. Los perros las seguían en silencio.

Julia quería aupar a Alicia y bajarla en brazos, pero no se atrevía. La niña podría revolverse con tanta violencia para soltarse que temía que se le resbalara.

En lugar de eso, sujetó la manita con fuerza y bajó un escalón.

Alicia la miró un largo instante, evaluando sin duda ese nuevo giro de los acontecimientos. Luego la imitó. Bajaron los peldaños de uno en uno. Cuando llegaron al sofá de la sala ya era noche cerrada.

Julia abrió la puerta del porche, revelando la oscuridad del exterior. El aire olía al inminente invierno, a hojas muertas y a hierba empapada de lluvia, y a las últimas rosas que festoneaban el costado de la casa. Los perros fueron derechos al jardín y se pusieron a jugar.

Alicia soltó una exclamación queda y dio un paso sola, luego otro, hasta alcanzar el porche. Los viejos tablones de cedro crujieron a modo de bienvenida. La mecedora fue acariciada por la brisa y se balanceó.

Alicia se dejaba conducir ahora con facilidad. Bajaron los escalones, rodearon la esquina y pisaron la frondosa hierba. El río sonaba con fuerza; las hojas susurraban entre sí y revoloteaban hasta el suelo. Había miles de ellas y se arremolinaban todas a la vez, a pesar de que la brisa era suave como el aliento de un bebé.

Alicia soltó la mano de Julia y se agarró, en su lugar, a la pernera de su pantalón. Después cayó de rodillas y se quedó muy quieta, con la cabeza gacha.

Al principio el sonido fue tan tenue, tan débil, que Julia lo confundió con un aumento del viento.

Alicia alzó el rostro hacia el cielo nocturno y emitió un aullido que onduló en el aire. Era un sonido tan triste y solitario que te entraban ganas de llorar o de aullar con ella. Te hacía pensar en todo lo que habías amado, en todo lo que habías perdido y en todo el amor que no habías conocido.

—Adelante, Alicia —dijo Julia, consciente de la ronquedad en su voz. No era profesional emocionarse de ese modo, pero no podía evitarlo—. Sácalo todo. Estás llorando por ti, ¿verdad?

Cuando los aullidos cesaron, Alicia permaneció arrodillada en la hierba, tan quieta que parecía que se hubiese fundido con el paisaje. De repente, se inclinó hacia delante y cogió de la oscuridad un diente de león amarillo. Julia ni siquiera había sido capaz de ver la flor. Con un movimiento fluido, Alicia separó la raíz del tallo y se la comió.

—Este es el mundo que tú conoces, ¿no es cierto? —Julia intentó que Alicia le soltara el pantalón y se paseara libremente, pero la pequeña se resistía—. No voy a abandonarte, pero tú eso no lo sabes. Alguien te abandonó ya en estos bosques, ¿verdad?

En el silencio que siguió graznó un cuervo, seguido del ulular de un búho. En cuestión de segundos, el canto de los pájaros inundó el bosque que lindaba con la casa. Las ramas ocultas crujían y suspiraban, las agujas de los pinos murmuraban.

Alicia imitaba los diferentes trinos de manera impecable y los pájaros le respondían.

En la oscuridad, los ojos de Julia tardaron unos instantes en percatarse de lo que estaba pasando.

El jardín estaba lleno de pájaros dispuestos en un amplio círculo.

—Dios mío… —Era la voz de Ellie, procedente de algún lugar entre las sombras.

Al oírla, los pájaros levantaron el vuelo con un aleteo raudo y susurrante.

A lo lejos aulló un lobo.

Alicia respondió.

Un escalofrío trepó por la espalda de Julia; de repente estaba helada.

—No te muevas —dijo a Ellie al escuchar un crujido de hojas.

—Pero…

—Ni hables.

Alicia tiró de su mano. Era la primera vez que la niña intentaba guiarla. Julia no pudo evitar una sonrisa.

—Muy bien, pequeña. Yo te sigo.

Una nube se alejó de la luna y cruzó flotando el cielo. A su paso, la luz de la luna pintaba la hierba y alumbraba el río. Todo ofrecía un aspecto plateado y mágico.

Alicia señaló los rosales. Desnudos y raquíticos, necesitaban con urgencia una poda. Soltó la mano de Julia y se acercó a las rosas con una seguridad que Julia no había visto antes. Enderezó la espalda y alzó el mentón. Por primera vez no iba encorvada, con el brazo sobre la barriga. La luna se reflejaba en su pelo, el cual se mostraba negro como el ala de un cuervo con matices azules.

La noche parecía impregnada de magia, resplandecía con ella. Las estrellas brillaban intensamente en el cielo. Julia habría jurado que podía oír el océano. Retrocedió despacio para dejar que Alicia experimentara ese perímetro de su propio mundo. Notó que su hermana se acercaba.

Ellie se detuvo a su lado.

—¿Cómo sabes que no huirá?

—No lo sé, pero confío en el vínculo que tiene conmigo. Ahí fuera hay malos recuerdos para ella.

—El eufemismo del año.

Julia observó a Alicia acercarse un poco más al rosal mientras se preguntaba qué haría la pequeña si una espina le pinchaba el dedo. ¿Acudiría a ella en busca de ayuda o consuelo? ¿Había aprendido que ya no estaba sola o se sentiría traicionada por ese extraño lugar y regresaría corriendo al mundo que conocía?

—Vigila, Alicia —le dijo—. Tiene pinchos.

La niña arrancó un capullo de rosa y lo acarició con una delicadeza que sorprendió a Julia. A continuación, se dio la vuelta y echó a andar despacio hacia el río. Cuando llegó a la orilla, se detuvo.

Julia y Ellie la seguían, listas para rescatarla si se tiraba al agua.

Pero Alicia siguió caminando por la margen del río hasta el lugar donde la hierba estaba apisonada y muerta. Cayó de rodillas y, agachando la cabeza, empezó a aullar bajito.

—Está llamando a su lobo —susurró Julia—. Contándole su historia y diciéndole que lo añora.

Aguardaron una respuesta conteniendo el aliento, pero solo se escuchaba el susurro de los árboles y la risa ronca del río.

—Está en la granja de animales con otros lobos —dijo finalmente Ellie—. Demasiado lejos para que pueda oírla.

Julia se acercó a Alicia y le tocó el hombro.

Esta se volvió y la contempló con unos ojos tan oscuros e insondables que parecían reflejar el cielo infinito de la noche.

Julia se arrodilló en la hierba húmeda.

—Háblame, Alicia. ¿Qué sientes ahora mismo? No tengas miedo, aquí estás a salvo.


La noche está plagada de ruidos. A veces son tan fuertes que a Niña le cuesta oír el silencio que hay debajo de ellos. Siempre ha sido así. Tiene que hacer un verdadero esfuerzo para no oír a los animales, a los insectos, el viento y las hojas. Ha de cerrar los ojos y escuchar los latidos de su corazón hasta que no hay nada más. Incluso en la oscuridad ve demasiado: una araña reptando por el suelo junto a sus pies, una pareja de cuervos observándola desde el árbol morado, una mariposa nocturna volando río abajo. A lo lejos oye el movimiento deslizante de un gato cazando.

Ojalá las dos Ellas dejaran de hablar tan alto, así Niña podría respirar otra vez. Siente una opresión en el pecho que la asusta. Debería sentirse segura aquí fuera, en los límites de su mundo. Si quisiera, podría echar a correr. Si fuera con tiento y siguiera el río, podría encontrar su cueva.

Siempre que estaba frente a la caja mentirosa, con el brazo extendido en el aire que olía a hierba, se imaginaba una oportunidad como esta. El momento en que Pelo de Sol miraría hacia otro lado y Niña huiría.

Pero ahora no quiere irse.

Se mira los pies. Están plantados firmemente en el suelo, como las raíces de un árbol. Este es el lugar donde quiere estar. Con Pelo de Sol.

—Háblamealicia.

Pelo de Sol está delante de ella y le ofrece la mano. A la luz de esa luna de cara redonda, todo en Pelo de Sol es blanco.

Niña está asustada y confusa. ¿Y si Pelo de Sol no quiere que Niña se quede? A lo mejor está dejándola ir.

No quiere volver al frío y la oscuridad de su cueva. Puede que Él esté allí...

Pelo de Sol se inclina.

—¿Puedeshablarmealicia?

La otra Ella, la grande y tintineante Pelo de Noche, dice algo desde las sombras. No hay color ni olor alrededor de ella. Niña no puede percibir lo que siente o piensa, pero sabe que es malo.

Algo pasa.

—Déjalo. Meestádandoescalofríos —dice Pelo de Noche. Tirita como si hiciera frío, lo que desconcierta a Niña todavía más. Está a lunas y lunas de hacer frío.

—Vetetú. Yomequedo. —Pelo de Sol está mirando a Niña con una sonrisa—. Necesitoquehablesalicia. ¿Entiendesloquedigo?

Niña oye algo. La acecha con sigilo, como un lobo cazando. Frunce el entrecejo, tratando de comprender.

«Necesito».

«Hables».

¿Quiere Pelo de Sol que Niña haga los sonidos que significan cosas?

No.

No puede ser. Eso es Malo.

La sonrisa de Pelo de Sol se apaga lentamente. El color de sus ojos pasa del verde al gris claro. Es el color de la desesperanza, del agua que cae de los ojos. Finalmente, Pelo de Sol hace un sonido triste, desolado, y se incorpora.

—AlomejoryoteníarazónElynosoylapersonaquepuedeayudaraestañiña.

Ahora Pelo de Sol parece estar a kilómetros de Niña. Pronto estarán tan lejos la una de la otra que Niña no podrá encontrarla.

—Necesitoquehablespequeña. —Pelo de Sol suspira—. Por favor.

«Por favor».

De algún lugar, Niña recuerda este sonido. Es especial, como los primeros brotes de la primavera.

Pelo de Sol quiere que Niña haga los sonidos prohibidos.

Niña se levanta despacio. Está mareada de miedo.

Pelo de Sol está alejándose.

Se marcha.

El miedo la impulsa hacia delante. Agarra la mano de Pelo de Sol y la sujeta con tanta fuerza que le duele.

Pelo de Sol se vuelve hacia ella y se arrodilla.

—Tranquilaalicia. Tranquila. Novoyaabandonarte.

«Abandonarte». Entre el barullo de sonidos, Niña distingue ese. Es tan claro como el sonido de un río en crecida.

Niña mira a Pelo de Sol. Aferrada a su mano, quiere apartar la vista o cerrar los ojos, de manera que si Pelo de Sol va a pegar-le no tenga que verlo venir, pero se obliga a mantenerlos abiertos. Necesitará todo su corazón, todo lo que tiene dentro, para pensar y recordar y hacer el sonido prohibido.

—¿Quéocurre? ¿Estásbien? —La voz de Pelo de Sol es tan suave que a Niña le duele el corazón.

Fija la mirada en esos bonitos ojos verdes. Niña quiere portarse bien. Se humedece los labios y, muy bajito, dice:

—Queda.

Pelo de Sol hace el mismo sonido que una piedra al caer al agua.

—¿Hasdichoqueda?

Niña le entrega la rosa especial.

—*Po favo.*

Los ojos de Pelo de Sol vuelven a soltar agua, pero esta vez tiene la boca curvada hacia arriba de una manera que hace que Niña sienta un calor dentro. Pelo de Sol envuelve a Niña con sus brazos y la atrae hacia sí.

Es una sensación nueva para Niña, que la sostengan entera. Cierra los ojos y deja que su cara se entierre en la suavidad del cuello de Pelo de Sol, que huele a las flores que crecen cuando el sol atraviesa lentamente la noche.

—Queda —susurra de nuevo, sonriendo ahora.

# 17

Ellie estaba sentada en la vieja silla de su padre, en el porche, envuelta en una gruesa manta de lana. A su lado, una taza de té lanzaba al aire finas volutas de vapor.

Aunque habían pasado casi tres horas desde el espectáculo de Alicia-en-el-bosque, todavía podía oír las notas tristes, trémulas, de los aullidos de la chiquilla, como una música fúnebre en la noche.

Muchas cosas habían sucedido esa noche; sin embargo, ¿había cambiado algo? Alicia podía hablar. Ahora sabían eso, y quizá fuera la puerta que necesitaban para averiguar su identidad.

Pero, por alguna razón, Ellie lo dudaba. No creía que Alicia perteneciera a alguien o a algún lugar. Por lo que fuera, había sido abandonada como esas ancianas esquimales que se subían a un témpano, donde permanecían frías, solas e infinitamente indeseadas hasta que, sin más, renunciaban a seguir viviendo.

Ellie envolvió la taza con las manos. El vapor le acarició la cara, portando consigo el aroma a naranjas.

La puerta del porche se abrió con un chirrido a su espalda.

Julia se sentó en la mecedora de su madre.

—¿Duerme? —preguntó Ellie.

—Como un bebé.

Ellie trató de agrupar sus pensamientos. Cual potros salvajes en un prado abierto, se alejaban al galope cada vez que ella intentaba acercarse.

—¿Ha dicho algo más? —Ese era el punto de partida. Con suerte, las tres palabras habían sido solo el principio.

—No, y puede que tarde en hacerlo. Lo de esta noche es un gran paso, de eso no hay duda, pero ¿oíste la manera en que dijo «por favor»? «*Po favo*». Como un niño de dos años. Y no juntó las tres palabras en una frase. Creo que para ella las palabras son entidades separadas. —Julia tenía una sonrisa de oreja a oreja. Ellie no recordaba la última vez que la había visto sonreír así.

—¿Y eso qué significa?

Julia tardó en contestar.

—Es todo muy complejo y científico, y necesito mucha más información para formarme una opinión sólida, pero, en pocas palabras, Alicia es o muda selectiva, lo que significa que ha decidido no hablar por los traumas que ha vivido, o sufre un retraso en el desarrollo del lenguaje. Yo creo que es lo segundo, y por dos razones. En primer lugar, parece entender palabras concretas y sencillas, pero no frases compuestas por dichas palabras. En segundo lugar, esta noche las utilizó de manera independiente, lo que señala un nivel de aprendizaje sintáctico de un niño de dos años. Piensa en la manera en que los niños aprenden el lenguaje. Primero simplemente identifican palabras. Mamá. Papá. Pelota. Perro. Poco a poco, unen dos palabras para comunicar una idea más compleja, luego tres. Con el tiempo, aprenden a formar frases negativas —«No jugar. No siesta»— y empiezan a utilizar pronombres. A medida que desarrollen su destreza, transformarán sus frases en preguntas. La mayoría de los científicos creen que un niño puede aprender estas complejas reglas tácitas y absorber el lenguaje a cualquier edad hasta la pubertad. Después de eso, por alguna razón, resulta casi imposible. Por eso los niños aprenden otros idiomas con mucha más facilidad que los adultos.

Ellie levantó la mano.

—Frena, frena, Einstein. ¿Estás diciendo que Alicia puede hablar pero le han enseñado poco y, por tanto, tiene las habilidades verbales de un niño de dos años?

—Esa es mi deducción. Creo que fue criada en un entorno verbal, puede que incluso amoroso, el primer año y medio o dos años de su vida. Durante ese tiempo aprendió algunas palabras y tuvo un vínculo físico con alguien. Después... algo terrible sucedió y Alicia dejó de desarrollar sus habilidades lingüísticas.

«Algo terrible».

Las palabras dejaron tras de sí un residuo pesado.

—Una niña de dos años no sabe su nombre y menos aún su apellido.

—Lo sé.

Ellie se reclinó en la silla de su padre y suspiró hondo.

—Parece que nadie está buscando a la chiquilla, Jules. El Centro Nacional de Información Criminal no ha encontrado a ninguna niña raptada o desaparecida que coincida con la descripción de Alicia. El ADN no ha revelado nada y la prensa ya no está interesada. Y ahora me dices que, aunque consigas que empiece a hablar como una cotorra, puede que no sepa cómo se llama o quiénes son sus padres o en qué ciudad vive.

—Joder, El, me estaba sintiendo muy bien por lo de esta noche. Hemos logrado que Alicia salga fuera y hable.

—Lo siento. Has hecho un trabajo excelente con ella, Jules, en serio, pero yo también tengo responsabilidades. Servicios Sociales cree que deberíamos iniciar los trámites para meterla en un centro de acogida.

—No lo hagas, El, por favor. Aún tengo una oportunidad con ella. Ya no es solo una cuestión de encontrar a su familia, sino de salvarla, de traerla de nuevo al mundo. Fuiste tú quien me recordó lo mucho que podía ayudar a Alicia.

—Hablas como si estuvieras dispuesta a quedarte aquí el tiempo que haga falta.

—¿Por qué no iba a hacerlo? Ya no me queda nada en Los Ángeles. Cuando no tienes marido ni hijos ni trabajo es fácil dejar atrás tu vida. Cierras tu casa y te vas. —Julia levantó finalmente la vista—. La verdad es que ahora mismo necesito a Alicia. Haré todo lo que esté en mi mano para ayudarla. ¿Tienes suficiente con eso por el momento? ¿Podemos mantener en pie el acuerdo de custodia temporal?

—Sí, claro. —Ellie no sabía cómo tomarse la idea de tener a su hermana viviendo en la casa todo el invierno. Tendría que preocuparse de ello más tarde, en la oscuridad, mientras intentaba conciliar el sueño. Sí sabía, no obstante, que agradecía tener a alguien con quien compartir el peso del alma dañada de la pequeña Alicia—. ¿Qué me dices de... eso tan raro que pasó? ¿Lo de los pájaros?

Por encima del canto de su taza, Julia contempló el río bañado de luna.

—No lo sé. Alicia ha vivido en un mundo distinto del nuestro, con reglas diferentes. Cuando estaba investigando los casos documentados de niños salvajes, se me hizo patente que en casi todos los siglos anteriores, tales niños eran idealizados, considerados ejemplos de naturaleza auténtica. Sin corromper ni civilizar, representaban una pureza del hombre que no podía existir en una sociedad que establecía normas de conducta.

—¿Y todo eso significa...?

—Que quizá Alicia sea más parte de la naturaleza que del hombre, que esté más conectada con el mundo natural, olores, plantas y animales, que con nosotros.

Ellie ni siquiera sabía cómo interpretar eso.

—A mí me pareció magia más que ciencia.

—Esa es otra explicación.

—¿Y ahora qué? ¿Cómo conseguimos que empiece a hablar?

Julia miró a su hermana.

—Necesita comprender que aquí está segura. Creo que tenemos que enseñarle lo que es una familia. Puede que eso le resuene, le haga recordar. Y le enseñaremos como se le enseña a un niño de dos años: palabra a palabra.

Esa misma noche, una vez que Ellie se hubo acostado, Julia permaneció en su cama mirando el techo. Estaba demasiado nerviosa para dormir. La sangre parecía vibrarle bajo la piel.

«Queda».

Ese momento se reproducía sin cesar en su cabeza. Cada vez que lo rememoraba, experimentaba un estremecimiento de asombro por lo que representaba.

Hasta esa noche, hasta el momento en que Alicia pronunció su primera palabra, Julia no había sido consciente de lo perdida que estaba, de lo hondo que había caído. Su apoyo en su confianza había sido frágil y resbaladizo. Pero ahora había regresado. Volvía a ser la de antes.

Y jamás se rendiría de nuevo. Al día siguiente a primera hora llamaría al equipo de médicos y científicos que querían estudiar a Alicia y les diría que recularan. Luego convencería a Servicios Sociales de que no tenía que preocuparse por la ubicación actual de la niña.

Tal vez fuera esa la lección que había necesitado aprender de la tragedia de Amber, la señal oculta que tanto había anhelado encontrar.

En su profesión siempre tendría fracasos y pérdidas dolorosas. Pero para ser la mejor, debía mantenerse firme en su creencia de que podía marcar una diferencia.

Volvía a sentirse fuerte. Ni las llamadas de científicos o supuestos colegas ni las preguntas de los medios la hundirían. Nadie iba a arrebatarle a Alicia.

Esa noche necesitaba hablar con alguien, compartir su victoria, y solo había una persona capaz de entenderla.

«Estás loca, Julia».

Apartó la colcha y se levantó. Se puso un gastado pantalón

negro de chándal y una camiseta azul, besó la suave mejilla de Alicia y salió de la habitación.

Se detuvo frente a la puerta de Ellie. No salía luz por debajo de la puerta, tampoco ruido del interior.

No quería despertar a su hermana. Además, Ellie no comprendía del todo la importancia de lo sucedido esa noche.

Sin permitirse pensar, subió al coche y puso rumbo a la vieja carretera. No había tráfico a esa hora de la noche; el mundo estaba oscuro y tranquilo. Las estrellas salpicaban el cielo como un cuadro de Jackson Pollock.

Justo antes de la entrada del parque nacional, dobló por un camino de grava lleno de baches. En la última curva apagó los faros del coche. Al abrigo de la oscuridad, entró en el jardín.

A decir verdad, no sabía qué hacía allí, estacionada delante de su casa como una adolescente un solitario sábado por la noche.

No era cierto. Quizá no quisiera reconocer por qué estaba allí, pero lo sabía.

Pese a las veces que se había dicho que estaba cometiendo una locura —como una mosca volando directa a la tela de araña—, no parecía capaz de evitarlo.

Bajó del vehículo y cruzó el jardín mientras escuchaba el suave chapoteo del lago a lo largo de la orilla.


Max oyó llegar el coche y confió en que no fuera una urgencia médica. Era su primera noche libre esa semana y acababa de apurar su segundo whisky.

Escuchó pasos en el porche y, seguidamente, unos nudillos llamando a la puerta.

—Estoy aquí fuera —gritó—, en la terraza.

Hubo una larga pausa. Se disponía a gritar de nuevo cuando oyó unos pasos.

Era Julia. Al verlo en el jacuzzi, se detuvo en seco.

Estaba bajo la bombilla anaranjada que iluminaba la terraza. No la había visto desde su encuentro frente a la cafetería y, sin embargo —si era franco consigo mismo—, había pensado en ella a menudo. No pudo por menos que reparar en lo delgada y pálida que estaba. Sus preciosas facciones aparecían tensas y marcadas y tenía el mentón más afilado que antes.

No obstante, fueron sus ojos los que lo atraparon, reteniéndolo con la firmeza con que un niño agarraba su juguete favorito.

—¿Un jacuzzi, doctor? El colmo de los clichés.

—Hoy fui a escalar. La espalda me está matando. Entra.

—No he traído el bañador.

—Apagaré la luz. —Max pulsó un botón y el jacuzzi quedó a oscuras—. Hay vino en la nevera. Las copas están sobre el fregadero.

Julia se quedó quieta un largo instante. Tanto, de hecho, que Max pensó que declinaría la invitación. Finalmente, giró sobre sus talones y desapareció. Max escuchó la puerta de entrada abrirse y cerrarse. Al rato, Julia reapareció con una copa de vino y una toalla ceñida al cuerpo.

—Cierra los ojos —dijo.

—Puedo verte las tiras del sujetador, Julia.

—¿Piensas cerrarlos o no?

—¿Qué tenemos, trece años? ¿Y luego jugaremos a la botella? Dudo que…

Julia se alejó.

—Está bien, está bien —dijo él riendo—. Cierro los ojos.

La oyó regresar, y escuchó el ruido sordo de la toalla al caer sobre la silla y el quedo chapoteo de su cuerpo al entrar en el jacuzzi. El agua ondeó contra el pecho de Max; durante una milésima de segundo pensó que era su mano.

Abrió los ojos.

Julia estaba sentada en su lado de la bañera con los brazos caídos a los lados. El encaje blanco del sujetador se había vuelto

273

transparente; Max podía ver el monte color crema de sus senos por encima del tejido y el agua, y los velados puntos oscuros de sus pezones.

—Estás mirando —dijo ella tras un sorbo de vino.

—Eres preciosa. —A Max le sorprendió el tono quebrado de su voz, lo mucho que de repente la deseaba.

—No quiero ni imaginar cuántas veces habrás dicho eso mismo a las mujeres lo bastante insensatas para meterse en este jacuzzi.

—¿Eres tú una insensata?

Julia lo miró a los ojos.

—Totalmente. Pero estúpida no. Lo sería si estuviese desnuda.

—En realidad, eres la primera mujer que entra en este jacuzzi.

—Vestida, querrás decir.

Max rio.

—No me pareces muy vestida con esas transparencias. Pero no. Me refiero a la primera mujer vestida o desnuda.

Julia frunció el entrecejo.

—¿En serio?

—En serio.

Ella se volvió ligeramente hacia el lago. A lo lejos, en la negra oscuridad, dos cisnes trompeteros flotaban ociosos en el agua. La luz de la luna hacía brillar sus plumas.

El silencio se tornó incómodo. Julia debió de notarlo también, porque finalmente se volvió hacia él y dijo:

—Cuéntame algo real, Max. No sé nada de ti.

—¿Qué quieres saber?

—¿Por qué estás en Rain Valley?

Max le dio la respuesta que daba a todo el mundo.

—Demasiados tiroteos entre pandillas en Los Ángeles.

—¿Por qué tengo la sensación de que eso es solo una parte de la historia?

—Siempre se me olvida que eres psiquiatra.

—Y muy buena. —Julia sonrió—. Pese a sacar conclusiones apresuradas. Venga, cuéntame.

Max se encogió de hombros.

—Había tenido algunos problemas personales y decidí cambiar de aires. Dejé el trabajo y me vine aquí. Me encanta la montaña.

—¿Problemas personales?

Obviamente, se quedó con lo que importaba.

—Eso es demasiado real —repuso con voz queda Max.

—A veces es necesario alejarse.

Él asintió.

—No me resultó difícil dejar Los Ángeles. Mi familia está tan loca que podría trabajar en una feria. Mis padres, y antes de que lo preguntes, se llaman Ted y Georgia, son profesores en Berkeley y actualmente se han tomado una excedencia para viajar por Centroamérica en una autocaravana llamada Dixie. Lo último que sé de ellos es que están buscando un bicho que se extinguió hace cientos de años.

Julia sonrió.

—¿Qué enseñan?

—Biología y Química orgánica, respectivamente. Mi hermana Ann está en Tailandia auxiliando a las víctimas del tsunami. Mi hermano Ken trabaja para un gran comité de expertos en Holanda. Hace casi diez años que no lo vemos. Cada año me manda una felicitación navideña en la que pone: «Mis mejores deseos para usted y los suyos, doctor Kenneth Cerrasin».

Julia soltó una carcajada tan fuerte que resopló por la nariz, lo que intensificó su risa. Max se descubrió riendo con ella.

—Y yo pensaba que mi familia era rara.

—Un desastre —dijo él sonriendo.

—¿Te apoyaron cuando tuviste tus... problemas?

Max notó que su sonrisa se desvanecía.

—Se te da muy bien meter el dedo en la llaga.

—Gajes del oficio. Lo digo porque... sé lo sola que yo me sentí durante el escándalo en Los Ángeles.

—No somos esa clase de familia.

—De modo que tú también estabas solo.

Max dejó la copa.

—¿Por qué estás aquí, Julia?

—¿En Rain Valley? Ya lo sabes.

—Aquí —dijo él suavizando la voz.

—Alicia ha hablado esta noche. Dijo «Queda».

—Sabía que lo conseguirías.

Una sonrisa se apoderó del rostro de Julia; llegó de repente, como si no la esperara. La luz del porche bañaba su piel, se enredaba en su pelo, hacía que sus pestañas parecieran largas y frágiles sobre sus mejillas. Se movió ligeramente. El agua ondeó contra el pecho de Max.

—La verdad es que... llevaba semanas esperando que ocurriera...

—¿Y?

—Y cuando ocurrió, solo podía pensar en que quería contártelo a ti.

Max no habría podido contenerse si lo hubiera intentado, y no lo intentó. Salvó la pequeña distancia que los separaba y la besó. Fue esa clase de beso que había olvidado. Susurrando su nombre, deslizó la mano derecha por la espalda desnuda y resbaladiza de Julia y buscó su seno. Apenas había sentido su turgencia cuando ella se apartó.

—Lo siento —dijo con la expresión tan turbada y agitada como él se sentía—. He de irme.

—Hay algo entre nosotros —dijo él. Las palabras salieron de su boca antes de saber lo que iba a decir.

—Sí —respondió ella—. Por eso me voy.

Se miraron a los ojos. Max tuvo la extraña sensación de que estaba perdiendo algo valioso.

Finalmente, Julia salió del jacuzzi, entró en la casa y se vistió. Sin molestarse en decir adiós, se marchó.

Max se quedó un largo rato en el jacuzzi mirando al vacío.

Julia soñó con Max toda la noche. Tan atrapada estaba en la tela de araña que cuando se despertó tardó un segundo en percatarse de que alguien estaba llamando a la puerta de la habitación.

Parecía un ejército en avanzada.

Se incorporó. En la puerta no había ningún ejército.

En su lugar, de pie frente a la hoja cerrada, había una niña menuda y decidida.

Julia sonrió. Eso era lo importante, no un cuasiencuentro sexual.

—Parece que alguien quiere salir otra vez. —Sacó las piernas de la cama y se levantó.

Después de asearse, regresó al cuarto vestida con unos vaqueros gastados y una vieja sudadera gris.

Alicia pateó el suelo y golpeó la puerta, gruñendo para mayor énfasis.

Julia caminó despreocupadamente hasta la mesa de trabajo cubierta de libros, bloques y muñecos. Tomó asiento y colocó los pies encima de la mesa.

—Si una niña quiere salir, tiene que pedirlo con palabras.

Alicia frunció el entrecejo y volvió a aporrear la puerta.

—No funcionará, Alicia, porque ahora sé que puedes hablar. —Julia se levantó y, dirigiéndose a la ventana, señaló el jardín que el alba comenzaba a teñir de rosa—. Fuera. —Lo dijo varias veces. Acto seguido, se acercó a Alicia, la tomó de la mano y la llevó al cuarto de baño.

Se señaló en el espejo.

—Ju-li-a —dijo—. ¿Puedes decirlo? Ju-li-a.

—Ella —susurró Alicia.

El corazón de Julia dio un pequeño vuelco al oír la voz, vacilante y suave como un susurro.

—Ju-li-a —repitió llevándose la mano al pecho—. Ju-lia.

Vio el momento en que Alicia entendió. La niña emitió un pequeño sonido de descubrimiento y su boca formó una «O».

—U-la.

Julia sonrió. Así debía de sentirse la gente que coronaba el Everest sin oxígeno. Mareada y eufórica.

—Sí. Sí. Julia. —Señaló el reflejo de Alicia en el espejo—. El sonido «ju» es difícil de pronunciar, ¿verdad? Ahora dime, ¿quién eres tú? —Tocó el pecho de Alicia de la misma manera que se había tocado el suyo.

El ceño de Alicia se acentuó.

—¿Niña?

—¡Sí! ¡Sí! Eres una niña. —Volvió a tocarle el pecho—. ¿Quién eres? Yo, Julia. ¿Y tú?

—Niña —repitió Alicia.

—¿Sabes tu nombre, pequeña?

Esa vez no hubo respuesta. Alicia aguardó un largo instante, todavía ceñuda, y volvió a golpear la puerta con el puño.

Julia no pudo evitar una carcajada.

—Tendrás poco vocabulario, pequeña, pero sabes lo que quieres y aprendes rápido. Muy bien, salgamos.


Lo que había comenzado como una mañana limpia y soleada estaba transformándose lentamente en una tarde agorera. Densos nubarrones grises colisionaban entre sí y formaban una masa que semejaba lana de acero. El reluciente sol que había tentado a Max a afrontar la montaña ese frío día de otoño casi había desaparecido. De tanto en tanto un rayo de luz se colaba entre las nubes, pero durante la última hora dichos instantes dorados eran cada vez más infrecuentes.

Pronto empezaría a llover.

Sabía que debía apresurarse, pero bajar por una pared rocosa requería su tiempo. Esa era una de las cosas que adoraba del alpinismo, que no podías controlarlo.

Llegó a una pendiente abrupta. Debajo de él, una cornisa del tamaño de un trineo para niños sobresalía del precipicio.

Sudando a mares, siguió bajando lentamente hacia la izquierda escogiendo los puntos de apoyo con exquisito cuidado. Quedaba poco para rematar el descenso. El final del día era un momento peligroso para los escaladores. Era muy fácil que los pensamientos se desviaran hacia el siguiente paso, la recogida de las provisiones, el camino de vuelta…

«Julia».

Sacudió la cabeza con el fin de despejarla. El sudor le nublaba la vista. Por un momento el granito le pareció una pared lisa. Se enjugó el sudor y parpadeó hasta que las gradaciones, los salientes y los verdines reaparecieron.

Una gota de lluvia le golpeó la frente con tanta fuerza que se le contrajo el rostro. En apenas unos segundos el cielo se abrió y el rugido de un trueno recorrió las montañas. La lluvia empezó a apedrearlo.

Alcanzó la cornisa y miró abajo. Se hallaba a solo doce metros del suelo. No necesitaba descender en rápel ese último tramo. Le llevaría tiempo preparar el equipo y la maldita tormenta estaba arreciando. El viento le arañaba la cara y zarandeaba los árboles.

Avanzó despacio hacia el borde y se colgó de la cornisa.

Enseguida supo que era un error. La piedra crujió y empezó a girar. Le llovieron piedrecillas y polvo mojado en el rostro que lo cegaron.

Iba a caer.

Retrocedió instintivamente, tratando de apartar los salientes y peñascos a sus pies.

Y de repente no estaba conectado a nada. Se hallaba en el aire, precipitándose a gran velocidad. Una piedra le golpeó el pómulo, otra le arañó el muslo. La roca que había sido su cornisa caía junto a él. Golpearon el suelo al mismo tiempo. Fue como si alguien le aplastara el pecho con una pala.

Se quedó tendido en el barro, mareado, sintiendo cómo la lluvia le azotaba la cara y resbalaba en pequeños riachuelos por su garganta.

Por fin, se levantó trabajosamente y examinó su cuerpo. No había huesos rotos ni cortes graves.

«Has tenido suerte».

Sin embargo, no se sentía afortunado. Deteniéndose junto al peñasco que podría haberlo matado, alzó la vista hacia la pared de roca y se dio cuenta de algo más.

Tampoco se sentía vivo, ni tenía ganas de reír a carcajadas por su triunfo.

Se sentía… estúpido.

Recogió el equipo, cerró la mochila y emprendió el descenso por el largo y sinuoso sendero hasta el lugar donde había dejado el coche.

Durante el camino hasta allí —y el trayecto hasta su casa— intentó mantener la mente en blanco. En vista de que no lo conseguía, trató de revivir su error casi fatal y saborearlo. Tampoco lo consiguió.

Únicamente podía pensar en Julia, en lo preciosa que la había visto en el jacuzzi, en su sabor, en su voz cuando dijo «O todo o nada».

Y en lo que le hacían sentir esas palabras.

Con razón hoy no podía experimentar el acostumbrado subidón de adrenalina tras escalar la montaña.

El verdadero peligro se encontraba en otro lugar.

O todo o nada.

# 18

En las dos semanas transcurridas desde que le mostré un pedazo del mundo exterior, Alicia se ha convertido en otra niña. Todo le fascina. Constantemente me coge de la mano y me lleva a algún lugar para señalarme un objeto y preguntar: «¿Qué?». Cada palabra que le entrego, la agarra con fuerza y la recuerda con una facilidad y una determinación asombrosas. Imagino que sus ansias de comunicación se deben a que en el pasado fue una niña ignorada. Ahora parece ansiosa por formar parte de este nuevo mundo en el que se ha adentrado.

También está empezando a explorar sus emociones. Antes, cuando no hablaba, dirigía casi toda su rabia hacia sí misma. Ahora, en algunas ocasiones, es capaz de expresar su rabia de manera apropiada. Ayer, cuando le dije que era hora de acostarse, me pegó. La aceptación social llegará más adelante. Por el momento, me complace verla enfadarse.

También está desarrollando el sentido de la propiedad, el cual es un paso en el camino hacia el desarrollo de una conciencia de sí misma. Hace acopio de todo lo que sea rojo y tiene un lugar especial para «sus» libros.

Todavía no ha proporcionado un nombre y tampoco acepta el de «Alicia». Esta es una tarea que requiere más trabajo.

El nombre es esencial para desarrollar una conciencia de sí misma.

Apenas estoy progresando en lo que concierne a su vida anterior. Por supuesto, hasta que Alicia sea capaz de comunicarse mejor, poco podré averiguar sobre sus recuerdos, pero no hay prisa. Por el momento, soy su maestra. Es una tarea sorprendentemente gratificante.

Julia tachó las dos últimas frases por considerarlas demasiado personales y dejó el bolígrafo.

Alicia estaba sentada a la mesa «leyendo» una versión ilustrada de *El conejo de terciopelo*. Llevaba casi una hora sin moverse. Parecía hipnotizada.

Julia guardó la libreta y se acercó a la mesa. Se sentó al lado de Alicia, que enseguida le cogió la mano y la estrechó con fuerza. Señaló el libro con la mano libre y gruñó.

—Utiliza palabras, Alicia.

—Leer.

—¿Leer qué?

—*Libo.*

—¿Quién quiere que lea?

Alicia frunció el entrecejo.

—¿Niña?

—Alicia —dijo Julia con calma.

Llevaba cerca de dos semanas intentando que Alicia revelara su verdadero nombre. No obstante, conforme pasaban los días, cada vez que la inteligencia innata de la pequeña se ponía de manifiesto, Julia se convencía un poco más de que quienquiera que fuera esta niña, no recordaba —o nunca había sabido— su verdadero nombre. Cuando Julia meditaba sobre ello, le invadía una profunda tristeza. Eso significaba, a la fuerza, que por lo menos durante los años formativos —después de los dieciocho meses o los dos años de edad— nadie había llamado a esta criatura por su nombre.

—Alicia. —Lo dijo suavemente—. ¿Quiere Alicia que Julia lea el libro?

Asintiendo con una sonrisa, la pequeña golpeó el libro con la palma de la mano.

—Leer. Niña.

—Te propongo algo. Si juegas con los bloques unos minutos, luego te leeré. ¿Vale?

Alicia torció el gesto decepcionada.

—Lo sé. —Sonriendo, Julia se agachó y sacó la caja de bloques. Los distribuyó cuidadosamente sobre la mesa. Eran cubos de plástico grandes con números en un lado y letras en el otro. Los utilizaba a menudo para enseñarle el alfabeto a Alicia, pero hoy iban a contar—. Coge el cubo que tiene el número uno. Uno.

Alicia agarró de inmediato el cubo rojo y lo empujo hacia Julia.

—Buena chica. Ahora el número cuatro.

Estuvieron contando casi una hora. Los progresos de Alicia eran, simple y llanamente, asombrosos. En menos de dos semanas había memorizado todos los números hasta el quince. Rara vez se equivocaba.

Pero hacia las tres empezó a mostrarse malhumorada y cansada. Era casi la hora de la siesta. Golpeó de nuevo el libro.

—Leer.

—Vale, vale.

Julia sentó a Alicia en su regazo y la abrazó mientras le apartaba el sedoso pelo negro de la cara. Finalmente, la pequeña se metió el dedo gordo en la boca y esperó.

Julia empezó a leer. Apenas llevaba un párrafo cuando la pequeña se puso tensa y emitió un gruñido quedo.

Un segundo después llamaron a la puerta.

Alicia gruñó de nuevo antes de detenerse en seco, como si hubiera recordado que este era un mundo de palabras.

—*Medo* —susurró.

—Lo sé, cariño.

Ellie abrió la puerta y entró en el cuarto.

Alicia soltó un gritito ahogado, se bajó de la falda de Julia y corrió a esconderse detrás de sus plantas.

Ellie suspiró.

—¿Es que nunca va a dejar de tenerme miedo?

Julia sonrió.

—Dale tiempo.

Ellie miró en torno a la habitación.

—¿Cómo va?

—Es como cualquier niña de dos años en desarrollo. Está aprendiendo palabras y leyendo las expresiones y el lenguaje corporal.

—¿Cómo puedo transmitirle que lo siento? ¿Hacerle entender que la apresé por su propio bien?

—Todavía no es capaz de comprender un concepto tan complejo.

—Tengo treinta y nueve años y no puedo conseguir caerle bien a una niña. No me extraña que sea estéril. Dios veía mi potencial como madre.

—No eres estéril.

—Si no lo soy, tampoco importa. Mis óvulos se están secando más deprisa que un salmón en una barbacoa.

Julia se acercó a su hermana y, con dulzura, le dijo:

—Esta debe de ser la quinta vez que me expresas que te gustaría tener hijos.

—Me surge en los momentos más extraños.

—Así son los sueños, no puedes mantenerlos escondidos. ¿Por qué no intentas conectar con Alicia? Yo te enseñaré cómo hacerlo.

Ellie suspiró con pesar.

—Si no soy capaz ni de que mis perros me obedezcan.

—Seguro que Alicia te dará una oportunidad, solo tienes que pasar tiempo con ella.

—No soporta estar en la misma habitación que yo.

—Esfuérzate un poco más. Esta noche le leerás un cuento después de cenar. Yo bajaré a la sala y os dejaré solas.

—¿Tú crees?

—Por supuesto.

Ellie lo meditó.

—Está bien, lo intentaré. —Miró a Julia—. Gracias.

Julia asintió.

Ellie se dirigió a la puerta. Una vez allí, se volvió hacia su hermana.

—Casi se me olvida por qué he venido. El jueves es Acción de Gracias. ¿Sabes cocinar?

—Ensaladas. ¿Y tú?

—Solo comidas que llevan queso fundido, cuanto más procesado mejor.

—Somos patéticas.

—Lo sé.

—Podríamos probar alguna de las viejas recetas de mamá —propuso Julia—. Hoy mismo encargaré un pavo y compraré los demás ingredientes. No puede ser tan difícil.

—Será como en los viejos tiempos con mamá y papá. Hasta podríamos invitar a gente.

—¿Qué tal la familia de Cal? —preguntó Julia.

—Claro. ¿Te gustaría proponérselo a alguien más?

—¿A Max? No tiene familia aquí.

La mirada de Ellie se transformó en un rayo láser.

—No —dijo despacio—, no tiene.

—En ese caso… lo llamaré.

—Estás jugando con fuego, hermanita, y eres de las que se queman fácilmente.

—Es solo una invitación a cenar.

—Sí, ya.

—¿Has visto la cantidad de mantequilla que lleva el relleno de mamá? Tiene que haber un error.

Ellie no se molestó en contestar a su hermana. Tenía sus propios problemas. En algún lugar de ese pavo (¿cómo se le había ocurrido a Julia comprar un pajarraco de nueve kilos? Estarían comiendo pavo hasta la Cuaresma) había una bolsa con partes del cuerpo que no quería comer y, al parecer, tampoco quería cocinar.

—¿Crees que la bolsa de los menudos se disuelve durante la cocción? Si sigo metiendo el brazo por el culo de este pavo acabaré viéndome los dedos.

Julia contempló su propia labor con expresión ceñuda.

—¿Tienes un desfibrilador en casa?

Ellie rio.

—¡Ajá! —exclamó un minuto después al encontrar la bolsa de los menudos. La sacó, embadurnó el animal con mantequilla (para espanto de Julia) y lo colocó en la bandeja de horno de la abuela Dotty—. ¿Vas a meter una parte de ese relleno en el pavo?

—Supongo.

Tras rellenar el pavo y meterlo en el horno, Ellie paseó la mirada por la cocina.

—¿Y ahora?

Julia se apartó el pelo de los ojos y suspiró. Apenas eran las nueve de la mañana y ya parecía tan hecha polvo como Ellie.

—Imagino que ahora deberíamos ponernos con la receta de judías verdes de la tía Vivian.

—Nunca me gustó. ¿Sopa de judías verdes y setas? ¿Por qué no hacemos simplemente una ensalada? Tenemos una bolsa de lechuga en la nevera.

—Eres un genio.

—Llevo años diciéndotelo.

—Yo me pondré con las patatas.

Julia se dirigió al porche. Al abrir la puerta, una ráfaga de aire frío se coló en la casa y se mezcló con el aire caliente del fuego que ardía en la chimenea, creando una combinación perfecta de calor y frescura. Tomó asiento en el escalón superior. Junto a sus pies descansaba una bolsa de patatas y un pelador.

Ellie preparó dos mimosas y siguió a su hermana.

—Creo que nos hace falta una copa. El año pasado, una señora de Portland sirvió setas silvestres en una cena y mató a sus invitados.

—No te preocupes, soy médico.

Riendo, Ellie le tendió un vaso y se sentó.

Contemplaron el jardín.

Alicia estaba sentada sobre una manta de lana con un bonito vestido blanco calado y leotardos rosas. Se hallaba rodeada de pájaros, en su mayoría cuervos y petirrojos, que se peleaban por comer de su mano. A su lado, una bolsa de patatas fritas revenidas le proporcionaba un alijo interminable de migajas.

—¿Por qué no le llevas un zumo? Está muy tranquila cuando está con sus pájaros. Puede ser un buen momento para iniciar un acercamiento.

—Parece una película de Hitchcock. ¿Y si los pájaros me arrancan los ojos?

Julia rio.

—Saldrán volando en cuanto llegues.

—Pero…

Julia le puso una mano en el brazo.

—Solo es una niña que ha vivido un infierno, no la cargues con otras cosas.

—Echará a correr.

—Pues lo intentas de nuevo. —Julia sacó una taza de plástico rojo del bolsillo de su delantal—. Dale esto.

—¿Sigue loca por el color rojo?

—Sí.

—¿Por qué crees que será?

—Todavía no lo sé. —Julia se levantó—. Voy a poner la mesa. Lo harás muy bien.

—De acuerdo. —Ellie podía notar la mirada de Julia en su espalda cuando bajó los escalones y echó a andar por la hierba.

La puerta mosquitera se abrió con un chirrido y al cerrarse golpeó con violencia el marco. Los pájaros graznaron y levantaron el vuelo. Eran tantos que por un momento formaron un manto negro contra el cielo encapotado.

Ellie pisó una ramita y esta se partió.

Sobresaltada, Alicia se giró con brusquedad. Permaneció de cuclillas, como si se sintiera acorralada pese a tener todo el césped detrás. El miedo le agrandó los ojos, incomodando profundamente a Ellie.

No estaba acostumbrada a tener que ganarse el cariño de la gente. Siempre le había caído bien a todo el mundo.

—Hola —dijo deteniéndose—. Red no. Inyección no. —Para demostrárselo, alargó las manos con las palmas hacia arriba. La taza roja brilló en su mano abierta.

Al verla, Alicia frunció el entrecejo. Pasado un minuto, señaló la taza con un gruñido.

Ellie sintió que un mágico hilo de esperanza se extendía entre las dos. Era la primera vez que Alicia no huía de ella.

—Utiliza palabras, Alicia. —Aquello era lo que Julia decía siempre.

Como el silencio proseguía, Ellie decidió probar otra táctica y empezó a cantar, muy bajito al principio. Al ver que el ceño de Alicia desaparecía y era sustituido por una expresión de curiosidad, subió ligeramente el volumen. Cantó una canción infantil detrás de otra (esa niña era la inmovilidad personificada). Cuando llegó a «Estrellita, dónde estás», el semblante de Alicia se transformó. Parecía que la hubieran hipnotizado. Una curva que casi semejaba una sonrisa le rozó los labios.

—*Etellita* —susurró Alicia en el momento exacto de la canción.

Ellie se esforzó por reprimir una sonrisa. Cuando la canción hubo terminado, se arrodilló y le tendió la taza.

Alicia la acarició, se la llevó a la mejilla y miró expectante a Ellie.

«¿Y ahora qué?».

—*Etellita*.

—¿Quieres que siga cantando?

—*Etellita. Po favo*.

Ellie obedeció. Iba por la tercera ronda cuando Alicia avanzó con cautela hacia ella.

Ellie se sintió como si hubiera hecho un pleno en los bolos. Quería gritar y chocar los cinco con alguien. En lugar de eso, siguió cantando.

En un momento dado, Julia salió y se unió a ellas. Sentadas las tres en la hierba bajo el cielo gris de noviembre, mientras el pavo de Acción de Gracias se doraba en el horno, cantaron las canciones de su juventud.


Max sabía que hacía media hora que tendría que haber salido. En lugar de eso, se había servido una cerveza y había encendido el televisor.

Le daba miedo volver a ver a Julia.

«O todo o nada».

«Ve a por ella, Max».

En su cabeza podía oír la voz de Susan regañándole con ternura. Si hubiera estado ahí, a su lado, le habría obsequiado con una de sus sonrisas torcidas. Susan sabía que por mucho que Max corriera, llegaba un momento en que todo le daba alcance. Las festividades. Cogió el teléfono y marcó un número de California.

Susan contestó al primer tono. Max se preguntó si había estado esperando su llamada.

—Hola —dijo él.

—Hola. Feliz día de Acción de Gracias.

—Lo mismo digo.

Aguardó a que Susan dijera algo más; el silencio que crepitaba a través de la línea le hizo recordar la facilidad con que habían charlado en otros tiempos.

—¿Un día difícil? —El tono era dulce, triste.

Max oía unas voces de fondo. La voz de un hombre. Y la de un niño.

—Me han invitado a una cena de Acción de Gracias.

—Qué bien. ¿Vas a ir?

Percibió la duda en su tono.

—Sí.

—Bien.

Charlaron unos minutos sobre cosas triviales, nada que importara, y llegaron a una pausa natural. Finalmente, Susan dijo:

—He de dejarte, tenemos invitados.

—Vale.

—Cuídate.

—Tú también. Saluda a tus padres de mi parte.

—Lo haré. —Susan hizo una pausa. Y en voz baja dijo—: Suéltalo, Max. Ha pasado mucho tiempo.

Hablaba como si resultara fácil, pero ambos sabían que no lo era.

—No sé cómo hacerlo, Suze.

—Por eso sigues arriesgando tu vida. ¿Por qué no intentas arriesgarte por algo real, Max? —Suspiró y guardó silencio.

—Puede que lo haga —respondió quedamente él.

Al final, como siempre, fue Max quien colgó primero.

Siguió sentado en el sofá, mirando el reloj. Los minutos pasaban.

Se acabó. No tenía sentido permanecer ahí escondido, dándole vueltas a la cabeza. Y a decir verdad, le apetecía ir. Hacía mucho que no disfrutaba de una festividad.

Siguiendo el río, a vuelo de pájaro la distancia entre las dos casas era de un kilómetro y medio. Los pájaros, sin embargo, volaban por encima de la densa espesura de los árboles. Por la vieja carretera y el camino del río se tardaba más. Las lluvias de esa semana habían dejado enormes baches en la calzada.

Aparcó de espaldas a la casa y apagó las luces y el motor. Tras coger el vino del asiento trasero, cerró la portezuela del coche con la cadera y se volvió hacia el edificio. Levantada sobre un terreno de hierba que descendía suavemente hacia el río, era una casa bonita, pequeña y rústica, rodeada toda ella por un porche. Un antiguo jardín de rosas de gruesos tallos corría paralelo a la casa. Ahora no había flores, solo pinchos oscuros y hojas ennegrecidas. Unos árboles gigantes protegían el costado oeste de la casa con sus copas apuntando hacia un cielo aterciopelado.

A Susan le habría encantado esa casa. Habría echado a correr por la hierba señalando lugares que solo ella podía ver. «El huerto irá allí…, los columpios allá». Habían pasado dos años buscando la casa de sus sueños. ¿Por qué no habían sido capaces de ver que cualquier casa que hubieran elegido se habría convertido en la que buscaban?

Cruzó el jardín y subió los escalones del porche. Al acercarse a la puerta escuchó música. Era la voz de John Denver: «Coming home to a place he'd never been before».

Max podía verlas por el vidrio ovalado de la puerta.

Julia y Ellie estaban bailando juntas, chocando las caderas, cayendo al suelo y riendo. Alicia estaba frente al fuego y las miraba con los ojos muy abiertos mientras se comía una flor. De vez en cuando una sonrisa parecía pillarla por sorpresa.

Max oyó un coche acercarse por el camino y detenerse. Las puertas se abrieron y cerraron. Unos pasos crujieron sobre la gravilla acompañados del parloteo agudo de voces infantiles.

—¡Doc!

Era la voz de Cal.

Antes de que Max pudiera volverse, la puerta se abrió y apareció Ellie. Lo miró a los ojos. Era una mirada de poli, escrutadora.

—Me alegro de que hayas podido venir —dijo haciéndose a un lado para dejarle pasar. Vestida con un pantalón de terciopelo verde esmeralda y un jersey negro con brillos, volvía a ser la legendaria reina de la belleza de un pueblo pequeño.

Max le tendió las botellas de vino.

—Gracias por invitarme.

Advirtió que Julia, al oír su voz, alzaba la vista. Estaba arrodillada junto a Alicia en la sala de estar.

Ellie lo tomó del brazo y lo condujo hasta Julia.

—Mira quién está aquí, hermanita. —Y dicho eso, se marchó.

Max miró a Julia preguntándose si se sentía tan falta de aire como él.

Ella se levantó despacio.

—Feliz día de Acción de Gracias, Max. Me alegro de que hayas podido venir. Hace años que no disfruto de una auténtica fiesta familiar.

—Yo tampoco.

Max vio cómo Julia reaccionaba a su confesión; sus palabras los conectaron de algún modo.

—¿Y cómo está nuestra niña salvaje? —se apresuró a preguntar.

Aprovechando la oportunidad, Julia se embarcó en un monólogo sobre la terapia. Mientras hablaba, sonreía a menudo y miraba a Alicia con un amor tan evidente que hacía sonreír también a Max. Se sentía arrastrado por su entusiasmo y entrega, y entonces recordó: o todo o nada.

Estaba contemplando el «todo».

—¿Max? —Julia frunció el entrecejo—. Menudo rollo te estoy pegando. Lo siento, a veces me embalo y no hay quien me pare. No volveré…

Max le tocó el brazo. Comprendiendo que era un error, lo retiró bruscamente.

Julia levantó la vista.

—He estado pensando en ti. —Las palabras salieron de su boca antes de que pudiera detenerlas.

—Sí —dijo ella—, sé a qué te refieres.

Max no supo qué decir a continuación, de modo que no dijo nada. Al final, cuando el silencio se hizo insoportable, se inventó una débil excusa y se dirigió al improvisado bar montado en la cocina.

Pasó la siguiente hora tratando de no mirar a Julia. Reía con Cal y Ellie y las niñas y ayudaba en la cocina.

Poco antes de las cuatro, Ellie anunció que la «humilde» cena estaba lista. Empezaron todos a trajinar como hormigas, entrando y saliendo del baño, apiñándose en la diminuta cocina, ofreciéndose a servir.

Entretanto, Julia permanecía arrodillada junto a Alicia, que estaba escondida detrás de un ficus en la sala de estar. Era evidente que la pequeña estaba asustada, y fue literalmente como ver un acto de magia el momento en que Julia cambió todo eso. Estaban todos sentados a la mesa ovalada de roble cuando condujo a Alicia hasta la mesa y la sentó en una silla infantil entre Cal y ella.

Max ocupó el único asiento disponible: al lado de Julia.

En la cabecera de la mesa, Ellie miró a los comensales por encima de un mar de comida.

—Me alegro mucho de que estéis todos aquí. Ha pasado mucho tiempo desde la última vez que esta mesa acogió una cena de Acción de Gracias. Ahora me gustaría cumplir con una vieja tradición de la familia Cates. Daos las manos, por favor.

Max tomó la mano de Amanda, sentada a su derecha, y seguidamente alargó el brazo izquierdo y asió la de Julia sin mirarla.

Una vez cogidos de las manos, Ellie sonrió a Cal.

—¿Por qué no empiezas tú?

Cal se quedó pensativo unos instantes y finalmente sonrió.

—Doy gracias por mis preciosas hijas y por estar de nuevo en esta casa por Acción de Gracias. Estoy seguro de que Lisa nos añora mucho en estos momentos. No hay nada más triste que un viaje de trabajo en un día como hoy.

A continuación hablaron sus tres hijas:

—Doy gracias por mi papi…

—… mi perrito…

—Mis botas nuevas.

Le llegó el turno a Ellie.

—Doy gracias por tener a mi hermana en casa.

Julia sonrió.

—Y yo doy gracias por tener a la pequeña Alicia, que tantas cosas me ha enseñado. —Se inclinó y besó a la pequeña en la mejilla.

Max solo podía pensar en el calor de la mano de Julia, en lo mucho que le tranquilizaba su contacto.

—¿Max? —dijo finalmente Ellie.

Todos lo miraban. Esperando a que hablara. Max miró a Julia.

—Doy gracias por estar aquí.

# 19

El invierno llegó a los bosques húmedos como una horda de codiciosos parientes, ocupando hasta el último centímetro y bloqueando el paso de la luz. La lluvia se hizo más presente en esta sombría estación del año, pasando de un sirimiri reconfortante a una llovizna constante.

En medio de ese lúgubre clima, Alicia floreció; no había otra palabra para ello. Como una delicada orquídea, se abrió entre las paredes de esa casa que cada día sentía más como un hogar. Su conquista del lenguaje había sido incansable y acuciante. Ahora enlazaba dos palabras regularmente, y a veces tres. Sabía transmitir sus ideas y deseos a las dos mujeres que se habían convertido en su mundo.

Si los cambios de Alicia eran notables, los de Julia resultaban quizá aún más sorprendentes. Sonreía con más frecuencia y facilidad, contaba chistes terriblemente malos durante la cena y se ponía a bailar con ellas a la menor oportunidad. Había dejado de correr todas las mañanas y había ganado unos kilos muy necesarios. Más importante aún, había recuperado la confianza en sí misma. Estaba muy orgullosa de los logros de Alicia. Seguían pasando todas las horas juntas, haciendo proyectos artísticos, trabajando con letras y números, dando largos paseos por el bosque. Casi parecía que se comunicaran por telepatía, así de unidas estaban. Alicia seguía siendo la sombra de Julia; a menudo, mantenía una mano en su bolsillo o sobre su cinturón. Pero cada vez se atrevía más a hacer cosas sola. A veces iba a ver a «Lellie» para enseñarle alguna baratija que había hecho o encontrado. Casi todas las noches, Ellie le contaba un cuento para dormir mientras Julia escribía en su libreta. Últimamente, Alicia había empezado a acurrucarse contra Ellie a la hora del cuento. En noches excepcionales, le acariciaba la pierna y decía: «Más, Lellie, más».

Ellie sabía que todo eso debería hacerla feliz. Era lo que sus padres siempre habían soñado para sus hijas, y que dicha unión hubiera regresado finalmente a la casa de River Road, en fin, qué más podía desear.

Ellie estaba feliz.

Y no lo estaba.

La infelicidad era traslúcida y raras veces se veía, como una tela de araña en las profundidades del bosque. Únicamente la veías cuando la buscabas o cuando tropezabas y te salías del camino. A veces, la nueva y dulce unión que compartían las tres solo ponía de manifiesto la soledad en la que vivía Ellie. Una mujer que se había enamorado tantas veces como ella no esperaba aproximarse a los cuarenta sola. Aunque se alegraba por Julia, a veces observaba el creciente vínculo entre su hermana y Alicia y notaba una punzada en el corazón. Julia, lo supiera o no —o lo reconociera o no—, estaba convirtiéndose en la madre de Alicia. Algún día se marcharían de esa casa y encontrarían su propio hogar, y Ellie se quedaría otra vez sola. Esta vez, sin embargo, sería diferente, porque habría vuelto a formar parte de una familia. No quería regresar a su vida de antes, donde el trabajo, los amigos y el sueño de enamorarse conformaban el grueso de su vida. Sospechaba que ya no tendría suficiente con eso. Ahora que había vivido en una casa donde una niña jugaba, la seguía a todas partes y le daba un beso de buenas noches, ¿volvería a estar bien sola?

—Tienes mala cara —dijo Cal desde la otra punta de la oficina.

—¿Ah, sí? Pues tú no podrías ser más feo.

Cal rio. Quitándose los auriculares, soltó el bolígrafo y salió de la comisaría. Regresó al rato con sendas tazas de café.

—Quizá necesitas un chute de cafeína. —Le tendió la taza.

Levantando la vista, Ellie se preguntó por qué no le atraían los hombres como Cal, hombres que cumplían sus promesas, criaban a sus hijos y permanecían enamorados. Ah, no. Ella tenía que perder la cabeza por hombres con «problemas». Tipos que se dejaban el pelo demasiado largo y les costaba conservar los trabajos y pasaban del «Sí, quiero» al «Sí, quería» demasiado rápido.

—Lo que necesito es una vida nueva.

Cal arrastró una silla y se sentó a su lado.

—Nos hacemos mayores.

—Antes, cuando decía esas cosas, me llamabas loca.

Cal se reclinó en la silla y puso los pies en la mesa. Ellie observó que las suelas blancas de sus zapatillas deportivas estaban cubiertas de tinta rosa. Alguien había escrito el nombre de su hija menor en la goma y lo había rodeado de corazoncitos y estrellas rosas.

Notó una sacudida en el corazón.

—Alguien ha estado decorando las bambas de papá.

—A Sarah le parecían aburridas. Nunca debí comprarle la caja de rotuladores.

—Tienes suerte de tener a tus niñas, Cal. —Ellie suspiró—. Siempre pensé que la de las tres hijas sería yo. En las dos ocasiones que me casé, dejé enseguida la píldora y empecé a rezar. —Intentó sonreír—. Y en lugar de hijos tuve divorcios.

—Tienes treinta y nueve años, Ellie, no cincuenta y nueve. Todavía estás a tiempo.

—A mí no me lo parece.

Cal puso los ojos en blanco.

—Maldita sea, Ellie, ¿no te cansas de soltar siempre el mismo rollo?

Ellie se enderezó. Cal parecía enfadado. No lo entendía. Ella siempre había podido contar con él.

—¿A qué te refieres?

—Nos falta poco para los cuarenta, pero tú sigues comportándote como la reina del baile que espera a que el capitán del equipo de fútbol la levante en brazos. La cosa no va así. El amor te hace trizas y luego te recompone como un juguete roto con un montón de grietas y golpes. Lo importante no es enamorarte, sino quedarte donde dijiste que te quedarías y trabajar para mantener fuerte el amor. Tú nunca llegaste tan lejos.

—Para ti es fácil decirlo, Cal. Tienes una esposa y unas hijas que te quieren. Lisa...

—Me dejó.

—¿Qué?

—En agosto —continuó Cal con calma—. Intentamos lo de vivir separados en la misma casa, por las niñas, pero eran demasiado listas. Sobre todo Amanda. Julia era igual a su edad. Lo ve todo y no le asusta hacer preguntas difíciles. Lisa dejó nuestro dormitorio antes de San Valentín y se marchó definitivamente de casa justo antes de que empezaran el colegio.

—¿Y las niñas? —A Ellie le costó formular la pregunta.

—Están conmigo. Lisa trabaja demasiado. De vez en cuando se siente sola y se acuerda de que es madre. Entonces llama o se pasa por casa. Ahora se ha enamorado. Hace semanas que no sabemos nada de ella. Salvo para los papeles del divorcio. Quiere que venda la casa y nos repartamos el dinero.

—No puedo creer que no me lo hayas contado hasta ahora. Trabajamos juntos cada día. Cada día.

Cal la miró de una manera extraña.

—¿Cuándo fue la última vez que me preguntaste por mi vida, El?

La observación le dolió.

—Siempre te pregunto cómo estás.

—Y me das cinco segundos para responderte antes de desviar el tema hacia algo más interesante. Normalmente relacionado con tu vida. —Cal suspiró y se pasó la mano por el pelo—. No te estoy juzgando, Ellie, solo te estoy diciendo la verdad.

La mirada de Cal era de lástima y puede que también de decepción.

Se levantó despacio.

—Olvídalo, no tendría que haberte dicho nada. Me has pillado en un mal día. Estoy deprimido y supongo que solo necesitaba una amiga que me dijera que todo se arreglará. —Se encaminó a la puerta y descolgó su abrigo del perchero—. Hasta mañana.

Ellie seguía plantada en medio de la oficina, mirando la puerta, cuando cayó en la cuenta de algo.

«Lisa me dejó».

«No puedo creer que no me lo hayas contado hasta ahora».

Se había hecho la ofendida. Cal había compartido su dolor con ella —era un dolor del tamaño de un león, lo sabía muy bien— y ella no le había dicho nada para reconfortarlo, para ayudarlo.

«Solo necesitaba una amiga que me dijera que todo se arreglará».

Y ella no se lo había dicho.

Durante años la gente había hecho pequeños comentarios acerca de su egoísmo. Ellie siempre se los había sacado de encima con una sonrisa bonita. No eran ciertos; quienes lo decían o bien le tenían envidia, o bien no eran sus amigos.

«Tú eres como yo, Ellie —le había dicho su padre en una ocasión—, la actriz protagonista. Si vuelves a casarte, asegúrate de que sea con alguien a quien no le importe dejar que tú seas siempre el centro de atención».

En aquel entonces Ellie se lo había tomado como un cumplido. Le encantaba que su padre la viera como una estrella.

Ahora veía el otro significado de sus palabras, y una vez que abrió esa puerta, una vez que se preguntó «¿Es cierto?», se vio acosada por recuerdos, momentos e interrogantes.

Dos matrimonios fallidos. En aquel entonces había creído que se habían ido a pique porque sus maridos no la amaban lo suficiente.

¿Era porque Ellie quería —necesitaba— demasiado amor? ¿Daba en la misma medida que recibía? Había querido a sus maridos, los había adorado. Pero no lo suficiente para seguir a Alvin a Alaska… o matricular a Sammy en la academia de conductores de camión con el dinero que ganaba como policía.

Con razón sus matrimonios habían fracasado. Para ella siempre había sido «a mi manera o puerta», y uno a uno, los hombres con los que se había casado y otros a los que había querido habían elegido la puerta.

Todos estos años los había llamado perdedores.

Puede que la perdedora fuera ella.

Cuando Mel entró en la comisaría para el turno de noche, Ellie se aseguró de preguntarle por su familia y, acto seguido, corrió hasta el coche.

Llegó a casa de Cal treinta minutos después de que él abandonara la comisaría y aparcó bajo un enorme arce desnudo. Mecida por la brisa, una casita para pájaros pendía de la rama inferior. Una de las últimas hojas moribundas se aferraba al tosco tejado de cedro.

Ellie caminó hasta la puerta y llamó.

Le abrió Cal. Su rostro, por lo general joven y sonriente, parecía avejentado y macilento. Ellie se preguntó cuánto tiempo llevaba así, cuántas veces no se había dado cuenta.

—Soy una imbécil —dijo apesadumbrada—. ¿Podrás perdonarme?

Una sonrisa minúscula tiró de los labios de Cal.

—Una disculpa propia de una diva melodramática.

—No soy una diva melodramática.

—No, eres una imbécil. —La sonrisa se amplió y casi le llegó a los ojos—. El problema es tu belleza. Las mujeres como tú estáis acostumbradas a ser el centro de atención.

Ellie avanzó hacia él.

—Soy una imbécil. Una imbécil que lo siente.

Cal la miró a los ojos.

—Gracias.

—Todo se arreglará, Cal —dijo, confiando en que tarde fuera realmente mejor que nunca.

—¿Tú crees?

Ellie sintió que se hundía en la oscura tristeza que veía en sus ojos. La perturbó tanto que no sabía qué decir.

—Lisa te quiere —respondió al fin—. Lo recordará y volverá.

—Eso pensé durante mucho tiempo, El. Lo mismo me decía siempre Peanut, pero ya no estoy seguro de que sea eso lo que quiero.

La primera reacción de Ellie fue «¿Peanut lo sabía?», pero no iba a caer de nuevo en esa trampa. Su ego herido no pintaba nada allí. Condujo a Cal hasta el sofá y se sentó a su lado.

—¿Y qué quieres?

—No estar siempre tan solo. No me malinterpretes, adoro a mis hijas, son mi vida, pero por la noche, en la cama, quiero tener a alguien a quien abrazar y que me abrace. Lisa y yo dejamos de hacer el amor hace años. Pensaba que me sentiría menos solo cuando se marchara, o que por lo menos no notaría la diferencia, pero la noto. —Cal la miró y Ellie vio una tristeza nueva en esos ojos que conocía tan bien—. ¿Cómo es posible que tener una esposa que duerme en la otra punta de la casa sea más reconfortante que no tenerla?

Ellie había dormido junto a esa clase de soledad más inviernos de los que quería contar.

—¿Te acostumbras?

Ellie suspiró. Volvían al punto de partida de su conversación.

—Da gracias por tus hijas, Cal. Por lo menos siempre tendrás a alguien que te quiera.

Max acabó su ronda a las seis en punto. A las seis y media ya había terminado todos los informes y firmado la salida.

Estaba alcanzando la puerta cuando lo llamaron por megafonía.

—Doctor Cerrasin, diríjase inmediatamente al quirófano dos.

—Mierda.

Echó a correr hacia el quirófano.

Una vez allí, encontró a su paciente Crystal Smithson tendida con un camisón de hospital y gritando a su marido, el cual, como un niño castigado, estaba en un rincón con cara de pánico. Crystal lucía una barriga enorme. Resoplando, se la apretó hasta que las contracciones cesaron.

Trudi estaba junto a ella sosteniéndole la mano. Al ver a Max, sonrió.

—Crystal, creí haberte dicho que no trabajo los viernes por la noche —dijo poniéndose los guantes quirúrgicos.

Crystal esbozó una sonrisa, aunque débil y cansada.

—Eso dígaselo a ella. —La mujer se frotó el abultado abdomen.

—Pronto aprenderás que los niños nunca hacen caso —dijo Trudi.

Crystal gritó al sufrir otra contracción.

—¿Estará bien? —preguntó su marido dando un paso al frente.

Max se colocó a los pies de la cama.

—Veamos qué tenemos aquí.

—Está totalmente dilatada —le informó Trudi, colocándose a su lado mientras se lubricaba los dedos enguantados.

El reconocimiento de Max no duró mucho. Había traído suficientes bebés al mundo para saber que este sería rápido. Podía notar que la cabeza empezaba a coronar.

—¿Lista para ser mamá, Crystal?

Otra contracción; otro grito.

—Sí —jadeó.

—El bebé está coronando —dijo Max a Trudi—. Bien, Crystal, puedes empezar a empujar.

Crystal gruñó, resopló y gritó. Su marido corrió a su lado.

—Estoy aquí, Chrissie. —Le cogió la mano.

La cabeza del bebé apareció.

—Empuja un poco más para los hombros, Crystal, y ya estarás —dijo Max.

Tiró con suavidad de la cabeza del bebé para liberar la parte anterior y, seguidamente, aflojó; el bebé resbaló hacia fuera y aterrizó en las manos de Max.

—Tienes una hija preciosa —anunció levantando la vista. Crystal y su marido estaban llorando—. ¿Quieres cortar el cordón, papá? —propuso. Por muchas veces que pronunciara esas palabras, siempre conseguían emocionarlo.

Cuando todo terminó, Max estaba agotado. Se dio una larga ducha caliente, se vistió y se encaminó a la recepción.

Trudi estaba allí sola. Al verlo, rodeó el mostrador y le sonrió.

—Van a ponerle Maxine.

—Pobre niña —comentó Max.

—Hace tiempo que no vienes a casa.

Habría sido más fácil cambiar de tema, pero Trudi se merecía algo mejor.

—Creo que deberíamos hablar.

Trudi rio.

—Siempre decías que hablar no era lo que mejor se nos daba. —Se inclinó hacia Max—. Déjame adivinar: tiene que ver con cierta doctora que celebró la cena de Acción de Gracias en la casa de la comisaria. Como sé que no estás interesado en Ellie, debe de ser su hermana Julia.

Max meneó la cabeza.

—Ni siquiera sé qué hay entre nosotros. Estamos…

—No tienes que darme explicaciones, Max.

—Sabes que jamás te haría daño…

Trudi lo calló con una caricia.

—Me alegro por ti. En serio. Llevas demasiado tiempo solo.

—Eres una buena mujer, Trudi Hightower.

—Y tú eres un buen hombre. Y ahora deja de comportarte como un gallina e invítala a salir. Si no me equivoco, hoy es viernes y sé de un doctor que nunca más debería ir al cine solo.

Max se inclinó y le dio un beso.

—Adiós, Trudi.

—Adiós, Max.

Subió a la camioneta y puso rumbo al cine. No era su intención ir a casa de Julia, pero al llegar a Magnolia Street giró a la izquierda en lugar de a la derecha y tomó la vieja carretera 101.

Estuvo todo el trayecto diciéndose que estaba loco.

«O todo o nada».

Había apostado por todo en una ocasión y eso prácticamente lo había matado.

Aparcó junto al jardín y durante un rato contempló la casa por el parabrisas. Por fin, bajó del coche, caminó hasta la puerta y llamó.

Julia acudió a abrir. Incluso vestida con unos Levi's gastados y un jersey de trenzas blanco dos tallas demasiado grande estaba preciosa.

—Max —dijo visiblemente sorprendida. Dio un paso al frente y cerró la puerta tras de sí, bloqueándole la entrada.

—¿Quieres ir al cine?

«Idiota». Hablaba como un adolescente desesperado.

La respuesta de Julia fue una sonrisa que comenzó despacio y luego iluminó toda su cara.

—Cal y Ellie están jugando al *Scrabble*, así que… sí, podría ir. ¿Qué película ponen?

—No tengo ni idea.

Julia rio.

—Esa es mi favorita.

La película resultó ser *Tener y no tener*. Sentada junto a Max en la penumbra de la sala, Julia se dispuso a ver a una de las grandes parejas de la gran pantalla. Cuando la película terminó y Max y ella cruzaban el vestíbulo bellamente restaurado del cine Rose, Julia tuvo la sensación de que los observaban.

—La gente está hablando de nosotros —dijo arrimándose a él.

—Bienvenida a Rain Valley. —Max la tomó del brazo y, juntos, salieron del cine y cruzaron la calle hasta el lugar donde estaba la camioneta—. Te invitaría a un trozo de tarta, pero está todo cerrado.

—Te pirran las tartas.

Max sonrió.

—Y pensabas que no sabías nada de mí.

Julia levantó la vista hacia él. Ya no sonreía.

—Sé muy poco.

Max clavó los ojos en ella. Julia esperaba que le saliera con una respuesta irónica, pero en lugar de eso la besó. Cuando se retiró, susurró:

—Ya sabes algo más.

Al ver que no decía nada, abrió la portezuela y Julia entró.

Durante el trayecto hasta la casa de Julia charlaron de cosas que no importaban. La película, el bebé que Max había traído al mundo esa noche, el descenso de la población de salmones y de los bosques centenarios. De sus planes navideños.

Al llegar a la puerta, Julia dejó que Max la tomara en sus brazos. Le sorprendió lo cómoda que se sentía en ellos. Esa vez, cuando él se inclinó para besarla, ella fue a su encuentro, y cuando el beso terminó y él se retiró, se quedó con ganas de más.

—Gracias por la película, Max.

Él volvió a besarla, tan fugazmente que Julia apenas tuvo tiempo de saborearlo.

—Buenas noches, Julia.

Avanzado diciembre, las festividades ocupaban un lugar primordial en la mente de todos. El Rotary Club había colgado las luces navideñas y el Elks había adornado su Árbol Dadivoso. En cada esquina del pueblo había un puesto de abetos y los scouts iban por las casas vendiendo papel de regalo.

El día había amanecido con un cielo azul hielo completamente despejado, sin una sola nube que lo empañara. En la margen del río, donde el suelo estaba más caliente que el aire, una capa de niebla rosada se elevaba desde la curvada orilla hasta las ramas bajas de los árboles, convirtiendo en un misterio cuanto se hallaba al otro lado. Era fácil imaginarse un mundo mágico en esa bruma; hadas, espíritus y animales que no habitaban en otros lugares del planeta.

Como de costumbre, Julia había pasado el día con Alicia. Habían estado mucho tiempo en el jardín.

Intentaba preparar a Alicia para el siguiente gran paso: el pueblo.

No le resultaría fácil. El primer desafío era el coche.

—Pueblo —dijo con calma mirando a Alicia—. ¿Recuerdas los dibujos de los libros? Quiero que vayamos al pueblo, donde vive la gente.

Alicia abrió mucho los ojos.

—¿Fuera? —susurró con los labios temblando.

—No me separaré de ti ni un momento.

Alicia meneó la cabeza.

Julia se desprendió suavemente de la manita que se aferraba a ella. Con suma delicadeza, tomó las manos de Alicia entre las suyas. Quería preguntarle si confiaba en ella, pero la confianza era un concepto demasiado complejo para una niña con habilidades lingüísticas tan limitadas.

—Sé que estás asustada, cariño. El mundo es enorme ahí fuera y tú has visto su peor cara. —Acarició la mejilla suave y caliente de la pequeña—. Pero esconderte aquí, conmigo y con Ellie, no puede ser tu futuro. Has de integrarte en el mundo.

—Queda.

Julia se disponía a contestar, pero la interrumpió un bocinazo. El rostro de Alicia se iluminó.

—¡Lellie! —Soltó a Julia y corrió hasta la ventana que había junto a la puerta. Los perros la siguieron a la carrera, ladrando y chocando entre sí. Elwood la derribó. Las risas de la niña se elevaron de la maraña de cuerpos que rodaban por el suelo.

La puerta de la calle se abrió. Con una sonrisa, Ellie entró arrastrando un árbol de Navidad.

Julia y Ellie estuvieron una hora luchando para enderezar y afianzar el árbol. Para cuando terminaron ambas estaban sudando.

—No me extraña que papá siempre le diera a la botella antes de montar el árbol —comentó Ellie mientras retrocedía y examinaba su obra.

—No está totalmente recto —señaló Julia.

—¿Qué somos? ¿Ingenieras de la NASA? Así está perfecto.

Percibiendo que Ellie había terminado lo que tenía entre manos, los perros salieron disparados hacia ella.

—¡Abajo, chicos! —dijo antes de que se le echaran encima y la derribaran.

Alicia rio. En cuanto el sonido escapó de sus labios, se tapó la boca con la mano. Miró a Julia y señaló a Ellie.

—Tu Lellie necesita controlar a sus animales —dijo Julia con una sonrisa burlona.

Riendo, Ellie emergió de la maraña de cuerpos caninos y se apartó el pelo de los ojos.

—Reconozco que tendría que haberlos adiestrado cuando eran pequeños. —Se encaminó hacia la escalera.

—¿Adónde vas? —le preguntó Julia.

—Ahora lo verás.

Ellie regresó al rato con varias cajas decoradas con flores de Pascua y las dejó en el suelo, junto al árbol de Navidad.

Julia las reconoció al instante.

—¿Nuestros adornos navideños?

—Hasta el último.

Levantó la tapa de la primera caja y encontró madejas y madejas de lucecitas. Las bombillas eran todas blancas porque su madre decía que era el color de los ángeles y la esperanza. Ellie y ella envolvieron las ramas del árbol con esas luces de la manera en que les habían enseñado. Era la primera vez que decoraban juntas un árbol de Navidad desde el instituto.

Colocadas las luces, Ellie enchufó los cables.

Alicia soltó un gritito.

—¿Crees que ha visto antes un árbol de Navidad? —preguntó Ellie en voz baja.

Julia negó con la cabeza. Se acercó a la caja de los adornos y sacó una manzana roja y brillante. Colgándosela del dedo por el cordel dorado, se arrodilló frente a Alicia y se la tendió.

—Ponla en el árbol, Alicia. Para que esté más bonito.

Alicia frunció el entrecejo.

—¿*Abo*?

—¿Te acuerdas del libro que leímos? *¡Cómo el Grinch robó la Navidad!*

—*Ginch*. —Alicia asintió, pero no relajó el ceño.

—¿Te acuerdas del árbol de Who? Árbol bonito, dijiste.

—Oh —dijo Alicia, soltando el aire con la palabra. Había entendido.

Julia asintió.

Alicia cogió el adorno con sumo cuidado, como si fuera hilo de azúcar en lugar de plástico. Cruzó despacio la sala, pasó por encima de los perros y, tras detenerse delante del árbol, se quedó un rato observándolo. Finalmente, encajó el cordel dorado en la punta de la rama más alta que pudo alcanzar. Luego, muy despacio, se volvió con cara de preocupación.

Ellie aplaudió entusiasmada.

—¡Perfecto!

En el rostro de Alicia se formó una sonrisa que la transformó durante aquel maravilloso momento en una niña normal y corriente. Corrió hasta la caja, eligió otro adorno y se lo llevó con cuidado a Ellie.

—Lellie. Bonito.

Ellie se inclinó.

—¿Quién me está dando este bonito adorno?

—Niña. Da.

Ellie le acarició el pelo y le recogió un mechón suelto detrás de la pequeña oreja rosada.

—¿Puedes decir «Alicia»?

La niña señaló enérgicamente el árbol.

—Pone.

—Estás creando una pequeña dictadora, Jules —dijo Ellie acercándose al árbol.

—Una dictadora sin nombre —añadió Julia. Le costaba asimilar que Alicia no pudiera decirles su nombre y se negara a aceptar el que le habían puesto.

La pequeña regresó rauda a la caja y sacó otro adorno rojo. Después de aplaudir y dar saltos mientras Ellie lo colocaba en el árbol, salió disparada hacia Julia.

—Ula. Bonito.

Estaba, literalmente, radiante. Julia nunca la había visto sonreír con tanto entusiasmo. Se agachó y la atrajo hacia sí para achucharla.

Alicia rio y se aferró a ella.

—*Abo Navida*. Bonito.

Julia se puso a dar giros con Alicia hasta quedarse sin aliento. Luego, sonriendo, reemprendieron la tarea de adornar el árbol.


—Es el árbol más bonito que hemos tenido nunca —comentó Ellie desde el sofá, con una taza de Baileys en la mano y una manta de visón falso de Costco sobre las piernas.

—Eso es porque papá compraba el árbol más grande y luego tenía que cortarle la punta para que cupiese en la sala.

Ellie rio al recordarlo. Había olvidado ese detalle: el enorme árbol ocupando media sala con la punta rebanada; su madre pegándole en el brazo a su padre con cara de enfado. «Te tengo dicho, Tom —decía—, que no traigas un árbol al que hay que cortarle la punta. Tendría que obligarte a ir a comprar otro».

Pero su padre solo tardaba unos segundos, a veces incluso menos, en hacerla sonreír otra vez o incluso reír. «Venga, Bren —decía con esa voz grave—, ¿por qué debería ser nuestro árbol como el de los demás? Este es mucho más original, ¿a que sí, chicas?».

Ellie siempre era la primera en responder, gritando «sí» y corriendo hasta su padre para que la abrazara.

Por primera vez, mientras sostenía el recuerdo en sus manos y lo giraba, lo vio desde otro ángulo. El de la otra niña que estaba en la sala, que nunca gritaba «sí» a su padre y a la que nunca pedían su opinión.

Ellie miró a Julia por encima del canto de su taza.

—¿Por qué lo hacía cada año? Me refiero a lo de cortarle la punta al árbol.

Julia sonrió.

—Ya conoces a papá. Unas cosas le importaban y otras no. Como el árbol no le importaba, le daba igual cortarlo.

—Pero a ti y a mamá os importaba.

—Ya conoces a papá —repitió Julia.

—Yo soy como él —dijo Ellie. Toda su vida se había sentido orgullosa de ese hecho.

—Siempre lo has sido. La gente te adora, igual que lo adoraban a él.

Ellie dio un sorbo a su taza.

—Cal me acusó de ser una egoísta —dijo con voz queda.

—¿Ah, sí?

—Esperaba una reacción de sorpresa. De estupor, incluso. Algo en plan: ¿cómo se le ocurre pensar eso?

—Oh —dijo Julia, reprimiendo una sonrisa.

—Di lo que estás pensando —le espetó Ellie.

—De pequeña estaba loca por Cal. Era el chico de mis sueños a mis once años, pero él solo tenía ojos para ti. Te seguía a todas partes. Me moría de celos cada vez que te escapabas para estar con él.

—¿Sabías que me escapaba?

—Compartíamos cuarto. ¿Te crees que estoy sorda? Que no dijera nada no significa que no lo supiera. Me acuerdo de cuando lo dejaste. Se pasó el resto del verano tirándote piedras a la ventana, pero tú nunca respondías.

—Nos fuimos distanciando.

Julia la miró con ironía.

—Venga ya. Cuando los chicos del equipo de fútbol empezaron a fijarse en tus tetas, te fuiste con ellos y dejaste tirado al pobre Cal. Y cuando te hiciste animadora, en fin... —Julia se encogió de hombros—. Te convertiste en la reina del pueblo y disfrutabas de cada segundo. En eso te parecías a papá. Seguiste con tu vida, pero mantuviste a Cal dando vueltas a tu alrededor como una luna atrapada en tu órbita. Papá y tú tenéis esa magia. La gente no puede evitar adoraros, aunque a veces os miréis demasiado el ombligo.

—O sea que soy una egoísta. ¿Es por eso por lo que han fracasado mis matrimonios?

—¿Lo es?

—¿Esa es la clase de preguntas que has aprendido en tus diez años de universidad?

Julia rio.

—En efecto. Y aquí tienes otra: ¿cómo te hace sentir eso?

Ellie no sabía muy bien qué contestar. Había escuchado esa nueva descripción de sí misma, pero todavía no se veía reflejada en ella. Le parecía una posibilidad que podía cambiar o convencer a los demás de que no era cierta. Siempre se había considerado una buena persona que se preocupaba por los demás.

—Lo siento —dijo en voz baja.

—¿El qué?

—Haberte lanzado a los medios. Lo único que me importaba era... —Se disponía a decir «averiguar el nombre de Alicia», pero el pequeño embuste se le atragantó. Era una verdad a medias—. No quería fracasar. No tuve en cuenta tus sentimientos.

Julia la sorprendió con una sonrisa.

—No te preocupes.

—Si te sirve de algo, no tenía ni idea de lo terrible que iba a ser para ti. De haberlo sabido... —Al reparar en la mirada de su hermana, Ellie rio—. Vale, no habría cambiado nada. Pero lo siento.

—No lo sientas, en serio. Alicia es mi segunda oportunidad. No sé qué habría hecho sin ella.

Guardaron un largo silencio.

—Quiero adoptarla —dijo finalmente Julia—. Alicia necesita saber que tiene un lugar en el mundo y alguien a su lado, aunque todavía no pueda entenderlo del todo. Y yo la necesito a ella.

—¿Qué ocurrirá si alguien la reclama?

—Entonces necesitaré a mi hermana, ¿no? —susurró Julia.

Ellie notó un nudo en la garganta. En ese preciso instante cayó en la cuenta de las muchas cosas que había echado de menos cuando Julia y ella tomaron caminos diferentes, y de lo importante que era para ella que se hubieran reencontrado.

—Puedes contar conmigo.


—Alicia, no estás prestando atención. Ahora estamos jugando con los bloques.

La pequeña meneó la cabeza y alzó el mentón en actitud desafiante.

—No. Bonitos. —Se levantó de un salto y empezó a correr alrededor del árbol de Navidad. Le fascinaban todos los adornos, pero en especial los rojos.

Julia no pudo evitar una sonrisa. Había sido así desde el momento en que pusieron el árbol. Tenían que trabajar en la mesa del comedor para que Alicia pudiera ver siempre los adornos.

—Venga, Alicia, solo cinco minutos más. Después tengo una sorpresa para ti.

Alicia se volvió hacia ella.

—¿Sopesa?

Julia asintió.

—Después de los bloques.

La pequeña suspiró exageradamente y regresó a la mesa con andar enfurruñado. Se derrumbó en la silla y cruzó los brazos.

Esta vez Julia tuvo que girar la cara para esconder su sonrisa. Sin duda, Alicia estaba aprendiendo a expresar sus emociones.

—Enséñame siete bloques.

Alicia puso los ojos en blanco, pero no dijo nada mientras seleccionaba siete bloques de la pila que tenía al lado del codo.

—Siete.

—Ahora enséñame cuatro bloques.

Alicia retiró tres bloques de la cadena que acababa de formar y los empujó hacia el montón.

Julia frunció el entrecejo.

—Un momento, ¿acabas de restar los bloques? —No, no podía ser. La niña solo sabía contar hasta veinte. Las sumas y restas eran demasiado complejas.

Alicia la miró impasible.

Antes de eso, la niña siempre había empezado de cero a la hora de contar los bloques. Devolvía todas las piezas al montón y elegía el nuevo número solicitado.

—¿Te estás dando prisa para recibir tu sorpresa o solo ha sido un golpe de suerte?

—¿Sopesa?

—Enséñame un bloque.

La sonrisa de Alicia se desvaneció. Retiró obedientemente tres bloques del conjunto y dejó solo uno.

—¿Cuántos bloques necesitas para tener seis?

Alicia levantó cinco dedos.

—Y si quito dos, ¿cuántos quedarán?

Alicia dobló dos dedos.

—*Tes.*

—Estás sumando y restando. —Julia meneó la cabeza—. Guau.

—¿Ya?

Julia se preguntó qué más sorpresas escondía Alicia bajo la manga. Puede que hubiese llegado el momento de que realizara un test de coeficiente intelectual. Se disponía a hacerle otra pregunta cuando sonó el teléfono. Julia contestó desde la cocina.

—¿Diga?

—Feliz Nochebuena —dijo Ellie.

—Feliz Nochebuena.

—¿Vais a venir?

—Confío en que sí. Intentaremos salir dentro de un par de minutos.

—¿Montará una escena?

—Es posible.

—Os esperamos.

—De acuerdo. —Julia se despidió de su hermana y colgó. Se acercó a Alicia.

—Julia nunca haría daño a Alicia, lo sabes, ¿verdad?

Alicia arrugó la frente.

—Quiero llevarte a un lugar especial. ¿Quieres venir conmigo? —Le ofreció la mano.

Alicia la cogió, pero mantuvo su expresión ceñuda. Estaba confusa, y como solía sucederle, la confusión la asustaba.

—Primero tienes que ponerte las botas y el abrigo. Fuera hace frío.

—No.

Julia suspiró. La pelea con el calzado era constante.

—Fuera hace frío. —Cogió las botas forradas de pelo sintético y el abrigo negro de lana que había dejado junto a la puerta—. Venga. Si te los pones, te daré una sorpresa.

—No.

—¿No quieres una sorpresa? Vale.

—¡*Pada!* —gritó Alicia cuando Julia se alejaba. Con el entrecejo fruncido, metió los pies en las botas, se puso el abrigo y cruzó el recibidor pisando con fuerza los tablones de madera—. Zapatos peste.

Julia sonrió. «Peste» era la palabra que Alicia usaba para todo lo que no era de su agrado.

—Eres una niña muy buena. —Le cogió la mano—. ¿Vamos?

Alicia asintió despacio.

Julia la condujo hasta la camioneta de Peanut. Al abrir la portezuela, oyó que empezaba a hacer ruidos. Eran los gruñidos quedos y roncos del pasado.

—Utiliza palabras, Alicia.

—Queda. —Parecía aterrorizada.

Su reacción no sorprendió a Julia. La había previsto. En algún momento de su vida, alguien la había llevado en coche a algún lugar. Quizá ese viaje fue el comienzo de su pesadilla.

—No te haré daño, Alicia. Y no dejaré que otros te hagan daño.

Los ojos azul verdoso sobresalían del pequeño rostro pálido y ovalado. Alicia estaba esforzándose por ser valiente.

—¿No deja Niña?

—Nunca. No. —Julia le apretó la mano con fuerza—. Vamos a ver a Ellie.

—¿Lellie?

Julia asintió y tiró de la manita.

—Vamos, Alicia. ¿Por favor?

Alicia tragó saliva.

—Vale.

Muy despacio, Julia la ayudó a subir a la sillita infantil que habían comprado la semana previa para esa ocasión e instalado en el lado del pasajero. Cuando le puso el cinturón de seguridad, Alicia empezó a gimotear. Al cerrar la portezuela, el patético lloriqueo se tornó en aullidos desesperados.

Julia rodeó rápidamente el vehículo y se instaló en el asiento del conductor. Para entonces Alicia respiraba agitadamente, intentando quitarse el cinturón.

—Tranquila, Alicia. Estás asustada. Tranquila.

Julia repitió las palabras hasta que Alicia se calmó lo suficiente para prestarle atención.

—Yo también me pongo el cinturón, ¿ves? Ahora yo también estoy sujeta.

Alicia gimoteaba y tiraba de la correa.

—Utiliza palabras, Alicia.

—*Sueta. Po favo. Sueta* Niña.

De repente, Julia lo entendió. «Idiota». Tendría que haberlo previsto. El recuerdo de las pequeñas cicatrices en el tobillo de Alicia. Las marcas de ligaduras.

—Oh, Alicia —dijo mientras los ojos se le llenaban de lágrimas. Quizá debería dejarlo ahí y probar otro día.

No.

Alicia tenía que integrarse en ese mundo en algún momento, y en ese mundo los niños viajaban en coche. Pero había una concesión que sí podía hacer. Desplazó la sillita hasta el centro del asiento corrido de la vieja camioneta y le cogió la mano a Alicia.

—¿Mejor?

—*Medo.* Niña *medo.*

—Lo sé, cielo, pero no te soltaré. Estás a salvo. ¿Vale?

La mirada de Alicia se tornó serena, confiada.

—Vale.

Julia puso el coche en marcha.

Alicia gritó y apretó con fuerza la mano de Julia.

—Tranquila, cariño —dijo Julia una y otra vez hasta que la pequeña se calmó.

Tardaron cerca de diez minutos en salvar el camino de grava. Para cuando llegaron a la carretera, Julia apenas sentía la mano derecha. Ignoró el dolor y siguió hablando en un tono reconfortante.

Mirando atrás, Julia podía señalar el momento preciso en que la actitud de Alicia cambió. Fue en la esquina de Azalea Street con West End Avenue.

Delante de la casa de Earl y Myra, para ser exactos. Como siempre, el matrimonio la había decorado como si fueran los Juegos Olímpicos. La fachada al completo aparecía cubierta de titilantes luces blancas. Un Papá Noel gigante, montado en un trineo, saludaba desde lo alto del tejado y ofrecía un fulgurante espectáculo de lucecitas rojas y verdes. Una corona navideña parpadeaba en la puerta y arbolitos diminutos iluminados con luces verdes flanqueaban el camino desde la calle hasta la casa.

Alicia emitió un sonido de puro placer. Por primera vez, soltó la mano de Julia y señaló la casa.

—Mira.

Era un lugar tan bueno como cualquier otro para pararse. Estaban a una manzana de la comisaría. Julia se detuvo junto al bordillo y rodeó el vehículo para abrir la portezuela del pasajero. No había terminado de desabrocharle el cinturón y Alicia ya estaba resbalando por la sillita y bajando de la camioneta.

Se detuvo en el borde de la acera para admirar la casa.

—Bonita —suspiró.

Julia se paró a su lado.

Alicia enseguida le cogió la mano.

Sabedora de la inclinación de la pequeña por estudiar las cosas, Julia aguardó pacientemente. Existía una buena posibilidad de que permanecieran así una hora.

En un momento dado la puerta roja se abrió. Myra apareció

ataviada con una falda larga de terciopelo negro y un jersey rojo. Caminó despacio hacia ellas portando una bandeja con galletas.

Julia advirtió que Alicia se ponía tensa.

—Tranquila, cariño. Myra es buena.

La chiquilla se escurrió detrás de Julia sin soltarle la mano.

—¿Te gustan las galletas? —le preguntó Myra—. A mi Margery le encantaban las de mantequilla cuando tenía tu edad.

Julia se volvió ligeramente y miró a Alicia.

—Tiene galletas.

—¿*Galetas?*

—Las he hecho yo —dijo Myra, guiñándole un ojo a Julia.

Alicia asomó la cabeza por detrás de Julia. Rápida como un rayo, agarró una galleta roja y se la metió entera en la boca. A la tercera ya había salido de detrás de Julia y estaba pegada a su costado.

—También te he traído esto. —Myra le tendió un bolso de plástico de color rojo chillón—. Era el favorito de Margery, pero cuando lo vi enseguida pensé en ti.

Alicia abrió los ojos de par en par, formando una «O» con la boca.

—Rojo —susurró, cogiendo el bolso y llevándoselo a la mejilla.

—¿Cómo sabías que le gustan las cosas rojas? —preguntó Julia.

Myra se encogió de hombros.

—No lo sabía.

—Bien, deséale feliz Navidad a Earl de mi parte.

—Todavía no ha vuelto de ensayar con el coro masculino, pero se lo diré cuando lo vea. Feliz Navidad.

Cogidas de la mano, Julia y Alicia caminaron hasta Main Street y giraron a la izquierda. Las calles estaban llenas de coches aparcados pero vacías de gente en esa noche familiar por excelencia. En el aparcamiento del ayuntamiento solo había tres coches.

Julia subió los escalones de la comisaría con Alicia.

—Recogeremos a Ellie y luego iremos al centro para que veas las luces navideñas.

Alicia estaba tan concentrada acariciando su bolso que apenas asintió.

Julia abrió la puerta.

Dentro de la oficina, Cal y sus tres hijas, Peanut y Benji, su hijo y su hija adolescentes y Ellie estaban bailando una estridente versión de «Jingle Bell Rock». Mel y su familia llevaban comida a la mesa.

Alicia soltó un chillido y empezó a aullar.

Ellie corrió hasta el equipo de música y lo apagó. El silencio se adueñó de la oficina. Hubo un cruce de miradas. Cal fue el primero en reaccionar. Reunió a sus hijas y juntos se acercaron a Julia. Alicia se apretó contra ella en un esfuerzo por desaparecer. Llevándose el pulgar a la boca, empezó a gimotear.

Cerca, pero no demasiado, Cal apoyó la rodilla en el suelo.

—Hola, Alicia. Somos la familia Wallace. ¿Te acuerdas de nosotros? Yo soy Cal y estas son mis hijas. Amanda, Emily y Sarah.

Alicia estaba temblando. Se aferró con más fuerza a la mano de Julia.

Peanut empujó a su familia hacia delante. Benji, su marido, era un hombre grande y fornido de ojos chispeantes y rostro sonriente. Durante la fiesta no le soltó la mano a su mujer ni una sola vez. Sus hijos adolescentes intentaban hacerse los «pasotas», pero de vez en cuando sonreían como niños.

Hicieron las presentaciones con suavidad. Benji se arrodilló despacio delante de Alicia y le deseó una feliz Navidad, tras lo cual condujo a sus hijos hasta el árbol.

Peanut se quedó atrás.

—No puedo ir con ellos —dijo—. Por el ponche de huevo. Hay gente que con un vasito tiene suficiente. Yo me lo chutaría en vena. —Rio.

Al oír su risa, Alicia levantó la vista y sonrió.

—Has hecho un auténtico milagro con ella —dijo Peanut mientras enseñaba a la pequeña sus largas uñas rojas. Cada una de ellas tenía pintada una corona de Navidad.

—Gracias —dijo Julia.

—Será mejor que vuelva con mi familia, pero antes... —Se acercó al oído de Julia y susurró—: Me han llegado rumores.

Julia rio.

—No sé de qué me hablas.

—Ya lo creo que lo sabes. Mis fuentes, que son dignas del FBI, me han contado que cierto médico del pueblo llevó a una cita al cine. Hay cosas que nunca sucederán, como que Paris Hilton se mude a una autocaravana, pero esta sí sucedió.

—Solo vimos una peli.

—No me digas. —Con un guiño, Peanut le dio una palmadita en el brazo antes de alejarse.

Durante los siguientes quince minutos todos siguieron celebrando la Navidad, pero como si alguien hubiera pulsado el botón de silencio. Las risas eran más sosegadas, también las conversaciones. El CD navideño del Vince Guaraldi Trio sonaba en segundo plano. Era la música de la película *La Navidad de Charlie Brown*. En un momento dado, Earl y Myra aparecieron con más comida.

Alicia estaba fascinada con la abertura de los regalos. Finalmente, salió de detrás de Julia para ver mejor. No hablaba con nadie, con excepción de Ellie, pero parecía contenta mirando lo que pasaba a su alrededor. Se atrevió a jugar junto a Sarah, que era unos años mayor que Alicia. No con ella, sino a su lado; Alicia observaba sus movimientos y los imitaba. Para cuando la gente empezó a marcharse, la pequeña ya podía vestir y desvestir a la Barbie Disco sin ayuda. Terminada la fiesta, Ellie, Julia y Alicia dieron un paseo hasta el centro del pueblo. Alicia no podía parar de señalar las luces y decoraciones navideñas. Estrujaba constantemente la mano de Julia y tiraba de ella. Las cosas estaban yendo mejor de lo que Julia había previsto.

Caminaba al lado de su hermana.

—Me recuerda a ti —le dijo a Ellie—. Siempre te encantó la Navidad.

—A ti también.

—Yo era más discreta. En todo.

—¿O sea que soy una bocazas?

Julia sonrió.

—Sí. Y yo una cursi.

Siguieron andando.

—He oído —dijo finalmente Julia, tratando de sonar despreocupada— que Max y yo somos la comidilla del pueblo.

—Estaba esperando a que sacaras el tema. ¿De qué va esta historia?

—No lo sé —respondió Julia con sinceridad—. Hay… algo entre nosotros.

Ellie se volvió hacia su hermana.

—No quiero que te hagan daño.

—Lo mismo he pensado yo —dijo Julia con calma.

Alicia se detuvo delante de la iglesia católica. Señaló el alegre alumbrado del pesebre montado en el césped.

—Bonito.

Las campanas de la iglesia empezaron a repicar.

Ellie miró a Julia.

—La misa debería haber terminado hace una hora. Cuando llamé al padre James…

Antes de que pudiera acabar la frase, las puertas se abrieron de par en par y los feligreses emergieron de St. Mark formando un río de humanidad apresurada y parlanchina. La gente bajó la escalinata en tropel, avanzando directamente hacia ellas.

Alicia gritó y soltó la mano de Julia para taparse los oídos.

Julia oyó el grito, seguido de un aullido desesperado. Se volvió hacia Alicia.

—Tranquila, cariño. No te…

Alicia había desaparecido engullida por el mar de rostros y cuerpos.

# 20

Solo hay Extraños alrededor de Niña; extraños riendo, cantando, bailando. Se tropieza hacia un lado y casi se cae al
suelo.

«Ula promete», piensa.

Pero no le sorprende, a pesar de que puede sentir un desgarro
en el pecho y un nudo en la garganta.

Algo le pasa a Niña. Algo Malo. Siempre ha sido así. Él se lo
decía siempre. ¿Por qué se permitió olvidarlo? Peor aún, se permitió confiar en Ula y ahora Niña tiene miedo de nuevo. Esta
vez hay gente por todas partes en lugar de en ninguna parte, pero
eso no cambia nada. Ahora conoce algunas palabras. Perdida es
perdida; es cuando quieres que alguien te abrace pero no hay
nadie que pueda hacerlo. Perdida es sola, aunque estés rodeada
de gente.

Se abre paso entre la marabunta de Extraños. Cualquiera de
ellos podría hacerle daño. El corazón le late tan deprisa y con tanta fuerza que la cabeza le da vueltas. Intentan agarrarla, retenerla.

Corre hasta que las voces suenan raras y lejanas, como el rugido del agua en las cascadas de su querido río cuando la nieve
empieza a derretirse.

Mira a lo lejos, más allá de este lugar llamado pueblo. Sus

árboles están allí, oscuros ahora, y puntiagudos contra el cielo. Volverían a darle la bienvenida, lo sabe. Podría seguir el río hasta su cueva y vivir de nuevo allí.

«Frío».

«Hambre».

«Sola».

Hasta Lobo se ha ido.

Estaría demasiado sola allí.

Ahora que ha conocido a Ula y Lellie, ¿cómo puede volver a la nada? Echará de menos que la abracen, escuchar la bonita historia sobre el conejo que quiere ser real. Niña sabe qué es eso: querer ser real.

El dolor en el pecho ha vuelto. Es como si se hinchara; confía en que no le reviente los huesos. Una extraña opresión le aprieta la garganta. Siente todo eso desde la distancia, y se pregunta si finalmente caerán gotas de sus ojos. Quiere que caigan. Eso hará que baje el dolor en el pecho.

Entonces ve el árbol.

Ese donde se escondió por primera vez en este lugar. Los árboles siempre la han protegido. Corre hasta él y trepa, cada vez más alto, hasta que una vieja rama desnuda la acuna.

Intenta no pensar en lo diferente que es, en lo mucho mejor que se sentía cuando la abrazaba Ula.

«No. Deja. Niña».

Ojalá no se hubiese creído nunca esa promesa.


Julia se volvió hacia todos lados, escudriñando cada rostro en busca de ayuda. La gente seguía riendo, charlando y cantando villancicos. Quería gritarles que se callaran, que por favor, por favor, la ayudaran a encontrar a la pequeña. Sus voces eran un ruido blanco que rugía en su cabeza.

—¿Qué ha pasado? —preguntó Ellie, sacudiendo a Julia por los hombros para conseguir su atención.

—Se ha ido. —Julia estaba al borde de las lágrimas—. Hace un minuto estaba aquí, cogida a mi mano…, luego las puertas de la iglesia se abrieron y la gente empezó a salir en tropel. Alicia debió de asustarse.

—Vale. No te muevas de aquí, ¿me oyes?

De hecho, a Julia le costaba oírla. El corazón le aporreaba el pecho. Solo podía pensar en el miedo que le había dado a Alicia subir al coche y más todavía que la ataran a la sillita. Pero lo había hecho. Esa niña valiente y herida se había dejado atar, había mirado a Julia con esos ojos tristes y había dicho: «¿No deja Niña?».

Julia le había prometido, le había jurado, que no la dejaría sola. Se abrió paso entre el gentío gritando el nombre de Alicia mientras buscaba en cada rostro. Sabía que parecía una demente, pero no le importaba.

Un golpe de brisa arrastró las hojas por la acera y el césped. Olía vagamente al mar no tan lejano; Julia estaba segura de que si inspiraba hondo, le sabría a lágrimas. Se detuvo e intentó controlar su pánico. Ahora oía también a Ellie llamar a Alicia, veía luces de linternas barrer el parque.

«Piensa. ¿Qué podría sacar a Alicia de su escondite?».

Enseguida lo supo. «La música». Alicia se pasaba horas junto a los altavoces escuchando música. Le gustaban decenas de canciones, todas las bandas sonoras de Disney. Pero de todas las que escuchaba, una era claramente su favorita.

Julia respiró hondo y empezó a cantar «Estrellita, ¿dónde estás?».

Recorrió el parque vacío cantando.

—… me pregunto quién serás…

Un pájaro entonó su propia canción. Al principio, Julia no se percató. En un momento dado, se dio cuenta de que el trino del pájaro acompañaba su voz.

—¿Alicia? —susurró.

—¿Ula?

A Julia le temblaron las rodillas. Levantó la vista hacia las ramas desnudas del arce. Alicia estaba allí, mirándola con la carita pálida y contraída de miedo.

—¿No deja? —preguntó.

—Oh, cariño…, no deja.

Alicia bajó de un salto.

Julia la levantó del suelo y la abrazó con fuerza. Notó que la pequeña temblaba y supo lo asustada que había estado.

Se apartó ligeramente.

—Lo siento, Alicia.

Una sonrisa trémula se formó en su carita.

—¿Queda?

—Sí, cariño, me quedo.

Alicia le tocó la cara, le enjugó las lágrimas.

—Agua no —dijo preocupada.

—Solo son lágrimas, Alicia. Lágrimas. Y significan que te quiero.

Ellie se acercó en ese momento y se arrodilló junto a ellas.

—Aquí está nuestra chica —dijo con un suspiro.

Julia miró a su hermana a través de una cortina de lágrimas.

—¿Cómo se llama el abogado del pueblo?

—John MacDonald. ¿Por qué?

—Quiero iniciar los trámites de adopción en cuanto termine la Navidad.

—¿Estás segura?

Julia estrechó a Alicia con más fuerza aún.

—En mi vida he estado tan segura de algo.


Para cuando dieron las doce el día de Navidad, Max ya había visitado a sus pacientes en el hospital y a los pocos niños de la sala infantil. También había hecho veinticinco kilómetros en bicicleta, dejado una donación en la iglesia católica y telefoneado a todos los miembros de su familia.

Ahora estaba en su silenciosa sala de estar, contemplando el lago bañado de gris. Llovía con tanta fuerza que el jardín parecía incoloro, incluidos los árboles.

Tendría que haber puesto un árbol de Navidad. Quizá eso le hubiera levantado el ánimo, aunque le costaba creerlo. Hacía siete años que no compraba un árbol.

Fue hasta el sofá y se sentó, pero enseguida supo que era un error. Los fantasmas y recuerdos lo rodearon. Vio a su madre sentada en su butaca favorita, estudiando bichos con una lupa... y a su padre durmiendo en su sillón reclinable con la arrugada mejilla apoyada en la mano... y a Susan tejiendo una manta azul cielo...

Cogió el teléfono y llamó al hospital.

—Todo tranquilo por aquí —le dijeron—. No hace falta que venga.

Colgó y se puso en pie. No podía quedarse ahí sentado rememorando otras Navidades. Necesitaba hacer algo. Ir a algún lugar. Escalar una montaña, quizá, o...

«Ver a Julia».

No hizo falta más. El mero hecho de pensar en ella lo puso en marcha.

Se vistió, subió a la camioneta y puso rumbo a su casa. Aunque sabía que estaba comportándose como un idiota, no podía evitarlo. Tenía que verla.

Llamó a la puerta.

Julia reía y estaba diciendo algo cuando acudió a abrir. Al ver a Max, su sonrisa desapareció.

—Oh, pensaba que te habías ido a Los Ángeles a pasar la Navidad.

—Al final me quedé —dijo él—. Si estás ocupada...

—En absoluto, entra. ¿Te apetece una copa? Tenemos un ron caliente con mantequilla bastante bueno.

—Me parece genial.

Lo invitó a pasar a la sala de estar y se dirigió a la cocina. Su pequeña sombra de dientes separados la seguía al mismo paso. Parecían casi siamesas.

Un árbol de Navidad con preciosos adornos dominaba un rincón de la sala.

Max se vio asaltado por un alud de recuerdos.

«Vamos, Capitán Dan, coloquemos la estrella para mamá».

Dio la espalda al árbol y se sentó en el saliente de la chimenea. Un fuego crepitaba detrás de él calentándole la espalda. No podría aguantar ahí mucho tiempo, pero por lo menos no estaba de cara al árbol. A sus pies yacía un ovillo de perros dormitando.

—Vaya, vaya, vaya.

Al oír la voz de Ellie, Max levantó la vista. Estaba detrás del sofá con las manos en las caderas.

—Me alegro de volver a verte, Max.

—Lo mismo digo, El.

Ellie rodeó el sofá y se sentó a su lado.

—¿Sabes qué he oído?

—¿Que Trevor McAulley vuelve a beber?

—Hace tiempo de eso. —Lo miró a los ojos. Ya no sonreía. Esa era su cara de poli—. He oído que invitaste a mi hermana al cine.

—¿Salió en la radio de la policía?

—No te dije nada en Acción de Gracias porque estábamos de celebración, pero… —Ellie se inclinó hacia él, tanto que Max podía notar su aliento en el cuello—. Hazle daño y te corto los huevos. —Se enderezó y volvió a sonreír—. Y sé que te los quieres mucho.

—Ya lo creo.

—Veo que nos entendemos. Bien. Me alegro de haber tenido esta pequeña charla contigo.

—¿Y si…?

Ellie frunció el entrecejo.

—¿Y si qué?

—Nada.

Julia y Alicia regresaron en ese momento.

Ellie se levantó de inmediato.

—Me voy a casa de Cal. Portaos bien. —Cogió una caja llena de paquetes y se marchó.

Julia entregó una taza a Max.

Se sentaron en el sofá. Ninguno de los dos habló. Alicia estaba arrodillada junto a los pies de Julia. Le gruñó y golpeó el libro que tenía en el regazo.

—Utiliza palabras, Alicia —dijo Julia con calma.

—Lee. Niña.

—Ahora no. Estoy hablando con el doctor Max.

—Ahora. —Alicia volvió a golpear el libro.

—No. Luego.

—*¿Po favo?*

Julia sonrió con dulzura y le acarició la cabeza.

—Dentro de un rato, ¿vale?

El cuerpo de Alicia se desplomó. Se metió el dedo gordo en la boca y procedió a pasar las páginas.

Julia se volvió hacia Max.

—Eres increíble —dijo él.

—Gracias.

Max oyó la ronquedad en su voz y supo lo mucho que su halago significaba para ella.

Julia estaba ahora lo bastante cerca de él para besarlo y Max deseaba que lo hiciera.

Se apartó ligeramente, como si la distancia pudiera protegerlo.

Julia reparó en el gesto. Cómo no.

—¿Qué te ocurrió, Max?

La pregunta debería haberlo sorprendido, pero no lo hizo.

—No importa.

—Yo creo que sí.

Max estaba ahora lo bastante cerca para poder ver el diminuto lunar en el cuello de Julia. El aliento a canela aleteaba contra su mentón.

—El amor —se limitó a decir.

—Ya —dijo ella al fin—. El amor puede hacernos polvo, de eso no hay duda. ¿Por qué no fuiste a casa por Navidad?

—Por ti.

Los ojos de Julia tantearon los de Max, como si estuvieran buscando respuestas. Esbozó una sonrisa triste, cómplice, y él se preguntó qué era lo que ella creía saber.

—¿Te apetece jugar a las cartas? —preguntó Julia al fin.

—¿A las cartas? —Max no pudo evitar una carcajada.

Julia sonrió.

—Es una de esas cosas que un hombre y una mujer pueden hacer fuera de la cama.

—No me extraña que me tengas confundido.

Ella rio.

—Ve a buscar las cartas, Alicia.

Alicia levantó la vista.

—¿Ula gana?

—Por supuesto, cariño. Ula le pegará una paliza al doctor Max.



Era la primera Navidad en mucho tiempo que la casa desprendía de nuevo un aroma a hogar. No había nada como la presencia de una niña para convertir la Navidad en una celebración realmente especial. Aunque eso no quería decir que Alicia la entendiera, claro.

Ellie y Julia se habían despertado al romper el alba y habían alentado a la pequeña durmiente a bajar a la sala.

Habían desenvuelto los regalos uno a uno —como dictaba la tradición familiar— y a continuación los habían colocado de nuevo bajo el árbol. Salvo los de Alicia. La niña adoraba sus paquetes y se había pasado el día paseándolos de un lado a otro apretados contra su pequeño pecho. Cualquier intento de desenvolverlos había provocado un ataque de histeria.

De modo que los juguetes del interior permanecían ocultos. Para Alicia, los paquetes eran sus regalos.

A decir verdad, Ellie detestaba tener que marcharse, pero ir a ver a Cal el día de Navidad era una de sus pocas tradiciones. No había fallado un solo año. Así se hacían las cosas en Rain Valley. Los vecinos se visitaban unos a otros en Navidad, quedándose normalmente el tiempo justo para compartir una copa de vino o una taza de chocolate caliente. Durante toda su infancia Cal había ido a casa de los Cates por Navidad, donde encontraba un calcetín con su nombre suspendido de la repisa de la chimenea y una pila de regalos debajo del árbol. Nadie mencionaba jamás por qué era así, pero todos lo sabían. Para Cal, que vivía solo con su desastroso padre, la Navidad únicamente llegaba a otras casas.

La tradición se mantuvo mientras Brenda y el Gran Tom Cates estuvieron vivos. Año tras año, Cal cruzaba el prado y el río con su mujer y sus hijas para cenar con los Cates. Incluso después de que la madre de Ellie falleciera y la tradición empezara a debilitarse, en su cabeza Cal seguía relacionando la Navidad con los Cates.

Tras la muerte de Tom Cates se inició un cambio sutil. Durante unos años, Cal y Lisa invitaron a Ellie a cenar a su casa. Intentaron crear una nueva tradición, pero la cosa no acabó de cuajar. Lisa preparaba los platos «equivocados» y ponía la música «equivocada». Ellie ya no sentía el sabor de la Navidad; en cierto modo, era una extraña.

Ese año no había sido invitada. Sin duda Cal había dado por sentado que Julia, Alicia y ella formaban ahora una nueva familia Cates y querían estar solas. Ellie, no obstante, sabía que sin Lisa no sería fácil para él.

Guardó los regalos en una bolsa plateada de Nordstrom y se puso en marcha. A ambos lados del camino se alzaban, altos y rectos, majestuosos cedros y abetos; sus verdes puntas se hundían en la abultada panza gris del cielo. Aunque había dejado de llover, de las ramas y hojas todavía caía agua, creando un goteo regular que coincidía con sus pasos. También estaban presentes los demás sonidos del bosque. Agua corriendo, agujas susurrando, ardillas correteando por las ramas, ratones buscando cobijo. De tanto en tanto graznaba un cuervo o ululaba un búho.

Dichos sonidos eran, para ella, tan familiares como el crepitar del fuego en la chimenea. Sin la menor inquietud, tomó el sendero y se internó en el bosque.

Era imposible calcular el número de veces que había cruzado ese puente o caminado de una casa a otra. El suficiente para que nada pudiera crecer en el sendero. Incluso en los últimos años en que el coche y el teléfono habían sustituido en gran medida la costumbre de caminar hasta la casa del vecino, nunca crecía nada que ocultara el camino.

Siguiendo la hierba vencida, rodeó el vergel, cruzó el huerto y pasó junto al viejo estanque donde habían pescado de niños. Mientras se abría paso entre las totoras y oía el chapoteo de sus botas en el barro, escuchó el eco largo tiempo olvidado de sus risas infantiles.

«¡Cal, hay una serpiente en el agua! ¡Sal!».

«Es solo una rama. Necesitas gafas».

«Tú eres el que necesita gafas…».

Ellie recordó sus carcajadas…, las incontables horas que habían pasado sentados en la orilla embarrada hablando de todo y nada.

Siguió la curva que dibujaba la senda y la casa apareció ante sus ojos. Durante un segundo esperó que tuviera el aspecto de antaño: una chabola de tejas falsas inclinada hacia un lado; ventanas sucias y agrietadas con los postigos descoyuntados; un batallón de pitbulls atados con cadenas en el jardín, enseñando los colmillos.

Parpadeó y la imagen se desvaneció. Ahora observaba la casa que Cal había construido con sus propias manos después de terminar su formación superior y antes de casarse con Lisa. En aquel entonces trabajaba para una constructora. Después de una jornada semanal de cuarenta y cinco horas, echaba interminables horas en su propia casa, construyéndola literalmente alrededor de un padre borracho e inútil.

Era una casa pequeña que parecía haber crecido hacia fuera, formando una colección de ángulos pronunciados e inclinaciones complejas. Las habitaciones se habían añadido, sin orden ni concierto, conforme entraba el dinero. Cal se había volcado en esa casa, intentando construir para su familia el hogar que él no había tenido. El resultado final era una pintoresca cabaña en medio de una parcela de hierba aterciopelada, rodeada de árboles centenarios.

Como siempre, las luces y los adornos navideños eran un espectáculo. Ellie sospechaba que Cal intentaba con ello compensar todos los años que no había habido ni siquiera un árbol en la sala.

El porche estaba tachonado de luces blancas y las barandillas engalanadas con ramas. Una gigantesca corona hecha en casa decoraba la puerta principal.

Ellie esperaba escuchar música traspasando las paredes, pero había un silencio extraño. Por un momento se preguntó si estaban en casa. Se volvió y vio el juguete de Cal, el GTO de 1969 que había restaurado a la perfección.

Llamó a la puerta. En vista de que nadie acudía, tocó de nuevo.

Finalmente oyó un retumbar de pasos.

La puerta se abrió de golpe y ahí estaban las hijas de Cal, formando una piña y sonriendo de oreja a oreja. Amanda, a sus once años y medio, ofrecía un aspecto increíblemente adulto con sus vaqueros de tiro bajo, el cinturón de tacos plateados y la camiseta rosa. Su larga melena negra estaba recogida en una trenza caótica que solo las manos torpes de un padre podían hacer. Emily, de nueve años, llevaba un vestido verde de terciopelo que le iba una talla demasiado grande y Sarah, de ocho —la única que había heredado el cabello cobrizo y la tez pecosa de la madre—, no se había molestado en quitarse su pijama de la princesa Fiona.

Al ver a Ellie, las tres sonrisas se desvanecieron.

—Es solo la tía Ellie —dijo Amanda.

El trío farfulló:

—Feliz Navidad.

A continuación, Emily avisó a su padre.

—Caray, gracias —dijo Ellie mientras las veía alejarse.

Cal bajó por la escalera. Se movía despacio, como si acabara de despertarse. Tenía el pelo enmarañado y pequeñas líneas rosadas surcaban su mejilla izquierda. Llevaba puestos unos Levi's tan viejos que las rodillas se habían desintegrado y una maraña de flecos remataba los bajos. También su camiseta de Metallica había conocido tiempos mejores.

—Ellie —dijo intentando sonreír. Al cruzarse con sus hijas en la escalera, abrazó a cada una de ellas y las dejó ir.

—Tienes un aspecto horrible —dijo Ellie cuando las chicas desaparecieron.

—Yo iba a decirte que estás preciosa.

Ellie cerró la puerta y lo siguió hasta la sala de estar, donde un enorme árbol ocupaba toda la esquina. Dejó la bolsa de los regalos al lado.

Cal se desplomó en el sofá y puso los pies en la mesita de centro de cobre martillado. Su suspiro fue tan hondo que hizo girar y tintinear uno de los adornos del árbol.

Ellie se sentó a su lado. La desconcertaba verlo así. Cal se había tomado con humor demasiados momentos duros para venirse abajo ahora. Si podía volverse vulnerable, ya no había nada seguro.

—¿Qué ha ocurrido?

Cal echó un vistazo por encima de su hombro para asegurarse de que las niñas no podían oírlo.

—Lisa no ha venido esta mañana ni tampoco a comer. No ha enviado regalos. Les dije a las niñas que su madre las llamaría por teléfono, pero empiezo a tener mis dudas.

Ellie frunció el entrecejo.

—¿Está bien?

—Sí. Telefoneé a los padres de Lisa. Está por ahí con su novio nuevo.

—No es propio de Lisa comportarse así.

Cal la miró a los ojos.

—Sí lo es.

Ellie pudo oír el enorme dolor detrás de esas pocas palabras. Sabía que era cuanto Cal iba a contarle sobre su fallido matrimonio.

—Lo siento.

—Tú ya has pasado por esto, ¿no? Un divorcio es como un corte que acaba cicatrizando. Es lo que siempre decías.

En realidad Ellie nunca había estado en la situación de Cal. Nunca había estado casada más de dos años, nunca se había convertido en un amor en lugar de una amante para su cónyuge. Y sabía Dios que nunca había tenido el corazón de un niño al alcance de la mano.

—Creo que mis matrimonios no pueden compararse con el tuyo, Cal. Es posible que el dolor se alargue.

—No amarla no puede ser más doloroso de lo que era amarla. —Cal clavó la mirada en el fuego.

Ellie dejó que se tomara su tiempo. En cierto modo, se sentía como cuando eran niños. A veces se pasaban el día sentados en aquel puente sin abrir la boca salvo para decir «¿Me das otro chicle?».

—¿Qué tal tu Navidad? —le preguntó él al fin.

—Genial. Hicimos el estofado de papá y el pan de maíz de la abuela Dotty. Alicia no podía entender el concepto de Papá Noel bajando por la chimenea. Y se negó a desenvolver sus regalos. Se paseaba por la casa con las cajas.

—Para el año que viene será una experta. Los niños aprenden rápido cuando se trata de regalos. Recuerdo la primera vez que hice el truco o trato con Amanda.

—Fue en mi casa.

Ellie notaba que Cal quería sonreír.

—Sí. Amanda no entendía por qué iba disfrazada de calabaza, pero cuando le diste los caramelos, dejó de importarle.

—Llevaba el sombrero verde de fieltro de mi madre, ¿te acuerdas?

Cal miró a Ellie. En sus ojos familiares vio una nostalgia tan honda que sintió el deseo de cogerle la mano, de decirle que todo se arreglaría.

—Pensaba que lo habías olvidado.

—¿Cómo iba a olvidarlo? Somos íntimos amigos desde hace décadas.

Cal suspiró y se volvió hacia el árbol. Ellie tuvo la sensación de que había vuelto a defraudarlo. Estaba empezando a ocurrir a menudo e ignoraba por qué. Por otro lado, de corazones verdaderamente rotos sabía casi tan poco como de niños. Tal vez fuera mejor cambiar de tema, hacer que Cal dejara de pensar en su familia rota en ese día especial.

—Julia quiere adoptar a Alicia. Cree que la niña necesita estabilidad.

—Buena idea. ¿Qué tiene que hacer?

—En primer lugar, presentar una petición para poner fin a los derechos parentales. Si nadie reclama a Alicia durante el periodo de la publicación, Julia tendrá vía libre.

Cal hizo una pausa antes de preguntar:

—¿Y si los padres aparecen finalmente? ¿Y si no sabían que su hija había sido encontrada?

Ellie y Julia habían evitado esa pregunta como la peste. Era la pregunta que podía estropearlo todo.

—Sería un problema.

—El estado de Washington ampara por encima de todo a los padres biológicos, aunque sean escoria.

—Lo sé —dijo Ellie.

—O sea que hemos pasado de desear que los padres aparecieran a desear que no aparezcan.

335

—Exacto. —Ellie miró a Cal a los ojos. Se hizo otro silencio—. Esta Navidad no ha sido lo mismo sin ti.

—Ya —dijo él con una tenue sonrisa—. Las cosas cambian.

Ellie no quería ir por ese derrotero con él. En realidad, temía que, de hacerlo, empezara a pensar demasiado en su propia soledad. Estar con Cal tenía a veces ese efecto en ella, le recordaba las muchas cosas que se había perdido en la vida. Se levantó y fue a la cocina. Sirvió dos chupitos de tequila y los colocó en una bandeja junto con un salero. Regresó a la sala y, tras apartarle los pies, dejó la bandeja en la mesita de centro.

—¿Chupitos? ¿El día de Navidad?

—A veces el ánimo cambia por sí solo. —Ellie se encogió de hombros—. Otras necesita un empujoncito. —Se sentó a su lado—. Salud.

—¿Para qué es la sal?

—Para adornar. —Chocó su chupito contra el de Cal y lo apuró de un trago—. Brindemos por que el año que viene sea mejor.

—Amén. —Cal se bebió su tequila y dejó el vaso en la mesa. Cuando se volvió de nuevo hacia ella, dio la impresión de que estaba escrutándola en busca de algo oculto—. Tú te has enamorado muchas veces.

Ellie rio.

—Y desenamorado otras tantas.

—¿Cómo puedes… seguir creyendo en el amor? ¿Cómo puedes decirle a alguien que le amas?

Ellie notó que le temblaba la sonrisa.

—Decirlo es fácil, Cal, sentirlo de verdad es prácticamente imposible. Compadezco al pobre hombre que se enamore de mí. —Quiso sonreír de nuevo, pero no pudo. La conversación la estaba deprimiendo, y la manera en que Cal la miraba no ayudaba—. Basta de hablar de penas, estamos en Navidad.

Retiró las pruebas alcohólicas y fue hasta el equipo de música. Puso un CD y subió el volumen lo suficiente para sacar a las niñas del cuarto de la tele, donde probablemente habían estado viendo otra película de Hilary Duff.

—¿Qué pasa aquí? —preguntó Amanda, estirando su destartalada trenza.

Las niñas estaban muy juntas. Todas ellas tenían la mirada triste en ese día tan mágico.

—Para empezar, tenéis unos regalos que abrir.

Eso las hizo sonreír, aunque no por completo.

—Y luego os llevaré a la bolera.

Amanda puso cara de adulta.

—Nosotras no jugamos a los bolos. Mamá dice que a la bolera solo va gente vulgar.

Ellie se volvió hacia Cal.

—¿Me estás diciendo que no saben lo de la bolera secreta?

Sarah dio un paso al frente.

—¿Qué *ez* la bolera *zecreta*?

Ellie se inclinó hacia ella.

—Es tener la bolera para nosotras solas después del cierre, con la música a todo trapo y toda la comida basura que puedas desear.

—Mamá nunca lo aprobaría —dijo Amanda.

—Que sepáis —dijo Ellie— que vuestro padre y yo trabajábamos en el Big Bowl y que por eso sois las únicas niñas de Rain Valley que sabéis lo de la bolera secreta. Y ahora, a vestirse.

Sarah tiró de la manga de Ellie y le susurró:

—¿Puedo ir de *princeza* Fiona?

—Por supuesto. En la bolera secreta puedes ir como te dé la gana.

Amanda miró a Ellie.

—¿Puedo pintarme?

Antes de que Cal pudiera responder, Ellie dijo:

—Claro.

Entre risas, las niñas corrieron escaleras arriba.

Cal miró a Ellie.

—Hace veinticinco años que no nos colamos en el Big Bowl.

—Llamaré a Wayne y se lo diré. Todavía guarda las llaves en el sombrero del gnomo. Podemos dejarle cincuenta pavos en la caja.

—Gracias, El.

Ellie sonrió.

—Acuérdate de esto la próxima vez que me divorcie. Tequila y bolos a medianoche.

—¿Esa es la poción mágica?

Dejó de sonreír mientras miraba a Cal.

—No, pero a veces es todo lo que hay.

# 21

Se acercaba el fin de enero, ese mes de cielos plomizos en que la gente perdía los estribos con la misma facilidad que las llaves del coche. Los niños del pueblo contemplaban desde las ventanas los jardines lluviosos; sus madres pasaban horas extras limpiando las huellas de sus dedos en los vidrios.

En casa de las Cates, la única luz provenía de las bombillas artificiales, y el patrón de la lluvia que caía de los aleros sonaba como un corazón acelerado que no lograba tranquilizarse.

Eso a Ellie la ponía tensa.

No, en realidad no era el tiempo lo que la tenía tan inquieta. Era la compañía.

La mujer de Servicios Sociales estaba sentada en el sofá con la espalda tiesa, como si le aterrorizara la posibilidad de que un pelo canino volara por el aire y se posara en sus pantalones grises de franela.

Julia, que parecía serena y cómoda en su conjunto de invierno de color blanco, estaba sentada al lado de esta.

—¿Tiene más preguntas, señora Wharton?

La sonrisa de la mujer fue tan nerviosa como el resto de su persona; un visto y no visto. Ellie solo alcanzó a vislumbrar un destello de dientes torcidos.

—Llámeme Helen. Y sí, tengo algunas preguntas más.

Julia la obsequió con su sonrisa de foto.

—Dispare.

Helen dejó el bolígrafo y miró a Alicia, que jugaba sola en la otra punta de la sala. La pequeña no había mirado a Helen ni una sola vez. De hecho, cuando le presentaron a la mujer, había aullado y huido. Tras refugiarse detrás de un ficus diminuto durante casi una hora, finalmente había salido de su escondrijo, solo para empezar a comerse el centro de flores.

—Este entorno, desde luego, es totalmente aceptable. Su hogar, previa evaluación, fue aprobado para acoger de forma temporal a... la menor, y no veo un deterioro que justifique una revocación de nuestra recomendación. Tal como usted nos ha recordado de manera reiterada, la niña está prosperando bajo sus cuidados. Quien me preocupa, en realidad, es usted, doctora Cates. ¿Puedo hablarle con franqueza?

—Estoy deseando oír lo que tenga que decir —declaró Julia.

—Está claro que se trata de una niña profundamente dañada. Quizá tenga razón y no sea autista ni discapacitada mental, pero es evidente que tiene problemas. Dudo mucho que algún día llegue a ser normal. Son frecuentes los casos de padres que adoptan a niños con necesidades especiales con toda su buena intención y grandes esperanzas, y con el tiempo se dan cuenta de que la situación los sobrepasa. El estado tiene centros maravillosos para niños como... ella.

—No hay ningún niño como ella —aseguró Julia—. Sus heridas, en mi opinión, son únicas y es imposible saber cómo le irá en el futuro. Como bien sabe, estoy más que cualificada para tratarla como paciente, y estoy enteramente preparada para quererla como madre. ¿Qué mejor situación puede haber para ella?

Fina como el filo de una cuchilla, la sonrisa de Helen llegó tarde.

—Fue una gran suerte para la niña que usted la encontrara. —Lanzó una mirada a Alicia, que ahora estaba frente a la ventana «hablando» con una ardilla. La asistente social se levantó y le tendió la mano a Julia—. No veo razones para requerir nuevas inspecciones. Recomendaré que le asignen a la niña basándome en la evaluación de su hogar.

—Gracias.

Cuando la asistente social se hubo marchado, la sonrisa de Julia finalmente se desvaneció.

Alicia corrió a sus brazos.

—*Medo* —susurró.

—Lo sé, cariño. —Julia la estrechó con fuerza y le acarició el cabello—. No te gusta la gente con gafas. Además, llevaba un montón de joyas brillantes, ¿verdad? Aun así, tendrías que haberle sonreído.

—*Señoda* peste.

Ellie rio.

—En eso he de darle la razón. —Se encaminó a la puerta y cogió su cazadora del perchero—. Llamaré a John y le diré que has superado la inspección. Ahora ya podrá ponerle fecha a la vista y comenzar con la citación para la terminación de los derechos parentales.

Sin soltar a Alicia, Julia se acercó a su hermana.

—Una vez a la semana durante tres semanas en todos los periódicos de la zona. Así se lo anunciaremos al mundo, ¿no?

—Ellos tendrán sesenta días desde la primera publicación para presentar un aviso de comparecencia. Después de eso, tendrás vía libre.

«Ellos».

La familia biológica de Alicia.

Aunque no hablaban de ello, Julia y Ellie sabían que Alicia no era como otros niños abandonados o extraviados. Quizá alguien, en algún lugar, estuviese recordándola y soñando con ella, pero hubiese dejado de buscar. Los padres podrían aparecer en cualquier momento, incluso transcurridos unos años, y tener más derecho a reclamar el corazón de la niña que Julia.

Ellie sabía que su hermana había dado muchas vueltas a esa posibilidad y decidido correr el riesgo. En opinión de Julia, era preferible darle a Alicia un hogar ahora y preocuparse por el futuro, que permitir que la niña pasara su vida en el limbo, esperando a unos padres biológicos que quizá no llegaran nunca.

—Bien, me largo a trabajar —dijo Ellie—. Adiós, Alicia.

La pequeña la abrazó.

—*Adió*, Lellie.

Ellie le devolvió el abrazo.

—Cal me dijo que hoy las niñas salían del cole al mediodía. Después de comer se pasará un rato por aquí con Sarah.

—Dale las gracias de mi parte. Puede que esta vez Alicia hable con ella. —Julia frotó su nariz contra el cuello de Alicia—. ¿A que sí, pequeña?

Alicia respondió con una risita aguda.

Ellie abandonó la casa y puso rumbo al coche patrulla. Con un rápido bocinazo —a Alicia le encantaba ese sonido— se alejó.

Después de Navidad y Año Nuevo, Rain Valley había vuelto a lo largo de las semanas a su rutina invernal. Las calles del centro del pueblo estaban, por lo general, vacías de coches y gente. Las tabernas se llenaban antes y permanecían concurridas más tiempo. Ellie, Earl y Mel se turnaban junto a la carretera para esperar a los conductores que pensaban que no pasaba nada por ponerse hasta arriba de cerveza y coger luego el coche. Los fines de semana, las sesiones de cine matinales estaban a reventar de niños y era imposible conseguir una pista o una plaza de aparcamiento en la bolera.

Los periódicos ya no hablaban de la niña loba voladora. Incluso Mort tenía mejores cosas sobre las que escribir, como los minitemblores del monte Santa Helena y la desautorización de la caza de ballenas por parte de la tribu makah.

Los días en la comisaría recuperaron su reconfortante rutina. La tranquilidad había vuelto a Rain Valley y las personas encargadas de mantener dicha paz lo agradecían. Cal volvía a disponer de más tiempo para leer sus cómics y hacer sus dibujos porque apenas sonaba el teléfono. Peanut acomodaba los horarios de todos a las necesidades familiares y pagaba puntualmente las nóminas.

Resumiendo, todo iba bien.

Ellie pasó con el coche por el puesto de café Ancient Grounds, pidió un moca *latte* grande y siguió hasta la comisaría. Aparcó en su plaza situada detrás del edificio y entró por la puerta trasera. Estaba en el comedor, mirando qué había en la nevera, cuando Peanut irrumpió en la estancia y cerró la puerta.

—¡Ellen! —dijo en el susurro exagerado que reservaba a los cotilleos importantes.

Ellie bebió un sorbo de café y miró el reloj. Las once y media, pronto aún para las grandes noticias.

—Déjame adivinar: en *Supervivientes* han votado a quien no debían.

Peanut le dio una palmada en el brazo.

—*Supervivientes* se acabó.

Ellie cerró la nevera.

—Vale, ¿de qué se trata?

—Es importante que no pierdas la cordura. Cal y yo estamos preocupados.

—¿Por mi cordura? Eso me reconforta.

—Sabes lo tonta que te pones delante de ciertos hombres.

—Me niego a reconocer eso. Además, el único hombre guapo del pueblo va detrás de mi hermana.

—Ya no.

—¿Max ya no va detrás de Jules?

Peanut le pegó en el hombro.

—Escucha bien.

Ellie frunció el entrecejo.

—¿Qué demonios pasa aquí?

—Hay un tipo esperándote ahí fuera.

—¿Y a qué viene tanto pánico?

—A que está como un tren y solo quiere hablar contigo.

—¿Ah, sí?

—Tendrías que ver tu sonrisa. Eso es justo lo que me temía.

Ellie se asomó al pasillo. Desde donde estaba solo podía ver a un hombre —de espaldas— sentado en una silla frente a su mesa. Iba vestido de negro de la cabeza a los pies.

—¿Quién es?

—No ha querido decirme su nombre. Y tampoco se ha quitado las gafas de sol —resopló Peanut—. Seguro que es de California.

Ellie se metió de nuevo en el comedor y agarró su bolso. Pasó cinco minutos en el cuarto de baño retocándose el maquillaje y cepillándose los dientes. De regreso al comedor, se volvió hacia Peanut.

—¿Qué tal estoy?

—Esto no me gusta. Ya te estás poniendo en modo zorra.

—Que te den. Hace meses que no salgo con un hombre.

Ellie se alisó las arrugas del uniforme, enderezó las tres estrellas doradas que lucía en el cuello de la camisa y entró en la sala principal de la comisaría con Peanut a la zaga.

Cal levantó la vista y enseguida reparó en el maquillaje. Se volvió hacia el hombre sentado a la mesa de Ellie y sacudió la cabeza.

—Qué sorpresa —farfulló.

Ellie siguió andando.

—Hola. Soy la comisaria Barton —dijo rodeando su mesa—. Tengo entendido…

El hombre se volvió hacia ella.

Ellie se olvidó de lo que iba a decir. Tan solo podía ver unos pómulos marcados, unos labios carnosos y una mata de rebelde pelo moreno. El hombre se quitó las gafas de sol, desvelando unos ojos de color azul eléctrico.

«Virgen santísima».

Tomó asiento sin estrecharle la mano.

—He venido desde muy lejos para verla —dijo él con una voz grave y cansada.

«Un acento. Muy leve pero suficiente». Ellie no acertaba a ubicarlo. De Australia, quizá. O de Luisiana. Le encantaban los hombres con acento.

—Soy George Azelle. —Se llevó la mano al bolsillo y sacó una hoja de papel doblada que dejó sobre la mesa.

Ellie reconoció el nombre.

—Veo que sabe quién soy. —Se inclinó hacia delante mientras empujaba el folio hacia ella—. No se inquiete por la manera en que me está mirando, estoy acostumbrado. Estoy aquí por ella.

—¿Ella?

El hombre desdobló la hoja. Era una foto de Alicia.

—Soy su padre.


—Alicia, ¿cuántas veces vamos a discutir por lo mismo? —Julia no pudo evitar reírse de su propio comentario. Últimamente, Alicia y ella hacían muchas cosas juntas, ninguna de las cuales podía describirse como discutir—. Ponte las botas.

—No.

Julia se acercó a la ventana y señaló el jardín.

—Está lloviendo.

Alicia se sentó en el suelo.

—No.

—Vamos a la cafetería. ¿Te acuerdas de la cafetería? Estuvimos la semana pasada. Qué tarta tan rica. Ponte las botas.

—No. Zapatos peste.

Julia alzó las manos con desesperación.

—Está bien, quédate aquí con Jake y Elwood. Te traeré un trozo de tarta de la cafetería.

Entró en la cocina. Con movimientos lentos y exagerados, cogió las llaves y el bolso y se puso el abrigo. Cuando se dirigía a la puerta oyó que Alicia se levantaba.

—¿Niña ir?

Julia se dio la vuelta reprimiendo una sonrisa. Alicia estaba de pie en la sala, con la carita arrugada por un ceño que era de preocupación y rabia a partes iguales. Tenía el peto manchado de pintura de su último proyecto artístico. Julia quería mantenerse firme, decirle «Lo siento, no puedes venir sin zapatos, a un restaurante no» y fingir que se marchaba mientras Alicia corría a ponerse las botas. Eso era lo que habría hecho con una niña terca normal.

En lugar de eso, se arrodilló frente a ella.

—¿Recuerdas nuestra conversación sobre las normas?

—Niña buena. Niña mala.

A Julia le chirrió la descripción, pero las normas de conducta constituían una idea compleja. Los niños tardaban años en procesarlas y entenderlas; constituían uno de los factores de la socialización. Las sociedades solo existían en presencia de reglas que regían la conducta de las personas.

—Hay lugares donde las niñas tienen que llevar zapatos.

—Niña no gusta.

—Lo sé, cariño. ¿Qué te parece si no los llevas en el coche? Puedes ponértelos al llegar al pueblo y quitártelos cuando nos vayamos.

Alicia lo meditó.

—Calcetines no.

—Vale.

Alicia cruzó obedientemente la sala y sacó las botas de la caja que había junto a la puerta. Sin molestarse en coger el abrigo, salió al porche.

En ese momento, una nube cruzó el cielo proyectando su sombra en la hierba. Las gotas de lluvia se transformaron en copos de nieve. Besaron la cabeza morena y el rostro alzado de Alicia, convirtiéndose de inmediato en gotitas de agua helada.

—¡Mira, Ula! Bonito.

Estaba nevando y Alicia iba descalza. «Genial».

Julia agarró el abrigo de Alicia, cogió a la pequeña en brazos y puso rumbo al coche. A medio camino oyó el teléfono.

—Probablemente sea la tía Ellie para decirnos que tengamos cuidado con la nieve.

Le puso el cinturón de seguridad.

—Feo. *Apieta*. Malo —dijo Alicia, recurriendo a todas sus palabras que indicaban desagrado—. Peste.

—Peste no, y te protege.

Eso la silenció.

Julia puso un CD y se alejó con el coche.

Alicia escuchó la banda sonora de *Pedro y el dragón Elliot* siete veces seguidas. Su canción favorita era «Faro sobre el agua». Cada vez que tocaba a su fin, gritaba *«¡Ota!»* hasta que Julia obedecía.

Finalmente, llegaron al Rain Drop y aparcaron.

La canción se detuvo en seco.

—¿*Ota*?

—No, Alicia, ahora no. —Julia se inclinó hacia la pequeña e intentó meter sus pies fríos y húmedos en las botas. Era como intentar poner unos guantes quirúrgicos en unas manos mojadas—. La próxima vez te pones los calcetines como que me llamo Julia.

Bajó del coche y fue hasta el lado del pasajero. Abrió la portezuela con una sonrisa.

—¿Lista?

El miedo cruzó por los ojos de Alicia, pero la pequeña asintió.

—Eres una niña muy valiente.

Julia la ayudó a bajar del coche. Alicia echó a andar despacio hacia el restaurante, mirándose las botas.

—No tengas miedo, Alicia, estoy aquí contigo. No te soltaré.

La pequeña le apretaba la mano con tanta fuerza que le hacía daño, pero Julia no se quejó.

Abrió la puerta de la cafetería y la campanilla sonó sobre sus cabezas. Al oírla, Alicia pegó un chillido y se aferró a Julia.

La mujer se agachó para abrazarla.

Las hermanas Grimm estaban delante de la caja registradora hombro con hombro. Era evidente que se habían girado al unísono al oír la campanilla, porque ahora estaban mirando fijamente a Alicia. Detrás de ellas, Rosie Chicowski hundía un lápiz en su pelo cardado de color rosa. A la izquierda había un viejo leñador sentado solo a una mesa.

Todo el mundo estaba mirando a Julia y Alicia.

Deberían haber ido hacía una hora, en el espacio entre los clientes del desayuno y los de la comida. Así lo habían hecho la semana previa y habían tenido la cafetería para ellas solas. Recularon lentamente.

Las tres hermanas avanzaron en masa hacia ellas y Julia pensó, de repente, en los jinetes del apocalipsis. Al parecer, actualmente la Muerte cabalgaba dentro de una urna maltrecha en los brazos de una anciana.

Miraron a Julia y luego a Alicia.

Julia las miró a su vez.

Alicia resoplaba nerviosa, tirando de la mano de Julia.

Violet se llevó la mano al bolso y sacó un monedero morado de plástico.

—Toma. A mi nieta le encantan.

La mirada de Alicia se iluminó. Tocó el monedero con tímido respeto, lo agarró con la manita y se acarició la mejilla con él. Luego, parpadeando, levantó la vista hacia Violet y dijo:

—*Gacia.*

Las tres mujeres se miraron boquiabiertas. Por fin, se volvieron hacia Julia.

—La has salvado —dijo Daisy con la voz tensa, sin duda molesta por la emoción que había detrás de sus palabras.

—Tu madre estaría muy orgullosa de ti —añadió Violet, asintiendo hacia sus hermanas en busca de confirmación. Estas inclinaron la cabeza al mismo tiempo.

Julia sonrió.

—Gracias. No lo habría conseguido sin vuestra ayuda. El pueblo nos ha protegido mucho.

—Eres una de nosotros —respondió Daisy.

Y dicho eso, el trío abandonó la cafetería como un solo bloque.

Sujetándola con fuerza, Julia condujo a Alicia hasta la mesa del rincón. Pidieron a Rosie sándwiches de queso calientes, patatas fritas y dos batidos de leche. No les habían servido aún la comida cuando la campanita de la puerta tintineó de nuevo.

Alicia levantó la vista y dijo con total naturalidad:

—Max.

Él no reparó en ellas hasta que hubo recogido su almuerzo y se volvió hacia la puerta.

Cuando la miró, a Julia le dio un pequeño vuelco el corazón.

—Hola —dijo Max.

Ella sonrió.

—¿No tiene una cita para comer, doctor?

—Por ahora no.

—En ese caso, debería acompañarnos.

Max miró a Alicia.

—¿Puedo sentarme a tu lado?

La pequeña arrugó la carita con gesto pensativo.

—¿No daño Ula?

La pregunta sorprendió a Max.

—Por nada del mundo. —Al ver la cara de extrañeza de Alicia, añadió—: No daño Julia.

Alicia finalmente se deslizó hacia un lado para hacerle sitio.

Max se sentó frente a Julia. Nada más entrar en contacto con el banco de vinilo, Rosie se precipitó sobre él con una sonrisa de oreja a oreja.

—Es como ver la llegada a la luna. Sabía que lo vuestro era cierto. —Le puso delante un juego de cubiertos.

—Alicia es mi paciente —dijo Max en un tono neutro.

Rosie le guiñó un ojo cargado de rímel y pestañas postizas.

—Por supuesto.

Cuando se hubo marchado, Max murmuró:

—Antes de que me termine el sándwich, el pueblo entero estará al corriente de esto. No habrá un solo paciente esta semana que no me pregunte por ti.

Rosie llegó con los platos minutos después.

—*Gacia* —dijo Alicia sonriendo a la camarera.

Rosie regresó a la cocina.

Julia iba a decirle a Alicia que se comiera las patatas de una en una cuando advirtió que Max la estaba mirando.

Le sostuvo la mirada y en sus ojos azules vio miedo. Miedo de ella, de ellos. Julia entendía ese miedo; había determinado buena parte de su vida. La pasión era un sentimiento peligroso, y el amor todavía más. Por lo general, era el amor lo que había destruido a sus pacientes, ya fuera por exceso o por defecto. Pero Alicia le había enseñado una o dos cosas sobre el amor… y el coraje.

—¿Qué? —preguntó él sin sonreír.

Julia sintió algo nuevo, una suerte de apertura en su interior. De repente, ya no tenía miedo.

—Acércate —susurró.

Frunciendo el entrecejo, Max se inclinó hacia ella.

Julia lo besó. Él se resistió una milésima de segundo antes de sucumbir.

Alicia soltó una risita.

—Besos.

Cuando Max retrocedió, estaba pálido.

Julia rio.

—Así los chismosos tendrán algo de que hablar.

Después de eso continuaron comiendo como si nada hubiese ocurrido. Al rato, cuando estaban en la puerta poniéndose los abrigos, Julia se atrevió a posar la mano en su brazo. Ya le había marcado públicamente con sus labios; ¿qué era una caricia en el brazo frente a eso?

—Voy a llevar a Alicia a la granja de animales salvajes de Sequim. ¿Te gustaría acompañarnos?

Max se detuvo lo justo para mirar su reloj. Luego dijo:

—Te sigo.

Julia se llevó a Alicia del restaurante y la subió de nuevo al coche. La nieve había arreciado para cuando llegaron a la entrada de la granja. Del cielo caían unos copos grandes y esponjosos. Algunos habían empezado a cuajar. Sobre la valla y la hierba se había formado una delgada capa blanca.

Julia se detuvo frente a la pequeña cabaña donde vivía el dueño de la granja. En el porche había dos oseznos negros masticando grandes palos de madera.

—Tienes que ponerte las botas, los guantes y el abrigo —dijo Julia.

—No.

—Quédate en el coche entonces.

Julia se abrigó y salió del vehículo. Se sumó a Max, que estaba junto a su camioneta. La nieve los acribillaba, aterrizando como trocitos de fuego en su nariz y sus mejillas.

—¿A qué estamos esperando? —preguntó.

—Ahora lo verás.

La puerta del coche se abrió. Alicia bajó. Iba vestida acorde con el tiempo, si bien se había puesto las botas al revés.

Justo entonces Floyd salió de la cabaña con una enorme parka. Pasó junto a los oseznos, bajó los escalones del porche y cruzó el césped nevado.

—Hola, doctora Cates, doctor Cerrasin. —Se inclinó hacia Alicia—. Y tú debes de ser Alicia. Conozco a un amigo tuyo.

La pequeña se escondió detrás de Julia.

—Tranquila, cariño, esta es tu sorpresa.

Alicia levantó la vista.

—¿*Sopesa*?

—Síganme —dijo Floyd.

No habían dado ni tres pasos cuando comenzaron los aullidos.

Alicia miró a Julia y esta asintió con la cabeza.

La pequeña echó a correr en dirección al sonido. Era un llanto triste y conmovedor que flotaba en el aire gélido. Alicia respondió con sus propios aullidos.

Se encontraron en la valla metálica, la pequeña con su abrigo negro de lana y sus enormes botas cambiadas y el lobo, que había alcanzado casi la mitad de su tamaño total.

Floyd se acercó a la verja. Alicia enseguida se colocó a su lado dando saltos.

—*Abe.* Jugar. Niña.

Metió la llave en la cerradura. Cuando giró, el hombre se volvió hacia Julia.

—¿Está segura de que no corre peligro?

—Lo estoy.

Abrió la verja.

Alicia irrumpió en la jaula. El lobo y ella rodaron juntos por el suelo, jugando como cachorrillos en la nieve. Cada vez que el lobo le lamía la mejilla, Alicia reía.

Floyd cerró la verja y los observó jugar.

—Es la primera vez que el lobo ha dejado de aullar desde que está aquí.

—Ella también lo echaba de menos —dijo Julia.

—¿Qué cree…?

—No lo sé, Floyd.

Guardaron silencio mientras seguían observando a la niña y el lobo rodar por la nieve.

—Es asombroso lo que has hecho con ella —dijo Max.

Julia sonrió.

—Los niños tienen una gran capacidad de adaptación.

—No siempre. —La respuesta fue tan bajita que a Julia casi se le escapó.

Se disponía a preguntarle qué quería decir cuando escuchó una sirena.

—¿La oyes?

Max asintió.

Sonaba lejana al principio, luego se fue aproximando.

Cuando los primeros flashes aparecieron y horadaron la cortina de nieve, Floyd reaccionó al instante. Agarró a Alicia del abrigo, la sacó de la jaula y cerró la verja.

Alicia cayó al suelo de rodillas y empezó a aullar sin consuelo.

El coche patrulla irrumpió en el parque y frenó en seco. Las luces siguieron lanzando fogonazos de colores. Envuelta en la surrealista luz, Ellie caminó hacia ellos.

—Ha venido a buscarla.

—¿Quién? —le pregunto Julia, pero cuando Ellie miró a la pequeña, lo supo.

—El padre de Alicia.


Max llevó a Alicia en brazos hasta la casa. Era ligera como una pluma.

Procuraba no pensar en lo natural que le resultaba llevar a un niño en brazos, pero algunos recuerdos estaban grabados demasiado hondo para poder borrarlos y ciertos movimientos se le antojaban tan naturales como respirar.

Intentó dejarla en el sofá para poder encender la chimenea.

Pero Alicia se negó a soltarse de su cuello, y mientras Max se movía con ella por la casa y hacía un fuego, la pequeña aullaba con un encogimiento que le partía el corazón.

Finalmente, se sentó en el sofá y recogió a la niña en su regazo. Alicia tenía los ojos cerrados y las mejillas todavía rosas por el frío. El sonido que hacía ahora —más próximo a un gemido que a un aullido— era la expresión física de la pérdida. Mucha emoción y muy pocas palabras.

«Mira hacia otro lado», se dijo. «Pon una película o sube la música».

Se recostó en el sofá y cerró los ojos. Enseguida supo que era un error. En su cabeza oyó a un niño llorar a moco tendido. «Mi pez ya no nada, papá. Cúralo».

Max estrechó a Alicia con fuerza.

—No pasa nada, pequeña. Desahógate, te hará bien.

Al oír su voz, la niña inspiró hondo y levantó la vista. Max cayó en la cuenta de que era la primera vez que hablaba desde que habían abandonado la granja.

—Julia tuvo que ir a la comisaría con Ellie. No tardarán en volver.

Alicia lo miró parpadeando con los ojos sorprendentemente secos. Max se descubrió preguntándose si la niña sabía llorar. La mera idea de que no pudiera descargar su dolor de esa manera le encogió el corazón.

—¿Ula no deja Niña?

—No. Julia volverá.

—¿Casa Niña?

—Sí. —Le recogió un mechón de pelo todavía húmedo detrás de la diminuta oreja.

—¿Lobo? —La boca le tembló. La pregunta era grande y compleja; sin embargo, esa única palabra la contenía por entero.

—El lobo también está bien.

Alicia meneó la cabeza, y de repente a Max le pareció demasiado mayor, demasiado sagaz para su carita.

—No. *Tampa*. Malo.

—Necesita estar libre —dijo entendiéndola Max.

—Como *pájados*.

—Tú sabes lo que es estar atrapada, ¿verdad? —Contempló el rostro con forma de corazón. Por más que deseara desviar la mirada, por más que lo necesitara, no podía. Alicia le hacía recordar demasiados momentos del pasado. Lo sorprendente era que algunos de esos recuerdos eran buenos. De tiempos en que había sido capaz de estar quieto..., de tiempos en que tener a un niño en brazos lo había hecho reír en lugar de llorar.

—¿Lee Niña? —Alicia señaló un libro que descansaba abierto en la mesita de centro.

Max lo cogió.

La pequeña se reacomodó enseguida para estar lo más cerca posible de él.

Max le pasó un brazo por los hombros y colocó el libro entre los dos.

Alicia señaló la parte superior de la página, segura del punto donde lo había dejado.

Max empezó a leer.

—«Real no es algo de lo que estás hecho —dijo el Caballo de Cuero—. Es algo que te sucede. Cuando un niño te quiere durante mucho mucho tiempo, no solo para jugar contigo, sino que te quiere de verdad, entonces te vuelves real».

«Léeme, papá».

Max notó la manita de Alicia en la mejilla reconfortándolo. Solo entonces se percató de que lloraba.

—Pupa —dijo Alicia.

Max la miró tratando de recordar la última vez que se había permitido llorar.

—¿*Mejó*?

Intentó sonreír.

—Mejor.

Con una sonrisa, Alicia se acurrucó contra él. Max cerró el libro y empezó a narrarle otra historia, una que llevaba mucho tiempo intentando olvidar. Pero las palabras seguían ahí. Le hacía bien contársela a alguien, aunque cuando llegó a la parte triste, la parte que le hizo volver a llorar, la pequeña ya se había dormido.

# 22

El ADN es concluyente? —preguntó Julia. En la quietud del coche su voz sonó más fuerte de lo que pretendía. Debido a la nieve y la caída de la noche, parecía que estuvieran dentro de una extraña nave espacial.

—No soy experta en el tema —dijo Ellie—, pero de acuerdo con el informe del laboratorio, lo es. Y sabía lo de la marca de nacimiento. He hablado con el FBI. Sabremos más por la mañana, pero...

—¿Cuál es su verdadero nombre?

—Brittany.

—Brittany. —Julia lo pronunció tratando de encontrar una coincidencia en su cabeza. Pensó que si se concentraba en pequeñas cosas como esa, no pensaría en las grandes. Alicia —Brittany— no era su hija, nunca lo había sido. A lo largo de todo ese tiempo, la respuesta había sido ese momento, el reencuentro de Alicia con su verdadera familia. No importaba que ella hubiera cometido el gran error de enamorarse de la pequeña. Lo que importaba era Alicia. Julia se aferró a eso—. ¿Por qué ha tardado tanto en aparecer?

Ellie aparcó en la plaza que exhibía el letrero JEFE DE POLI-CÍA.

Julia miró fijamente el cartel. Las luces de los faros lo hacían brillar. Al mismo tiempo, la nieve lo eclipsaba. Al parecer, esa era una noche de colisiones.

—Entiendo que tengas que hacer tu trabajo, El. Las dos tenemos que hacerlo. Soy consciente de que nos hemos encariñado demasiado con ella. No obstante, soy una profesional. Créeme si te digo que nunca perdí de vista el riesgo que estaba corriendo y que entiendo qué es lo mejor para Alicia.

—Todo eso son gilipolleces, pero sé por qué lo dices. —Ellie se volvió hacia su hermana. En la extraña mezcla de luz y oscuridad, su rostro parecía avejentado y lleno de sombras—. Existe un problema.

—¿Cuál?

—¿Sabes quién es George Azelle?

Julia frunció el entrecejo. Tardó unos instantes en recordar.

—Ah, sí, el tipo que mató a su mujer y a su hija pequeña. Fue...

—Es el padre de Alicia.

—No. —Julia negó con la cabeza. Tenía que haber un error. El caso Azelle había sido muy sonado. El asesino millonario, lo llamaron, refiriéndose al imperio puntocom que había construido. Un circo de atención mediática había seguido todos los aspectos desconcertantes del proceso. La única certeza durante todo el juicio fue la culpabilidad de George Azelle—. Pero lo condenaron. Fue a la cárcel. ¿Cómo...?

—No soy yo la que tiene las respuestas, sino él.

Julia no podía moverse.

Ellie le tocó el brazo.

—Puedo entrar yo sola y decirle que no te he encontrado.

—No.

Julia se esforzó por contener el pánico mientras salía al gélido aire de la noche. Entregar a Alicia a una familia afectuosa era algo que se habría obligado a aceptar. George Azelle era algo muy distinto.

—No a un asesino —farfulló más de una vez durante el interminable tramo hasta los escalones de la comisaría. Por el camino trató de rememorar los detalles del juicio. Sobre todo, recordaba que el jurado lo había declarado culpable.

Copos como bolas de algodón caían perezosamente del cielo y titilaban en los haces de luz de las farolas y ventanas.

Dentro de la comisaría reinaba el silencio.

Julia parpadeó mientras sus ojos se acostumbraban poco a poco a la luz. La oficina le pareció más espaciosa de lo normal, pero eso era porque siempre la había visto durante las ruedas de prensa. Cal estaba sentado a su mesa con los auriculares puestos y Peanut se hallaba de pie a su lado. Ambos miraron a Julia con preocupación.

La mesa de Ellie estaba vacía. También la silla.

—Está en mi despacho —le informó Ellie.

—Ah.

Ellie miró a Peanut, luego a Cal.

—Quedaos aquí.

Los ojos de Peanut se llenaron de lágrimas.

—No queremos oírlo.

Cal asintió y le cogió la mano.

Ellie cruzó la oficina con Julia. Dejaron atrás las dos celdas con sus puertas abiertas y sus catres vacíos y se detuvieron frente a una puerta con una placa que rezaba JEFE DE POLICÍA.

Ellie entró primero. Enseguida se oyeron voces: la de Ellie demasiado rápida, la de él baja y grave.

Julia respiró hondo y siguió a su hermana.

Había cosas en las que reparar, por supuesto —estanterías y una mesa, y fotos de familia—, pero Julia solo veía a George Azelle.

Seguramente no lo habría reconocido en la calle o en medio de una multitud, pero ahora lo recordó. Alto, moreno y letal. Así lo había descrito la prensa, y era fácil entender por qué. De espalda ancha y caderas estrechas, medía más de metro ochenta y cinco. Su rostro era anguloso y atractivo, lleno de sombras y huecos profundos; la clase de cara que la ira enseguida oscurecía. El pelo, moreno y salpicado de canas, casi le rozaba los hombros. Era el tipo de hombre que despertaba las fantasías de cualquier mujer, aunque se le veía deteriorado.

—Usted es la doctora —dijo. Había un acento en aquella voz, una prolongación de las sílabas que la hizo pensar en Luisiana y en pantanos, en lugares calurosos y decadentes y conversaciones hasta altas horas de la noche—. Quiero darle las gracias por todo lo que ha hecho por mi pequeña. ¿Cómo está?

Julia avanzó con rapidez, casi con brusquedad, y le tendió la mano. El apretón del hombre fue firme, incluso puede que una pizca más de lo necesario.

—Y usted es el asesino —dijo retirando la mano. Sintió una necesidad repentina de sacudirse la sensación de su piel—. Condenado por asesinato en primer grado, si la memoria no me falla.

La sonrisa de George Azelle desapareció. Se llevó la mano al bolsillo de atrás, sacó un sobre y lo arrojó sobre la mesa de Ellie.

—Abreviando, el Tribunal de Apelación invalidó la negativa del Tribunal de Primera Instancia de una petición para desestimar el caso. Por suficiencia de pruebas. El Tribunal Supremo estuvo de acuerdo. Me soltaron la semana pasada.

—Basándose en un tecnicismo.

—Si considera la inocencia un tecnicismo. Un día llegué a casa y mi familia no estaba. —Se le quebró la voz—. Nunca supe qué les pasó. La poli decidió que yo las había matado y punto. Ignoraron las pruebas.

Julia no tenía una respuesta para eso. Intentó por todos los medios no sentirlo, pero el pánico la acechaba.

—Ella no puede sobrevivir sin mí.

—Mire, doctora, me he tirado un montón de años en la cárcel. Tengo una casa grande en el lago Washington y dinero suficiente para contratar los mejores cuidados para mi hija, así que dejémonos de rodeos. Necesito mostrarle al mundo que está viva, de modo que la quiero conmigo. Y la quiero ya.

Julia lo miró conmocionada.

—Está loco si cree que voy a entregar a Alicia a un asesino.

—¿Quién diantre es Alicia?

—Es el nombre que le pusimos. No sabíamos quién era.

—Pues ahora ya lo saben. Es mi hija y he venido para llevármela a casa.

—¿Está de broma? Hasta donde yo sé, usted estuvo detrás de todo el asunto. No sería el primer hombre que sacrifica a un hijo para deshacerse de una esposa.

Julia vislumbró un destello en sus ojos. George Azelle superó la corta distancia entre ellos.

—Sé quién es usted, doctora. No soy la única persona aquí con un pasado turbio, ¿no cree? ¿Realmente quiere una batalla pública?

—Por mí, adelante —respondió Julia con aplomo—. No le tengo miedo.

El hombre se cernió sobre ella.

—Dígale a Brit que iré a buscarla —susurró.

—No permitiré que se la lleve.

Julia notó su aliento caliente y suave en la sien.

—Los dos sabemos que no puede impedírmelo. Los tribunales de Washington abogan por la reunificación familiar. Nos vemos en los tribunales.


En cuanto se hubo marchado, Julia se desplomó en una silla fría y dura. El cuerpo entero le temblaba. George Azelle tenía razón, los tribunales del estado de Washington defendían la reunificación familiar por encima de casi todo lo demás.

—¿Quieres hablar del tema? —le preguntó Ellie.

—Hablar no ayudará.

«Pensar sí».

Respiró hondo.

—Necesito información sobre el caso de George Azelle.

—Me dio esto. —Ellie deslizó un fajo de papeles por la mesa.

Julia los cogió e intentó leerlos. Las manos le temblaban tanto que las letras vibraban sobre las hojas blancas.

—Jules...

—Dame un minuto —dijo Julia, consciente del tono desesperado en su voz. Estaba haciendo un esfuerzo sobrehumano por no empezar a gritar o a llorar. Ver la mirada triste de su hermana o escuchar sus palabras de consuelo podría derrumbarla—. Por favor.

Se concentró en los documentos. Constituían la base de la historia del proceso. La petición de desestimar el caso realizada por el abogado de Azelle al cierre de la presentación de cargos; la denegación de dicha petición; la revocación del Tribunal de Apelación y la aprobación del Tribunal Supremo de la revocación y la desestimación. De todos ellos, el que más le importaba a Julia era el certificado original para determinar indicios de criminalidad, el cual resumía los hechos del caso.

El 13 de abril de 2002, en torno a las 9.30 de la mañana, George Azelle llamó al Departamento de Policía del condado de King para informar de que su esposa, Zoë Azelle, y su hija de dos años y medio, Brittany, llevaban más de veinticuatro horas desaparecidas. El Departamento de Policía de Seattle reaccionó de inmediato y envió agentes a la residencia situada en el 16402 de Lakeside Drive, en Mercer Island. A esto siguió un rastreo por todo el condado y, a continuación, por todo el estado. Grupos de la comunidad respondieron al llamamiento y organizaron equipos de búsqueda y de vigilancia nocturna.

Las investigaciones realizadas durante ese periodo desvelaron que la señora Azelle estaba teniendo una aventura en el momento de su desaparición y había solicitado el divorcio. El señor Azelle también estaba implicado en una aventura con su ayudante personal, Corinn Johns.

A lo largo de la investigación, la policía averiguó los siguientes hechos:

En torno a noviembre de 2001, la policía respondió a un aviso de altercado doméstico en el domicilio de los Azelle. Los agentes observaron contusiones en el cuerpo de la señora Azelle y arrestaron al señor Azelle. La denuncia fue desestimada cuando la señora Azelle se negó a declarar contra su marido.

La noche del 11 de abril de 2002, el vecino Stanley Seaman hizo mención de otro altercado en el domicilio de los Azelle, si bien no avisó de ello a la policía. Le comentó a su mujer que los Azelle estaban «discutiendo otra vez». Seaman declaró que la pelea tuvo lugar a las 23.15.

Cerca de las doce del mediodía del domingo 12 de abril de 2002, el vecino Stanley Seaman vio a Azelle cargar en su hidroavión un baúl grande y una bolsa de lona más pequeña, semejante a un saco.

Azelle afirma que despegó del lago Washington a bordo de su hidroavión, sin pasajeros, sobre la una de la tarde del 12 de abril. De acuerdo con testimonios de familiares, llegó a casa de su hermana, situada en la isla Shaw, casi dos horas después. Expertos confirmaron a la policía que el tiempo de vuelo habitual para esa distancia es de poco menos de una hora. Azelle regresó a su residencia del lago Washington a las 19.00 horas de ese mismo día.

Un repartidor de flores local, Mark Ulio, llegó a las 16.45 del domingo a casa de los Azelle para entregar unas flores que el señor Azelle había encargado por teléfono a la una de la tarde de ese mismo día. En el momento de la entrega nadie acudió a abrirle en casa de los Azelle. Ulio declaró haber visto a un hombre blanco, de unos treinta y cinco años, con un chubasquero amarillo y una gorra de Batman, subir a una furgoneta blanca aparcada frente a la residencia de los Azelle.

El lunes por la mañana, Azelle telefoneó a varios amigos y familiares para preguntarles si sabían dónde estaban su mujer y su hija. Dijo a varios testigos que Zoë Azelle había «huido otra vez». A las 10.30, tras comprobar que Brittany no había ido a la guardería y que Zoë no había acudido a su cita con su terapeuta, Azelle llamó a la policía e informó de la desaparición de ambas.

Tras identificar a Azelle como sospechoso, la policía se personó en su casa con una orden de registro. Encontraron manchas de sangre en una alfombra de la sala de estar. Por otro lado, muestras de pelo halladas en el dormitorio de la pareja —perteneciente a la señora Azelle— incluían las raíces, lo que indicaba que hubo un forcejeo. La lámpara de la cómoda tenía el pie resquebrajado.

Durante el tiempo que duró el registro, los agentes observaron en repetidas ocasiones que George Azelle se ausentaba inexplicablemente o no parecía preocupado por la desaparición de su familia. Dicha actitud condujo a la policía a considerarlo sospechoso.

Basándose en la información obtenida, el sargento Gerald Reeves puso a Azelle bajo arresto por el asesinato de su esposa y su hija y le leyó sus derechos. El estado solicita que no se le conceda la libertad bajo fianza. Se trata de un crimen brutal cuidadosamente planificado y ejecutado. Debido a la considerable fortuna personal de Azelle y a su licencia de piloto, existe un serio riesgo de fuga.

So pena de perjurio, bajo las leyes del estado de Washington, certifico que lo anterior es cierto y correcto.

Estaba firmado por el inspector jefe y fechado.

Tras finalizar su lectura, Julia suspiró y devolvió los documentos a la mesa.

Oyó unos fuertes pasos en el pasillo.

Peanut y Cal forcejearon en el hueco de la puerta. Peanut logró entrar primero.

—¿Y?

—Es un desgraciado —dijo Julia—. Un adúltero y, casi con certeza, un maltratador. Pero de acuerdo con la justicia, no es un asesino y no se le puede volver a juzgar por la misma causa. —Contempló las caras de preocupación—. Y es el padre. El ADN resulta concluyente: Alicia es Brittany Azelle. Según los tribunales del estado de Washington...

—Me trae sin cuidado la ley estatal —dijo Peanut mirando a Julia de hito en hito—. ¿Qué podemos hacer para protegerla?

—Necesitamos un plan —dijo Cal.

—Me pondría delante de un autobús por ella —aseguró Julia, y al decir eso sintió que se calmaba.

El temblor en las manos cesó.

«Me pondría delante de un autobús por ella».

Era cierto.

—Ha llegado el momento de agarrar el toro por los cuernos —dijo, y aunque no era capaz de obligarse a sonreír, aunque no podía imaginarse sonriendo otra vez, estaba tranquila. No pensaría en los «¿y si?». Eso la destruiría. Pensaría únicamente en Alicia y en cómo protegerla.

—Contrata a un detective —le dijo a Ellie—. Examina los expedientes de Azelle desde segundo grado. Seguro que en algún lugar, en algún momento, ese hijo de puta pegó a alguien o vendió drogas o condujo borracho. Encuéntralo. No tenemos que demostrar que es un asesino, solo que no es apto como padre.


Eran poco más de las cinco cuando llegaron a casa, pero parecía que fuera medianoche. Los nubarrones oscurecían el cielo. Dos centímetros de nieve lo cubrían todo, el césped, el tejado, la barandilla del porche. La casa refulgía en medio de toda esa blancura.

Ellie aparcó cerca de la entrada. Ni ella ni Julia hicieron ademán de bajar del coche.

—No voy a contárselo —dijo finalmente Julia con la mirada al frente.

Ellie suspiró.

—¿Cómo ibas a hacerlo? No soporta ni que la dejes para preparar el desayuno.

Julia no podía dejarse ir por ahí, no podía empezar a imaginarlo.

«Ula no deja Niña».

Abrió la portezuela y salió a la nieve que caía sin notar apenas el frío.

Subió los escalones del porche, pasando de la nieve a la madera mojada, y abrió la puerta. Lo primero que notó fue la luz y el calor. Luego vio a Alicia acurrucada en el regazo de Max. Al oírla llegar, la pequeña levantó la vista y sonrió.

—¡Ula! —chilló, resbalando de los brazos de Max y corriendo hacia ella.

Julia la levantó del suelo y la abrazó con fuerza.

—Hola, pequeña. —Intentó esbozar una sonrisa. Con un poco de suerte, no parecería tan frágil como ella se sentía.

Alicia arrugó la frente.

—¿*Tiste?*

—Contenta de estar en casa —dijo Julia.

El alivio brilló en los ojos de Alicia. Abrazó de nuevo a Julia y la besó en el cuello.

Ellie se acercó por detrás y le acarició el pelo.

—Hola, chiquitina.

—Hola, Lellie —dijo Alicia con la voz amortiguada y feliz.

Max se había levantado. Su silueta aparecía recortada contra el fuego de la chimenea y el resplandor le ensombrecía el rostro.

—¿Julia? —dijo. La inquietud en su voz era patente.

Ella estuvo a punto de venirse abajo. Esquivó el contacto de su mano, fingiendo que era sin querer, pero se dio cuenta de que no lo había engañado. Naturalmente que no. Julia no sabía mucho de Max, pero sí una cosa: reconocía el dolor, comprendía su sabor y su textura. Y ahora lo veía en el rostro de ella. No podía ocultarlo, no con Alicia en los brazos y el sobre de George Azelle en el bolsillo de su abrigo.

Si Max la acariciaba ahora, rompería a llorar, y no quería. Necesitaba mantenerse fuerte para lo que estaba por llegar.

—Quiere recuperarla.

La tristeza y el entendimiento en los ojos de Max eran casi insoportables. Se acercó despacio a ella. Por un momento Julia pensó que iba a besarla. En lugar de eso, dijo:

—Te esperaré levantado…

—Pero…

—Da igual la hora. Ven cuando puedas. Me necesitarás.

Julia no pudo negarlo.

—Te esperaré levantado —repitió Max. Esta vez no esperó una respuesta. Se despidió de cada una de ellas y se marchó.

Tras su partida llegó el silencio.

—Adiós, Max —dijo Alicia—. ¿Ula no deja?

Julia tragó saliva mientras las lágrimas pugnaban por salir. Estrechó con fuerza a Alicia.

—No te dejaré, Alicia —dijo, rezando para que fuera verdad.


Julia pasó el resto de la tarde en un estado de aturdimiento. Alicia parecía intuir que algo malo pasaba. Seguía a Julia más cerca aún de lo habitual.

Para cuando dieron las nueve, ambas estaban agotadas. Julia bañó a la pequeña, le trenzó el pelo y la acostó. Acurrucadas en el estrecho colchón, intentó leerle un cuento, pero las palabras se desdibujaban ante sus ojos empañados.

—¿Ula triste? —preguntó Alicia varias veces, arrugando su pequeña frente.

—Estoy bien —dijo Julia, cerrando el libro y dándole un beso de buenas noches—. Te quiero —susurró en la suave mejilla que olía a bebé.

—Queda —murmuró la niña con los párpados pesados.

—No, es de noche y Alicia tiene que dormir.

Alicia asintió y se metió el pulgar en la boca.

Julia la observó.

«Mi pequeña».

Un dolor punzante le atravesó el pecho. Se alejó de la cama y salió del cuarto.

Ellie estaba sentada a la mesa de la cocina, leyendo una pila de papeles. Los perros yacían a sus pies, inusitadamente tranquilos.

—El tribunal dijo...

Julia levantó la mano, como si quisiera parar un golpe.

—No puedo hablar de eso ahora. Necesito un poco de... tiempo. ¿Puedes quedarte con ella?

—Claro.

Agarró el bolso y las llaves del coche. Cada paso parecía una sacudida para sus huesos. Era como si se mantuviese unida con celo.

—Adiós. Volveré pronto.

Una vez fuera, hizo una inspiración profunda y trémula. La noche olía a madera mojada y nieve nueva. No fue hasta que llegó al coche que cayó en la cuenta de que se había olvidado el abrigo.

Tiritando, puso rumbo a casa de Max. La calefacción arrancó justo cuando giraba por el camino de entrada.

Cuando cruzó la hierba blanca y alcanzó los escalones del porche él ya estaba allí esperándola. Una luz pálida se colaba por la ventana y envolvía a Max en un bello resplandor dorado.

Julia sintió un fuerte impacto al verlo. Procedía de un lugar profundo de su ser, pasados los músculos y los huesos, un lugar donde normalmente reinaba la calma. De volver a casa, esa era su sensación.

Subió los escalones. Max comenzó a decir algo, pero ella no quería oír sus palabras, su voz, sus preguntas. Serían concretas, demasiado pesadas. Y esa noche no se veía capaz de acarrear más peso.

Posó un dedo en sus labios.

—Llévame a la cama, Max.

La miró fijamente a los ojos y durante un breve instante Julia vio al hombre detrás de la sonrisa, el hombre que sabía lo que significaba perder a alguien.

—¿Estás segura?

—Estás perdiendo tiempo. Alicia… —Esta vez se le quebró la voz. Tuvo que forzar una sonrisa—. Podría tener pesadillas. No puedo quedarme mucho.

Max la cogió en brazos y subió con ella las escaleras. Aferrada a él, Julia enterró el rostro en la curva de su cuello. Segundos después estaban en el dormitorio. Julia se deshizo de su abrazo y dio un paso atrás. Aunque distancia era lo último que deseaba en esos momentos, se sentía cohibida. Perdida, incluso.

Se desabotonó la blusa y dejó que resbalara hasta el suelo. La siguió el sujetador.

Quedaron frente a frente, separados por unos centímetros y al mismo tiempo por años luz. Max la tomó por la nuca y la atrajo hacia sí. Desprevenida, Julia dio un pequeño traspiés y aterrizó en su pecho.

La besó despacio, con una delicadeza que la sorprendió. Ella lo rodeó con sus brazos y le acarició la piel, deseosa de sentirlo más y más cerca.

Se le pasó por la cabeza apartarse, cambiar de idea, decir «Para, me he equivocado, me romperás el corazón», pero su temor apenas duró un segundo. La pasión lo transformó en otra cosa. Avanzaron hacia la cama. En algún rincón de su mente, Julia vio que Max estaba apartando la ropa que descansaba en la cama y creando una alcoba de arrugadas sábanas blancas para sus cuerpos, y luego estaba en la cama con él, debajo de él, acariciando frenéticamente su piel desnuda y caliente. Julia respiraba con tanta fuerza y rapidez que se sentía mareada; el nombre de él escapó de sus labios. Ninguno de los dos lo oyó. Las manos de Max derribaban sus defensas, llevándola más allá del placer hasta una suerte de dolor y de vuelta al placer. Como a lo lejos, lo oyó romper la bolsita de un condón; luego sus manos estaban sobre él, deslizándolo.

Max gimió y cubrió el cuerpo de ella con el suyo, moviéndose contra ella, hasta que Julia ya no pudo pensar en nada, solo sentir.

Cuando entró en ella, con un embate que le fue directo al corazón, Julia gritó, presa de un terror momentáneo por haberse dejado arrastrar por todo ese deseo.

Terminado el acto, Max la abrazó con fuerza y volvió a besarla. Fue un beso largo, lento y dulce que hizo que a Julia se le saltaran las lágrimas.

—Eres un buen hombre, Max Cerrasin —dijo con voz ronca.

—Lo era.

Julia se apartó lo justo para poder mirarlo a los ojos. Bajo la tenue luz de la lámpara, vio lo que hasta ese momento se había negado a reconocer incluso a sí misma: que se había perdido desde el instante en que lo vio, definitivamente desde el primer beso. No solo se había enamorado, se había lanzado de cabeza, como su querida Alicia, en la madriguera del conejo hasta un lugar donde nada tenía sentido. Ya no importaba que él la amara o no. Lo que importaba era el amor en sí mismo, el sentimiento de conectar con otro corazón. Se daba cuenta de que también él estaba preocupado. Habían llegado a un lugar que ninguno de los dos esperaba, y era imposible saber cómo terminaría. En el pasado —de hecho, el día anterior— eso la habría asustado. Pero ahora había aprendido mucho.

—Ayer me preocupaban muchas cosas. Hoy sé lo que de verdad importa.

—Alicia.

—Sí —dijo ella en voz baja—. Y tú.

Max yacía abrazado a su cuerpo desnudo contemplando el techo. Hacía mucho tiempo que no se sentía así. Quería pasar la noche con Julia, despertarse a su lado, darle un beso de buenos días y hablar de lo que se les pasara por la cabeza.

En circunstancias normales, quizá hubiera sido posible, pero sus circunstancias distaban mucho de ser normales. Una parte de Julia estaba haciéndose añicos ahora mismo; mantenía los pedazos unidos por pura determinación.

Max rodó sobre el costado y la miró.

—Eres preciosa —dijo deslizando un dedo por su carnoso labio inferior.

—Tú también —respondió ella con una sonrisa.

Su nariz le frotó la barbilla. Cuando sonreía, sus ojos verde claro le hacían pensar en las mañanas neblinosas del bosque. Frescas, profundas y un tanto mágicas.

—Me estás convirtiendo en un romántico —dijo.

—Lo que quiere decir que ya lo eras.

Max sonrió.

—Vosotros, los psiquiatras, tenéis respuesta para todo.

Julia lo miró un largo rato antes de contestar:

—No me mientas, Max, eso es todo lo que te pido. No finjas sentir algo que no sientes.

—Jamás he fingido contigo, Julia.

—Entonces cuéntame algo real.

—¿Como qué?

Julia se volvió hacia el escritorio pegado a la pared. Tenía varias fotos enmarcadas. Fotos de su vida anterior.

—Como tu matrimonio.

—Se llamaba Susan O'Connell. Nos conocimos en la universidad. La amé desde el primer momento en que la vi.

—¿Hasta?

Max apartó la mirada. Luego comprendió que era inútil. Los ojos sagaces de Julia lo veían todo; desde luego, no podía ocultar ese dolor mirando a otro lado.

—Créeme, ahora no es un buen momento para hablar de ello.

—¿Lo será algún día?

—Sí —respondió él en voz baja.

Julia lo besó con dulzura.

—Será mejor que me vaya. Alicia tiene mal dormir y le entrará el pánico si se despierta y no estoy. —La voz le tembló al pronunciar el nombre de la pequeña.

—Los jueces entenderán que eres la persona que le conviene.

—Los jueces —dijo ella con un suspiro hondo.

—¿No confías en que hagan lo correcto?

—La verdad es que ahora mismo no puedo pensar en eso. Si lo hago, me vendré abajo. Por el momento voy a concentrarme en demostrar que Azelle no es apto como padre. Iré paso a paso.

—Me necesitarás.

Julia lo obsequió con una sonrisa lenta y firme que hizo que algo se liberara en el pecho de Max y le permitiera respirar mejor.

—Desde luego que sí.


La noche transcurrió para Ellie en un río de sueños negros e imágenes aterradoras. Cuando se despertó —al alba— estaba tensa y nerviosa. Lo primero que hizo fue coger la carpeta. Había leído el contenido tantas veces que casi se sabía las palabras de memoria. En las últimas veinticuatro horas había hablado personalmente con todos los agentes de policía que habían trabajado en el caso Azelle. Además, había pasado casi una hora al teléfono con el mejor detective del condado de King.

Cada persona con la que hablaba y cada informe que leía decían lo mismo.

Que George Azelle era culpable.

Y que el estado no lo había demostrado.

Ellie se paseó por la sala de estar. Los perros la seguían de cerca, chocando con ella cada vez que cambiaba de dirección. Su energía los tenía inquietos. Era su responsabilidad demostrar que

Azelle era un mal tipo, no apto como padre, pero hasta el momento solo había encontrado una fina capa de insinuaciones, una neblina de acusaciones.

El hombre era un adúltero, eso era un hecho. El único que Ellie había sido capaz de confirmar. Los vecinos pensaban que pegaba a su mujer. Los miembros del jurado creían que la había matado, pero no tenían nada concreto en lo que basarse. Y los medios…

Todos los periodistas con los que había hablado estaban convencidos de que lo había hecho. «El hijo de puta es culpable» era la frase empleada por casi todos ellos para describirlo. Sin embargo, ninguna investigación había destapado antecedentes por mala conducta. Ni delitos de drogas ni condenas por conducir bajo los efectos del alcohol, ni siquiera una denuncia por alterar el orden público en estado de embriaguez.

Con una maldición, tomó la carpeta y salió de casa.

Condujo hasta el Rain Drop. La cafetería era el único lugar abierto a esas horas. Como siempre, estaba llena de leñadores, pescadores y obreros de la serrería que desayunaban antes de entrar a trabajar. Mientras se dirigía a la caja registradora, se detuvo en cada mesa para charlar con la gente.

Rosie Chicowski estaba detrás de la caja, fumando un cigarrillo. Las volutas de humo azul se elevaban para unirse a la nube neblinosa que siempre flotaba en el local.

—Qué temprano, Ellie —dijo apagando el cigarrillo en el cenicero. Los clientes llevaban cincuenta años fumando en el Rain Drop y ninguna ley estatal iba a cambiar eso.

—Necesito un chute de cafeína.

Rosie rio.

—Enseguida. ¿Qué tal si lo acompañas con una de las magdalenas de moras de Barb?

—Gracias. Pero solo una. Dispárame si intento pedir otra.

—¿A matar o solo un rasguño?

—A matar. —Riendo, Ellie se encaminó a una mesa de la sección de no fumadores.

Tardó unos instantes en reparar en él.

Estaba arrellanado en el banco granate de vinilo con una taza de café vacía delante. Al verla, la saludó con un gesto de cabeza.

Ellie se acercó.

—Señor Azelle —dijo.

—Hola, comisaria. —No parecía contento de verla. Sus ojos viajaron hasta la gruesa carpeta amarilla que Ellie portaba bajo el brazo.

—¿Puedo sentarme con usted? Tengo algunas preguntas que hacerle.

George Azelle suspiró.

—Cómo no.

Ellie tomó asiento en el banco de enfrente. Escudriñó a Azelle con la mirada, pero solo vio unos ojos cansados y un ceño profundo. Mientras ponía en orden sus pensamientos antes de formular su primera pregunta, él dijo:

—Tres años.

—¿Tres años qué?

George Azelle se inclinó hacia ella y la miró fijamente a los ojos.

—Estuve en la cárcel por un crimen que no cometí. Ni siquiera sabía qué había sucedido. Creía que Zoë me había dejado por uno de sus amantes y se había llevado a nuestra hija. —La intensidad de su mirada resultaba inquietante—. Imagine cómo se sentiría usted si la condenaran por algo terrible, espantoso, y la dejaran pudriéndose en una jaula. ¿Y por qué? Porque tomaba malas decisiones y dejaba que la pasión gobernara su vida. Sí, tenía aventuras. Sí, mentía a mi esposa al respecto. Sí, le mandé flores después de una fuerte pelea. Eso no me convierte en un asesino.

—El jurado…

—El jurado —repitió él con desdén—. El jurado no podía ver más allá de mi vida. Todos los periódicos y las cadenas de televisión me declararon culpable desde el principio. Ni uno solo intentó buscar a Zoë y a Brit. Dos testigos vieron una extraña furgoneta en mi calle el día en que mi familia desapareció y nadie dio importancia a eso. La policía ni siquiera se molestó en buscar a un tipo blanco con un chubasquero amarillo y una gorra de Batman que conducía una furgoneta Chevy blanca. Cuando ofrecí dinero a cambio de información, me compararon con O. J. Simpson. Me he tirado un mes esperando las pruebas de ADN que me permitieran recuperar a mi hija. Tuve que pedir una orden judicial para que compararan su ADN con la sangre encontrada en la escena. Y cuando me dieron los resultados, vine corriendo aquí… solo para descubrir que su hermana tiene intención de pelear por la custodia.

Rosie se acercó a la mesa.

—Aquí tienes el café y la magdalena, Ellie. Te lo he apuntado en la cuenta. —Esbozó una sonrisa—. Junto con una generosa propina.

Cuando se hubo marchado, Azelle se inclinó sobre la mesa.

—¿Me cree?

Ellie oyó una grieta en su voz, un titubeo que la irritó.

—Usted quiere que vea a un hombre inocente —respondió despacio mientras lo observaba.

—Soy inocente. Será más fácil para todos que lo crea.

—Sería sin duda más fácil para usted.

—¿Cómo está? ¿Puede por lo menos decirme eso? ¿Todavía se chupa el dedo? ¿Todavía…?

Sintiendo la necesidad de crear una distancia entre ellos, Ellie se levantó bruscamente. No quería escuchar lo que ese hombre sabía sobre la niña.

—Alicia necesita a Julia. ¿Puede entender eso?

—Alicia no existe —replicó él.

Ellie se alejó sin atreverse a mirar atrás. Casi había alcanzado la puerta cuando lo escuchó decir:

—Dígale a su hermana que voy a recuperar a mi hija, comisaria Barton. No pienso perderla por segunda vez.

Las siguientes cuarenta y ocho horas transcurrieron muy despacio, como a cámara lenta. Había dejado de nevar y el mundo aparecía blanco y centelleante. Julia trabajaba sin pausa. Durante el día estaba con Alicia, enseñándole palabras nuevas y haciendo ángeles de nieve en el jardín trasero. De vez en cuando la pequeña preguntaba por su lobo y señalaba el coche. Con suavidad, Julia le devolvía la atención a lo que fuera que estuvieran haciendo. Si Alicia se preguntaba por qué Julia no paraba de darle besos y de cogerle la mano, no daba muestras de ello.

Sin embargo, eran las horas nocturnas las que más importaban ahora. Julia, Ellie, Peanut, Cal y el detective privado se pasaban las noches examinando informes policiales, artículos de prensa y cintas de vídeo. Tras un largo turno en el hospital, Max se sumó a ellos. Leían y visionaban todo lo que podían encontrar sobre George Azelle. El lunes por la mañana, cuando terminaron las reuniones, se sabían todos los detalles de su vida.

Y ninguno podía ayudarlos.

—¿Lee Niña?

Julia regresó al presente y miró el reloj. Eran casi las dos.

—Ahora no —dijo con dulzura—. Cal está a punto de llegar con Sarah para jugar contigo. ¿Te acuerdas de Sarah?

Alicia frunció el entrecejo.

—¿Ula queda?

Siempre esa pregunta.

—Ahora no, cielo, pero volveré.

Alicia sonrió.

—Ula volver.

Julia se arrodilló. Estaba buscando algo que decir cuando la puerta se abrió y Ellie, Cal y Sarah entraron.

Nadie se molestó en hablar.

Sarah le enseñó a Alicia un par de muñecas Barbie.

La pequeña no contestó, pero no podía apartar la vista de las muñecas. Al rato, las niñas se fueron a la sala de estar, donde se pusieron a jugar por separado, aunque una al lado de la otra. Alicia no sabía cómo interactuar con otros niños, pero eso a Sarah no parecía importarle.

Ellie posó la mano en el brazo de Julia.

—¿Estás lista?

Julia se obligó a sonreír y cogió su cartera. Camino del coche se detuvo para hablarle a Cal. Quería decirle «Cuando Alicia se sienta cómoda, le hablará a Sarah», pero al abrir la boca nada salió de ella.

—Buena suerte —le dijo Cal con un reconfortante apretón en el brazo.

Julia asintió y siguió a Ellie hasta el coche patrulla.

En un silencio roto únicamente por el golpeteo del limpiaparabrisas, se dirigieron a los juzgados del condado. El edificio, alto y gris, se alzaba sobre una colina con vistas al puerto. El océano Pacífico, azul y embravecido, constituía un imponente telón de fondo; ese día, el cielo encapotado desdibujaba el horizonte y hacía que todo pareciera acuoso e indistinto.

El Juzgado de Familia se hallaba en la planta baja, al final de un pasillo. De todos los juzgados que Julia había frecuentado en otros tiempos, el de Familia era el que menos le gustaba. Allí se rompían corazones a diario.

Tras hacer una pausa para alisarse el traje azul marino, abrió la puerta y entró en la sala. Sus tacones martillearon el suelo de mármol. Ellie caminaba a su lado, ofreciendo una imagen de gran seguridad con su uniforme y sus estrellas doradas. Pasaron junto a Max y Peanut, que estaban instalados en el último banco.

George Azelle ya estaba sentado al frente de la sala con un abogado al lado.

Al verlas, se levantó y se acercó a ellas. Llevaba un traje gris oscuro y una camisa blanca impecable. Se había recogido cuidadosamente el pelo en una coleta.

—Doctora Cates, comisaria Barton.

—Señor Azelle —dijo Ellie.

Las puertas de la sala se abrieron bruscamente. El abogado de Julia, John MacDonald, irrumpió portando un gastado maletín de piel sintética. Parecía cansado, lo que no era de sorprender teniendo en cuenta que habían estado hasta las cuatro de la mañana buscando cualquier cosa que poder utilizar contra Azelle.

George observó al abogado contrario, sin duda reparando en su traje marrón de pana y la gastada camisa verde.

—Soy George Azelle —se presentó tendiéndole la mano.

—Ah, hola —respondió John, y dicho eso, condujo a Julia y a Ellie hasta su mesa.

La jueza entró en la sala y ocupó su asiento en el estrado. Desde allí, miró a todos los presentes y, sin más preámbulos, comenzó.

—He leído su petición, señor Azelle. Como ya sabe, la doctora Cates ha sido la madre de acogida temporal de su hija durante casi cuatro meses y hace poco inició los trámites para su adopción.

—Eso fue, señoría, antes de que se conociera la identidad de la niña —repuso su abogado.

—Conozco bien el orden cronológico de los hechos y estoy al corriente de las etapas procesales de este caso. La cuestión, para este tribunal, es la ubicación de la menor. Como es natural, la política estatal aboga por la reunificación de las familias biológicas siempre que sea posible, pero estas circunstancias familiares distan mucho de ser normales.

—El señor Azelle tiene un historial de violencia doméstica, señoría —alegó John.

—¡Protesto! —El abogado de Azelle se puso de nuevo en pie.

—Siéntese, letrado. Sé que el señor Azelle nunca ha sido acusado formalmente de ello. —La jueza se quitó las gafas y las dejó sobre la mesa antes de volverse hacia Julia—. El elemento disonante en esta sala es usted, doctora Cates. Está lejos de ser la típica madre de acogida en busca de una custodia permanente. Usted es una de las psiquiatras infantiles con más renombre de este país.

—No estoy aquí en calidad de psiquiatra, señoría.

—Lo sé, doctora. Representaría un conflicto de intereses. Está aquí porque no desea retirar su solicitud de adopción.

John hizo ademán de levantarse. Julia lo frenó con la mano. Nadie podía abogar por Alicia mejor que ella. Miró a la jueza a los ojos y dijo:

—En cualquier otro caso, señoría, si un miembro de la familia hubiese dado un paso al frente, me habría retirado. Sin embargo, he leído los informes relativos a este caso y estoy sumamente preocupada por la seguridad de la niña. El cuerpo de la madre no ha sido encontrado y no hay un veredicto de inocencia. El señor Azelle asegura que es inocente, pero, según mi experiencia, la mayoría de las personas culpables dicen lo mismo. Solo quiero lo mejor para esta pobre niña que tanto ha sufrido ya. Como habrá visto en mi informe, es una niña tremendamente traumatizada. Hasta hace poco no decía ni una palabra. Si estoy progresando con ella es porque confía en mí. Retirarla de mi cargo podría causarle un daño irreparable.

—Vamos, señoría —dijo el abogado de Azelle—. La doctora Cates es psiquiatra. Mi cliente puede permitirse reemplazarla. La verdad es que mi cliente ya ha perdido un tiempo precioso con su hija. La justicia exige que le sea concedida la custodia inmediata.

La jueza se puso de nuevo las gafas y miró a los comparecientes.

—Voy a someter este asunto a la deliberación de expertos. Asignaré un tutor *ad litem* para que evalúe las necesidades especiales y el estado actual de la niña, y les comunicaré mi decisión cuando llegue el momento. Hasta entonces, la niña permanecerá con la doctora Cates. El señor Azelle tendrá derecho a visitas vigiladas.

El abogado se levantó de un salto.

—Pero, señoría…

—Ese es mi fallo, letrado. Vamos a proceder con la máxima cautela. Esta niña ya ha sufrido suficiente. Y estoy segura de que su cliente solo desea lo mejor para su hija. —Golpeó el bloque con su mazo—. Siguiente caso.

Julia tardó unos instantes en asimilar lo que acababa de suceder. Todavía tenía la custodia de Alicia, al menos por el momento.

Oyó a John hablar con Ellie de la logística de las visitas.

Julia conocía bien el tema. No podía ni contar el número de veces que había sido nombrada tutora *ad litem* para proteger los intereses de un niño.

Se levantó y procedió a abandonar la sala. Al fondo vio a Max esperándola junto a la puerta.

De repente alguien la agarró del brazo con una fuerza excesiva.

George Azelle se la llevó a un lado. Diluida ahora por la derrota, su sonrisa de Hollywood había desaparecido. Julia vio en su mirada una tristeza inesperada.

—Necesito verla.

Julia no tenía más opción que acceder.

—Mañana. No le diré quién es usted. De todos modos, no lo entendería. Vivimos en el 1617 de River Road. Venga a la una. —Se soltó e hizo ademán de alejarse.

Él la agarró de nuevo.

Julia bajó la vista hacia los dedos largos y bronceados que rodeaban posesivamente su bíceps. George Azelle era un hombre acostumbrado a coger lo que quería. Y no le importaba cruzar los límites del espacio personal.

—Suélteme, señor Azelle.

El hombre obedeció al instante.

Julia pensó que recularía —normalmente los cobardes lo hacían tras ser reconvenidos, y los hombres que pegaban a sus mujeres eran siempre cobardes y matones—, pero no fue así. Se quedó donde estaba, cernido sobre ella y, al mismo tiempo, amedrentado, doblegado.

—¿Cómo está? —preguntó al fin.

Julia habría jurado que había una fisura en su voz, que le dolía hacer esa pregunta. Los asesinos y sociópatas eran a menudo grandes actores, se recordó a sí misma.

—Ya era hora de que lo preguntara.

—Usted cree conocerme, doctora Cates. El mundo entero cree conocerme. —Se pasó la mano por el pelo deshaciéndose la coleta y retrocedió con un suspiro—. Dios, estoy cansado de librar una guerra que no puedo ganar. Dígame simplemente cómo está mi hija. ¿Qué demonios significa que sufre un retraso en el desarrollo?

—Alicia ha vivido un infierno, pero poco a poco lo está superando. Es una niña fuerte y cariñosa que necesita mucha terapia y estabilidad.

—¿Y usted piensa que soy inestable?

—Como acaba de señalar, no le conozco. —Julia metió la mano en su cartera, sacó varias cintas de vídeo y se las tendió—. Las grabé para usted. Son cintas de nuestras sesiones. Responderán algunas de sus preguntas.

Azelle cogió las cintas con cautela, como si temiera que el plástico negro fuera a quemarle.

—¿Dónde ha estado mi hija? —preguntó al fin. Esta vez su tono era suave y aterciopelado; Julia recordó que era originario de Luisiana. Según las transcripciones de los juicios, se había criado en la pobreza extrema de los pantanos.

—No lo sabemos. Creemos que en algún lugar del bosque.

—Julia no tenía intención de dejarse engañar por el tono preocupado de Azelle. No le cabía duda de que fingía. Quería que creyera que él también era una víctima en todo esto—. Pero sospecho que eso ya lo sabe.

Ellie se acercó a Julia y le puso una mano en el brazo.

—¿Va todo bien?

—El señor Azelle estaba preguntando por fin por Alicia.

—Llámeme George. Y a ella llámela Brittany.

Julia se estremeció al recordarlo.

—Para nosotras ha sido Alicia mucho tiempo.

—Con respecto a eso... —Azelle miró a ambas—. Quiero agradecerles que hayan cuidado tan bien de mi hija. Le salvaron literalmente la vida.

—Así es —respondió Julia—. Le espero mañana a la una, señor Azelle. Sea puntual.

Se despidió con un gesto de la cabeza. Tardó unos instantes en darse cuenta de que Ellie no la seguía.

Miró atrás. George y Ellie estaban hablando.

Peanut se acercó a Julia y señaló a ambos con el mentón.

—Esto no pinta nada bien —dijo cruzando los brazos—. A tu hermana le pierden los hombres guapos.

—Espero que no sea el caso —dijo Julia, sintiéndose de repente exhausta—. Pero quizá deberías pegar la oreja.

—Será un placer —respondió Peanut, y se alejó.

Suspirando, Julia fue al encuentro de Max, que la esperaba en la puerta de atrás.

# 23

El sol del mediodía, incierto como el mañana, se coló por la ventana enrejada y formó un charco de luz en los tablones del suelo.

La niña que yacía en la estrecha cama estaba protestando como cualquier niño a la hora de la siesta.

—Dormir no. Lee.

De pie frente al hueco de la puerta del dormitorio, Max oyó a Julia decir:

—Ahora no, cielo. Duerme.

Muy bajito, empezó a entonar una canción que Max a duras penas podía oír.

Le trajo el recuerdo de otra vida; en esta, la mujer habría tenido el pelo castaño y la criatura habría sido un niño llamado Danny.

«Otro cuento más», habría dicho el pequeño al que llamaban Dan Otro-Más y Capitán Dan.

Max bajó a la cocina. Rebuscó en los armarios hasta dar con el café. Preparó una cafetera, regresó a la sala y encendió la chimenea.

Iba por su segunda taza cuando Julia bajó finalmente. Parecía agotada. Max habría jurado que tenía restos de lágrimas en las mejillas. Quiso acercarse a ella, abrazarla como Julia había abrazado a Alicia y prometerle que todo se arreglaría, pero su aspecto era demasiado frágil.

—¿Te apetece un café? —dijo en su lugar.

—Sí, gracias. Con mucha leche y azúcar.

Max fue a la cocina, preparó una taza de café al gusto de Julia y regresó a la sala.

La encontró sentada en la chimenea, de espaldas al fuego. Se le había deshecho el moño y los bucles rubios le enmarcaban ahora el rostro. Tenía los labios pálidos y bolsas oscuras bajo los ojos.

—Toma. —Le tendió la taza.

Julia lo obsequió con una mirada y una sonrisa fugaces.

—Gracias.

Max se sentó en el suelo frente a ella.

—Quiero que sea culpable.

—¿Lo dices en serio?

El rostro de Julia se vino abajo. Suspiró y sacudió la cabeza.

—¿Cómo puedo desear algo así? —susurró—. Eso convertiría al padre de Alicia en un monstruo. Ningún niño merece algo así. Como la terapeuta de Alicia, quiero que Azelle sea un padre afectuoso condenado injustamente. Como su madre... —Suspiró de nuevo.

No había nada que Max pudiera decirle. Los dos sabían que en ambos casos Alicia —Brittany— sufriría. O perdería a la que se había convertido en su madre o la separarían de su padre biológico. Quizá esto último no le afectara ahora que no podía comprender lo que significaba, pero algún día sentiría la pérdida. Puede que hasta culpara a Julia de ello.

—Lo único que sé es que Alicia te necesita y tú la necesitas a ella.

Julia lo miró a los ojos. Resbaló por el escalón de la chimenea y se arrodilló delante de él.

—Me gustaría despertarme y descubrir que todo esto ha sido un mal sueño.

—Lo sé.

Julia se inclinó y lo besó. Max sintió que el beso lo atravesaba por dentro.

Ahora que había empezado a sentir de nuevo, no podía dejar de hacerlo. No quería dejar de hacerlo. Se apartó lo justo para mirarla y susurró:

—Un día me dijiste que podía tener o todo o nada de ti. Elijo todo.

Julia intentó sonreír.

—Sí que has tardado.


Cuando Niña se despierta, va hasta la «ventana» y se queda ahí, mirando el «jardín». Le encantan esas palabras nuevas, sobre todo cuando les pone el «mi» delante. Esta palabra significa que algo es suyo.

Hay centenares de pájaros en su jardín ahora mismo, aunque no tantos como los que habrá cuando la «nieve» se vaya y el sol vuelva a calentar. Abajo, sobre la nieve aguada, hay una flor rosa.

A lo mejor debería meterla en casa. Eso haría sonreír a Ula, a lo mejor, y Ula necesita sonreír más.

Intenta no pensar en eso, pero ya es tarde. Se está acordando de anoche, de cuando Ula abrazó a Niña tan fuerte que tuvo que apartarla… y que los ojos de Ula habían goteado por eso.

Últimamente, los ojos de Ula gotean mucho. Eso es Malo. Niña lo sabe. Aunque ahora le parece que ha pasado mucho tiempo desde que estaba en el bosque, a veces se acuerda de Él. Y de Ella.

Los ojos de Ella goteaban cada vez más… y un día MURIÓ.

Recordar eso le da terror. En aquel entonces, Niña habría aullado, habría llamado a sus amigos del bosque.

«Utiliza palabras».

Eso es lo que debe hacer ahora. Utilizar palabras es Bueno y hace feliz a Ula. Pero ¿qué palabras? ¿Y cómo puede juntarlas?

¿Cómo puede decirle a Ula lo que significa no pasar frío..., no tener miedo? Son palabras demasiado grandes, y necesita demasiadas. Puede que simplemente esta noche abrace a Ula más fuerte que nunca y la bese en la mejilla. Le encanta cuando Ula hace eso a Niña al acostarla. Es como un poco de magia que hace a Niña soñar con las cosas bonitas de su jardín y no con la cueva en la que antes dormía, sola y muerta de frío.

Oye abrirse y cerrarse la puerta del cuarto. Oye pasos.

—Llevas mucho tiempo delante de la ventana, Alicia. ¿Qué ves?

¿Es algo malo? Hay tantas reglas en este lugar. A veces no puede recordarlas todas.

Se vuelve hacia Ula, que parece la princesa de uno de los libros que leen. Aun así, Niña puede ver los rastros de agua en las mejillas de Ula y eso la pone triste, como el conejo del que se olvida el niño en el cuento.

—¿Malo? —pregunta—. ¿No estar en ventana?

Ula sonríe y Niña está otra vez contenta.

—Puedes estar ahí todo el día si quieres. —Se sienta en la cama donde duerme y pone las piernas encima de la colcha.

—¿Hora de cuento? —pregunta esperanzada Niña, antes de coger el libro de anoche y acercarse a la cama—. ¿Dientes primero? —dice, orgullosa de haberse acordado. Es difícil pensar en esas cosas a la hora del cuento.

—Y pijama.

Niña asiente. Puede hacerlo todo: ir al lavabo, cepillarse los dientes y ponerse el pijama rosa con los tiesos pies blancos. Luego se sube a la cama de Julia y se acurruca contra ella.

Ula gira a Niña de costado y se la sube a la falda. Están nariz con nariz. Niña ríe y espera besos.

Pero Ula no le da besos. No sonríe. En lugar de eso, dice muy bajito:

—Brittany.

La palabra golpea a Niña con fuerza. Era lo que Él decía cuando era cruel y se tambaleaba por esa cosa que bebía. ¿Qué quiere decir Ula? Niña siente el pánico crecer en ella. Se araña la mejilla y menea la cabeza.

Ula sujeta las manos de Niña y vuelve a decirlo.

—Brittany.

Esta vez Niña oye la pregunta en la palabra. Ula le está preguntando algo.

—¿Eres Brittany?

¿Han estado esas palabras ahí todo el tiempo, ahogadas por los latidos del corazón de Niña?

«¿Eres Brittany?».

«Brittany».

La pregunta es como un pez nadando corriente abajo. Se agarra a su cola y nada con él. La asalta la imagen de una niña pequeña —diminuta— con el pelo corto y rizado y unas enormes bragas blancas de plástico. El bebé vive en un mundo blanco, con luces por todas partes y un suelo mullido. Juega con una pelota roja de plástico. Alguien se la devuelve siempre cuando se le cae.

«¿Dónde está la pelota de Brittany? ¿Dónde está?».

Mira a Ula, que tiene la cara tan triste ahora que hace que a Niña le duela el corazón.

¿Cómo puede decirle Niña lo feliz que es aquí, que este es todo su mundo ahora y que no quiere estar en otro?

—¿Eres Brittany?

Finalmente lo entiende. «¿Eres Brittany?». Muy despacio, se inclina hacia Ula y le da un beso. Cuando se separa, dice:

—Yo Alicia.

—Oh, cariño… —Los ojos de Ula vuelven a gotear. Parece encogerse. La envuelve con sus brazos y la estrecha con tanta fuerza que le cuesta respirar. Pero se ríe de todas formas—. Te quiero, Alicia.

Niña lo dice de nuevo, porque puede y porque le hace sentir como si pudiera volar. Ya no es Niña.

—Yo Alicia.

En su mesa de la comisaría, Ellie contempló el despliegue de papeles que tenía delante. Un mar borroso de diminutas letras negras inundaba los folios. Apartó la pila de un manotazo y sintió una satisfacción absurda cuando los papeles cayeron al suelo.

Se levantó y salió de su despacho. En medio de las mesas vacías y los teléfonos callados, empezó a pasearse de un lado a otro.

De un lado a otro.

«¿Y ahora qué?».

Sus investigaciones no habían conducido a nada. Les sería imposible convencer a la jueza de que George Azelle no era apto como padre.

Julia —y Alicia— iban a perder.

Fue hasta el armario secreto, situado en la habitación del fondo, y cogió una botella de whisky tan antigua que en otros tiempos había pertenecido a su tío.

—Gracias, Joey —dijo alzando el mentón mientras se servía un trago.

En el último momento decidió llevarse la botella. Encendió la luz de la oficina, se sentó a su mesa y bebió un sorbo.

«¿Y ahora qué?».

La pregunta daba vueltas en su cabeza como trocitos de desecho girando en un desagüe.

Estaba sirviéndose otro trago cuando la puerta se abrió.

En el hueco apareció George Azelle con unos vaqueros gastados de marca y una camisa negra de ante abierta lo justo para desvelar un triángulo de abundante vello negro.

—Comisaria Barton —dijo entrando—. Vi la luz encendida.

—Es la comisaría.

—¿O sea que siempre está aquí a medianoche? ¿Y bebiendo?

—No es una época normal.

Azelle señaló la botella.

—¿Tiene otro vaso?

—Claro.

No era muy profesional que se dijera, pero Ellie estaba fuera de servicio y ahora mismo le daba igual. Entró en la cocina, cogió un vaso y hielo y regresó a su mesa. En su ausencia, Azelle había acercado una silla para sentarse frente a ella. Ellie le tendió el vaso. El hielo tintineó contra el cristal.

Lo estudió con detenimiento, reparando en las ojeras que hablaban de noches en vela, en las cicatrices finas y alargadas que marcaban la parte interna de su muñeca izquierda. En algún momento de su vida había intentado suicidarse.

—Con independencia de lo que crea haber averiguado sobre mí en todos esos informes, ha de saber que quiero a mi hija.

Sus palabras le impactaron profundamente, encontraron un lugar mullido donde aterrizar. Eran persuasivas; sin duda, tal como él había pretendido. Sintiendo que necesitaba crear distancia entre ellos, Ellie se recostó en su silla.

—Hábleme de su matrimonio.

Azelle hizo un gesto indolente de muñeca. Ellie encontró el movimiento extrañamente seductor. Le hizo pensar en un aristócrata rico y ocioso.

—Era un infierno. Mi mujer me era infiel. Yo le era infiel. Nos pelábamos como dos dementes. Ella quería el divorcio. En mi caso habría sido el tercero. —Esbozó una sonrisa encantadora—. A mi manera, soy un romántico.

Ellie conocía esa clase de fe. «Un creyente —pensó—, como yo». Apartó de su mente la comparación.

—¿Y dónde está su mujer ahora?

—No lo sé. Si se pregunta por qué contesto con tanta frialdad, recuerde que llevo años respondiendo ese interrogante. A nadie le gusta nunca mi respuesta. Yo creía que había cogido a Brittany y había huido con un hombre.

Ellie lo observaba hablar. Había algo sumamente seductor en Azelle. Quizá fuera el tono de voz, templado y seguro, o cómo

su acento cadencioso hacía que cada palabra pareciera cuidadosamente meditada.

—¿Declaró en su propia defensa?

—Claro que no. Los abogados dijeron que había demasiadas
cosas sobre las que contrainterrogarme. Yo quería declarar, habría resultado convincente. Le di muchas vueltas a eso en la
cárcel. Las cosas de las que te arrepientes te hacen compañía
allí. La mejor pista era la del repartidor de flores que declaró
que había visto a un hombre con un chubasquero amarillo y
una gorra de Batman sentado en una furgoneta delante de mi
casa.

—¿Y?

—Y nunca lo encontramos.

—De modo que lamenta no haber declarado.

—No sabía de qué manera… me afectaría. La gente cree que
soy un monstruo.

—¿Por eso está aquí? ¿Pretende utilizar a Alicia, perdón, a
Brittany, para demostrar su inocencia?

Azelle la miró de hito en hito; sus labios ya no sonreían, tampoco sus ojos. Parecía todo lo sincero que podía parecer un hombre con un pasado extremadamente turbulento.

—Cuando el mundo vea que está viva, tendrán que ponerlo
todo en duda.

—Pero ella ya ha sufrido mucho.

—Ah —susurró él con tristeza—. También yo.

—Pero ella es una niña.

—Mi niña —le recordó el hombre, y en ese momento Ellie
vio, más allá del pesar, más allá de la tristeza, a un hombre herido
dispuesto a cualquier cosa con tal de salirse con la suya.

—Me temo que no se hace cargo de lo traumatizada que está.
Cuando la encontramos, era prácticamente una niña salvaje. No
sabía hablar ni…

—He leído los artículos de prensa y he visto las cintas. ¿Por
qué cree que estoy hablando con usted? Sé que su hermana salvó

a Brittany, pero es mi hija. Por fuerza ha de saber lo que eso significa. Conseguiré la mejor ayuda para ella, se lo prometo.

—Mi hermana es la mejor ayuda, eso es lo que estoy intentando decirle. Si quiere a Alicia…

Azelle se puso en pie.

—Será mejor que me vaya. Pensé que si comprendía lo mucho que quiero a mi hija, se comportaría como una poli. Pero usted es ante todo la hermana de Julia, ¿no es cierto? Este es otro lugar donde no encontraré justicia.

Ellie era consciente de que se había excedido al poner en duda el amor de Azelle por su hija.

—La hundirá —dijo con calma.

—Lamento que piense eso, comisaria Barton, en serio. —Se encaminó hacia la puerta y la abrió bruscamente. Antes de partir, se volvió hacia Ellie—. La veré a usted, y a Brittany, mañana.

Ellie dejó ir un largo suspiro. Las palabras de Azelle —«Pensé que se comportaría como una poli»— permanecieron con ella un buen rato.

En medio de la vorágine de acontecimientos, emociones y temores de los últimos días, había estado tan concentrada en Alicia y Julia que había olvidado que tenía un trabajo que desempeñar. Ella era jefa de policía. Su trabajo era hacer justicia.


Fue una noche interminable para Julia. En torno a las tres de la madrugada renunció a conciliar el sueño y se puso a trabajar. Pasó horas sentada a la mesa de la cocina, bajo la luz de una sola lámpara, leyendo sobre George Azelle.

Su vida era una red de insinuaciones y conjeturas, ninguna de las cuales había sido probada.

Tras empujar los papeles a un lado con frustración, se puso la ropa de correr y salió con la esperanza de que el aire fresco le despejara la cabeza. Ese día iba a necesitar toda su agudeza. Corrió varios kilómetros por cuestas y pendientes hasta que las piernas le dolieron y se quedó sin aire. Finalmente, a punto de amanecer, se encontró de vuelta en el jardín de su casa.

Jadeando, fue hasta el lugar de pesca favorito de su padre y observó el lento ascenso de la luz del sol por encima de las copas de los árboles. Aunque el mundo era oscuro y gélido, podía recordar cómo se había sentido estando ahí en verano con él, cómo la mano grande y callosa de su padre había engullido su manita, y lo protegida que se había sentido con ese gesto.

Escuchó pasos a su espalda.

—Hola —dijo Ellie deteniéndose a su lado—. Has madrugado. —Le tendió una taza de café.

—No podía dormir. —Julia cogió la taza y envolvió la loza caliente con los dedos.

Contemplaron en silencio el bosque sombrío que se extendía al otro lado del prado plateado. La casa de Cal era un titileo de luces doradas en medio de la bruma matutina.

—Conseguirá la custodia, Jules.

—Lo sé. —Julia bajó la vista hacia el río y la luz rosada que cubría la superficie.

—Tenemos que demostrar que es culpable. —Ellie hizo una pausa—. O inocente.

—Ves demasiado *CSI*. El estado se gastó millones y no pudo demostrarlo.

—Tenemos a Alicia.

Julia sintió un escalofrío en la columna. Se volvió despacio hacia su hermana.

—Alicia no recuerda nada. O por lo menos no puede contárnoslo.

—Tal vez podría conducirnos al lugar donde la tenían retenida.

«Conducirnos al lugar».

—¿Te refieres a…? Por Dios, Ellie, ¿imaginas lo que podría hacerle eso?

—Quizá encontráramos pruebas.

—Pero, El..., Alicia podría... romperse y volver a encerrarse en sí misma. ¿Cómo podría vivir yo con eso?

—¿Qué me dices del trauma que sufrirá cuando Azelle se la lleve? ¿Llegará a entender algún día que no la abandonaste?

Julia cerró los ojos. Esa era justo la imagen que la perseguía. Si Alicia se sintiera abandonada otra vez, podría sumergirse de nuevo en el silencio y quizá esta vez ya no hubiera vuelta atrás.

—Me he pasado la noche dándole vueltas. Mi trabajo es seguir las pistas, Jules. Si queremos conocer la verdad, esta es nuestra única esperanza.

Julia cruzó los brazos, como si el gesto pudiera protegerla de ese frío cada vez más intenso. Se alejó de su hermana. Ellie no era capaz de entender lo que su propuesta podía significar, lo frágil que podía ser la mente de un niño, la rapidez con que las cosas podían derivar en una tragedia.

Pero Julia sí lo sabía. Lo había visto en Silverwood.

Ellie se le acercó por detrás.

—¿Jules?

—Creo que no podría soportar que Alicia... se derrumbara otra vez.

—Todos los caminos llevan a Roma —dijo con voz queda Ellie.

Julia se volvió hacia ella.

—¿Qué quieres decir con eso?

—Que Alicia va a sufrir independientemente de lo que hagamos o cómo lo hagamos. Los niños no deberían crecer sin un padre, pero perderte a ti sería aún peor. Tienes que confiar en mi instinto aquí. Necesitamos conocer la verdad.

No había réplica para eso. Ellie pasó el brazo por los hombros de Julia y la atrajo hacia sí.

—Venga —dijo al fin—, vamos a prepararle el desayuno a nuestra pequeña.

Max salía de la ducha cuando oyó el timbre de la puerta. Se secó con la toalla, se puso unos Levi's viejos y bajó.

—Voy.

Abrió.

Era Julia. Max se percató del esfuerzo que estaba haciendo por sonreír.

—Ellie quiere llevar a Alicia al bosque para ver si... —Le tembló la voz—. Si puede encontrar...

La atrajo hacia sí y la estrechó entre sus brazos hasta que Julia dejó de temblar. Acto seguido, la condujo hasta la sala de estar, la sentó en el sofá y volvió a abrazarla.

—¿Qué hago?

Max le acarició el rostro.

—Ya sabes la respuesta. Por eso has estado llorando. —Le enjugó las lágrimas de las mejillas.

—Alicia podría sufrir un retroceso o algo peor.

—¿Y qué le pasará si Azelle consigue la custodia?

Julia abrió la boca para responder, pero se detuvo e inspiró hondo.

Tras un silencio, Max dijo:

—Ha llegado el momento de que seas su madre, no su psiquiatra.

Ella levantó la vista.

—¿Cómo es posible que siempre tengas las palabras adecuadas?

Max intentó apartar la mirada, pero no pudo. Despacio, se separó de Julia y subió a su dormitorio. En el escritorio encontró lo que estaba buscando: una fotografía enmarcada de diez por quince en la que aparecía un niño con un uniforme de béisbol sonriendo a la cámara. Le faltaban los dos dientes frontales. Bajó con la foto y se instaló de nuevo en el sofá.

Julia se incorporó alarmada.

—¿Qué te ocurre, Max? Pareces...

Le tendió el retrato.

—Es Danny.

Con el entrecejo fruncido, Julia examinó el rostro pequeño y sonriente y miró de nuevo a Max aguardando.

—Era mi hijo.

Julia contuvo el aliento.

—¿Era?

—Es la última foto que tenemos de él. Una semana después un conductor borracho nos embistió cuando regresábamos a casa de un partido.

Los ojos de Julia se llenaron de lágrimas. Verla así tendría que haberlo destrozado, hundido en la tragedia de su pérdida, pero en lugar de eso, lo hizo más fuerte. Era la primera vez en muchos años que pronunciaba el nombre de Danny en alto, y le hizo bien.

—Haría lo que fuera… —Miró a Julia sin importarle que la voz se le quebrara y los ojos se le inundaran de lágrimas—. Lo que fuera por pasar un día más con él.

Julia contempló la foto un largo instante. Luego asintió despacio.

—Te quiero, Max.

Él la tomó en sus brazos y la estrechó con fuerza.

—Y yo a ti. —Lo dijo tan bajito que Max se preguntó si Julia lo había oído o si él había imaginado las palabras. La miró entonces a los ojos y lo supo: lo había oído.

—Algún día me hablarás de él…, de Danny —dijo Julia.

Max se inclinó para besarla.

—Sí, algún día.

## 24

A licia, cariño, ¿me estás escuchando?
—Lee Alicia.

—Ahora no vamos a leer. ¿Te acuerdas de lo que hablamos esta mañana y otra vez en la comida? —Julia procuraba mantener un tono neutro—. Un hombre va a venir a ver a Alicia.

—No. Ula jugar.

Julia se levantó.

—Me voy abajo. Tú puedes quedarte aquí arriba si quieres.

Alicia soltó enseguida un gemido.

—No deja. —Se levantó de la silla, corrió hasta Julia e introdujo la mano en el bolsillo de su falda.

El corazón de Julia se hinchó dolorosamente.

—Vamos —dijo con voz queda.

Bajaron juntas las escaleras, la mano de Alicia hundida con firmeza en el bolsillo de Julia.

Ellie estaba de pie junto al fuego, aparentemente leyendo el periódico. Por desgracia, lo tenía al revés.

—Hola —dijo levantando la vista. Aunque iba maquillada y se había rizado el pelo, todavía parecía cansada y asustada.

—Hola, Lellie —dijo Alicia, tirando de Julia hacia su hermana—. ¿Lee Alicia?

Ellie sonrió.

—Esta niña es peor que un sabueso al acecho. —Le alborotó el pelo—. Luego.

Julia se arrodilló y miró fijamente a Alicia, que sonreía de oreja a oreja.

—¿Lee ahora?

—Cuando llegue el hombre, no tienes de qué asustarte. Yo estoy aquí contigo, y también Ellie. Estás segura.

Alicia arrugó la frente.

Llamaron al timbre.

Julia pegó un brinco.

Arriba, encerrados en el cuarto de Ellie, los perros enloquecieron y empezaron a ladrar y a saltar.

Julia se levantó despacio.

Ellie se dirigió a la puerta. Tras detenerse el tiempo justo para enderezar los hombros, abrió.

George Azelle estaba en el porche con un enorme oso de peluche en los brazos.

—Hola, comisaria Barton —dijo, tratando de mirar por encima del hombro de esta.

Ellie se hizo a un lado.

Julia observaba la escena como de lejos. Se sentía como un fantasma, como si acabara de fallecer y estuviera viendo a su familia reunirse después de su entierro. Todo era silencio y lentitud. Nadie sabía qué hacer o decir.

George Azelle pasó junto a Ellie y entró en la sala de estar. Su pelo aparecía nuevamente recogido en una coleta. Llevaba unos Levi's y, arremangada justo por debajo de los codos, una camisa cara de color blanco.

Viéndolos ahora en la misma habitación —el hombre de pelo moreno y rizado y rostro anguloso y la niña que era su vivo retrato—, el vínculo entre ellos resultaba innegable.

George dio un paso adelante y dejó que el oso le resbalara por la cadera. Lo sujetó sin cuidado por el brazo.

—Brittany. —Dijo el nombre bajito. El asombro en su voz era patente.

Alicia se escondió detrás de Julia.

—Tranquila, Alicia —dijo Julia intentando apartarse de ella, pero la pequeña se negaba a soltarla—. Es muy tozuda —explicó—. No le gusta separarse de mí.

—La ha heredado de mí, la tozudez —respondió él.

Durante una hora fueron como una terrible pintura viviente en una película francesa. Al principio, George intentó comunicarse con su hija, hablar de cosas triviales evitando los movimientos bruscos, pero no funcionó. Ni siquiera leerle en alto consiguió sacarla de su retraimiento. En un momento dado, la pequeña corrió hasta las plantas y, agazapada entre ellas, lo vigiló a través de las hojas cerosas.

—No tiene ni idea de quién soy —dijo finalmente George, cerrando el cuento y dejándolo a un lado.

—Ha pasado mucho tiempo.

Se levantó y empezó a pasearse por la sala. De repente, frenó en seco y se volvió hacia Julia.

—¿Puede hablar?

—Está aprendiendo.

—¿Cómo le explicará entonces a la gente lo que le pasó?

—¿Eso es lo único que le importa?

—Que le jodan —replicó George, si bien no había encono en sus palabras; más bien sonaban desesperadas. Rodeando el sofá, caminó muy despacio hacia las plantas, como si se acercara a un animal salvaje y peligroso.

De entre las hojas emergió un gruñido grave.

—Eso significa que está asustada —dijo Ellie desde la cocina.

Arriba, los perros empezaron a aullar.

George se hallaba a menos de un metro y medio de las plantas. Al acuclillarse, sus ojos quedaron casi a la altura de los de su hija. Permanecieron así un rato, él callado y con el ceño fruncido, su hija gruñendo de miedo.

Finalmente, alargó la mano para tocarla.

Alicia dio un salto hacia atrás con tanto ímpetu que habría podido hacerse daño. Una planta se tambaleó y se estrelló contra el suelo.

Él retiró enseguida la mano.

—Lo siento, no quería asustarte.

Alicia se colocó a cuatro patas, respirando fuerte y escrutándolo a través de una abertura entre las hojas.

George inspiró hondo y exhaló despacio. Julia oyó su resignación. Se había terminado. Al menos por hoy. «Gracias a Dios». Tal vez se rindiera.

Él la sorprendió empezando a cantar.

—Estrellita, ¿dónde estás?

Ahora le tocó a Julia contener el aliento. La voz de George era bonita y sonaba sincera.

Alicia se quedó quieta. Mientras la canción proseguía, repitiéndose, se sentó sobre los talones y luego se levantó. Con cautela, se acercó a las plantas y empezó a tararear con él.

—Me conoces, ¿verdad, Brittany?

Al oír el nombre de Brittany, Alicia se dio la vuelta y echó a correr escaleras arriba.

La puerta del dormitorio se cerró con un fuerte golpe.

George se puso en pie y miró a Julia hundiendo las manos en los bolsillos.

—Solía cantarle esa canción cuando era un bebé. —Se acercó un poco más.

Julia se disponía a decir algo cuando oyó un coche.

—¿Quién es, El?

Ellie fue hasta la puerta y abrió.

—Mierda. —La cerró y se volvió hacia su hermana—. Son KIRO TV, la CNN... y la *Gazette*.

Julia miró a George.

—¿Llamó a la prensa?

Él se encogió de hombros.

—Pase tres años en la cárcel, doctora, y luego júzgueme. Yo soy tan víctima aquí como lo es Brittany.

—Eso cuénteselo a otro, hijo de puta egoísta. —Julia trató de controlar su ira. No le convenía gritarle con la prensa delante de su casa—. Usted la ha visto. Convertirse en el foco de la atención mediática podría destrozarla. Los dos sabemos lo que representa que te conviertan en noticia. No hay donde esconderse. No le haga eso a Alicia.

—Brittany. —La mirada de George se suavizó. Julia creyó ver en sus ojos una preocupación sincera. O confió en que así fuera. No tenía nada más a lo que aferrarse—. Y no me ha dejado otra opción.

Llamaron al timbre.

—¿De veras quiere demostrar su inocencia? —preguntó Julia, oyendo la desesperación en su voz. Mientras hablaba, pensó: «Que Dios me ayude. Que Dios ayude a Alicia». Se volvió hacia su hermana, quien, comprendiendo, asintió con la cabeza.

—Me he gastado una fortuna intentando demostrarla.

Ellie se apartó de la encimera de la cocina.

—Ahora tiene algo que antes no tenía.

—¿Una comisaria de un pueblo pequeño metida en el caso? Eso es lo mismo que nada.

—No me refiero a mí —dijo Ellie acercándose.

El timbre sonó de nuevo.

—Se refiere a Brittany —dijo Julia. El nombre dejó un sabor amargo en su lengua, o quizá se tratara de algo más; a lo mejor era el sabor del miedo auténtico y no lo había reconocido hasta ese momento—. Creo que vivió en el bosque mucho tiempo, puede que años. Si es así, tal vez su esposa también haya estado retenida allí. Quienquiera que se las llevara, puede haber dejado pruebas.

George se quedó congelado.

—¿Cree que Brittany podría llevarnos hasta allí?

—Quizá —respondió Ellie.

Julia solo acertó a asentir con la cabeza.

—¿Es… es seguro? Para Brittany, quiero decir.

Julia no era capaz de responder a esa pregunta, ni siquiera por Alicia. Tenía la garganta demasiado inundada de lágrimas. «Esto está mal, aunque sea por las razones correctas».

—Julia no permitirá que su hija vea el lugar…, si lo encontramos, claro. —Ellie mantuvo la mirada imperturbable—. Me pidió que hiciera mi trabajo, George. ¿Fue otra mentira?

Julia contuvo el aliento. Sentía la estancia cargada de palabras no dichas, de miedos no reconocidos. Un hombre culpable se negaría…

—De acuerdo —dijo George al fin—. Pero iremos mañana mismo. No quiero que esto se alargue.

Julia no sabía qué pensar.

—De acuerdo. —Su voz fue apenas un susurro.

—Y nada de prensa —añadió Ellie.

George miró a Ellie y luego a Julia, como si estuviera intentando calibrar su honestidad.

—Está bien. Por el momento.

Sonó de nuevo el timbre, seguido de unos golpes en la puerta.

—Escóndase —ordenó Ellie a George, que corrió hasta la cocina y se agazapó detrás de los armarios—. Ven conmigo —le dijo a Julia.

Se encaminaron hacia la puerta y la abrieron.

En los escalones del porche había varios reporteros, entre ellos Mort, de la *Gazette*. Ya estaban vociferando cuando la puerta se abrió.

—¡Hemos venido a entrevistar a George Azelle!

—Sabemos que ese es su coche.

—¿Pueden confirmar que la niña loba es su hija desaparecida?

—Doctora Cates, ¿ha curado a la niña salvaje? ¿Ya habla?

Julia contempló los rostros sintiéndose distanciada de ellos, desconectada. Tan solo un par de meses atrás habría dado lo que fuera por que le hubieran hecho esa última pregunta, por poder responder afirmativamente. Restituir su buena reputación lo era todo para ella entonces, pero ahora su mundo era muy diferente.

Notó la mirada de Ellie. Sin duda, su hermana estaba pensando lo mismo.

Contempló a los reporteros que la observaban con los micrófonos en alto, deseosos ahora de creerla. Julia podría ser de nuevo la psiquiatra digna de ser escuchada. Alicia podría ser su prueba viviente, igual que lo era para George. Lo único que tenía que hacer era utilizarla: enseñarles las cintas y luego a la niña. Los progresos que habían hecho eran prácticamente milagrosos. Las revistas médicas se pelearían por los artículos de Julia sobre sus técnicas terapéuticas.

Al final, después de las incontables veces que había soñado con su regreso triunfal, a Julia le resultó sorprendentemente fácil sonreír con calma y decir:

—Sin comentarios.


Ellie, Cal, Earl, Julia y Alicia estaban en el parque. Debían ponerse en marcha antes del amanecer. Su misión no podía tener testigos; el seguimiento por parte de los medios lo estropearía todo. George se mantenía apartado del resto del grupo, con los brazos cruzados, hablando con su abogado.

—¿Alicia podrá hacerlo? —preguntó Cal, expresando en alto la preocupación de todos.

Ellie no tenía una respuesta para eso.

—Ni siquiera sé qué debemos esperar.

Buscó la mano de Cal. El calor y la familiaridad de su piel la ayudaron a respirar mejor.

Había pasado casi toda la noche en vela, leyendo manuales de procedimientos y escribiendo correos electrónicos a colegas de los cuerpos policiales de todo el país. Había reunido un juego de recogida de pruebas e invitado a Cal a ser el fotógrafo oficial. Tenían que proceder con la máxima precisión. Si encontraban algo, debían proteger el lugar para la policía científica del condado y puede que incluso la federal.

En el parque reinaban la oscuridad y el silencio. Y el frío. El aliento gélido de finales de enero arañaba la piel y agrietaba los labios. Llevaban cerca de media hora debajo del arce. En todo ese tiempo nadie había pronunciado una palabra salvo Julia, que estaba arrodillada delante de Alicia. En medio de la oscuridad todos semejaban apariciones, especialmente Alicia, con su pelo negro, su abrigo oscuro y sus botitas rojas.

—*Medo.* —Emitió un gruñido tibio.

—Lo sé, cariño. Yo también tengo miedo. Y la tía Ellie. Pero necesitamos saber dónde estuviste antes. ¿Te acuerdas de lo que hablamos? ¿De tu casa en el bosque?

—Oscuro —susurró Alicia.

Ellie oyó el lamento de la niña, su voz temblorosa, y le entraron ganas de abortar la misión. ¿Cómo podían hacer algo así?

—¿No deja Alicia?

—No —le aseguró Julia—. Te cogeré la mano todo el tiempo.

Alicia suspiró. El sonido fue frágil, desgarrador.

—Vale.

Un coche se detuvo detrás de ellas. Era el último miembro de la partida.

Ellie fue a reunirse en la acera con Peanut y Floyd, que ahora se encontraban junto a una camioneta de la granja de animales salvajes. A su lado, sujeto con una correa y un bozal, estaba el lobo.

—¿Estás segura de esto? —le preguntó Floyd.

—Lo estoy. —Ellie le cogió la correa.

—¡Lobo! —gritó Alicia corriendo hacia ellos.

El lobo se abalanzó sobre Alicia y la tiró al suelo.

—¿Piensas devolverlo? —preguntó Floyd, observando a la pareja jugar sobre la hierba helada.

—Creo que no. Su lugar está en el bosque.

La mirada de Floyd se posó en Alicia.

—Me pregunto si es el único. —Regresó a la camioneta y se marchó.

Ellie miró el reloj y se acercó a su hermana, que oteaba sola el bosque.

—Es la hora.

Julia cerró los ojos un momento e inspiró hondo. Soltando el aire, fue al encuentro de Alicia y se arrodilló frente a ella.

—Es hora de irnos, Alicia.

Ella señaló el bozal y la correa.

—Malo. *Tampa*. Peste.

Ellie cruzó una mirada preocupada con su hermana. La noche previa habían decidido utilizar al lobo para ayudar a Alicia a encontrar el camino hasta su antigua vida. Les había parecido menos peligroso en abstracto.

—Alicia lo necesita —dijo Julia.

—Está bien, pero he de mantener el bozal.

Ellie se inclinó y retiró la correa. El lobo frotó enseguida su hocico contra Alicia.

—Cueva, Lobo —susurró la niña, y juntos echaron a andar hacia el bosque.

—Joder, no me diga que han traído un lobo… —comentó George acercándose a Ellie.

—En marcha —fue la respuesta de esta.

Para cuando el sol asomó por detrás de los árboles estaban tan lejos del pueblo que solo se oía el crujido de sus pisadas sobre la maleza y las campanillas plateadas del río que transcurría junto a ellos.

Llevaban más de una hora sin abrir la boca. En formación irregular, con Julia, Alicia y el lobo a la cabeza, se iban adentrando cada vez más en las profundidades del bosque.

Los árboles eran más altos y tupidos allí, y las pesadas ramas impedían el paso de la luz. De tanto en tanto el sol se colaba hasta el manto del bosque; parecía sólida esa luz, tan salpicada de motas que daba la impresión de que no pudieran atravesarla.

Y sin embargo, seguían avanzando hacia el corazón de ese bosque milenario donde el suelo estaba siempre húmedo y esponjoso. Una neblina grisácea flotaba a ras de tierra, engulléndolos a todos de rodillas para abajo.

En torno a las doce pararon en un pequeño claro para comer. Ellie no podía hablar por los demás, pero ella se sentía intranquila ahí fuera. Se le antojaba tan diminuta esa cuadrilla; sería tan fácil doblar en la dirección equivocada y simplemente desaparecer. El único sonido ahora era el de la brisa constante rozando miles de agujas sobre sus cabezas. Podían oír el susurro mucho antes de notar la fría caricia del viento en las mejillas.

Se sentaron en círculo a los pies de un cedro tan grande que, aunque se dieran las manos, no podrían rodear por completo el tronco.

—¿Dónde estamos? —preguntó George estirando una pierna.

Cal desplegó su mapa.

—Yo diría que hemos dejado atrás el Hall of Mosses y nos acercamos a las Wonderland Falls. Quién sabe. En este parque todavía hay muchas zonas sin explorar.

—¿Nos hemos perdido? —preguntó George.

—Ella no —declaró Ellie poniéndose en pie—. En marcha.

Caminaron un par de horas más, pero avanzaban despacio. El denso sotobosque y las cortinas de musgo colgante dificultaban la marcha. Decidieron acampar bajo un cuarteto de árboles gigantes para pasar la noche y montaron sus pequeñas tiendas naranjas alrededor de un fuego.

Apenas hablaron mientras preparaban el campamento y calentaban la cena procedente de latas. Para cuando cayó la noche, los sonidos del bosque eran abrumadores. Se oían constantemente correteos, caídas y graznidos. Solo Alicia y su lobo parecían cómodos. Ahí, en medio de toda esa opacidad verde, la pequeña se movía con más soltura, caminaba más erguida. Al observarla, el resto de la partida podía entrever a la muchacha que sería algún día, cuando se sintiera a gusto en el mundo de las personas.

Ellie siguió levantada después de que los demás se acostaran. Sentada junto a la orilla del río, contempló la oscuridad del bosque preguntándose cómo Alicia había podido hacer ese trayecto sola.

Oyó el crujido de una ramita al partirse y se dio la vuelta.

Era Julia. Parecía cansada.

—¿Es este el lugar de reunión de los insomnes?

Ellie se escurrió para hacerle sitio en el tronco forrado de musgo. A uno y otro lado, frágiles helechos de espada temblaron con el movimiento de sus cuerpos.

A sus pies, el río corría casi invisible en la oscuridad. El aire de la noche olía a vegetación. La Vía Láctea aparecía a fragmentos entre los árboles y las nubes.

—¿Cómo está Alicia? —preguntó Ellie. De repente se le pasó por la cabeza que pronto tendrían que empezar a llamarla Brittany. Una más de la larga ristra de cosas que no querían afrontar.

—Duerme como un bebé. Se siente muy cómoda aquí.

—Es su hogar, supongo.

—¿Está llevándonos a algún lado... o simplemente caminando sin rumbo fijo?

—No lo sé.

—Espero que estemos haciendo lo correcto. —La voz se le quebró.

Guardaron silencio, dudando ambas de sus decisiones. Ellie quería evitar hablar de George, pero en ese lugar, a solas con su hermana y el cielo de la noche, era fácil ver las cosas con más claridad.

—¿Has visto cómo la mira George? —Ellie lo dijo en voz baja por si el hombre estaba despierto y escuchando. Confió en que el murmullo del río ahogara sus voces.

—Sí.—Julia hizo una pausa antes de continuar—: Parece un hombre con el corazón roto. Cuando Alicia lo ignora o le da la espalda, se encoge de dolor.

—Cada vez estoy más nerviosa. ¿Y si encontramos…?

—Lo sé. —Julia se recostó en ella—. Pase lo que pase, El, no habría podido lidiar con todo esto sin ti.

Ellie pasó un brazo por los hombros de su hermana pequeña y la atrajo hacia sí.

—Ni yo sin ti.

Detrás de ellas se partió una ramita.

Ellie se volvió bruscamente.

Y ahí estaba George, con las manos en los bolsillos.

—No podía dormir —dijo acercándose.

Ellie lo observó con detenimiento.

—Supongo que Alicia es la única que puede.

George contempló el bosque. Quedamente, sin mirarlas, dijo:

—Tengo miedo de lo que podamos encontrar.

Si estaba actuando, era merecedor de un Oscar. Ellie miró a Julia y vio la preocupación en sus ojos. De modo que ella también lo veía.

—Sí —dijo al fin, apretando a Julia con más fuerza—. Todos lo tenemos.


Ellie se despertó al amanecer y procedió a encender un fuego. Tras desayunar en medio de un silencio pesado, levantaron el campamento. Para las primeras luces ya estaban de nuevo en marcha, abriéndose paso entre matorrales cada vez más frondosos y atravesando telas de araña tirantes como sedales. Eran pasadas las doce cuando Alicia se detuvo en seco.

En ese sombrío mundo de imponentes árboles milenarios y sempiternas neblinas, la niña parecía increíblemente pequeña y asustada. Miró a Julia y señaló río arriba.

—Alicia no ir.

Julia la levantó del suelo y la abrazó con fuerza.

—Eres una niña muy valiente. —Se volvió hacia Ellie—. Toma notas y haz fotos. Necesito saberlo todo. Y ve con cuidado.

Julia se llevó a Alicia hasta los pies de un cedro gigantesco y se sentaron en la mullida alfombra de musgo. El lobo se acercó despacio y se tumbó junto a ellas.

Ellie dirigió la vista a las sombras verdes y negras que se extendían frente a ellos. De uno en uno, Cal, Earl, George y su abogado fueron acercándose hasta estar a su altura. Nadie dijo nada. Ellie necesitó un chute de coraje para seguir adelante, para adentrar a la cuadrilla aún más en el bosque, pero lo hizo.

Siguieron el río por una curva y un montículo y desembocaron en un claro artificial. Una serie de tocones creaban un perímetro y varios troncos caídos marcaban los límites de este. Había latas vacías por todas partes, desparramadas por el duro suelo, con los cantos plateados cubiertos de musgo y moho. Las había a centenares, de muchos años. En un rincón descansaba una montaña de libros, revistas viejas y trastos inservibles. No muy lejos, escondido en una arboleda de cedros rojos, había un cobertizo sin puerta pequeño y destartalado.

A la izquierda, una cueva oscura les bostezaba. Tenía la boca adornada de helechos que crecían en ángulos imposibles y las diáfanas hojas aleteaban con la brisa. Delante, clavada en el suelo, había una estaca metálica rodeada por una cuerda de nailon. Uno de los extremos estaba atado a esta por medio de una argolla metálica.

Ellie se arrodilló junto a la estaca. En el otro extremo de la andrajosa cuerda había un grillete de cuero partido a dentelladas. Era pequeño, lo justo para envolver el tobillo de un niño. Manchas negras lo salpicaban. «Sangre». Ellie cerró los ojos un segundo y enseguida se arrepintió. En la oscuridad de sus pensamientos vio a la pequeña Alicia amarrada al grillete. Eran los pies pequeños y descalzos de la niña los que habían gastado la tierra del claro. ¿Cuánto tiempo había pasado ahí, dando vueltas y vueltas alrededor de la estaca?

Cal se inclinó y le puso la mano en el hombro. Ellie esperó a que dijera algo, pero se limitó a estrechárselo.

Despacio, Ellie se puso en pie.

—Guantes todo el mundo.

Y cometió el error de mirar a George.

—Señor —dijo, pálido y con los labios temblando—. ¿Alguien la ató como si fuera un perro? ¿Cómo…?

—No siga… —Ellie notó que le caían lágrimas por las mejillas; era poco profesional pero inevitable—. Vamos —le dijo a Cal.

En medio de un silencio tan denso que costaba atravesarlo y más aún respirarlo, Ellie dirigió el primer registro de la escena de un crimen de su vida. Encontraron una pila de ropa femenina, unos zapatos de tacón de charol rojo, un cuchillo manchado de sangre, una caja de atrapasueños sin terminar y una mantita de bebé raída y tan sucia que no estaban seguros de cuál había sido su color original. Del ribete pendían, torcidas, unas margaritas bordadas.

Cuando George vio la manta, emitió un sonido ahogado, desesperado.

—Dios mío…

Ellie no se atrevió a mirarlo. Su aplomo pendía de un hilo. Si el semblante de George era un reflejo de su voz, lo perdería definitivamente.

—Haz una lista de todo, Earl —ordenó.

Detrás del cobertizo había otra estaca con otro grillete de cuero; este era más grande y también tenía pegotes de sangre reseca. Alguien más había estado atado allí. Un adulto.

«Zoë».

—Ni siquiera podía ver a su hija —susurró Ellie. La cuerda de Zoë era más larga y le permitía llegar al colchón que había dentro del cobertizo.

Cal volvió a tocarla.

—Continúa.

Ellie asintió, consciente del nudo en la garganta, a juego con el escozor en los ojos. Avanzó despacio, examinándolo todo, desde la pila de basura junto a un viejo tocón hasta el mugriento colchón que descansaba entre dos abetos de Douglas. Había señales de animales por todas partes. El campamento llevaba vacío mucho tiempo; los carroñeros habían entrado.

Entre los árboles, no lejos del colchón, Ellie encontró un baúl viejo y oxidado. Después de varios intentos consiguió abrirlo. Dentro encontró pilas y pilas de viejos recortes de periódicos de Spokane, la mayoría sobre prostitutas que habían desaparecido de las calles de la ciudad y no habían sido encontradas. El último recorte era del 7 de noviembre de 1999. También había varias pistolas y un cabestrillo manchado de sangre.

En el fondo del baúl, enterrados debajo de vendas, periódicos y cubiertos sucios, había un chubasquero amarillo y una gorra de Batman raída.

Detrás de ella, George soltó un grito ahogado.

—Él lo vio. El repartidor de flores vio al secuestrador aparcado delante de mi casa.

Ellie no se dio la vuelta; ahora mismo no podía ver a George, pero lo oyó caer de rodillas sobre la tierra embarrada.

—Si me hubieran escuchado, puede que las hubieran encontrado antes de que él hiciera… esto. Dios mío.

Cuando George empezó a llorar, Ellie cerró los ojos. Había hecho su trabajo, había descubierto la verdad.

Pero no era la verdad que deseaba encontrar.


El corazón de Alicia late con fuerza. ¡Sabe que debería HUIR! Pero no puede abandonar a Ula.

Aun así, oye las voces aquí. De las hojas, de los árboles y el río. Son los sonidos que recuerda, y aunque en su pecho hay miedo, hay algo más, algo que la insta a levantarse.

Lobo se frota contra ella, dándole cariño. No lejos de aquí, su manada está esperando su regreso. Alicia lo sabe. Puede oír sus pisadas y gruñidos; son los sonidos de debajo, más quedos que el murmullo de las hojas y el correr del agua. Los sonidos de la vida que llenan toda esta oscuridad.

Se agacha. Tarda un buen rato, pero finalmente libera a Lobo de la trampa que le rodea el hocico y el cuello.

Lobo la mira y comprende.

Le da pena volver a separarse de él, pero los lobos necesitan a su familia.

—*Libe* —susurra.

Lobo aúlla y le lame la cara.

—Adiós —susurra.

Y Lobo se marcha.

Alicia se vuelve hacia Ula con una opresión en el corazón que casi le duele. Sabe lo que quiere decirle, pero no conoce las palabras. Coge a Ula de la mano y rodea el lugar (no quiere volver a ver la cueva, oh, no). Pasan por encima de uno de los árboles que Él cortó y cruzan un terreno de ortigas punzantes.

Allí está.

Un túmulo en la tierra cubierto de piedras.

—Mami —dice Alicia señalándolo. Es una palabra que creía haber olvidado. Hace mucho tiempo, su mami besaba a Alicia de la misma manera que lo hace Ula… y la arropaba en una cama que olía a flores.

O puede que lo haya soñado. No está segura. Recuerda un atisbo, un instante: Ella inclinándose, besando a Alicia, susurrando «Pórtate bien por mami. Acuérdate de Ella».

—Oh, cielo… —Ula envuelve a Alicia en sus brazos y la mece.

A Alicia le gustaría que sus ojos gotearan como los de una niña de verdad, pero algo Malo le pasa. El corazón le duele tanto que casi no puede soportarlo.

—*Quere* Ula —dice.

Ula besa a Alicia como hacía mami.

—Yo también te quiero.

Alicia sonríe. Está a salvo ahora. Cierra los ojos y se duerme.

En sus sueños hay dos niñas. Alicia, la niña mayor que sabe contar con los dedos y utilizar palabras para hacerse entender. Y al otro lado del río, Brittany, la bebé con las bragas llamadas pañales jugando con su pelota roja. La mami de antes está allí con ella, diciéndole adiós con la mano.

Alicia sabe que está durmiendo. Sabe también que en el mundo donde solo es Alicia está en los brazos de Ula y a salvo.


Julia estaba bajo el arce de Sealth Park con Alicia dormida en sus brazos. Nadie le había dicho adónde debía ir o qué debía hacer después de que el equipo de búsqueda y rescate las dejara en el parque de bomberos, y sin embargo George y ella habían acabado allí, como conchas arrastradas por el mar, en el lugar donde había comenzado la búsqueda. El taca-taca-taca del helicóptero y el gañido de las sirenas habían cesado al fin.

—¿Y ahora qué? —preguntó George, mareado y abatido, como si no esperara realmente una respuesta.

—No lo sé. Ellie regresará mañana a la escena con un equipo de expertos.

—¿Oyó lo que ese tipo le hizo a mi niña? La tenía atada como a un perro y…

—Calle.

Julia se volvió hacia él y vio el dolor en sus ojos, las lágrimas. Todavía no tenían todos los hechos —había pruebas que realizar y resultados que aguardar—, pero todos ellos conocían la verdad.

George no le había hecho eso a su familia.

—Lo siento, George. —A Julia le habría gustado decir algo más, pero no pudo. Tenía la sensación de estar desmoronándose poco a poco.

—Supongo que hablaremos más tarde, cuando las cosas… se calmen.

—Dudo que alguna vez se calmen para nosotros, George, pero sí, hablaremos más tarde. Ahora será mejor que me lleve a mi niña a casa. —Pese a sus mejores intenciones, se le hizo un nudo en la garganta. «Mi niña»—. Nuestra niña, quiero decir.

George acarició suavemente la espalda de Alicia. Su mano morena se veía enorme entre los omóplatos de su hija.

—Nunca dejé de quererla.

Julia cerró los ojos.

No podía pensar en eso ahora, de lo contrario se vendría abajo. Farfullando una disculpa, se encaminó al coche con paso ligero.

Casi había llegado a la acera cuando vio a Max.

La luz de la farola descendía sobre él, otorgando a sus cabellos un brillo plateado. Tenía el rostro envuelto en sombras.

Max cruzó despacio la calle. Los tacones de sus botas retumbaban contra el asfalto lleno de baches; sus pasos armonizaban con los latidos del corazón de Julia.

Se detuvo muy cerca de ella, como hacían los amantes.

—¿Estás bien?

Pese a intentarlo, Julia no pudo evitar que las lágrimas le anegaran los ojos.

—No.

Max cogió a Alicia y, sin despertarla, la instaló en la sillita del coche. Luego hizo lo único que podía hacer: abrazar a Julia y dejarla llorar.


Para cuando hubo terminado de escribir su informe y enviar faxes y correos a las agencias pertinentes, Ellie estaba exhausta.

Se apartó de la mesa con un suspiro hondo. El reloj acababa de dar las diez, pero tenía la sensación de que era mucho más tarde.

Nada más podía hacer esa noche, de modo que se levantó despacio y cruzó la comisaría apagando luces a su paso. Probablemente el contestador del 911 estuviera colapsado de preguntas, pero se ocuparía de eso al día siguiente.

Fuera reinaban la calma y el silencio. Una brisa ligera le tiró del pelo e hizo bailar las hojas caídas por la tosca acera.

Casi había alcanzado el coche patrulla cuando reparó en George. Estaba apoyado en una farola. No llevaba abrigo; debía de estar muerto de frío.

Se acercó a él.

El hombre no levantó la vista.

Las palabras nunca habían sido el fuerte de Ellie, y no le vino ninguna a la cabeza ahora.

Finalmente, George la miró.

—Tantos años con todos esos polis de la gran ciudad detrás del caso, y ha sido usted quien ha descubierto la verdad.

—Contaba con Alicia. —Ellie lo recordó un segundo demasiado tarde—. Brittany.

George se inclinó y la besó en los labios. No fue un beso romántico, pero Ellie sintió de todos modos su impacto.

En otros tiempos eso habría bastado para rodearle el cuello y llevar el beso más lejos. Ahora, sin embargo, retrocedió.

—Gracias —susurró él.

—No todo ha cambiado —dijo ella, consciente de que se le quebraba la voz—. Alicia necesita a mi hermana. Sin ella…

—Es mi hija. ¿Puede entender eso?

La voz de Ellie, cuando regresó al fin, apenas era un susurro. Este era el lugar al que les había llevado la verdad.

—Sí, lo sé.

# 25

A las tres del día siguiente, las principales cadenas de televisión y canales de noticias interrumpieron su programación para informar del hallazgo del cuerpo de Zoë Azelle en los bosques del estado de Washington. Los análisis del laboratorio forense habían confirmado su identidad, así como la del hombre que también había estado allí. Se llamaba Terrance Spec y tenía un largo historial de conflictos con la ley. En dos ocasiones había sido condenado por violación en primer grado. Asimismo, había sido un sospechoso en todas esas desapariciones de prostitutas de Spokane ocurridas años atrás, pero nunca se hallaron pruebas sólidas para entablar una acción legal. Había muerto en septiembre en un accidente con fuga en la autopista 101.

Todos los periódicos, emisoras de radio y cadenas de televisión proclamaban la inocencia de George Azelle.

El sistema de jurado había fallado, decían. Un hombre al que todo el mundo, desde camareras hasta senadores, había calificado de «culpable hijo de puta» era inocente. Los comentaristas de la CNN y Court TV —en especial Nancy Grace, quien lo había llamado «sociópata perverso con sonrisa de asesino»— se encontraban ocupados limpiando su maquillada imagen después del estrepitoso ridículo.

George estaba en la tarima de la comisaría con su abogado. Llevaban toda la tarde respondiendo las mismas preguntas. La revelación de que la niña loba —tan fácilmente descartada como sensacionalismo hacía solo unas semanas— era su hija solo había avivado el fuego. El titular PRUEBA VIVIENTE ocupaba ahora las portadas de millones de periódicos.

Flanqueada por Cal y Peanut, Ellie contemplaba el espectáculo desde el fondo de la sala.

Podía notar la mirada de Cal. De hecho, llevaba todo el día observándola detenidamente. Dondequiera que iba ella, allí estaba él, a su lado pero sin decir palabra.

—¿Qué?

—¿Qué de qué?

Peanut rio.

—No más conversaciones filosóficas, por favor, soy incapaz de seguiros.

Ellie ignoró a su amiga.

—¿Qué, Cal? —preguntó irritada.

—Nada.

—Si te ronda algo por la cabeza, será mejor que lo sueltes. Llevamos siendo amigos el tiempo suficiente para saber cuándo estás cabreado. ¿Qué he hecho?

Ellie esperaba que Cal sonriera, incluso que soltara uno de sus comentarios de listillo repelente, pero simplemente se quedó mirándola. Transcurridos unos segundos, Ellie empezó a sentirse incómoda.

Al final, Cal esbozó una sonrisa, pero no le iluminó los ojos.

—Creo que lo que dices no es cierto, El. De hecho, creo que apenas me conoces. —Dicho eso, se dio la vuelta y regresó a su mesa. Tras colocarse los auriculares, sacó un cuaderno y comenzó a dibujar.

Ellie puso los ojos en blanco.

Peanut había dejado de sonreír.

—Ya está otra vez en plan Napoleon Dynamite —dijo molesta Ellie.

—Corre un rumor por el pueblo —replicó Pea—. Yo misma lo escuché esta mañana en la cafetería. Me lo contó Rosie, quien a su vez se lo oyó a Ed en The Pour House.

—E imagino que tiene que ver conmigo.

—Por lo visto, cierta comisaria fue vista anoche besando a cierto forastero famoso. Nada menos que en el aparcamiento, a la vista de todos. Ah, ¿y te he mencionado el historial del forastero con las mujeres? —Pea chasqueó la lengua—. Chungo.

Ellie torció el gesto.

—En realidad fue él quien me besó a mí.

—Eso lo cambia todo entonces. —Peanut suspiró y meneó la cabeza, exactamente como hacía cuando sus hijos la mareaban—. Ellie, eres una idiota. Ya está, ya lo he dicho. Llevo todo este tiempo esperando a que despiertes y te enteres de lo que pasa a tu alrededor, los dos lo esperábamos, pero está claro que no va a ocurrir. Un tío cachas llega al pueblo y te abalanzas sobre él como un perro hambriento. De hecho, ya oigo campanas de boda. ¿Qué más da que vaya a llevarse a Alicia y nos rompa el corazón a todos? Lo que importa es que tiene una sonrisa cautivadora y una polla enorme y que sabe utilizar ambas cosas.

—En primer lugar, fue un beso, no una mamada. En segundo…

Peanut se alejó.

Ellie fue tras ella.

—Vuelve aquí, maldita sea. No puedes decir algo así y largarte como si nada. —La agarró del brazo y le dio la vuelta. Algunos reporteros se congregaron a su alrededor, pero a Ellie le dio igual—. No me eché encima de él, Peanut.

—A mí me han contado que…

—¿Me has oído, maldita sea? No me eché encima de él. Fue él quien me besó, y yo podría haber ido más lejos, pero no lo hice. Por Dios, va a arrebatarnos a Alicia. ¿Cómo puedes pensar que querría acostarme con él?

Peanut frunció el entrecejo.

—¿Lo dices en serio? ¿No te...?

—Mantuve la bragueta cerrada, como diría mi padre.

—¿Por qué?

Esa vez fue Ellie quien frunció el entrecejo.

—Porque Alicia es más importante.

—Antes nada era más importante para ti, El, que un hombre atractivo.

—Las cosas cambian. —Ellie meditó sobre esto último. Y la hizo sonreír. Sentirse libre.

—Estoy orgullosa de ti. —Sonriendo a su vez, Peanut le pasó el brazo por los hombros y regresaron juntas a su mesa.

—Oye, ¿qué has querido decir con lo de «los dos»? Dijiste que los dos estabais esperando a que despertara.

Peanut se encogió de hombros.

—Algún día deberías pararte a pensar en la gente que te quiere, El. —Miró su reloj—. Oye, ¿no deberías estar en el juzgado?

Ellie consultó la hora.

—Mierda. George ya se ha ido. —Corrió hacia la puerta.

Había empezado a llover para cuando llegó a los juzgados. Gotas gélidas caían de un triste cielo gris. Aparcó en la calle y subió los escalones a la carrera.

Llamó a la puerta del despacho de la jueza.

—Adelante.

Entró en una estancia espaciosa decorada con austeridad. Las pareces aparecían forradas de libros. Una mesa enorme dominaba el centro del despacho; detrás estaba sentada la jueza.

Julia se hallaba de pie junto a una planta enorme. Al otro lado estaba George, también de pie. Los dos abogados se disponían sentados delante del escritorio de la jueza.

—Ya estamos todos —dijo la jueza poniéndose las gafas—. Las circunstancias han cambiado desde la última vez que estuvieron aquí.

—Sí, señoría —dijo el abogado de George.

La jueza miró a Julia.

—Sé lo mucho que le importa Brittany, doctora Cates. Y también sabe cómo funciona el sistema.

—Sí. —La palabra pareció mermar a Julia, hacerla más pequeña—. Sé que el señor Azelle es una víctima en todo esto tanto como Alicia, y detesto alargar su sufrimiento, pero... —Hizo una pausa, como si estuviera reuniendo valor, y miró a la jueza—. Las necesidades de la niña deben ir por delante de las del señor Azelle.

La jueza arrugó la frente.

—¿En qué sentido?

—Alicia necesita pasar más tiempo conmigo. Ella me quiere..., confía en mí. Yo puedo... —La desesperación le ahogó la voz—. Salvarla.

Ellie se acercó a Julia.

—¿Será siempre una niña con necesidades especiales? —preguntó suavemente la jueza.

—No lo sé —respondió Julia—. Pero ha hecho muchos progresos y es increíblemente lista. Creo que podrá sobreponerse a su pasado, si bien durante muchos años necesitará atención y tratamiento constantes.

—Seguro que hay escuelas especiales para niños como ella —intervino George.

—Las hay —respondió su abogado—. Y podrían tratarla otros médicos. Señoría, el señor Azelle es una víctima aquí. No podemos agravar su tragedia arrebatándole otra vez a su hija.

—No —dijo la jueza—. Y estoy segura de que la doctora Cates es consciente de ello.

Julia se volvió hacia George.

—Su hija no tiene ni idea de quién es usted, George. Goza de toda mi empatía, en serio. Me he pasado la noche pensando en lo mucho que ha padecido, pero lo cierto es que su hija es lo que importa ahora. Todavía no puede entender el concepto de padre, y si fuera separada de mí, abandonada de nuevo, podría ir hacia atrás. Volvería, casi con certeza, al mutismo, a los aullidos y las autoagresiones. No está preparada. Lo siento. —Miró a George, instándolo a creerla—. Podría instalarse unos años aquí. Yo seguiría trabajando con su hija y poco a poco…

—¿Años? —George se mostró consternado, como si en ningún momento hubiese barajado esa posibilidad—. ¿Quiere que pase unos años aquí mientras mi hija vive con usted? ¿Mientras aprende a llamarla mamá? ¿Y quién seré yo? ¿El hombre de la casa de al lado? ¿El tío George?

Ahora la consternada era Julia.

—Quizá yo podría mudarme a Seattle…

—No lo entiende, doctora Cates. —El tono de George era amable pero firme—. Yo amo a mi hija. Me he tirado todos estos años entre barrotes soñando con que la encontraba, la llevaba al parque y le enseñaba a tocar la guitarra.

—Usted ama la idea de una hija. He leído todo lo que se ha escrito sobre usted, George. Cuando Alicia vivía con usted, apenas lo veía. Pasaba cinco días a la semana en la guardería. Zoë decía que usted nunca estaba en casa a la hora de la cena o los fines de semana. Ni siquiera conoce a su hija. Y ella tampoco a usted.

—La culpa no es mía —repuso quedamente él.

—Yo… la quiero —dijo Julia con los ojos llenos de lágrimas.

—Lo sé, y ese es justamente el problema. Esa es la razón por la que mi hija no puede seguir viviendo con usted o ser su paciente, ni aquí ni en Seattle.

—No lo entiendo. Si puedo ayudarla…

—Mi hija nunca me querrá, no mientras usted forme parte de su vida —sentenció Azelle.

Julia se quedó petrificada. En un esfuerzo por mantener el control, cerró lentamente los ojos. Luego miró de nuevo a George. Todos los presentes sabían que no podía decir nada contra eso.

—Lo haré todo por ella —prometió George—, contrataré a los mejores médicos y psiquiatras. Me aseguraré de que esté bien atendida. Y más adelante, cuando ya me quiera y sepa quién soy, la traeré para que la vea. Me aseguraré de que nunca se olvide de usted, Julia.

En un pueblo pequeño como Rain Valley, lo único que prevalecía sobre los chismes eran las opiniones. Todo el mundo tenía una y estaba deseando compartirla. Max dedujo que la reunión en los juzgados había terminado cuando la gente empezó a hablar de ello.

Llamó a Julia cada diez minutos; no le contestó ni una sola vez. Durante cerca de una hora aguardó a que lo llamara, pero el teléfono permanecía en silencio.

Finalmente, Max no pudo esperar más. Tal vez Julia creyera que necesitaba estar sola, pero se equivocaba. Él había cometido ese error: pensar que el dolor debía soportarse en soledad, durante demasiado tiempo. No permitiría que Julia cayera en lo mismo.

Se subió al coche y puso rumbo a su casa. Durante el trayecto se la imaginó sentada en el sofá o tumbada en la cama, tratando de no llorar; sin embargo, el menor recuerdo de Alicia riendo… o comiendo flores… o dando besos de mariposa… haría brotar de nuevo las lágrimas.

Él lo sabía.

Puede que Julia intentara olvidar, dejar atrás, como había intentado hacer él. De ser así, podría tardar años en darse cuenta de que necesitaba retener esos recuerdos. Era lo único que a uno le quedaba.

Aparcó junto a la casa. Desde fuera todo parecía normal. Los rododendros que vigilaban el porche se veían enormes, verdes y lustrosos en esa estación lluviosa. Un manto de musgo verde claro cubría el tejado y de los aleros colgaban macetas vacías. Alrededor de la casa, y también detrás, inmensos árboles de hoja perenne susurraban entre sí. Cruzó el césped y llamó suavemente a la puerta.

Ellie abrió con dos tazas de té en la mano.

—Hola, Max —dijo.

—¿Cómo está?

—Mal.

Ellie se apartó para dejarle pasar y le tendió las tazas.

—Está en mi cuarto. La primera puerta a la izquierda. Alicia está dormida, por lo que procura no hacer ruido.

Max cogió las tazas.

—Gracias.

—Me marcho a la comisaría. Volveré dentro de una hora. No la dejes sola.

—Descuida.

Iba a salir cuando, de repente, hizo una pausa y se volvió hacia Max.

—Gracias. La has ayudado mucho.

—Y ella a mí —respondió él.

La vio alejarse y la oyó poner el coche en marcha. Luego dejó las tazas en la mesa —ya habría tiempo para eso más tarde; preparar té era para los familiares que querían ayudar pero no sabían cómo— y subió. Se detuvo delante de la puerta del dormitorio, respiró hondo y entró.

La habitación se hallaba en penumbra. Todas las luces estaban apagadas.

Julia estaba en la cama de matrimonio con dosel, tendida bocarriba con los ojos cerrados y las manos cruzadas sobre el estómago.

Max se acercó.

—Hola —dijo en voz baja.

Ella abrió los párpados y lo miró. Tenía la cara roja e hinchada. También los ojos. Las lágrimas habían arrasado con el color de sus mejillas.

—Ya sabes lo de Alicia —dijo con calma.

Max se sentó en la cama, la tomó entre sus brazos y dejó que llorara, que le contara sus recuerdos uno por uno. Era algo que él debería haber hecho mucho tiempo atrás; convertir sus recuerdos en cosas sólidas que perduraran en el tiempo.

Julia detuvo su relato y lo miró con los ojos húmedos y brillantes.

—Tendría que dejar de hablar de ella —susurró.

Max la besó con dulzura, entregándole todo su ser en ese beso.

—Sigue hablando —dijo cuando se apartó—, no pienso moverme de aquí.


Las calles del centro del pueblo estaban vacías. Ellie recibía del interior de cada tienda por la que pasaba un saludo triste y desalentado. En la cafetería, mientras esperaba su café, la habían abrazado cuatro personas. Ninguna se molestó en hablar. ¿Qué podían decirle? Todos sabían que al día siguiente, a esa hora, su Alicia se habría ido.

Era tarde cuando Ellie se marchó finalmente de la comisaría y puso rumbo al río. Al subir los escalones del porche de la que había sido siempre su casa tuvo la sensación de que acarreaba un enorme peso sobre la espalda. Jamás en su vida se había sentido tan mal, y viniendo de una mujer que se había divorciado dos veces y había enterrado a sus padres, eso era decir mucho.

Dentro todo seguía exactamente como siempre. El abultado sofá y las butacas creaban un espacio de reunión íntimo frente a la chimenea y los adornos, en su mayoría artesanales, eran pocos y distanciados entre sí. La única diferencia era la colección de ficus en el rincón.

El escondite de Alicia.

Tan solo unas semanas atrás, la niña había corrido a refugiarse allí a la primera de cambio o al comienzo de una emoción intensa. Sin embargo, últimamente cada vez eran menos las ocasiones en que se escondía en su frondoso santuario.

El recuerdo era casi insoportable, y si a ella le dolía, ¿cómo debía de sentirse Julia? Cada tictac del reloj debía de ser un azote para ella.

Se acercó al equipo de música y puso el CD de *El retorno del rey*. Era un día para canciones tristes y música emotiva.

Dejó caer el bolso sobre la mesa del comedor. Este aterrizó con un tintineo. Acababa de prepararse una taza de té cuando reparó en su hermana.

Julia estaba en el porche, envuelta en el frío helador con el viejo chaquetón de caza de su padre.

Ellie preparó otra taza y salió.

Julia aceptó el té con un quedo «gracias» y un «siéntate».

Ellie agarró una vieja colcha del arcón y se la echó sobre los hombros. A continuación, se instaló en la mecedora y puso los pies sobre el arcón.

—¿Dónde está Max?

Julia meneó la cabeza.

—Tuvo una emergencia en el hospital. Quería quedarse..., pero necesitaba estar sola. Alicia duerme.

Ellie hizo ademán de levantarse.

—Mejor me...

—No. Por favor. Quédate. —Julia sonrió con tristeza—. Hablo como Alicia. Como Brittany, quiero decir.

—Nunca será Brittany para nosotras.

—No. —Julia bebió un sorbo de té.

—¿Qué piensas hacer?

—¿Sin ella? —Julia contempló el jardín. En la oscuridad no podían ver mucho más allá del río. La luna iluminaba el agua—. Lo he meditado mucho. Por desgracia, no tengo una respuesta. —La voz le tembló—. Es como ver morir de nuevo a mamá. —Empezó a decir algo más, pero se interrumpió—. Lo siento. A veces... —Se levantó y se dio la vuelta—. Ahora mismo necesito estar con ella —dijo con la voz quebrada, y se fue.

Ellie notó que los ojos se le llenaban de lágrimas. Apartó la colcha y se puso en pie. ¿Qué bien podía hacerle quedarse ahí sentada llorando?

Echó a andar por la hierba húmeda en dirección al río. Al otro lado del prado divisó las luces amarillas de la casa de Cal. «Algún día deberías pararte a pensar en la gente que te quiere, El», había dicho Peanut. Cal había estado siempre en esa lista. A lo largo de sus dos matrimonios, de todas sus aventuras desastrosas y de la muerte de sus padres. Cal había sido el único hombre constante en su vida.

Aunque estaba enfadado con ella por algo, era el único hombre del planeta que la veía tal como era y, aun así, la quería. Ellie necesitaba un amigo como él ahora.

Llegó a su puerta en un abrir y cerrar de ojos. Llamó con los nudillos.

Y esperó.

Nadie acudió a abrir.

Extrañada, miró hacia atrás. El GTO de Cal estaba allí, oculto bajo una cubierta de lona y una capa de hojas secas.

Abrió la puerta, introdujo la cabeza y dijo:

—¿Hola?

Tampoco esa vez contestó nadie, pero vio una luz encendida en el pasillo. Siguió este hasta la puerta del estudio de Lisa.

De repente, se preguntó si Lisa habría vuelto. La idea hizo que su ceño se intensificara. Se le puso un nudo en el estómago y la asaltó una sensación de pánico, pero no tenía sentido. Llamó a la puerta.

—¿Hola?

—¿Ellie?

Abrió y vio que Cal estaba solo, sentado frente a lo que parecía una mesa de dibujo cubierta de papeles.

Por una razón que no alcanzó a comprender, Ellie experimentó una oleada de alivio.

—¿Dónde están las niñas?

—Peanut se las llevó a merendar y al cine para que yo pudiera trabajar.

—¿Trabajar?

—Te hacía con George esta noche.

—Necesito amigos nuevos. —Ellie suspiró—. No era para mí. ¿Qué tengo que hacer? ¿Anunciarlo con un cartel?

—¿No era para ti? —Cal se inclinó sobre la mesa escrutándola—. Normalmente no te das cuenta de eso hasta que estás casada.

—Muy gracioso. Ahora en serio, ¿qué estás haciendo?

Ellie se acercó a Cal reparando en las manchas que tenía en la mejilla y las manos. Cuando se detuvo a su lado y notó el roce de su brazo, enseguida se sintió menos sola, menos frágil.

Cal tenía una pila de hojas delante. En la de arriba del todo había un bosquejo de un niño y una niña corriendo juntos de la mano. Sobre sus cabezas, un gigantesco pájaro pterodáctilo tapaba el sol con su enorme envergadura.

Cal apartó el bosquejo; debajo había un dibujo a todo color —casi un cuadro— de los mismos niños agazapados detrás de una bola de luz. La leyenda rezaba: «¿Cómo podemos escondernos si ven cada uno de nuestros movimientos?».

A Ellie le sorprendió la calidad del dibujo, los vibrantes colores y la firmeza de los trazos. Los personajes parecían estilizados y al mismo tiempo reales. El miedo en sus ojos era inconfundible.

—Tienes mucho talento —dijo. Pensó que balbuceaba como una tonta, pero es que no daba crédito. Todos esos días que ella había estado sentada a su mesa haciendo papeleo o leyendo sus revistas o charlando con Peanut, Cal había estado creando arte. Siempre dio por supuesto que eran los mismos garabatos que había estado haciendo desde la clase de química del señor Chee. De pronto sintió que el suelo se tambaleaba bajo sus pies. ¿Cómo era posible que hubiera estado con él cada día y no lo hubiera sabido?—. Ahora entiendo por qué dijiste que era una egoísta, Cal. Lo siento.

Cal esbozó una sonrisa lenta que le transformó el rostro e hizo que a Ellie la asaltaran recuerdos de un pasado lejano.

—Es una novela gráfica sobre dos amigos. Niños. Él es un buen chico de origen humilde con un padre borracho y cruel. La niña lo esconde en su granero. Su amistad es el último vestigio de la verdadera inocencia y en ellos recae la responsabilidad de destruir la bola del mago antes de que se haga de noche. Pero si se besan, o van más lejos, perderán su poder y será su perdición. Acabo de empezar a enviarlo a las editoriales.

—Trata de nosotros —dijo Ellie. En ese momento sintió como si una puerta se abriera y le mostrara un pasillo que no había visto antes—. ¿Por qué no me lo has enseñado antes?

Cal se recogió un mechón de pelo detrás de la oreja y se levantó para mirarla a los ojos.

—Hace mucho que dejaste de verme, El. Veías al niño jodido y desgarbado que era antes y al tipo callado y siempre disponible para ti en el que me convertí. Pero hace mucho que no me miras de verdad.

—Sí te veo, Cal.

—Me alegro, porque llevo mucho tiempo queriendo decirte algo.

—¿Qué?

Cal la cogió firmemente por los hombros.

Y la besó.

No fue un pico de amigos o un roce de labios tipo espero-que-te-sientas-mejor. Fue un beso de los que hacían que la sangre subiera disparada a la cabeza. Con lengua y todo.

Ellie se resistió al principio —era demasiado inesperado—, pero Cal no tenía intención de dejarle llevar la batuta esta vez. La apretó contra la pared y siguió besándola hasta que la respiración de Ellie se volvió jadeante y el corazón le latía tan deprisa que pensó que iba a desmayarse. Era un beso que no retenía nada y lo prometía todo.

Cuando Cal se apartó al fin, haciéndola gemir por la repentina pérdida, ya no sonreía.

—¿Lo entiendes ahora?

—Santo Dios.

—Todo el pueblo sabe lo que siento por ti. —Volvió a besarla—. Estaba empezando a pensar que eras idiota.

Ellie no entendía cómo una mujer a punto de cumplir los cuarenta y divorciada dos veces podía volver a sentirse como una adolescente, pero era exactamente como se sentía. Atolondrada y sin aliento. En un instante toda su vida había recuperado el sentido. Todo encajaba ahora. «Cal».

La puerta del estudio se abrió. Ellie se volvió despacio, todavía mareada.

Peanut se detuvo en el umbral. Tres caritas asomaron por el costado cual flores de un solo tallo.

—Id a poneros el pijama. Papá subirá a acostaros enseguida.

Una vez se hubieron marchado y sus pasos dejaron de oírse en la escalera, Peanut posó la mirada en Cal, luego en Ellie y de nuevo en Cal.

Finalmente, una sonrisa tiró de sus labios.

—¿La has besado?

Ellie enseguida pensó: «¿Peanut lo sabía?», y sintió un arrebato de indignación. Entonces Cal la atrajo hacia sí y se olvidó de todo. En esos ojos que tan bien conocía vio amor. Un amor sincero esta vez; el que había comenzado un día frío entre dos niños y durado toda una vida. Cal le estrechó la mano.

—Sí.

Peanut rompió a reír.

—Ya era hora.

Ellie se abrazó al cuello de Cal y lo besó. Le traía sin cuidado que Peanut estuviera mirando. Igual le habría dado si hubiera estado de uniforme en Main Street durante un atasco. Llevaba toda su vida buscando el amor y había estado siempre ahí, al otro lado del prado, esperándola.

—Y que lo digas —susurró contra sus labios—. Ya era hora.


Julia sabía que estaba abrazando a Alicia con excesiva fuerza, pero no parecía capaz de soltarla. Tampoco podía pensar en ella como Brittany. Durante la última hora, independientemente de lo que hiciera —o aparentara hacer—, también había estado mirando el reloj mientras pensaba «Todavía no». Pero el tiempo seguía corriendo, escapándosele de las manos. Cada segundo que pasaba la acercaba un poco más al momento en que George llegaría a la casa, llamaría a la puerta y reclamaría a su hija.

—Lee Alicia. —La niña golpeó la página con el dedo. De algún modo, sabía exactamente dónde lo habían dejado.

Julia sabía que debería cerrar el libro, decir que había llegado el momento de hablar de otras cosas, de familias que habían sido separadas y padres que volvían, pero no podía. En lugar de eso, se permitió abrazar a su pequeña Alicia y seguir leyendo como si fuera un día lluvioso de enero cualquiera.

—«Pasaron las semanas —leyó— y el conejito estaba cada vez más viejo y gastado, pero el niño lo quería igual. Lo quería tanto que le encantaba su morro ya sin bigotes, el agrisado forro rosa de sus orejas y las descoloridas manchas marrones. El conejito empezó incluso a perder su forma y apenas parecía ya un conejo, salvo para el niño». —Le falló la voz. Se quedó mirando las palabras, viendo cómo se desdibujaban y bailaban sobre la hoja.

—Alicia quiere real.

Julia le acarició la aterciopelada mejilla. Cada vez que leían ese cuento Alicia decía lo mismo. Por alguna razón, la pobrecilla pensaba que no era real. Y ahora ya no había tiempo para demostrarle lo contrario.

—Eres real, Alicia, y hay muchísima gente que te quiere.

—Quiere —susurró Alicia, como siempre, casi con veneración.

Julia cerró el libro, lo dejó a un lado y sentó a Alicia en su regazo para mirarla directamente a los ojos.

Alicia enseguida se abrazó a su cuello y le dio un beso de mariposa. Luego rio.

«Tienes que ser fuerte», se dijo Julia.

—¿Te acuerdas de Mary y el jardín secreto y el hombre al que tanto quería? ¿El hombre que era su padre? Había estado fuera, ¿recuerdas? —Julia perdió impulso. Observó el semblante preocupado de Alicia y sintió que se sumergía en las aguas turquesas de sus ojos—. Hay un hombre. George. Es tu padre. Quiere quererte.

—Alicia quiere Ula.

—Estoy intentando hablarte de tu padre, Alicia. Brittany. Tienes que estar preparada. Llegará pronto. Tienes que entender.

—¿Tú mami?

Julia estuvo a punto de rendirse, pero una ojeada al reloj le recordó que se le acababa el tiempo. Tenía que intentarlo de nuevo.

Alicia debía entender que no estaba abandonándola, que no tenía elección. Julia se volvió hacia la maleta que había preparado con tanto mimo la noche anterior. Contenía la ropa y los juguetes que el pueblo había reunido para «su» niña, así como los libros favoritos de Alicia y algunos de su propia infancia que no habían leído aún. Estaban, además, las cajas donadas por algunas familias. Todos los habitantes de Rain Valley le habían regalado algo a su Alicia.

¿Cómo podía abrocharle el abrigo a Alicia —Brittany—, besarla en la mejilla y decirle adiós? «Estarás bien. Vete con este hombre al que no conoces y que no te conoce. Ve a vivir a una casa grande en una calle que no puedes cruzar sola en una ciudad donde nunca llegarán a comprenderte del todo».

¿Cómo podía hacer eso?

¿Y cómo podía no hacerlo? Por muchas vueltas que le diera, no podía eludir el hecho de que George Azelle también era una víctima en todo eso. Había perdido a su hija y, contra todo pronóstico, la había encontrado. Naturalmente que quería llevársela. Y había contratado a los mejores profesionales para cuidar de ella. A Julia le aterraba que no fuera suficiente, pero no sabía cómo detener lo inevitable.

Inspiró entrecortadamente y abrazó con fuerza a Alicia. Oyó que se acercaba un coche.

—¿Mami? —dijo Alicia de nuevo. Esa vez era la voz de su pequeña la que sonaba débil y asustada.

—Oh, Alicia —susurró Julia, acariciándole la mejilla suave y rosada—. Ojalá pudiera serlo.


Alicia tiene un mal presentimiento. Como la primera vez que Él se marchó y ella tenía tanta hambre que se comió las bayas rojas del arbusto que había junto al río y vomitó.

Ula está diciendo cosas que Alicia no entiende. Se esfuerza, sabe que esas palabras son importantes. «Padre». «Oportunidad». «Hija». Ula las pronuncia despacio, como si le pesaran en la lengua. Alicia sabe que significan algo importante.

Pero no puede entenderlas, y el intentarlo le duele ahora.

Los ojos de Ula siguen goteando.

Alicia sabe que eso significa que Ula está triste. Pero ¿por qué? ¿Qué ha hecho mal Alicia?

Se ha esforzado tanto por ser Buena. Enseñó a los adultos el Lugar Malo en el bosque, incluso fue hasta las piedras que cubrían a Ella, a pesar de que eso la puso muy triste. Se permitió recordar cosas que había intentado olvidar. Aprendió a utilizar tenedores y cucharas y el retrete. Dejó que la llamaran Alicia e incluso consiguió que le gustara esa palabra, sonreír por dentro cuando alguien la decía y se refería a ella.

Entonces ¿qué falta? ¿Qué no ha hecho?

Ella sabe qué pasa cuando te Dejan. Las mamás a punto de estar MUERTAS tienen las mejillas pálidas, la voz temblorosa, los ojos mojados. Intentan decirte cosas que no entiendes, te abrazan con tanta fuerza que no puedes respirar.

Y un día se van y te quedas sola, deseando que los ojos te goteen y que alguien te abrace otra vez, pero estás sola y no sabes qué es lo que has hecho mal.

Alicia nota que le vuelve esa sensación de náuseas en la barriga, el pánico que hace que le duela respirar. Sigue esforzándose por entender qué ha hecho mal.

—¡Zapatos! —exclama de repente. A lo mejor es eso. Nunca

quiere ponerse los zapatos. Le pellizcan los dedos y le estrujan los pies, pero está dispuesta a dormir con ellos si así Ula sigue queriéndola—. Zapatos.

Ula le sonríe con tristeza. Llega un sonido de fuera, como el de un coche entrando en el jardín.

—Ahora no, cariño, estamos dentro de casa.

¿Cómo puede decirle «Seré buena, Ula»? Siempre. Siempre. «Haré todo lo que me digas».

—Niña buena. —Lo susurra como una promesa, desde lo más hondo de su ser.

Ula sonríe de nuevo.

—Sí, eres una niña muy buena, cariño. Por eso todo esto duele tanto.

No es suficiente ser buena. Esa parte la entiende.

—No deja Alicia —suplica.

Ula se vuelve hacia la caja de cristal que contiene el exterior. La «ventana».

«Está esperando algo malo». Alicia lo sabe.

Luego Ula se irá.

Y Alicia volverá a ser Niña… y estará sola.

—Niña buena —dice una vez más, oyendo la grieta en su voz. Es todo lo que puede decir. Cruza el cuarto a la carrera, coge sus zapatos e intenta ponérselos en el pie correcto—. Zapatos. Promete.

Pero Ula no contesta, solo mira por la ventana.

## 26

Ellie divisó el cúmulo de furgonetas de prensa aparcadas a ambos lados de la vieja carretera. Había hecho instalar una barrera policial blanca en el camino de entrada de su casa para impedirles el paso. Peanut se encontraba delante de la cinta con los brazos cruzados y un silbato en la boca.

Ellie encendió durante un segundo los faros y la sirena; el sonido despejó de inmediato la calzada. Los reporteros se dividieron en dos grupos para ocupar sendos lados de la carretera. Rodeó la barrera y bajó la ventanilla para hablar con Peanut.

—Están poniendo el tráfico en peligro. Llama a Earl y Mel para que dispersen a la gente. Bastante difícil está siendo ya el día sin los medios.

Un lustroso Ferrari de color rojo se detuvo detrás del coche patrulla. Ellie miró por el retrovisor. George le dedicó una sonrisa, pero era desvaída, poco natural. Tenía la mirada turbada y triste.

Los reporteros rodearon su coche lanzando preguntas.

—¿Qué piensa hacer ahora?

—¿Habrá un funeral?

—¿A quién le ha vendido la historia?

—Échalos de aquí, Peanut —ordenó Ellie antes de apretar el acelerador.

El Ferrari la siguió por el camino de grava.

Ellie lo observaba por el retrovisor con la esperanza de que diera la vuelta o desapareciera.

Para cuando se detuvo frente al porche tenía un nudo en el estómago.

Aparcó, apagó el motor y bajó.

George se acercó a ella.

—¿Qué tal estoy? —preguntó nervioso. Se recogió un mechón de pelo detrás de la oreja.

—Bien. —Ellie se aclaró la garganta—. Está bien.

George esbozó una sonrisa que abarcó toda su cara, llevándose por delante el nerviosismo e iluminando esos ojos tan tan azules. Acto seguido, la sonrisa desapareció. Contempló la casa y dijo:

—Es la hora. —Hablaba en un tono suave, seductor. Ellie se preguntó cuántas mujeres habían sido arrastradas hacia la oscuridad por esa voz y abandonadas allí, preguntándose vagamente cómo habían podido extraviarse tanto—. Le dije a su hermana que recogería a Brittany a las tres.

Brittany.

Dejando ir un suspiro, Ellie cruzó el césped con él. Casi habían llegado a los escalones del porche cuando un Mercedes gris se detuvo detrás de ellos.

—¿Quién es? —le preguntó a George.

—El doctor Correll. Va a trabajar con Brit.

El hombre se apeó del coche. Alto y delgado, casi elegantemente amanerado, se acercó a ellos. Su rostro afilado poseía numerosas arrugas, pero carecía de personalidad.

—George. —Lo saludó con un gesto de la cabeza y, seguidamente, estrechó la mano de Ellie—. Soy Tad Correll.

Su apretón tenía la fuerza de un bebé. A Ellie la asaltó el impulso casi irrefrenable de propinarle un cabezazo.

—Encantada. —Se disponía a darse la vuelta cuando reparó en la jeringa que le asomaba por el bolsillo superior—. ¿Para qué es eso? ¿Es adicto a la heroína?

—Es un sedante. Puede que la transición altere a la niña.

—No me diga —Ellie no pudo evitar clavar la mirada en George. Sabía que estaba en sus ojos, la súplica, el desesperado «no lo haga», pero no volvió a decirlo.

—Es mi hija —dijo quedamente George.

Ellie no tenía una respuesta para eso. Sabía que si ella estuviera en su lugar, no habría fuerza en la tierra que pudiera separarla de su hija.

Asintió.

El trío subió los escalones. Ellie se detuvo frente a la puerta y llamó con los nudillos.

Cualquier cosa con tal de retrasar lo inevitable.

Acto seguido, abrió la puerta.

Julia estaba sentada en el sofá con Alicia acurrucada contra ella. A sus pies había una pequeña maleta roja.

Levantó la vista. Su bello rostro brillaba con los surcos dejados por las lágrimas; tenía los ojos rojos e hinchados. No se movió. Ellie sospechaba que no podía. Probablemente le habían fallado las piernas al levantarse para abrir. Max estaba detrás de ella, con las manos sobre sus hombros.

—Señor Azelle —dijo Julia con voz trémula—. Veo que ha traído al doctor Correll. —Lo saludó con un gesto de la cabeza y se puso en pie—. Su reputación le precede, doctor.

—Lo mismo digo —respondió el doctor Correll. No había sarcasmo en su voz—. He visto las cintas. Su trabajo con la pequeña es admirable. Debería publicarlo en la revista.

Julia miró a Alicia, que ahora parecía asustada.

—¿Ula? —dijo elevando la voz a causa del miedo.

—Es hora de que te vayas —dijo Julia en un tono tan bajo que los presentes tuvieron que acercarse para poder oírla.

Alicia negó con la cabeza.

—No va. Alicia queda.

—Ojalá pudiera, cariño, pero tu papá también quiere quererte. —Julia le acarició la carita—. ¿Te acuerdas de tu mamá? Ella también habría querido esto para ti.

—Ula mami. —El miedo en la voz de Alicia era ahora inequívoco. Trató de abrazar a Julia con más fuerza.

Ella se desprendió de los brazos delgaduchos de la pequeña.

—Quise serlo…, pero no lo soy. No Ula mami. Tienes que ir con tu padre.

Alicia se puso histérica. Empezó a dar patadas, a gritar, gruñir y aullar. Arañó su cara y la de Julia.

—No, cariño, no —dijo Julia intentando calmarla, pero la niña lloraba tan fuerte que no podía oírla.

El doctor Correll se precipitó sobre ella y le clavó la aguja.

La niña soltó un aullido desesperado que provenía de todos los lugares oscuros que había visto en su vida.

Ellie notó que también sus ojos se llenaban de lágrimas, desdibujándolo todo.

Julia abrazó a Alicia, que se calmó a medida que el sedante hacía su efecto.

—Lo siento —le dijo.

Los ojos de la pequeña parpadearon pesadamente. Rodeó a Julia con sus bracitos y la miró.

—Quiere. Ula.

—Yo también te quiero, Alicia.

Al oír eso, Alicia empezó a llorar. Su llanto era silencioso, sin temblores, sin berrinche, únicamente una liberación desde las profundidades del alma que se transformaba en agua y rodaba por sus hinchadas mejillas. Se tocó las lágrimas frunciendo el entrecejo. Luego levantó la vista hacia Julia y gimoteó dos palabras antes de quedarse dormida.

—Real daño.

Julia le susurró algo que nadie más pudo oír. Parecía destrozada por las lágrimas y las quedas palabras de la pequeña.

Los demás permanecieron un rato callados mirándose. Finalmente, el doctor Correll dijo:

—Deberíamos darnos prisa.

Julia asintió con frialdad y llevó a Alicia hasta el Ferrari. Miró el asiento del pasajero y se volvió hacia George.

—¿Dónde está su sillita?

—No es un bebé —respondió.

—Voy a buscarla —dijo Ellie encaminándose a la camioneta. Después de todo lo que había presenciado, esa fue la gota que colmó su vaso. Desenganchar la sillita infantil —la sillita de Alicia— y sacarla de la camioneta la hizo llorar. Mientras la instalaba en el Ferrari procuró ocultar su rostro a George.

Julia se inclinó muy despacio y metió a la niña durmiente en el coche. Susurró algo en la diminuta oreja de Alicia que nadie oyó. Luego la besó en la mejilla, se incorporó y cerró la portezuela.

Se plantó frente a George y le entregó un grueso sobre amarillo.

—Esto es todo lo que necesita saber. Sus horas de siesta, su hora de acostarse, sus alergias. Le encanta la gelatina, pero solo si lleva piña, y el bizcocho de vainilla. Intenta jugar con la pasta, de modo que si no quiere que lo ponga todo perdido, le aconsejo que la evite. Y los dibujos de conejos con orejas grandes la hacen reír. También que le hagan cosquillas en los pies. Su libro favorito…

—Basta —la interrumpió George con la voz ronca, severa. Las manos le temblaban cuando cogió el sobre—. Gracias. Por todo. Gracias.

—Prométame que si tiene algún problema me llamará. Puedo llegar en un santiamén…

—Se lo prometo.

—Quiero arrojarme delante de su coche.

—Lo sé.

—Sí… —A Julia se le quebró la voz. Se enjugó las lágrimas—. Cuide de mi… de nuestra niña.

—Lo haré.

Una brisa fría agitó las hojas de los árboles. A los lejos graznó un cuervo, seguido de otro. Ellie casi esperó escuchar el aullido de un lobo.

—Bien —dijo George—, tenemos que irnos.

Julia retrocedió.

Ellie fue al encuentro de su hermana y le pasó un brazo por los hombros. Julia se sentía, repentinamente, frágil y consumida, como si hubiera pasado mucho tiempo hospitalizada y acabara de levantarse de la cama. Max se acercó a su vez y juntos la sostuvieron. Sin su presencia estabilizadora, Ellie temía que su hermana fuera a derrumbarse.

George subió al coche y se alejó. El doctor Correll lo siguió.

Los neumáticos crujieron sobre el camino de grava acompañados por el zumbido de los motores. Luego desaparecieron y el silencio lo cubrió todo.

Solo se oía el viento.

—Alicia ha llorado —susurró Julia con el cuerpo temblando—. Todo el amor que le di... y al final lo único que hice fue enseñarle a llorar.

Max la tomó entre sus brazos y la estrechó con fuerza. No había nada más que pudieran decir.

Alicia se había ido.


Está en un coche.

Pero no es la clase de coche que conoce. Este es bajo —casi roza el suelo— y corre como una serpiente. La música está tan alta que le hace daño en los oídos.

Abre los ojos despacio. Se siente rara, como mareada, débil, cansada. Su barriga podría echarlo todo por la boca si no va con cuidado. Se humedece los labios resecos mientras mira a su alrededor buscando a Ula o a Lellie.

No están aquí.

Nota que el pánico estalla en su interior y se extiende por todo su cuerpo. Lo único que le impide gritar es el cansancio. No parece capaz de emitir sonidos. (Probablemente él pueda oírle el corazón. Le late con tanta fuerza que seguro que le grita. Se lo cubre con la mano para amortiguar el ruido).

—¿Ula? —pregunta al hombre.

—Está en Rain Valley. Hace rato que nos hemos ido de allí. Ahora estás conmigo, Brittany, y todo va a ir bien.

No comprende todas las palabras, pero conoce el significado de «ido». Los ojos se le humedecen. Duele esto de llorar. Se enjuga las lágrimas, un tanto sorprendida de que sean transparentes. Deberían ser rojas como su sangre, porque esa es la sensación que tiene. Como si le hubieran clavado otra vez el afilado cuchillo y estuviera sangrando. Se acuerda de cuando sangraba.

—Ula mami ido. Alicia mala.

El hombre la mira. Tiene el ceño fruncido. Sabe que le va a pegar, pero no le importa. Ula ya no puede hacer que todo sea mejor.

La mera idea hace que sus ojos vuelvan a echar agua. Empieza a aullar, bajito, como si supiera que nadie puede oírla. Está demasiado lejos de casa. Los aullidos se tornan más fuertes, más desesperados.

—¿Brittany?

No responde. La única manera de protegerse es callar. Ya no tiene a nadie que cuide de ella, por lo que necesita volverse pequeña y silenciosa.

Cierra los ojos, deja que el sueño se la lleve de nuevo. Es mejor soñar con Ula, fingir. En sus sueños es una niña buena y tiene una Ula mami que la quiere.


En un momento dado —Julia ignoraba cuándo, había perdido la noción del tiempo— mandó a Max abajo y a Ellie al trabajo.

Llevaban todo el día cubriéndola de atenciones, intentando ofrecerle un consuelo que no existía. Tenía que hacer un esfuerzo sobrehumano para mantener la calma y no gritar hasta perder la voz. No podía mirar a las personas que quería y que la querían. Todo eso le hacía pensar en Alicia.

Miró por la ventana del cuarto el jardín vacío.

«Pájaros».

Con la primavera, los pájaros llegarían buscando a Alicia…

A su espalda, los perros resoplaban bajito; se habían pasado casi una hora buscando a su niña. Ahora estaban tendidos junto a la cama de Alicia a la espera de su regreso. De tanto en tanto sus aullidos inundaban el aire.

Julia miró su reloj y calculó el tiempo que hacía que se habían ido. Apenas unas horas, y ya le parecía toda una vida.

Eran las cinco y media. Estarían llegando a la ciudad. El verde majestuoso del querido bosque de Alicia habría dado paso al gris del cemento. Se sentiría tan extraña allí como un viajero en el espacio. Sin ella, la pequeña iría hacia atrás, se encerraría de nuevo en su mundo asustado y silencioso. Su miedo sería demasiado grande para que pudiera manejarlo.

—Por favor, Dios —dijo en voz alta, rezando por primera vez en años—, cuida de mi pequeña. No permitas que se haga daño a sí misma.

Se alejó de la ventana… y vio las plantas. Antes de Alicia, habían estado separadas, repartidas por diferentes lugares de la casa. Ahora eran el bosque, el escondite.

Sabía que debía quedarse donde estaba, mantener la distancia, pero no pudo. Se acercó a las plantas y acarició el verde lustroso de las hojas.

—También vosotras vais a echarla de menos —dijo con la voz ronca, sin importarle que estuviera hablando a unas plantas. No importaba que ahora enloqueciera un poco. En esos momentos no era la doctora Cates. Era una mujer corriente que echaba de menos a una niña extraordinaria.

Iban a dar las seis. Puede que ya estuvieran en el puente flotante, cruzando el lago Washington rumbo a la isla Mercer; Alicia divisaría las montañas nevadas y vería el lugar donde había nacido. El aire olería diferente también, a niebla y coches, y al amansado brazo de agua.

Finalmente, salió del cuarto y bajó. La casa estaba en silencio, salvo por el trajín de Max en la cocina.

Se acercó a la mesa, que estaba puesta para dos, fingiendo no ver el espacio vacío donde iba el tercer mantel.

—¿Qué estás preparando? —preguntó a Max, que se hallaba en la cocina cortando verduras.

Él levantó la vista al oír su voz.

Sus miradas se encontraron.

—Un salteado de verduras. —Dejó el cuchillo y se acercó a ella.

—El teléfono no para de sonar.

—Es Ellie —explicó Max—. Quiere asegurarse de que estás bien.

La rodeó con el brazo y la llevó hasta la ventana. Juntos, contemplaron el jardín en penumbra. La primera estrella del crepúsculo los observaba desde arriba.

Julia se recostó en él, disfrutando del calor de su cuerpo, el cual la hizo percatarse de lo aterida que estaba. Max no le preguntó cómo se encontraba ni le dijo que todo iría bien. Simplemente posó una mano en su nuca anclándola. Sin ese contacto, Julia podría haber ido a la deriva, flotando en ese mar de vacuidad. Con ese sencillo gesto, Max le había recordado que no lo había perdido todo, que no estaba sola.

—Me pregunto cómo estará.

—No lo hagas —le susurró Max—. Lo único que puedes hacer es esperar.

—¿A qué?

—Algún día, cuando la recuerdes aullando o comiendo flores o intentando jugar con las arañas, en lugar de llorar, reirás.

Julia quería dejarse ayudar por sus palabras. Como psiquiatra, sabía que Max estaba en lo cierto; por otro lado, la madre que había en ella no podía creerlo.

Llamaron a la puerta.

A decir verdad, Julia agradecía la distracción.

—¿Has cerrado con llave y dejado a Ellie fuera? —preguntó enjugándose las lágrimas e intentando sonreír—. No tendría que haberla enviado a trabajar. Pensaba que estar con Cal la ayudaría.

—¿Y ayuda? —preguntó Max—. ¿Estar con alguien que te quiere?

—Más que ninguna otra cosa en el mundo.

Max asintió.

Julia se deshizo de su abrazo, fue hasta la puerta y abrió.

Alicia estaba allí, increíblemente pequeña y asustada. Se retorcía las manos, como hacía cuando estaba confusa, y llevaba los zapatos al revés. Dejó ir un aullido ahogado. Tenía las mejillas surcadas de arañazos.

George estaba detrás. Su atractivo rostro aparecía pálido y veteado de arrugas de preocupación que Julia no había visto antes.

—Mi hija cree que usted la dejó ir porque era mala.

Julia sintió un azote en el corazón. Se arrodilló frente a Alicia y la miró a los ojos.

—Oh, cariño, tú eres una niña buena, la mejor de todas.

Alicia empezó a llorar de esa manera silenciosa y desconsolada tan suya. Aunque el cuerpo entero le temblaba, no emitió ningún sonido.

—Utiliza palabras, Alicia.

La niña negó con la cabeza y dejó ir un gemido hondo, desesperado.

Julia la acarició.

—Utiliza palabras, cielo. Por favor.

La pérdida desgarró de nuevo a Julia, le partió el corazón. No podía volver a pasar por eso. Ninguna de las dos podía. Sabía que

Alicia quería arrojarse sobre ella, quería un abrazo, pero le daba miedo moverse. La pequeña solo podía pensar en que era mala, en que iban a abandonarla otra vez. Y una vez más le daba miedo hablar.

George subió los chirriantes escalones del porche.

Alicia huyó de él y apretó el cuerpo contra el muro de la casa. Sus pies golpearon los cuencos metálicos de los perros. El estruendo atravesó el gélido aire de la noche y se disipó, dando paso de nuevo al silencio.

George miró a Alicia y luego a Julia.

—Intenté cenar con ella en Olympia. Se puso... histérica. Empezó a aullar, a gruñir y a arañarse la cara. El doctor Correll no pudo hacer nada para calmarla.

—Usted no tiene la culpa —dijo Julia con suavidad.

—Durante los años que pasé en la cárcel... estuve soñando con que mi hija seguía viva...

Julia se compadeció de George. Se levantó despacio.

—Lo sé.

—Imaginaba que al encontrarla... correría a mis brazos, me besaría y me diría lo mucho que me había echado de menos. Nunca pensé..., nunca se me pasó por la cabeza que no me reconocería.

—Necesita tiempo para recordar...

—No. Brittany ya no es mi niña. Supongo que tenía razón cuando dijo que nunca lo fue. Cuando era una bebé, yo nunca estaba en casa. Ella es ahora Alicia.

Julia contuvo el aliento. Un atisbo de esperanza aleteó en su interior. Una diminuta llama en la oscuridad. Oyó que Max se acercaba.

—¿Qué quiere decir?

George miró a su hija. De repente parecía más viejo, un hombre ajado por decisiones difíciles y una vida más difícil aún.

—No es a mí a quien necesita —dijo, tan bajo que a Julia casi se le escapan las palabras—. No soy capaz de manejarla. Quererla... y ejercer de padre son dos cosas muy distintas. Su lugar está aquí, con usted.

Julia estrechó la mano de Max con fuerza, pero siguió mirando a George.

—¿Está seguro?

—Dígale... algún día... que la quise de la única manera que supe... Dejándola ir. Dígale que estaré esperándola, que solo tiene que llamar.

—Usted siempre será su padre, George.

El hombre retrocedió y bajó un escalón seguido de otro.

—Dirán que la abandoné —susurró.

A Julia le habría gustado responder que se equivocaba, pero ambos sabían que era cierto. Los medios lo juzgarían con dureza.

—Su hija sabrá la verdad, George. Tiene mi palabra. Siempre sabrá que usted la quiere.

—Ni siquiera puedo darle un beso de despedida.

—Algún día podrá besarla, George, se lo prometo.

—Téngala siempre cerca —dijo él—. No cometa el mismo error que yo.

Julia sintió un nudo tan grande en la garganta que solo acertó a asentir. Si fuera una película de Disney en lugar de la vida real, Alicia se habría arrojado a los brazos de su padre y le habría dicho adiós. En lugar de eso, permanecía apretada contra el muro de la casa, tratando de desaparecer. Tenía las mejillas llenas de arañazos y veteadas de sangre y lágrimas.

George se dio la vuelta y echó a andar. Se despidió con la mano una última vez antes de subirse al coche y partir.

Julia se arrodilló frente a Alicia.

La pequeña tenía los bracitos caídos a los lados y los puños cerrados. Le temblaba la boca y las lágrimas anegaban sus ojos, magnificando su pánico.

Julia rompió de nuevo a llorar. Era incapaz de detener las lágrimas, a pesar de que ahora sonreía. Sus emociones eran casi demasiado intensas para poder manejarlas; le temblaba todo el cuerpo.

Alicia parecía aterrorizada. Observó a George alejarse en el coche y se volvió hacia Julia.

—¿Alicia casa?

Julia asintió.

—Sí, Alicia está en casa.

—¡Ula mami! —susurró la pequeña antes de arrojarse a los brazos abiertos de Julia.

Todavía abrazadas, cayeron de espaldas sobre el suelo de madera. Julia estrechó a Alicia con fuerza mientras le besaba las mejillas, el cuello, el pelo.

Alicia enterró la cara en la curva de su cuello. Julia notó el aleteo de su aliento cuando dijo:

—Quiere Ula mami. Alicia queda.

—Sí —dijo Julia riendo y llorando a la vez—. Alicia se queda.

# Epílogo

Como siempre, septiembre era el mejor mes del año. Los días, largos, calurosos y soleados daban paso a noches frescas y límpidas. Por todo el pueblo la hierba lucía gruesa como el terciopelo e increíblemente verde. Distribuidos de forma aleatoria entre los altísimos árboles de hoja perenne había arces y alisos ataviados con sus galas de otoño rojizas y doradas. Los cisnes habían abandonado el lago Spirit, pero los cuervos seguían apoltronados en los cables telefónicos de todas las calles, graznando a los transeúntes que pasaban por debajo.

Julia se detuvo en la esquina de Olympic con Rainview.

Alicia hizo otro tanto e introdujo la mano en el bolsillo de Julia. Era la primera vez que lo hacía en semanas.

—Bien, Alicia —dijo Julia mirándola a los ojos—. Ya hemos hablado de esto. No hay nada que temer.

La niña pestañeó. Aunque en los últimos nueve meses había ganado peso y crecido por lo menos dos centímetros, seguía teniendo una carita con forma de corazón que a veces parecía demasiado pequeña para contener esos ojos grandes y expresivos. Ese día, vestida con una falda rosa de pana, unos leotardos de algodón a juego y un jersey blanco, semejaba una niña más en su primer día de colegio. Solo el observador atento habría reparado en que le faltaban demasiados dientes para ser una alumna de preescolar y que a veces todavía la llamaba Mami Ula.

—Alicia no asustada.

Julia la condujo hasta un banco del parque y se sentó bajo la sombra protectora de un arce inmenso. Las hojas exhibían el color de los limones maduros; de tanto en tanto caía una al suelo. Julia se subió a Alicia a la falda.

—Yo creo que sí estás asustada.

Alicia se metió el pulgar en la boca y luego lo sacó lentamente. Estaba haciendo un gran esfuerzo por comportarse como una niña mayor. La mochila rosa —un regalo reciente de George— se le cayó al suelo.

—Llamarán a Alicia «niña loba» —murmuró bajito.

Julia le acarició la mejilla aterciopelada y carnosa. Quería decirle «No, no lo harán», pero ella y Alicia habían llegado demasiado lejos juntas para decirse mentiras piadosas.

—Es posible, básicamente porque les encantaría conocer a un lobo.

—Puede que voy colegio año que viene.

—Ya estás preparada. —Julia la bajó de su falda. Se levantó y la cogió de la mano—. ¿Vale?

Un coche se detuvo a su lado. Las cuatro portezuelas se abrieron simultáneamente y unas niñas se apearon entre risas. Las dos mayores se alejaron corriendo.

Ellie, vestida de uniforme, con pinta de agotada e increíblemente guapa, cogió a Sarah de la mano y se acercó a Julia.

—No me extraña que llegues puntual —señaló Ellie—. Solo tienes que ocuparte de una niña. Organizar a estas tres es peor que dirigir un hormiguero. Y olvídate de Cal. La fecha de entrega lo ha vuelto sordo. —No obstante, lo contaba riendo—. O puede que el problema sea yo, siempre reclamando su atención.

Sarah, que llevaba unos vaqueros azules, una camiseta rosa y una mochila de *El espantatiburones*, miró a Alicia.

—¿Tienes ganas de empezar el colegio?

—Asustada —dijo Alicia. Levantó la vista hacia Julia y añadió—: Estoy asustada.

—Yo también estaba asustada en mi primer día de colegio, pero fue divertido —dijo Sarah—. Comimos pastel.

—¿De verdad?

—¿Quieres entrar conmigo? —le preguntó Sarah.

Alicia miró a Julia, que asintió alentadoramente.

—Vale.

Alicia le dijo con los labios: «No te alejes». Julia asintió con una sonrisa.

Las dos niñas pusieron rumbo hacia el colegio.

Ellie echó a andar junto a Julia.

—¿Quién lo iba a decir, eh? Tú y yo llevando juntas a nuestras hijas al colegio.

—Estamos ante el comienzo de una nueva tradición familiar. ¿Cómo va el cuarto de baño nuevo?

—Cal ha encargado un jacuzzi. —Ellie sonrió—. Lo bastante grande para dos. En primavera comenzará el anexo. Tres niñas en nuestro antiguo cuarto es una pesadilla, no paran de pelearse.

—¿Has conocido a tus vecinos nuevos?

—Sí, es una pareja de California. Tienen dos hijos que ya están siguiendo a las niñas como cachorrillos enamoriscados. Son muy graciosos. Cal no lo encuentra tan divertido. Pero creo que se alegra de que Lisa lo obligara a vender la casa. Demasiados recuerdos.

—De todos modos, su sitio siempre estuvo en nuestra casa.

—Sí —dijo Ellie. Hablaba como una mujer enamorada hasta la médula. Después de dos costosas bodas a las que no les faltó detalle, finalmente le había tocado la lotería en una diminuta capilla de Las Vegas.

Cruzaron la calle y subieron la escalinata de la Escuela Primaria de Rain Valley. Estaban rodeadas de mujeres sujetando a sus hijos de la mano. Julia reparó en la mujer que tenía al lado, una guapa pelirroja con los ojos llorosos. Al percatarse de que Julia la observaba, sonrió.

—Es el primer día que llevo a Bobby al colegio —explicó—. Espero no hacerle pasar vergüenza echándome a llorar.

—Te entiendo perfectamente —dijo Julia. Le costaba dejar que Alicia saliera al mundo, pero tenía que hacerlo.

Cuando iban por el pasillo sonó un timbre. Los niños y los padres se dispersaron y desaparecieron en las aulas.

Alicia miró a Julia con nerviosismo.

—¿Mami?

—Estaré todo el día sentada ahí fuera, esperándote. Si te pones nerviosa, solo tienes que mirar por la ventana. ¿Vale?

—Vale. —No parecía muy convencida.

—¿Quieres que entre contigo?

Alicia miró a Sarah, que estaba haciéndole señas para que se diera prisa, y de nuevo a Julia.

—No. —«Soy una niña mayor», pronunció con los labios.

—Ven conmigo, Alicia —le dijo Sarah—. Te enseñaré la clase de la señorita Schmidt.

Detrás de Sarah, Alicia recorrió el último tramo de pasillo hasta el aula 114. Se despidió de Julia con un tímido gesto de la mano, abrió la puerta y entró. La puerta se cerró a su espalda.

Julia dejó ir un suspiro. Quería sonreír y llorar al mismo tiempo.

—La tuya no soporta separarse de ti y las mías no ven la hora.

—Las tuyas no vivieron lo que vivió Alicia. A lo mejor es demasiado pronto...

Ellie tomó a su hermana del brazo y la atrajo hacia sí.

—Estará bien.

Abandonaron el colegio y cruzaron la calle hasta el parque. Se sentaron en el banco de madera y contemplaron el pueblo que había moldeado sus vidas. El arce que diera la bienvenida a Alicia era una llamarada de hojas amarillas.

—¿Qué harás ahora que Alicia ya va al colegio? —le preguntó Ellie, recostándose en el banco—. El año que viene irá el día entero.

Últimamente, Julia había estado haciéndose esa misma pregunta. Había tenido que plantearse quién era ahora, qué quería, y las respuestas la habían sorprendido. Había pasado la mitad de su vida entregada a su carrera profesional. Lo había significado todo para ella. Y la había perdido en un instante. Quizá tuviera parte de culpa —nunca sabría si podría haber cambiado el futuro de Amber—, pero la culpa no era lo que importaba; esa era la lección que había aprendido. La vida era increíblemente frágil. Si tenías la fortuna de contar con una familia afectuosa, debías aferrarte a ella con todo tu corazón. Nunca más volvería a tener miedo de amar. Se volvió hacia su hermana.

—Max me ha pedido que me case con él.

Ellie soltó un aullido y abrazó con fuerza a su hermana.

—Y he pensado que podría abrir una consulta aquí. Trabajar media jornada. Hay niños que me necesitan.

Ellie la miró a los ojos.

—Papá y mamá estarían muy orgullosos de ti, Jules.

Julia sonrió.

—Sí.

Cerró los ojos un breve instante y lo rememoró todo: la mujer que había sido hacía menos de un año, temerosa de su espíritu y de las emociones intensas…, la niñita llamada Alicia que había acogido en su corazón… y el hombre que se había atrevido a trascender su propia oscuridad e ir hacia la luz que habían encontrado en las profundidades de ese bosque milenario. Julia sabía que en los años venideros la gente de Rain Valley hablaría de esa época especial en la que una niña como ninguna otra salió del bosque, entró en sus vidas y los transformó a todos, y que comenzó a mediados de octubre, cuando los árboles se vestían de hojas anaranjadas y danzaban en la fresca brisa con aroma a lluvia y el sol era un brillante círculo dorado que lo iluminaba todo.

La hora mágica.

Durante el resto de su vida lo recordaría como el momento en que finalmente regresó a casa.

# Agradecimientos

Varias personas fueron fundamentales a la hora de escribir esta novela. Gracias a Lindsey Brooks, directora de investigación del departamento de gestión de casos de Child Quest International; Luana S. Burnett, funcionaria del servicio de policía de la ciudad de Newport, Washington; Kany Levine, abogada penalista y amiga, y Kim Fisk y Megan Chance, que me ayudaron más de lo que imaginan.

# Queremos compartir más momentos contigo.

Únete a la comunidad de PenguinLibros y encuentra tu siguiente lectura.

¡Únete hoy!

Penguin
Random House
Grupo Editorial